Mariée à son meilleur ami

Ce désir si intense

REESE RYAN

Mariée à son meilleur ami

Traduction française de
ÉDOUARD DIAZ

PASSIONS

HARLEQUIN

Collection : PASSIONS

Ce roman a déjà été publié en 2021

Titre original :
WAKING UP MARRIED

HARPERCOLLINS FRANCE
83-85, boulevard Vincent-Auriol, 75646 PARIS CEDEX 13
Service Clients — https://www.harlequin.fr/contenu/contactez-nous
ISBN 978-2-2805-1335-7 — ISSN 1950-2761

Édité par HarperCollins France.
Composition et mise en pages Nord Compo.
Imprimé en mars 2025 par CPI Black Print (Barcelone)
en utilisant 100% d'électricité renouvelable.
Dépôt légal : avril 2025.

MIXTE
Papier issu de sources responsables
FSC® C159065

Pour limiter l'empreinte environnementale de ses livres, HarperCollins France s'engage à n'utiliser que du papier fabriqué à partir de bois provenant de forêts gérées durablement et de manière responsable.

1

Assise dans la nursery de la maison de son frère et de sa belle-sœur, Zora Abbott berçait dans ses bras sa nouvelle nièce, à peine âgée d'une semaine.

Remington Renee Abbott – la fille de Blake et de Savannah – était la toute dernière addition à leur famille nombreuse. Et Zora était déjà tombée sous son charme.

Plongeant le regard au fond de ses immenses yeux noirs merveilleusement expressifs, elle caressa les boucles sombres et luisantes de sa nièce, si incroyablement douces, et posa délicatement un doigt sur le bouton de rose de son petit nez. En réponse, le bébé battit légèrement des paupières, et sa bouche minuscule s'entrouvrit.

La petite Remi la fixait d'un regard à la fois vaguement amusé et détaché. Se tournant vers le seuil, où Savannah venait soudain d'apparaître, Zora remarqua :

— Les expressions de Remi sont hilarantes. Elle a visiblement hérité du caractère bien trempé de sa maman.

— Et aussi de la capacité de sa tante Zozo à lire au fond de vos pensées et à vous forcer à vous remettre en question, observa Savannah.

— C'est vrai, convint Zora en souriant. Blake et toi aurez fort à faire avec elle.

— Je n'en doute pas, répondit Savannah. Et je déteste devoir mettre fin à ces échanges de mamours, mais ton frère m'a demandé de te rappeler que tu dois te mettre en route pour l'aéroport, sinon tu manqueras ton vol pour Las Vegas.

— Je sais, dit Zora, effleurant d'une caresse la joue du bébé qui avait le même teint d'un brun doux que sa maman. Mais je déteste l'idée de me trouver loin d'elle durant trois jours entiers.

— À ton retour Remi sera là à attendre sa tante Zozo, assura Savannah en riant.

Elle entra dans la chambre aux murs mauves pour rajuster la couette couleur rose fané sur le berceau de sa fille, et Zora déposa un baiser sur le front du bébé avant de la rendre aux bras de sa maman. En reconnaissant le visage familier, la petite Remi esquissa un sourire énigmatique, et Savannah déposa un doux baiser sur sa joue.

Zora ne put s'empêcher de ressentir un petit pincement d'envie, mais elle le refoula fermement. Plus que tout au monde, elle désirait avoir des enfants à elle. Cette idée, qui l'avait beaucoup étonnée, s'était imposée dans son esprit presque deux ans et demi plus tôt, lorsqu'elle avait tenu dans ses bras le petit Davis, frère aîné de Remi. À l'époque, Zora avait conclu que c'était une simple question d'hormones. Une humeur passagère qui disparaîtrait dès qu'elle se serait lassée de changer des couches sales.

Mais ce sentiment ne s'était jamais estompé.

Son désir d'enfant n'avait cessé de croître avec chaque nouveau bébé né dans la famille : Davis, puis Beau et Bailey, les jumeaux de sa cousine, ensuite Benji et, à présent, Remi. Elle souffrait d'un étrange sentiment de perte pour quelque chose qui n'avait même jamais été à elle.

La nuit suivant la naissance de Remi, Zora n'avait pas fermé l'œil, fixant le plafond, torturée par son désir de devenir maman. En plein milieu de la nuit, elle avait quitté son lit, allumé son ordinateur portable et s'était lancée dans une recherche en ligne concernant une idée qui lui trottait dans la tête depuis des mois déjà.

Qui avait dit qu'elle était obligée d'attendre l'arrivée du prince charmant pour devenir mère ?

Zora était vice-présidente en charge des ventes de King's

Finest, la distillerie de renommée internationale propriété de la famille. Les Abbott étaient l'une des familles les plus fortunées de la région. Zora avait donc largement les moyens d'élever un enfant seule. Et son grand-père, ses parents, ses frères et leurs compagnes étaient tout l'entourage dont elle aurait besoin pour élever un fils ou une fille.

Son trente-deuxième anniversaire n'était qu'à quelques jours. Pourquoi devrait-elle attendre un mari hypothétique qui ne se présenterait peut-être jamais ?

— Tout va bien, Zo ? s'enquit Savannah en recouchant Remi dans son berceau.

— Oui, bien sûr, affirma Zora, se sentant rougir comme si sa belle-sœur avait lu dans ses pensées. Je repassais quelques idées dans mon esprit avant ce voyage.

— Alors, je vais annoncer à ton frère et à ton neveu que tu seras bientôt prête pour le départ. Cela vous laissera encore quelques minutes ensemble, à toutes les deux.

Zora adressa un sourire reconnaissant à sa belle-sœur, puis elle se retourna vers sa nièce, qui s'endormait déjà.

Elle fit glisser ses doigts sur la signature pyrogravée dans le bois du berceau, une magnifique pièce originale, œuvre de l'artiste qui était aussi le meilleur ami de Zora depuis une éternité – le très talentueux designer de meubles Dallas Hamilton. La raison de son voyage à Las Vegas.

Dallas allait recevoir le prestigieux Prix de l'Innovation pour une splendide ligne d'ameublement qu'il avait créée l'année précédente. Il avait séjourné durant des mois en Thaïlande pour travailler avec des artistes locaux, étudiant leurs styles et apprenant leurs techniques.

Les pièces qu'il avait créées, s'inspirant d'élégants designs thaïs, étaient un mariage esthétique d'Orient et d'Occident, et la collection qui allait être récompensée comportait plusieurs œuvres d'artistes thaïlandais.

Zora en était très heureuse pour son meilleur ami.

La cérémonie de remise des prix, à Las Vegas, était le couronnement d'une année étourdissante au cours de laquelle Dallas avait fait la couverture de prestigieux magazines et reçu des commandes provenant de nombreuses célébrités, sans compter plusieurs interviews à la télévision.

Comme ils étaient tous deux présentement célibataires, Dallas avait invité Zora à être sa cavalière à la cérémonie. Ensuite, ils passeraient les quarante-huit heures restantes à faire la fête à Las Vegas – en guise de préambule à son imminent trente-deuxième anniversaire.

Pour eux deux, cela n'avait rien d'inhabituel. Dallas avait été son cavalier à d'innombrables mariages, événements professionnels ou réunions familiales. Et, lorsqu'il advenait qu'ils soient tous deux célibataires, ce qui se produisait plus souvent qu'elle ou lui n'aimaient l'admettre, ils partaient en vacances ensemble au moins une fois par an.

Dal était encore propriétaire de la cabane que son grand-père lui avait léguée des années auparavant, qui comprenait un atelier où il travaillait à ses créations et où il avait fabriqué le berceau de Remi. L'atelier où son grand-père lui avait enseigné l'ébénisterie lorsqu'il était enfant. Dallas considérait toujours Magnolia Lake comme son port d'attache, mais il passait la plus grande partie de l'année à parcourir le monde, inaugurant de nouvelles salles d'exposition pour sa société, Hamilton Haus, et cherchant l'inspiration dans les traditions des diverses cultures qu'il découvrait.

— Au revoir, ma petite chérie, murmura-t-elle, rajustant la couverture du bébé. Tante Zora reviendra vite.

Zora sortit de la chambre, regrettant de devoir quitter sa nièce mais heureuse de revoir Dallas. Elle avait pris une décision importante et elle allait devoir lui demander un énorme service. Sa gorge se serrait quand elle pensait à ce que pourrait être sa réaction.

2

Dallas Hamilton sortit de la somptueuse douche aux parois de verre du luxueux hôtel où il avait séjourné toute la semaine. La suite, offerte par l'organisation qui devait lui décerner son prix plus tard ce soir-là, était beaucoup plus élégante que tout ce qu'il aurait songé à s'offrir lui-même.

Sa société de création de meubles avait bien prospéré depuis ses modestes débuts dans la grange de son grand-père, dix ans plus tôt. Mais Dallas n'avait pas oublié pour autant ses humbles origines. Et, s'il avait appris à apprécier les avantages de la richesse, il n'avait pas oublié que les fortunes d'une personne peuvent basculer subitement. Il se rappelait encore le jour où sa mère les avait réunis, son frère aîné et lui, pour leur annoncer que leur père et elle allaient divorcer. Et qu'ils allaient devoir emménager chez leur grand-père.

Ce souvenir brûlait toujours dans sa mémoire, lui rappelait que la destinée est imprévisible, que tout est éphémère et qu'il est sage d'éviter de trop s'attacher. C'est pourquoi son amitié de toute une vie avec Zora Abbott était un miracle.

Nouant la serviette autour de sa taille, Dallas essuya la buée sur l'élégant miroir. Ses joues étaient couvertes d'une barbe drue. Sa mère dirait qu'il avait besoin d'une coupe de cheveux et d'un bon rasage. En général, il se chargeait lui-même de ces détails, mais ce jour-là était l'une de ces rares occasions où il ne fallait pas regarder à la dépense. Alors, il avait pris rendez-vous pour une séance de coiffure et de soins du visage hors de prix au spa de l'hôtel.

— Cette serviette est très classe, mais je pense que tu peux faire beaucoup mieux que cela, pour cette soirée.

Dallas tourna vivement la tête vers cette voix familière. Même lorsqu'ils se trouvaient à des milliers de kilomètres l'un de l'autre, la voix de Zora était souvent la dernière qu'il entendait avant de glisser dans le sommeil.

— Je ne t'attendais pas si tôt, Zo, dit-il, le cœur battant face à cette apparition inattendue. Sinon, j'aurais fermé la porte.

Dallas resserra prudemment la serviette autour de ses reins pour éviter de se retrouver tout nu face à elle.

— Oui, je sais, assura-t-elle, ses yeux couleur de café brillant d'humour, en esquissant un lent sourire qui acheva de le troubler et fit surgir en lui des idées interdites.

Parce qu'ils étaient les meilleurs amis du monde. Rien d'autre. Malgré ce baiser semi-accidentel sous le brin de gui, deux années plus tôt, qui avait failli faire dérailler leur longue amitié.

— Je t'ai envoyé un texto pour t'informer que j'avais changé ma réservation d'avion.

— Désolé, Zo. Je ne l'ai pas lu.

Il détestait les textos et les réseaux sociaux. Son grand-père disait toujours que tout ce qui mérite d'être dit peut l'être en personne, ou, à la rigueur, au téléphone. Et Dallas était du même avis. Rien ne remplace une conversation face à face.

— Désolé que tu aies dû venir jusqu'ici par tes propres moyens, ajouta-t-il. J'avais prévu un chauffeur pour t'accueillir à l'aéroport.

— Pas de problème, répondit-elle en souriant.

Ce sourire illumina son visage d'un brun délicat, qui sembla rayonner sous les lumières vives de la salle de bains. Elle fit un pas à l'intérieur de la pièce et s'adossa à la cloison, les bras croisés, et ce geste innocent fit remonter ses seins, les exposant davantage dans l'échancrure du corsage.

C'était une simple observation, bien sûr. Il ne les regardait pas vraiment. Ses yeux avaient été attirés malgré lui dans cette direction uniquement parce que...

Dallas toussota et, se retournant vers le miroir embué, passa les doigts sur ses joues râpeuses.

À ce stade, la plupart des femmes auraient probablement saisi le message et battu en retraite, mais sa meilleure amie n'était pas pudibonde et, vu qu'elle avait grandi dans la maison de son père, Duke Abbott, entourée de quatre frères aînés, son idée de l'intimité était assez large.

La tête inclinée sur une épaule, elle continua à le détailler comme s'ils étaient assis dans le salon et tout habillés.

— Je sais, je sais, dit-il, ébouriffant ses cheveux en désordre et un peu trop longs. J'ai besoin de me faire couper les cheveux et de me raser. Ma mère m'en a fait la remarque hier, pendant notre visioconférence.

— Cela ne m'étonne pas de Tish, répondit Zora en riant et en s'approchant pour glisser les doigts dans ses boucles humides et les tirailler gentiment. Je ne peux rien pour tes cheveux, mais je pourrais facilement te raser moi-même. Je suis devenue très habile avec le rasoir à main. Papy m'avait enseigné la technique afin que je puisse le raser.

Zora faisait allusion à son grand-père, Joseph Abbott. Papy Joe était le patriarche de la famille Abbott et le fondateur de la distillerie que ses frères, son père et elle dirigeaient aujourd'hui. Quelques semaines auparavant, il avait été victime d'un AVC et, d'après Zora, il se remettait lentement dans la maison de ses parents et pestait continuellement contre toutes les personnes qui le soignaient.

— Ai-je bien compris ? s'enquit Dallas avec un rire moqueur. Tu proposes de me faire la barbe avec un rasoir à main ? Cela ressemble étrangement à un prélude au meurtre dans une série B. Suis-je censé être le type qui finit sur le carrelage dans une mare de sang au début du film ?

— Fais-moi confiance, répliqua-t-elle, une main campée sur sa hanche voluptueuse. Si je projetais de t'assassiner, ma méthode serait bien plus subtile.

— Cela, je n'en doute pas une seconde, répondit Dallas en

riant. Mais, pour le rasage, je crois que je vais passer mon tour. J'ai rendez-vous pour une coupe de cheveux et un rasage au spa.

— Quelle élégance ! ironisa-t-elle. J'espère que tu ne vas pas devenir un de ces dandys hyper exigeants. Il n'y a pas assez de place dans cette relation pour deux personnalités de ce type. Si l'un de nous deux doit jouer ce rôle, nous savons tous deux que ce sera moi.

— Ne t'inquiète pas, princesse, répliqua Dallas, utilisant délibérément le terme que le père de Zora employait encore quelquefois pour s'adresser à elle. Ta place ne risque rien.

Il savait parfaitement que Zora détestait ce sobriquet. Elle était constamment en compétition avec ses frères et ne voulait pas être une princesse. Elle désirait être la reine, d'autant plus qu'ils étaient tous candidats à la succession de Duke Abbott au poste de P-DG de King's Finest.

— Ne m'appelle pas princesse, grommela-t-elle.

— Comme tu voudras, répondit Dallas en riant. Mais je dois m'habiller ou je serai en retard à mon rendez-vous au spa. Alors, tu as exactement cinq secondes pour sortir d'ici avant que j'enlève cette serviette.

— Cette menace est-elle censée m'effrayer ? ironisa-t-elle.

— Dehors, Zo ! dit-il en désignant la porte, s'efforçant désespérément de garder une expression sérieuse.

— Bon, comme tu voudras, admit-elle, se détournant de lui à contrecœur pour regagner la vaste chambre luxueusement meublée. Mais je meurs de faim. Je vais descendre avec toi pour grignoter quelque chose.

— Parfait. Je te rejoins dans cinq minutes.

Là-dessus, il referma la porte derrière elle et enfila un jean et un T-shirt. Il avait invité Zora à Las Vegas parce qu'il disposait de cette immense suite pour lui tout seul et que son anniversaire approchait à grands pas. C'était une parfaite opportunité de le fêter un peu en avance, car il avait prévu de passer une grande partie du mois suivant à voyager entre ses ateliers en Europe et en Asie.

En temps ordinaire, durant un séjour comme celui-ci, chacun d'eux aurait réservé sa propre chambre. Mais cette suite était immense, et elle disposait de deux vastes chambres séparées par un grand salon. Un espace qu'il avait pensé suffisant pour que deux personnes puissent s'y côtoyer sans se gêner.

À l'évidence, il s'était trompé.

Mais, à bien y réfléchir, il était le seul à se sentir gêné. Zora semblait parfaitement à l'aise, et elle n'avait pas hésité une seconde avant d'accepter son invitation. Il était même probable qu'elle ne comprenait pas du tout ses doutes.

Lui non plus ne s'était jamais senti gêné en sa présence. Mais, depuis ce fameux baiser...

Depuis que Zora l'avait embrassé sous le brin de gui à un gala de charité auquel il avait assisté avec elle à Nashville, ce Noël-là, tout était... *différent* entre eux.

Ce baiser l'avait pris au dépourvu. Pour tout dire, il n'aurait pas été plus surpris si le Père Noël et une armée entière d'elfes avaient donné l'assaut à la maison. Alors, il s'était figé comme un cerf ébloui par la lueur des phares d'une voiture, incapable de la moindre réaction.

Et, bien sûr, Zora s'était méprise sur le sens de cette hésitation, s'imaginant qu'il rejetait ses avances. Il n'avait pas eu le temps de lui dire que lui aussi avait envie de l'embrasser qu'elle s'était déjà confondue en excuses, blâmant l'alcool et l'ambiance de fête pour cet élan irraisonné, et elle lui avait promis que cela ne se reproduirait *jamais*.

Durant les semaines qui avaient suivi, Zora l'avait évité. Elle ne décrochait pas son téléphone, et les textos qu'il lui envoyait ne recevaient que de brèves réponses.

Il avait finalement décidé de rentrer de Thaïlande et s'était rendu directement à son bureau pour régler le problème face à face avec elle. Et c'est ce qu'ils avaient fait. Ils avaient convenu de prétendre que ce baiser n'avait jamais eu lieu et de ne jamais plus traverser cette ligne rouge. Car ni l'un ni l'autre ne désiraient mettre en danger leur amitié.

Mais une idée le taraudait. Seraient-ils *réellement* plus heureux en restant de simples amis ?

— Dal ? geignit Zora au même instant derrière la porte, comme une enfant rendue grognonne par un trop long voyage en voiture. Je meurs de faim. Es-tu habillé ?

— Oui, lança-t-il, sortant des chaussettes de son sac.

Son amie jugea que c'était une invitation suffisante. Elle entra dans la pièce d'un pas alerte.

— Prêt ?

— Presque, lâcha-t-il, enfilant sa seconde chaussette. Tout va bien, Zo ?

Son amie baissa les yeux une seconde avant de rencontrer à nouveau son regard.

— Je sais que tu dois te rendre à ton rendez-vous, mais pourrais-tu m'accorder dix minutes ? s'il te plaît ? J'ai *vraiment* besoin de te dire quelque chose.

— Bien sûr, répondit-il en enfilant les baskets Tom Ford que Zora lui avait offertes l'année précédente. Assieds-toi.

Zora s'installa près de lui sur le bord du lit. Son doux parfum – un mélange subtil de citron et de notes florales – vint caresser ses narines. La tiédeur de sa peau brune l'enveloppait comme une onde bienfaisante. Soudain, son cœur battit plus vite, et il dut ordonner à d'autres parties de son corps de bien se tenir.

Elle est ta meilleure amie, mon gars, se tança-t-il silencieusement. *Gare aux pensées déplacées !*

Ce n'était pourtant pas la première fois qu'il était assis près de Zora sur un lit – au cours de leur enfance et à l'âge adulte. Mais cela ne s'était plus produit depuis ce fameux baiser.

Dallas pria en silence pour que Zora ne prononce pas les mots qu'il redoutait en permanence. Que cela serait leur dernière aventure ensemble parce qu'elle était tombée amoureuse d'un crétin qui ne supportait pas leur amitié.

Zora n'avait jamais été en peine d'exprimer ce qu'elle pensait, et cette soudaine hésitation qu'il sentait chez elle l'alarmait au plus haut point.

— Tu sais que tu peux tout me dire, n'est-ce pas ? déclara-t-il en couvrant sa petite main avec la sienne. Je ne te jugerai pas. Je ne l'ai jamais fait et je ne le ferai jamais. Alors...

— J'ai envie d'un bébé, lâcha-t-elle tout à coup, les mots jaillissant de ses lèvres comme un torrent trop longtemps endigué. Et pas un de ces jours, lorsque j'aurai rencontré l'homme de ma vie. Je veux un bébé *tout de suite*.

Dallas était certain que son cœur s'était arrêté de battre. Après toutes ces années d'amitié, Zora Abbott avait encore la capacité de le surprendre. Et cela n'avait jamais été aussi vrai qu'à cet instant précis.

— Tu as envie d'avoir un bébé ? balbutia-t-il.

Elle acquiesça en silence, le regard rivé au sien, guettant anxieusement sa réaction.

Pour la première fois depuis très longtemps, l'invincible Zora Abbott paraissait vulnérable.

Dallas était prêt à faire quasiment n'importe quoi pour cette femme. Mais Zora lui demandait-elle vraiment d'être le père de son enfant ?

3

Zora n'avait peur de rien, et elle en était fière. Dotée de nerfs d'acier, elle ne se laissait pas intimider facilement.

Elle avait tenu tête à des leaders de l'industrie des spiritueux misogynes sans jamais reculer d'un pas.

Mais, à cet instant précis, face aux yeux bruns écarquillés de surprise de son meilleur ami, Zora était accablée par le doute et l'appréhension. Sa peau d'un beige clair avait visiblement pâli, et il la dévisageait, bouche bée, sa grande main étreignant la sienne aussi fort que dans les rares occasions où elle l'avait convaincu d'essayer avec elle les montagnes russes de la foire.

— Tu as envie d'avoir un bébé ? dit-il d'une voix sans timbre. Maintenant ? Avec moi ?

— Oui, répondit-elle, hochant vigoureusement la tête.

La seconde suivante, alors que le sens de ses paroles s'imprimait dans son cerveau, elle ajouta précipitamment :

— Attends ! Quoi ? Non, bien sûr ! Pas avec toi, Dallas !

Libérant vivement sa main, elle se leva d'un bond et entreprit de marcher de long en large dans la chambre. Que s'était-il imaginé ? Qu'ils jouaient dans une comédie romantique ?

Dallas, qui paraissait totalement désorienté et un tout petit peu déçu, bredouilla :

— Je croyais que tu voulais…

— Seulement ton soutien, coupa-t-elle en se plantant devant lui, les bras croisés. Pas ton ADN. Tu t'étais senti… je veux dire *nous* nous étions tous deux sentis tellement gênés après ce baiser…

Te demander de devenir le papa de mon enfant ne m'était même pas venu à l'esprit.

En réalité, elle allait demander à un inconnu choisi au hasard d'être le papa de son enfant, comprit-il. Enfin, pas tout à fait au hasard. L'homme en question devrait répondre à des critères très précis d'acuité intellectuelle et de qualités génétiques. Elle ferait sa sélection d'une manière rationnelle. Sans sentimentalité inutile et sans attachements encombrants.

Zora pensait que Dallas serait soulagé d'apprendre qu'elle ne lui demandait pas de lui faire don de son sperme, mais il fronçait les sourcils et semblait plus désorienté que jamais.

— Tu as envie de mettre au monde un bébé toute seule ?

— Si je pouvais le faire toute seule, je serais déjà maman, répondit-elle en se rasseyant près de lui sur le bord du matelas. Mais, à l'évidence, je vais avoir besoin d'aide.

— Je sais comment les bébés viennent au monde, petite effrontée, grogna Dallas. Mais si tu ne me demandes pas...

Le reste de sa phrase mourut sur ses lèvres, et il rougit visiblement, puis toussota d'un air gêné.

À l'évidence, l'idée de faire don de son sperme pour aider sa meilleure amie en mal d'enfant mettait Dallas mal à l'aise, et elle se réjouit de ne pas le lui avoir proposé.

Cette idée lui avait traversé l'esprit, bien sûr. Elle avait connu Dallas quasiment toute sa vie. Elle avait connu et apprécié son grand-père, et elle adorait sa mère. Dallas lui-même était un type formidable, un homme merveilleux. Drôle et intelligent. Créatif et généreux. Et leur relation, qui durait depuis des décennies, avait toujours été harmonieuse, avec un seul et unique petit accroc : ce baiser qu'ils avaient imprudemment échangé sous le gui, deux ans plus tôt.

Elle était un peu pompette, ce jour-là. Et, dans cet état second, Zora perdait ses repères naturels, et elle en oubliait qu'on ne doit pas boire des yeux les biceps impressionnants et les abdominaux de rêve de son meilleur ami. Ni son derrière parfait.

À jeun, Zora comprenait aisément que le fait qu'elle remarque de tels détails – et même qu'elle en éprouve une *légère* réaction physique – était une simple réaction hormonale sans conséquence. Mais, lorsqu'elle était sobre, elle comprenait aussi qu'il était dangereux de s'attarder sur de telles pensées. Et qu'elle ne devait à aucun prix céder à la tentation.

Zora pompette était visiblement d'un autre avis.

Et donc, elle avait embrassé son ami, le plongeant presque dans un état de choc, ce soir-là. Pendant une poignée de secondes, elle s'était même demandé s'il respirait encore.

Heureusement, Dallas tenait suffisamment à leur amitié pour ne pas la laisser disparaître dans le soleil couchant avec le rouge de la honte sur le front. Elle détestait l'admettre, mais le discours enflammé que son ami toujours si mesuré lui avait tenu, après avoir fait la moitié du tour de la Terre pour mettre les choses au clair entre eux, n'avait fait que le rendre plus sexy encore.

À cette idée, Zora réprima un soupir. Son esprit et son corps se livraient alors une bataille sans merci, tout comme maintenant. La force tranquille de sa main serrant la sienne la réconfortait. Mais elle éveillait aussi en elle des sentiments qu'elle n'aurait pas dû éprouver pour son meilleur ami, comme l'avait fait leur baiser – et tout ce qui s'en était suivi.

Oui, bien sûr, elle adorerait que Dallas Hamilton soit le papa de son enfant. Mais elle tenait trop à leur amitié pour la mettre en danger en suggérant un changement aussi radical dans la nature de leur relation.

Et, à en juger par sa réaction, elle avait fait le bon choix.

— Tu es probablement très surpris d'entendre que j'ai envie de devenir maman, remarqua-t-elle, observant son visage et ses yeux bruns si expressifs.

— Pas vraiment, répondit-il. J'ai remarqué combien tu aimes les enfants de Blake et Benji. De plus, Davis et les jumeaux t'adorent, c'est évident. Et tu étais folle de joie à la naissance de Remi...

Dallas étreignit à nouveau sa main, avant d'ajouter :

— Non, Zo, je ne suis pas surpris. Et je sais que tu seras une maman merveilleuse.

— Merci, Dal, murmura-t-elle, touchée par les paroles de son ami. Ton opinion compte beaucoup pour moi.

— Mais, parce que je suis ton ami, je me dois de te poser la question… Es-tu certaine de ta décision ? Bien sûr, je te sais plus que capable d'élever un enfant sans l'aide de quiconque et je suis persuadé que tu pourras compter sur le soutien total de ta famille. Mais es-tu vraiment sûre de ne pas vouloir attendre de rencontrer l'homme qu'il te faut ? Plutôt que de mettre au monde l'enfant d'un inconnu ?

Zora libéra brusquement sa main. Elle n'était pas fâchée contre son ami parce qu'il lui avait exprimé franchement ses doutes. Elle respectait son droit de lui dire ce qu'elle avait besoin d'entendre, même quand cela ne lui plaisait pas. Néanmoins, l'expression *l'enfant d'un inconnu* lui faisait mal.

— Ce ne serait pas l'enfant d'un inconnu, corrigea-t-elle. Cet enfant serait le mien. Et son géniteur n'aurait aucun droit sur elle ou sur lui. J'y veillerais personnellement. Quant à cet hypothétique prince charmant… S'il se présente un jour, il nous aimera, moi et mon enfant, quel qu'ait été son géniteur. Et il n'y a aucune raison pour que nous n'ayons pas d'autres bébés ensemble. Je n'envisage pas de me contenter d'un seul enfant.

— Oui, bien sûr, répondit Dallas, toussotant pour s'éclaircir la voix. C'est logique, je suppose. À l'évidence, tu as longuement réfléchi à tout cela. Alors, qu'attends-tu de moi ?

— Tu es mon meilleur ami, Dal. J'ai besoin que tu me dises que je ne suis pas folle de désirer cet enfant, et tout spécialement maintenant, alors que je suis en pleine compétition avec mes frères pour le poste de P-DG de King's Finest. Et j'apprécierais beaucoup que tu sois présent lorsque j'informerai ma famille de mon projet.

— Zora, déclara Dallas, une lueur d'admiration dans ses yeux bruns, tu es l'une des personnes les plus volontaires, les plus déterminées que j'aie jamais connue. Tu n'as jamais craint de dire toute la vérité à ta famille et tu n'as jamais laissé l'opinion de qui que ce soit te détourner de ton but lorsque ta décision était prise. Pourquoi est-ce différent, cette fois-ci ?

Zora n'avait jamais eu peur de bousculer les traditions familiales des Abbott ni de froisser quelques susceptibilités. Elle l'avait fait toute sa vie. Mais il s'agissait ici d'un changement fondamental, qui aurait des répercussions à très long terme pour elle et pour son enfant.

— Je ne sais pas pourquoi c'est différent, répondit Zora en haussant les épaules. Ça l'est, c'est tout.

— Moi, je pense que tu le sais parfaitement, insista Dallas, bras croisés sur son large torse.

Il la connaissait trop bien. Elle le savait. Elle n'avait simplement pas envie de le dire. Mais, visiblement, Dallas ne serait satisfait que lorsqu'elle l'aurait fait.

Peut-être était-il temps de prononcer ces mots tout haut.

— Parce qu'une partie de moi-même désire très fort pouvoir compter sur ton approbation et celle de ma famille, expliqua-t-elle en soupirant. Je vous aime tous et je vous admire. Alors, bien sûr, votre opinion compte beaucoup pour moi. Surtout lorsqu'elle concerne un sujet aussi personnel que mon enfant.

En lui avouant la vérité, elle avait l'impression que ses épaules avaient été libérées d'un grand poids. Mais sa détermination n'en fut que renforcée. Croisant les bras à son tour, Zora releva la tête et rencontra le regard de son ami.

— Mais je *vais* le faire, déclara-t-elle. Quelles que soient les objections des uns ou des autres, même les tiennes.

Elle marqua une pause, avant d'ajouter d'une voix douce :

— Mais je serais folle de joie si vous me souteniez tous.

Son cœur battant à tout rompre, elle observa le beau visage de son ami qui la contemplait d'un air pensif. Dallas n'était pas un homme imprudent ou impétueux. Et il semblait éprouver de l'affection pour elle. Elle savait aussi que, s'il croyait que c'était une très mauvaise idée, il le lui dirait.

Dallas exhala un soupir, et il hocha la tête pour lui signifier qu'il la soutenait. Une immense vague de soulagement déferla sur Zora, et des larmes d'émotion montèrent à ses paupières.

— Merci, Dal, murmura-t-elle en se précipitant dans les bras de son meilleur ami. Tu ne peux pas savoir à quel point ton opinion est précieuse à mes yeux.

— *Toi,* tu sais combien tu es précieuse à mes yeux, Zo,

chuchota-t-il tout contre son oreille en la serrant contre lui. Dis-moi simplement comment je peux t'aider. Dis-moi où et quand, et je serai là pour toi.

— Je m'en souviendrai, murmura-t-elle avec un sourire soulagé. Je te le promets.

— À présent, il est temps de bouger, dit-il en la relâchant. Le spa va me facturer une somme ridicule pour mon rendez-vous manqué, et on donnera mon tour à quelqu'un d'autre. De plus, si tu as l'intention de devenir maman, nous devons nous assurer que tu resteras en bonne santé et bien nourrie.

Zora glissa la main dans la sienne, et ils redescendirent ensemble jusqu'au hall d'entrée de l'hôtel avant de se séparer. Dallas fila à son rendez-vous au spa. Zora marchait en direction du délicieux fumet de viande grillée provenant du restaurant lorsqu'un collier de turquoises et de perles dans la vitrine d'une joaillerie captura son regard.

Le collier et les pendants d'oreilles assortis étaient fabuleux. Ils auraient été parfaits avec la robe de soirée qu'elle avait choisie pour leurs festivités du soir.

— Spectaculaire, n'est-ce pas ? remarqua une vendeuse apparaissant à la porte de la boutique. Peu de femmes pourraient se permettre de porter cette bague de fiançailles, mais elle est faite pour vous.

— Bague de fiançailles ? s'étonna Zora. Non, ce que j'admirais, c'était ce...

À cet instant son regard alla se poser sur la bague exposée près du collier, et elle cessa de respirer.

Fabuleuse était un mot trop faible. La bague en question était ornée d'un saphir rose taillé en cœur, flanqué de deux diamants de taille respectable. Un bijou absolument spectaculaire. Zora toussota pour s'éclaircir la voix.

— Navrée, répondit-elle, mais je ne cherchais pas une bague de fiançailles. J'admirais ce ravissant collier et les pendants d'oreilles assortis.

— Bien sûr, bien sûr, répondit la femme, visiblement déçue. Entrez, je vous en prie.

Zora suivit la vendeuse à l'intérieur, et elle essaya le collier face au miroir, se demandant ce que Dallas en penserait. Ce qui était idiot, bien sûr. Ils n'étaient pas un couple. Ils étaient amis. *Seulement* amis.

Mais, pour la première fois depuis qu'elle avait décidé d'élever un enfant seule, elle se sentait réellement soulagée.

Tout irait bien. Parce que son ami serait là durant la partie la plus difficile de son plan : l'annoncer à sa famille.

4

Face au miroir dans sa suite d'hôtel, Dallas refit son nœud papillon pour la troisième fois. Il se sentait beaucoup plus à l'aise en T-shirt qu'en smoking. Il avait porté un smoking pour la première fois pour accompagner Zora au bal de promo du lycée. Et, à bien y réfléchir, Zora avait été sa cavalière pratiquement chaque fois qu'il avait porté cet habit, à l'occasion d'un gala de charité, d'un bal ou d'un mariage. Pourquoi alors peinait-il tant à nouer son satané nœud papillon ce soir ?

C'était peut-être parce qu'il était encore sous le choc de la nouvelle qu'elle lui avait annoncée.

Zora désirait mettre au monde un bébé.

Pas un bébé hypothétique qu'elle envisageait d'avoir dans un avenir indéfini, lorsqu'elle aurait rencontré l'homme de sa vie. Elle désirait devenir maman immédiatement.

Tout l'après-midi, il avait flotté dans une sorte de brouillard mental, à repasser dans son esprit les paroles de son amie. Surtout ces quelques secondes où il avait cru à tort que Zora lui demandait d'être le papa de son enfant. Après le choc initial qu'il avait ressenti à ses paroles, cette idée n'avait pas cessé de revenir en boucle dans ses pensées.

Ne pourrait-il pas être lui-même le père de ce bébé ? Et, au lieu de faire appel à une coûteuse procédure médicale, pourquoi ne pas utiliser plutôt la méthode traditionnelle ?

Il y avait indéniablement une attirance mutuelle entre eux, même si cela n'avait jamais été dit. Zora et lui se connaissaient l'un l'autre bien mieux que toute autre personne extérieure. N'était-il pas préférable de compter sur un ami pour devenir maman, plutôt que sur un quelconque inconnu ?

Poussant un soupir découragé, il dénoua une nouvelle fois son nœud papillon raté.

— Dal ? appela-t-elle en frappant doucement à la porte. J'ai un petit problème de garde-robe. J'aurais besoin de ton aide.

Dallas alla aussitôt ouvrir la porte de la salle de bains.

— Que puis-je pour...

Le reste de sa phrase mourut sur ses lèvres sitôt qu'il vit son amie. Zora était toujours ravissante. Mais aujourd'hui sa beauté avait pris une tout autre dimension.

Elle était éblouissante.

Elle avait attaché ses cheveux bruns striés de mèches blondes en un chignon lâche qui laissait libres quelques boucles naturelles, et elle portait une robe de soirée d'un rose intense qui s'harmonisait parfaitement avec le teint brun clair de sa peau, et qui épousait amoureusement chacune de ses courbes. Dallas ne parvenait pas à détacher son regard d'elle.

— Qu'y a-t-il ? s'étonna Zora. N'aimes-tu pas ma robe ?

— Au contraire, se récria-t-il, ébloui. Tu es fabuleuse !

— Merci, répondit-elle en souriant, visiblement soulagée. Tu es extrêmement élégant toi-même. As-tu besoin d'aide pour nouer ton nœud papillon ?

— Je t'en serais reconnaissant. Pour une raison que j'ignore, je n'arrive pas à le faire moi-même, ce soir.

— C'est parce que tu es nerveux, opina-t-elle d'une voix douce. Cette soirée est très importante pour toi.

Glissant le collier qu'elle tenait à la main autour de son poignet, Zora, qui avait appris ces gestes avec son grand-père, serra son nœud papillon en quelques secondes.

— Voilà, dit-elle avec un sourire éblouissant. C'est parfait.

— Merci, fit Dallas, s'efforçant d'ignorer la chaleur de son corps et sa fragrance envoûtante, de fixer son regard ailleurs que sur ses lèvres généreuses et de faire taire la petite voix dans son esprit qui se demandait quel goût aurait sa bouche. En quoi puis-je t'aider ? ajouta-t-il d'une voix faible.

— D'abord cela, précisa-t-elle en lui tournant le dos, révélant que la fermeture à glissière de sa robe n'était qu'à demi remontée. Si tu veux bien.

— Bien sûr, répondit-il en faisant ce qu'elle lui demandait, notant au passage que la robe lui allait comme un gant.

— Ensuite, tu pourrais m'aider à attacher ce collier, suggéra-t-elle en lui tendant le bijou.

Dallas l'attacha prestement, et Zora le remercia puis, se retournant vers lui, elle indiqua ses pendants d'oreilles.

— Suis-je assez présentable pour apparaître au bras de l'invité d'honneur de cette soirée ?

— Je ne doute pas une seconde que tu seras la femme la plus ravissante de toute la salle.

— Quel flatteur ! s'exclama Zora, visiblement amusée. Mais c'est gentil de dire cela. Je peux toujours compter sur toi pour me rendre ma confiance en moi-même. Es-tu prêt ?

Elle se détournait déjà pour sortir de la chambre lorsque Dallas la saisit par un poignet, l'arrêtant net.

— Qu'y a-t-il, Dal ? s'enquit Zora, pivotant pour se trouver face à lui.

— J'ai réfléchi à... heu... je pensais...

Il bredouillait comme un idiot. Elle s'imaginait sûrement qu'il avait déjà commencé à boire, car on lui avait effectivement livré quelques paniers de friandises et de bonnes bouteilles, cet après-midi-là. Son frère Sam lui-même lui avait envoyé une bouteille de liqueur en lui ordonnant de ne pas y toucher avant la cérémonie de remise des prix.

— Qu'y a-t-il, Dal ? s'enquit de nouveau Zora. J'espère que ce n'est pas le trac. Tout ira bien, tu verras. Regarde où tu mets les pieds et ne tombe pas du podium.

— Très drôle, marmonna-t-il. Mais non, je n'ai pas le trac. En tout cas, pas ce soir.

— Je vois, dit-elle en croisant les bras sur sa poitrine. À présent, je suis curieuse. Que veux-tu dire par là ?

— Je veux dire…

Il s'interrompit et prit une profonde inspiration, ne parvenant pas encore à croire qu'il s'apprêtait vraiment à prononcer les mots qui se bousculaient sur ses lèvres.

— Je comprends pourquoi tu ne m'as pas demandé d'être le papa de ton bébé.

— Parce que ce serait compliqué et gênant, voire carrément bizarre… pour nous et pour nos familles, rappela-t-elle vivement. En outre c'est un énorme service à demander à un ami, pas une simple suggestion de cadeau d'anniversaire.

— C'est une requête inhabituelle, reconnut-il. Mais tu tiens visiblement beaucoup à devenir maman. Et donc je tiens beaucoup à t'aider à accomplir ton projet. Sans oublier que le fait d'avoir conçu un enfant ensemble crée des liens pour toute la vie entre deux personnes, quelles que soient les circonstances. Ne préférerais-tu pas prendre cette sorte d'engagement avec quelqu'un qui est déjà ton ami pour la vie, plutôt qu'avec un inconnu choisi au hasard ?

— Je sais que nous sommes à Las Vegas, mais je ne comptais pas m'en remettre au hasard pour concevoir un bébé. Les candidats sont soigneusement sélectionnés. Je saurai qui est le donneur et qu'il sera le genre de personne digne de partager l'ADN de mon enfant.

Zora se tut un instant, visiblement agacée, avant d'ajouter :

— J'ai la vague impression que tu me juges, Dallas. J'attendais autre chose de toi.

— Je ne te juge pas, Zo, protesta-t-il en lui soulevant le menton, l'obligeant à le regarder dans les yeux. Tout ce que j'ai dit, c'est que je suis là et que je *désire* faire ça pour toi.

— Et je t'adore pour cela, Dal, assura-t-elle avec un sourire qui n'atteignait pas tout à fait ses yeux. Mais notre amitié est précieuse pour moi, et je ne la mettrai pas en danger une nouvelle fois. J'apprécie ton offre, mais ce dont j'ai besoin de ta part, c'est uniquement ton soutien. D'accord ?

Il acquiesça, lui offrant un sourire probablement aussi peu convaincant que le sien.

— Très bien. Comme tu voudras.

— Parfait, conclut-elle avec un sourire sincère, cette fois-ci. Maintenant, dépêche-toi. J'ai encore faim. De plus, nous risquons de manquer le cocktail. Allons-y avant que les autres aient vidé toutes les bonnes bouteilles.

Zora avait le chic pour introduire l'humour dans les situations les plus sombres. Comme cinq ans plus tôt, à l'enterrement de son grand-père, soulageant un chagrin tout simplement insupportable.

— Tu as encore faim ? s'exclama Dallas en riant. Es-tu certaine de ne pas être déjà enceinte ?

— Surveille tes paroles, répliqua-t-elle d'un air faussement courroucé. Sinon, je t'étrangle avec ton nœud papillon.

Pouffant de rire, Dallas alla éteindre les lumières de la chambre, puis il la suivit jusqu'au salon. Zora ramassa son réticule sur le bar et tourna le regard vers l'un des paniers cadeaux enveloppé de cellophane violette.

— Celui-là porte mon nom, remarqua-t-elle. Je vois une bouteille de liqueur de café et des pâtisseries à l'air délicieux.

— C'est probablement pour cela que Sam insiste pour que nous n'y touchions pas avant la cérémonie, observa Dallas en riant. Quant à moi, c'est la vodka de cet autre panier qui a attiré mon attention.

— Rendez-vous tout à l'heure, alors, suggéra-t-elle. Après la remise des récompenses, nous reviendrons ici, nous nous mettrons en pyjama et nous déciderons de quelle façon nous allons fêter mon anniversaire durant les deux prochains jours.

Elle esquissa un sourire ironique, avant d'ajouter :

— À moins, bien sûr, que tu n'aies fait la connaissance d'une jolie femme. Si c'est le cas, n'oublie pas de suspendre une chaussette à la poignée de la porte pour m'avertir.

— Petite insolente, répliqua-t-il en offrant le bras à sa meilleure amie. Allons, viens. Allons grignoter quelque chose.

Zora glissa le bras sous le sien, et ils se dirigèrent vers la porte.

Il aurait dû se sentir soulagé que Zora ne l'ait pas pris au mot en acceptant sa proposition d'être le papa de son bébé. Elle avait raison. Ce serait une situation compliquée et pleine de risques. Et ils devraient fournir des tas d'explications à leurs familles.

Il était un célibataire heureux, satisfait de profiter de son amitié avec Zora, la plus longue relation de toute sa vie. Devenir le père de son enfant changerait tout cela pour toujours.

Dallas *n'était pas* comme son père. S'il existait dans ce monde un enfant qui ne soit même qu'à moitié à lui, personne ne pourrait jamais empêcher qu'il fasse partie de sa vie.

Toutefois, au train où allaient les choses, il ne deviendrait peut-être jamais le papa de qui que ce soit.

Et, compte tenu de l'histoire chaotique des relations des hommes de la famille Hamilton, il valait peut-être mieux pour tout le monde qu'il demeure célibataire pour toujours.

5

— Très bien, déclara Zora en apportant le panier à la cellophane violette afin que Dallas le déballe en premier. Ces brownies au chocolat et cette liqueur de café m'ont fait rêver toute la soirée.

— Déballe-le toi-même, répondit Dallas en déchirant l'emballage d'un autre panier contenant sa vodka favorite. J'ai repéré quelque chose d'intéressant, moi aussi.

La cérémonie avait été spectaculaire. Le Prix de l'Innovation qui lui avait été décerné par une prestigieuse organisation était à ce jour le plus grand hommage de sa carrière. Tout spécialement parce qu'il lui avait été décerné par une assemblée de ses pairs. Dallas avait gagné quelques excellents contacts dans l'industrie, et il venait de passer une merveilleuse soirée avec Zora à son bras. La femme la plus magnifique de toute la salle. Et il n'avait même pas trébuché en montant sur le podium pour son discours.

Une victoire totale.

Quand elle déballa délicatement le panier pour atteindre les délicieux brownies, les yeux de Zora brillèrent comme ceux d'une enfant à Noël. Elle plaça la bouteille de liqueur sur le bar près de la vodka, puis croqua une bouchée de brownie, gémissant de plaisir.

— Oh ! mon Dieu, Dal ! Tu dois absolument goûter ces brownies. Ils ont une saveur de paradis.

— Allons, Zo ! Aucun brownie n'est délicieux à ce point.

Exception faite des tartes aux pommes maison, Dallas n'était pas un grand fan de pâtisseries. Mais l'expression de pur plaisir sur le visage de son amie éveilla sa curiosité.

— Ceux-ci le sont, insista-t-elle en détachant un petit morceau qu'elle plaça entre ses lèvres. Tu dois les goûter.

Il mastiqua lentement, laissant le goût du chocolat et des noix se répandre dans sa bouche, avant d'observer :

— Tu as raison, c'est un régal.

Zora termina le sien, puis s'empara de deux autres paniers qui avaient excité sa gourmandise.

— Pouvons-nous déballer ceux-là aussi ?

— Absolument, dit-il en sortant deux verres du bar. C'est pour cela qu'ils sont là.

Elle ôta les emballages des deux paniers et en sortit une bouteille d'amaretto et une d'irish cream qu'elle alla poser près des deux autres. Puis, reculant d'un pas, elle croisa les bras sur sa poitrine, les sourcils froncés comme si elle était plongée dans de profondes réflexions. Puis son regard s'éclaira, elle claqua des doigts et, se tournant vers lui, s'empara de son bras.

— J'ai trouvé, dit-elle. Sais-tu ce qui me ferait réellement plaisir, ce soir ?

— Non, répondit-il en souriant. Qu'est-ce que c'est ?

— Un *orgasme explosif*.

— Euh... Quoi ?

— Un *orgasme explosif*, répéta-t-elle, fronçant les sourcils. C'est le nom d'un célèbre cocktail.

Dallas se serait volontiers contenté d'une bière ou d'une vodka *on the rocks* mais, après tout, ils célébraient son succès et l'anniversaire de son amie. Pourquoi lésiner ?

Zora appela donc le service d'étage pour commander les ingrédients nécessaires et ouvrit quelques placards à la recherche du matériel dont ils auraient besoin. Puis elle entreprit de verser des doses précises de chacun des quatre alcools dans le shaker avec une concentration totale.

Dallas fit de son mieux pour ne pas laisser le regard s'attarder sur la courbe parfaite de son généreux derrière tendant le tissu du petit short de son pyjama, s'efforçant de se rappeler qu'il était son ami. Mais il était aussi un homme qui appréciait énormément le spectacle d'un joli derrière rond et ferme.

À cet instant précis, Zora se retourna vers lui.

— Tu as passé énormément de temps à flirter avec les représentantes de l'équipe islandaise, remarqua-t-elle.

Dallas se sentit rougir. Avait-elle surpris son regard concupiscent ? Si c'était le cas, elle n'en montrait rien.

— C'est vrai. Je t'avais dit il y a quelques mois que leur société m'avait suggéré la possibilité d'une collaboration. Le dirigeant de cette société est un père de famille très conservateur qui aime travailler à l'ancienne, et il tenait à me rencontrer en personne avant de s'engager. L'entreprise est un important acteur international, alors...

— Cela pourrait être une *très* bonne affaire pour toi, termina-t-elle à sa place.

Elle plaça la main sur son bras et lui offrit un sourire, avant d'ajouter aussitôt :

— Je sais que ta société est déjà une belle réussite. Tu as travaillé dur et, d'un hobby que ton grand-père t'avait enseigné, tu as fait une entreprise qui a déjà décroché de multiples récompenses. Cette année a été un énorme succès.

Avant qu'il ait pu répondre, on frappa à la porte. Dallas prit quelques billets sur la table de nuit de sa chambre pour le pourboire et alla prendre livraison du lait et de la crème fouettée qu'ils avaient commandés au service d'étage pour les rapporter à son amie. Zora mesura la bonne dose de lait et la versa dans le shaker à cocktail en acier inoxydable. Elle plaça quelques glaçons dans chacun des verres, puis dans le shaker avant de le secouer vigoureusement.

Zora versa sa préparation crémeuse dans leurs deux verres, puis elle y ajouta une bonne dose de crème fouettée sur laquelle elle posa une cerise. Puis elle tendit son verre à Dallas et leva le sien pour porter un toast.

— Dallas Matthew Hamilton, je suis extrêmement fière de toi. Et ton grand-père le serait aussi, s'il pouvait te voir.

— Je crois aussi qu'il serait fier, répondit Dallas, refoulant une vague de tristesse. Il me manque beaucoup. Mais je me réjouis que tu sois ici. Je sais que tu es très occupée avec King's

Finest, ces jours derniers. J'apprécie d'autant plus que tu aies pris le temps de venir me rejoindre pour cette occasion. Je me suis senti très heureux de te savoir dans l'assistance lorsqu'on a appelé mon nom, ce soir.

— Rien n'aurait pu m'empêcher de venir, déclara Zora en faisant tinter son verre contre le sien.

Puis ils burent.

— Hum ! fit Zora en avalant sa première gorgée. C'est bon ! Un peu plus fort que dans mon souvenir, mais excellent.

— Je partage cet avis, dit Dallas en examinant la bouteille. Mais sois prudente. Cette liqueur de café est très forte.

— Je gagne ma vie en vendant des boissons alcoolisées, rappela Zora en riant. Mais ne t'inquiète pas, je n'essayerai pas d'abuser de toi si tu es pompette.

— Toujours aussi insolente, répliqua Dallas en s'octroyant une seconde pâtisserie. Ces brownies sont délicieux. Tu n'avais pas exagéré.

— Je te l'avais bien dit, fit Zora, croquant un brownie à son tour. Rappelle-moi de remercier Sam pour cette attention.

Elle passa la main sur ses boucles brunes striées de blond cascadant sur ses épaules, et Dallas l'observa, fasciné. Il aurait adoré le faire lui-même, mais il n'avait jamais plus osé depuis qu'il avait tenté l'expérience à l'école primaire. Zora l'avait averti de ne jamais plus toucher les cheveux d'une femme noire, à moins qu'elle ne l'ait *explicitement* autorisé.

— Le cocktail est très bon aussi, dit-il en sirotant son verre. Mais je ne suis pas certain qu'il soit aussi mémorable qu'un bon orgasme. C'est placer la barre très haut.

— Il est certainement meilleur que quatre-vingt-quinze pour cent des orgasmes que j'aie éprouvés sans m'en charger moi-même, répliqua Zora.

Dallas s'étouffa avec sa gorgée d'alcool, et il se mit à tousser violemment. Conscient tout à coup du ridicule qu'il y aurait à mourir étouffé dans un lieu public, en proie à une monumentale érection déclenchée par des visions de son amie en pleine action auto-érotique.

— Cela va aller ? s'inquiéta Zora, lui tapotant le dos.

— Oui, oui, assura-t-il. J'ai seulement avalé de travers.

Il avait tendu la main afin de l'empêcher de se rapprocher, priant pour qu'elle n'ait pas remarqué la façon dont son corps avait réagi à ses paroles. S'adossant au coussin du sofa, il s'empressa de changer de sujet.

— Nous ne pourrons plus voyager aux quatre coins du monde ensemble, ni faire la fête toutes les nuits lorsque tu seras maman, annonça-t-il.

Il avait dit cela comme une plaisanterie, mais tout à coup il comprenait que c'était la simple réalité.

— Pour nous, c'est la fin d'une époque, Zo.

Avait-il l'air aussi pitoyable qu'il en avait l'impression à cet instant ?

Emportant son verre, le shaker à cocktail et un nouveau brownie, Zora s'approcha pour poser le tout sur la table basse. Une jambe repliée sous elle, elle s'assit à côté de lui, sa cuisse effleurant la sienne.

— Je ne t'abandonne pas, Dal, le rassura-t-elle en se blottissant sous son bras allongé sur le dossier du sofa. Mais nous grandissons tous un jour.

— C'est vrai au moins pour l'un de nous, répondit-il, sirotant son verre d'un air morose. Tu désires devenir la P-DG de King's Finest et maintenant tu veux aussi devenir maman.

Il marqua une pause comme s'il cherchait les mots adéquats pour ce qu'il s'apprêtait à lui dire, avant d'ajouter :

— Je suis surpris que tu songes à te lancer dans un tel projet au moment où tu dois convaincre ta famille que tu es la plus apte à assumer les fonctions de P-DG.

— Lorsque Blake est devenu papa, personne n'a cru une seule seconde que cela l'empêcherait de diriger l'entreprise, rappela-t-elle d'un ton indigné.

— Je n'ai pas dit cela, Zo, corrigea-t-il, sentant qu'il avait touché un point sensible. C'est seulement qu'être P-DG ou maman sont deux tâches titanesques qui changent la vie.

— Les tâches multiples ne me font pas peur, assura Zora, reposant brusquement son verre sur la table basse.

Elle lui adressa un clin d'œil, avant de poursuivre :

— En outre, papa n'a pas l'intention de prendre sa retraite avant quelques années. Le timing est parfait.

Il lui offrit un sourire un peu triste et vida son verre.

— Comme je le disais, tu y as beaucoup réfléchi.

— Oui, en effet. Je sais qu'il m'est arrivé parfois de me montrer trop pressée, mais c'est fini. Je fais de bons choix. Mes décisions sont mûrement réfléchies. Je prouverai à mon père et à mon grand-père que je suis capable de diriger l'entreprise et de perpétuer l'héritage familial. Ne t'inquiète pas, tout ira bien.

— D'accord, dit Dallas en vidant le reste du shaker dans leurs verres et en portant un toast. Je souhaite que tous tes rêves se réalisent, et même davantage.

— Que tous *nos* rêves se réalisent, corrigea-t-elle, faisant tinter son verre contre le sien.

Impossible. Une nouvelle maman doublée d'une dirigeante d'entreprise surmenée n'aurait plus aucun temps pour lui. Il n'y aurait plus de moments de proximité comme celui-ci.

Il allait profiter au maximum des prochaines quarante-huit heures. Ce serait peut-être la dernière fois qu'il passerait du temps en tête à tête avec Zora.

6

Lorsque Zora se réveilla, un soleil impitoyable dardait ses rayons dans la chambre, l'éblouissant malgré ses paupières closes. Elle avait un peu mal à la tête et n'aurait su dire avec certitude dans quelle chambre ni même dans quelle ville elle se trouvait.

Prenant une profonde inspiration, elle entrouvrit prudemment un œil, puis l'autre. Elle écarta ses cheveux de son visage et vit le soleil se refléter sur les façades étincelantes des grands hôtels du Strip.

Elle était à Las Vegas. Avec Dallas.

Son esprit était tout embrumé. Et elle n'avait pas le moindre souvenir de ce qui avait pu se passer après la remise des récompenses.

Zora aurait été incapable de dire si deux heures ou deux jours s'étaient écoulés depuis, ce qui était en soi assez déconcertant. Et à mille lieues du comportement attendu d'une P-DG et future maman.

Elle voyait déjà Parker, son prétentieux frère aîné, gloser à ce sujet, lui déclarant qu'elle était totalement irresponsable et indigne de diriger l'entreprise. Et donc elle ne lui avouerait jamais qu'elle avait bu l'équivalent de son propre poids de…

Seigneur ! Elle avait même oublié ce qu'ils avaient bu.

Elle avait la tête lourde et la bouche sèche. Malgré la climatisation, elle avait trop chaud dans cette chambre et la sensation qu'un poids considérable était posé sur son ventre. Elle avait besoin d'un café… ou même de plusieurs cafés, et d'un bon comprimé antidouleur. Elle ignorait quelle heure il pouvait bien être, mais elle aurait volontiers dormi quelques heures de plus.

Soudain, le lit remua, et le poids qui encerclait son ventre se fit plus lourd.

Zora laissa échapper un cri de frayeur et tenta de s'écarter de ce corps qui avait envahi son espace personnel. Mais cette inélégante tentative de fuite eut pour seul effet de la faire chuter lourdement sur le tapis.

Son derrière généreux venait peut-être de lui sauver la vie.

Zora essaya aussitôt de se relever mais, lorsqu'elle appuya la main sur le sol, elle constata que son poignet lui faisait mal.

Merveilleux. Elle s'était peut-être aussi foulé le poignet.

Toutefois, ses jambes fonctionnaient très bien. Et elle était prête à asséner un bon coup de genou dans les bijoux de famille de cet individu s'il ne lui expliquait pas immédiatement ce qu'il faisait dans son lit.

L'homme en question se redressa d'un coup comme s'il avait entendu son hurlement, mais seulement à retardement.

— Zora ?

— Dallas ? s'écria-t-elle au même instant.

— Que fais-tu sur le sol ?

— Et toi, pourquoi es-tu dans mon lit ?

— Je ne suis pas dans ton lit, se défendit Dallas en grimaçant comme s'il lui était douloureux de parler. C'est ma chambre.

Elle ouvrit la bouche pour protester, mais Dallas indiqua ses bottes de cow-boy favorites et le sac de voyage kaki posés dans un coin de la pièce. Les deux chambres de la suite étaient identiques, mais les meubles y étaient orientés différemment. De plus, elle ne voyait aucune trace de ses affaires personnelles.

Dallas avait raison. Elle se trouvait dans sa chambre et dans son lit. Soudain, elle sentit le souffle glacé de la climatisation sur sa peau presque entièrement exposée. Elle ne portait qu'un body de soie grège et de dentelle, au dos nu, qu'elle ne reconnut pas.

Zora sentit sa confusion se transformer en panique, et ses joues s'enflammèrent. Elle tourna les yeux vers Dallas qui, malgré son apparente migraine, était encore follement séduisant. Elle ne put s'empêcher de suivre du regard la légère toison châtain clair qui, partant de son large torse, disparaissait sous le drap remonté à hauteur de sa taille.

Ravalant sa fierté, Zora accepta sa main tendue, et il l'aida à se relever.

— Très jolis... dessous, observa Dallas en bâillant, les yeux fixés sur le vêtement presque transparent qui exposait plus que généreusement son derrière.

— Très drôle, lâcha-t-elle d'un ton grinçant en arrachant le drap du lit pour s'en envelopper.

Le souffle coupé, elle constata que, ce faisant, elle avait aussi révélé le corps nu de Dallas ainsi que sa magnifique érection matinale.

— Dallas ! s'écria-t-elle. Pourquoi es-tu tout nu ?

— Permets-moi de te rappeler que ceci est *ma* chambre. Je ne m'étais pas rendu compte que j'avais de la compagnie dans mon lit, mais en principe, lorsque c'est le cas, elles n'émettent aucune objection à ce que je sois nu.

Il accompagna ces mots d'un clin d'œil égrillard, qui le fit à nouveau grimacer de douleur.

— Aïe ! gémit-il. Ma tête va éclater.

— Bien fait, dit-elle, parcourant la pièce du regard, les bras croisés. Pourquoi suis-je ici, et où sont mes vêtements ? Cette chose que je porte n'est pas à moi.

— Moi, elle me plaît bien, affirma-t-il en s'étirant paresseusement, comme si la situation dans laquelle ils se trouvaient ne le gênait pas le moins du monde.

L'attitude détendue de Dallas était un parfait contrepoids à sa propre nature, plus... volcanique. En temps normal, c'était une qualité qu'elle appréciait chez lui. Il lui avait évité de commettre de nombreuses erreurs au fil des années. Mais, à cet instant précis, alors qu'ils venaient inexplicablement de dormir dans le même lit après une soirée bien arrosée et qu'ils se réveillaient peu ou pas du tout habillés, elle aurait aimé que son ami partage au moins partiellement sa panique.

— Moi aussi, j'aime bien cette tenue, déclara Zora. Mais la

question n'est pas là. La question, c'est que je ne l'ai pas achetée. En tout cas, je ne me souviens pas de l'avoir fait.

— Elle est pourtant assortie à cela, remarqua Dallas, indiquant un autre vêtement gisant dans un fauteuil, près de la fenêtre.

Zora s'en approcha et ramassa la petite minirobe blanche au dos nu – qui était effectivement un complément parfait à l'ensemble qu'elle portait. Mais elle ne lui appartenait pas non plus.

Ou… Peut-être ?

Elle plaqua la robe à sequins scintillante contre son corps et constata qu'elle était à sa taille, même si elle était plus courte que son style habituel. Le tissu sentait son parfum.

Il ne faisait aucun doute qu'elle avait porté ce vêtement, mais l'avait-elle acheté ?

— Mes cartes de crédit ! s'exclama-t-elle en se tournant vers Dallas, qui bâillait derrière sa main. Si j'ai acheté ces articles, ils seront débités sur l'une d'elles. Où est mon téléphone ?

Ils le cherchèrent ensemble dans toute la chambre. Celui de Dallas était posé sur la table de nuit. Mais le sien n'était nulle part en vue. L'avait-elle perdu ?

— Je suis sûr qu'il doit être ici quelque part, dit Dallas en ramassant son propre téléphone. Je vais appeler ton numéro.

Tous deux tendirent l'oreille, et ils entendirent bientôt la sonnerie personnalisée du portable de Zora.

— Pendant que tu pars à la recherche de ton téléphone, je vais…

— Te rhabiller ? suggéra Zora d'un ton plein d'espoir.

Elle venait de voir son séduisant ami dans sa splendide nudité, et ce spectacle commençait à fissurer son self-control.

La dernière chose au monde dont ils avaient besoin, c'était une répétition de ce fameux baiser… ou même pire.

— Euh… oui, bonne idée, fit Dallas, passant la main sur sa nuque dans un geste qui fit saillir son biceps impressionnant.

Réprimant un gémissement, Zora détourna les yeux.

— Génial, dit-elle, toussotant pour s'éclaircir la voix. Ensuite, nous pourrons parler de… ce qui s'est passé cette nuit devant un bon petit déjeuner. Je meurs de faim.

— J'ignore si on sert le petit déjeuner à cette heure-ci.

— Pourquoi ? Quelle heure est-il ?

— Presque 14 h 30, précisa-t-il en bâillant à nouveau.

— Nous sommes à Las Vegas. Je suis sûre que nous trouverons un lieu qui sert le petit déjeuner toute la journée.

Zora tendit à nouveau l'oreille, mais la sonnerie de son téléphone avait cessé.

— Appelle-moi encore, veux-tu ?

Dallas s'exécuta, et elle passa dans sa propre chambre, de l'autre côté du salon, où elle trouva son téléphone sous une pile de vêtements, sur son lit encore fait.

Pourquoi avait-elle vidé son sac de voyage et éparpillé tout ce qu'il contenait sur le lit ? Cela expliquait peut-être l'achat de cette robe. Selon toute évidence, ils s'étaient rendus dans un lieu où rien de ce qu'elle avait apporté dans ses bagages ne convenait tout à fait.

La batterie de son téléphone était déchargée. Réprimant un soupir, elle brancha la prise, puis elle parcourut la chambre d'un regard circulaire, s'efforçant de se rappeler ce qui s'était passé le soir précédent. Elle aperçut alors plusieurs sacs de shopping posés dans un coin de la pièce.

Apparemment, Zora pompette s'était lancée dans une frénésie d'achats. Elle espérait que cette autre elle-même n'avait pas trop mis à mal ses finances.

Trois des sacs étaient marqués du logo *Boutique du mariage* en élégantes lettres dorées. Le premier contenait une housse à vêtements, le second une boîte à chaussures vide. Dans le dernier, elle trouva ce qui ressemblait à un sac vraisemblablement destiné à contenir des accessoires.

Soudain, Zora ne pouvait plus respirer. Elle glissa les doigts dans ses cheveux, et une mèche s'accrocha dans la bague qu'elle portait au doigt.

Une bague ? songea-t-elle, tremblant d'appréhension.

Elle libéra délicatement les cheveux prisonniers du bijou et, respirant bien à fond, fixa sa main.

Réprimant le cri de désespoir qui montait du fond de sa gorge, elle reconnut la bague de fiançailles au saphir rose qu'elle avait admirée la veille dans la bijouterie. Celle-là même que la vendeuse l'avait convaincue d'essayer. Cette femme s'était terriblement trompée en lui affirmant qu'il n'y avait aucun mal à rêver. Car Zora ne portait pas seulement la spectaculaire bague de fiançailles ornée d'un saphir et de diamants. Elle avait aussi à son doigt un anneau de mariage à couper le souffle, incrusté de diamants de tailles marquise et cœur en alternance parfaite.

Les mains de Zora se mirent à trembler de façon incontrôlable. Que diable avait-elle fait cette nuit passée ?

7

Était-il possible que Dallas et elle aient… Non. C'était impossible. Ils n'auraient *jamais* fait une chose pareille. Elle en était certaine. Car, si elle-même avait un caractère plutôt impétueux, Dallas était un homme solide et raisonnable. Un homme logique. Il était inconcevable qu'elle et lui aient…

Zora était incapable de former ces mots. Même en pensée.

Mais il y avait un bon moyen de le vérifier.

Elle retrouva son short et son haut de pyjama et les enfila, avant de retourner dans la chambre de Dallas.

— Dal ? appela-t-elle, toquant à la porte. Es-tu habillé ?

— Presque, répondit-il. Laisse-moi une seconde. Maintenant, c'est bon. Entre.

Zora pénétra dans la chambre, luttant contre la panique. Il devait y avoir une explication logique à tout cela. Peut-être…

Calme-toi, songea-t-elle. *Réfléchis.*

Elle en était capable. Il lui suffirait de contrôler sa respiration, de se détendre. Mais en premier lieu elle devait voir la main de son ami.

— Dallas… Heu… Peux-tu me montrer ta main gauche ?

Il lui lança un regard perplexe, mais il obéit sans protester. Apparemment, c'est à ce moment-là qu'il comprit aussi.

— Bon sang ! C'est un…

— Un anneau de mariage ? suggéra Zora d'une voix tremblante. C'est bien cela, n'est-ce pas ? Assorti à celui-ci ?

Dallas parut stupéfait. Il s'empara de la main de Zora et

compara leurs deux anneaux. Le sien était magnifique, avec ses cinq diamants de taille carrée.

— Sommes-nous allés à un bal costumé ? balbutia-t-il en fixant le regard sur elle. Ce sont des faux, n'est-ce pas ? J'ai imaginé que la tiare que j'avais vue dans ma salle de bains faisait partie d'un déguisement.

— Une tiare ? répéta-t-elle d'une voix éteinte. Dans ta salle de bains ?

Zora s'y précipita aussitôt. La tiare qu'elle vit sur la tablette était lourde et délicatement ciselée. Et les ornements étaient des cristaux Swarovski, elle en était sûre.

Lorsqu'elle retourna dans la chambre, Dallas tenait une feuille de papier entre ses mains et fixait tantôt le document, tantôt l'anneau à son doigt.

— Dallas, dit-elle en lui montrant la tiare, ceci n'est pas un accessoire de déguisement. Ma bague de fiançailles et mon anneau de mariage non plus. Et je suis quasiment certaine que l'anneau de ce que tu portes à ton doigt est en platine orné de vrais diamants.

Son ami fixa à nouveau sa main d'un regard abasourdi, mais sans dire un mot.

— Mon téléphone est encore en charge, mais je dois absolument vérifier mes cartes de crédit. J'ai trouvé dans ma chambre plusieurs sacs provenant d'une boutique de *mariage*. J'ai bien peur que nous nous soyons vraiment…

— Mariés ? fit Dallas d'une voix rauque. D'après ce document, nous sommes désormais M. et Mme Dallas Matthew Hamilton. Apparemment, tu as même adopté mon nom. Et honnêtement c'est peut-être cela le plus choquant dans toute cette histoire.

— Montre-moi ça, dit Zora en lui prenant le document des mains pour le lire attentivement. *Deux fois.*

Hébétée, elle le lui rendit d'une main tremblante.

— Non, non et non ! gémit-elle en s'affalant sur le lit. Ce n'est pas possible ! Nous n'aurions pas fait cela ! Nous… marier ? Pourquoi aurions-nous fait une chose pareille ? Et pourquoi diable n'en ai-je gardé aucun souvenir ? Ce n'est qu'un mauvais rêve. Nous allons nous réveiller, et tout sera à nouveau comme avant. C'est sûrement cela.

À cet instant précis, Dallas lui pinça le bras.

— Aïe ! protesta-t-elle. Pourquoi as-tu fait ça ?

— Je vérifiais seulement ta théorie du rêve, répondit-il en enfilant un T-shirt avant de s'asseoir près d'elle. De plus, nous rêverions des mêmes choses, et je doute que cela soit possible.

— De quoi te souviens-tu, pour hier soir ? s'enquit Zora.

— De pas grand-chose, convint-il en soupirant. Je me rappelle que nous sommes rentrés ici après la cérémonie. Nous avons enfilé nos pyjamas et nous avons célébré mon succès. Tu nous préparais des cocktails très corsés avec un nom bizarre ayant trait au sexe.

— Je me souviens ! s'exclama Zora. C'était *orgasme explosif*. Et tu m'avais conseillé de ralentir, parce que la liqueur de café était très forte. Nous nous gavions aussi de ces délicieux brownies que ton frère t'avait fait livrer. Cette liqueur de café est peut-être l'explication de mon affreuse migraine, mais...

— Mais les cocktails n'expliquent peut-être pas tout, coupa Dallas en se levant brusquement. Reste-t-il encore quelques-uns de ces brownies ?

— Ces friandises sont-elles si importantes, à cet instant ?

— J'ai seulement besoin de voir l'emballage répondit-il.

Dallas se dirigea à grands pas vers le salon et, parmi les paniers qu'ils avaient déballés la veille, il retrouva celui de son frère et le fouilla frénétiquement.

— Je comprends maintenant pourquoi Sam nous avait recommandé d'attendre la fin de la cérémonie pour l'ouvrir. Ce ne sont pas des brownies ordinaires. Ce sont des brownies à l'herbe. Lis toi-même.

Zora prit l'emballage qu'il lui tendait, et Dallas alla s'asseoir sur l'un des tabourets du bar pendant qu'elle l'étudiait.

— Je suis sincèrement désolé, dit-il. Je n'avais jamais imaginé que mon idiot de frère m'enverrait des brownies épicés à l'herbe dans un panier cadeau.

Zora lut attentivement l'étiquette, et elle regretta aussitôt de ne l'avoir pas fait la veille.

— Ce n'est pas ta faute, assura-t-elle. Tu ne pouvais pas savoir. En outre, c'est moi qui ai déballé ce panier. J'aurais dû faire plus attention à la liste des ingrédients.

Elle jeta la boîte vide dans le panier, puis alla s'asseoir sur le tabouret voisin de celui de son ami, avant d'ajouter :

— En tout cas, rappelle-moi d'étrangler Sam à notre prochaine rencontre. Il nous doit des excuses. Et, si je ne peux pas me faire rembourser tout ce que j'ai acheté, la facture que je lui enverrai sera conséquente. Cette bague à elle seule a dû coûter cinquante mille dollars.

— Tu plaisantes, n'est-ce pas ? s'exclama Dallas, s'emparant de sa main pour examiner la bague étincelante.

Aussi somptueuse que son propre anneau de mariage.

— Elle est magnifique, dit-il enfin. Et elle te va bien.

— Dommage que je ne puisse pas la garder, observa-t-elle, levant la main dans un rayon de soleil pour voir danser la lumière sur le saphir rose taillé en cœur et les diamants.

C'était réellement une bague merveilleuse. Et la couleur du saphir s'harmonisait parfaitement à la teinte de sa peau.

— Minute ! coupa Dallas. Veux-tu dire que tu as réglé toi-même tous ces achats ? Si, pour une raison inconnue, nous avons décidé de nous marier hier soir. Pourquoi n'aurais-je pas réglé moi-même la facture de la bague ?

— C'est la tradition, c'est vrai, convint-elle. Mais je ne t'imagine pas capable d'investir une telle somme dans une bague. Et surtout pas pour un échange de vœux impromptu durant une nuit d'ivresse.

— Car je suis trop radin ? suggéra-t-il, fronçant les sourcils.

— Parce que tu es un homme frugal et raisonnable dans tes dépenses, corrigea-t-elle, posant la main sur l'épaule de son ami. Ce n'est pas une insulte, Dal. Je te comprends.

Son ami évoquait rarement ce sujet, mais elle savait que Dallas avait beaucoup souffert d'être arraché à sa vie confortable dans une famille classique de la classe moyenne de Nashville pour se retrouver chez son grand-père, dans une cabane en ruine au fin fond des bois. Cette expérience d'enfance l'avait traumatisé.

Le brusque divorce de ses parents avait mis à mal sa capacité à faire confiance aux gens, et Dallas avait gardé une peur bleue de la pauvreté, même s'il était aujourd'hui financièrement à l'aise. Dallas ne le reconnaîtrait jamais, mais Zora était persuadée que cela expliquait pourquoi, dans les rares occasions où il s'était lancé dans une relation durable, c'était invariablement avec des femmes qui n'étaient pas faites pour lui.

Dallas avait peur d'être un piètre mari comme son père l'avait été, et l'était encore. Douglas Hamilton en était à son quatrième mariage, et il s'apprêtait même à fonder une seconde famille. Son épouse, qui était beaucoup plus jeune que lui, attendait un enfant.

— Ce n'est pas une accusation, insista-t-elle. D'ailleurs, nous avons des problèmes plus pressants. Et d'abord retourner dans la chapelle mentionnée sur ce document, pour vérifier qu'il s'agit d'un acte légal. Et, si c'est le cas, nous devrons trouver un moyen de le faire annuler.

— Formidable, marmonna-t-il. Me voilà déjà à marcher dans les traces de mon père. Je détiens même sûrement le record du mariage le plus bref de l'histoire de la famille.

— Ce que nous avons fait ne compte pas comme un mariage, assura-t-elle. Nous étions victimes d'une espèce d'hallucination. Honte à cette chapelle minable qui nous a mariés dans un tel état. De plus, nous n'avons pas consommé le mariage, n'est-ce pas ?

— Crois-moi, répondit-il, devinant qu'elle n'en était pas très sûre. Si je t'avais fait l'amour, tu t'en souviendrais très bien.

Zora ne put s'empêcher de se rappeler l'instant où elle avait arraché le drap du lit tout à l'heure et découvert ainsi que son ami dormait nu, et qu'il était… très bien doté par la nature.

— Essayes-tu de me dire que je me souviendrais de *cela*, mais pas d'avoir décidé de t'épouser ? répliqua-t-elle d'un ton excédé. En tout cas, nous ne soufflerons jamais un mot de cette histoire à qui que ce soit. À personne, compris ? Jamais.

— Pas de problème.

Avec elle, Dallas avait toujours tenu parole. Pourtant, sa réponse ne lui semblait pas très convaincante.

— Croix de bois, croix de fer ? insista-t-elle.

— Ne sommes-nous pas un peu vieux pour ces jeux, Zo ? Soit, nous ne parlerons à personne de ce mariage et nous le ferons annuler avant de quitter Las Vegas si c'est possible.

— Je l'espère sincèrement, dit-elle en descendant de son tabouret. J'ai besoin d'une douche et d'un bon petit déjeuner. Ensuite, nous réglerons ce problème.

— Je sais que ce mariage était une erreur, Zo, remarqua-t-il. Mais tu ne ménages pas ma beaucoup mon orgueil. Visiblement tu as hâte d'être débarrassée de moi.

— Pardonne-moi, s'excusa-t-elle, posant doucement la main sur la joue de son ami. Un jour, tu seras un merveilleux mari pour une autre femme. Et elle aura de la chance de t'avoir.

— Seulement, ce ne sera pas toi, murmura-t-il.

Zora le dévisagea. Parlait-il sérieusement ? Était-il déçu qu'elle n'ait pas accepté son offre d'être le papa de son bébé ?

— Parce que nous sommes seulement amis, j'ai compris, dit-il enfin. Laisse-moi une quinzaine de minutes pour me doucher, et nous irons ensemble prendre le petit déjeuner.

Et, sur ces mots, Dallas lui tourna le dos et s'en alla.

Zora n'avait pas eu l'intention de lui faire de la peine. Elle s'était simplement montrée un peu trop franche encore une fois. Elle allait devoir travailler là-dessus. *Réellement*.

Elle ressemblait peut-être davantage à son frère Parker qu'elle ne s'en doutait. Parker était un individu brillant, mais totalement ignorant des grâces sociales, qui exprimait ses sentiments sans aucun filtre. C'était pour cette raison qu'elle aurait fait une meilleure P-DG que lui. Il lui restait seulement à le prouver à son père et à son grand-père.

Mais… un mariage impromptu décidé dans l'ivresse ? Parker avait peut-être raison. Elle n'était qu'une tête brûlée dominée par ses émotions, peu apte à diriger King's Finest.

Avec un peu de chance, une douche et une nouvelle tenue contribueraient à lui éclaircir les idées. Elle devait élaborer un plan d'action. Et, en premier lieu, commencer à remballer tous les articles qu'elle avait achetés le soir précédent. Y compris cette robe de mariée devant laquelle sa mère se serait évanouie d'émotion.

Duke et Iris Abbott auraient été terriblement déçus que leur unique fille se soit mariée dans une chapelle minable à Las Vegas – probablement devant un mauvais sosie d'Elvis Presley. Et cela, coiffée d'une tiare somptueuse et vêtue d'une robe si courte qu'elle ne dissimulait presque rien.

Franchement, ils rendraient service à leurs familles en ne leur disant pas un mot de leur aventure de Las Vegas.

— Eh, Zo ! lança Dallas en sortant soudain de sa chambre pour se diriger vers elle, son téléphone dans la main. J'ai l'impression que notre plan de garder le secret au sujet de notre mariage express est éventé.

— Pourquoi ? s'étonna Zora. Ne venions-nous pas de décider que c'était la meilleure solution ?

— C'était avant *ceci*, dit-il en lui tendant le téléphone.

Sur l'écran, en couleurs parfaites et en haute définition elle vit défiler une vidéo d'eux deux, debout côte à côte dans une chapelle. Elle portait la minirobe à sequins et la tiare, et elle dut convenir qu'elles lui allaient très bien. Dallas était magnifique dans son smoking – celui qu'il avait porté à la cérémonie de remise des prix. Dans la vidéo, Dallas et elle échangeaient leurs vœux au cours d'une cérémonie d'un bon goût parfait. Dans la chapelle d'une élégance étonnante, il n'y avait aucun sosie d'Elvis. Et ni elle ni lui ne paraissaient être sous l'effet d'orgasmes alcoolisés ni de brownies à l'herbe. Ils semblaient seulement… aussi heureux que dans un rêve. Elle ne pouvait pas en vouloir à l'officiant d'avoir cru qu'ils étaient simplement un couple amoureux.

Elle en venait presque à regretter que la cérémonie ne soit pas réelle.

— Et alors ? fit-elle en lui rendant son téléphone. Tu as enregistré une vidéo. Efface-la. Où est le problème ?

— Le problème, c'est que ce n'est pas moi qui ai enregistré la vidéo, annonça-t-il. C'est toi qui t'en es chargée, et tu l'as aussi postée en ligne sur ton compte Instagram.

— J'ai… *Quoi ?* s'exclama-t-elle, sentant sa migraine revenir à la charge. Très bien, je la retirerai. Mes parents ne regardent presque jamais ma page, de toute façon. Ce n'est pas comme si je l'avais postée sur le compte de l'entreprise.

— Regarde plus attentivement, insista-t-il, lui tendant de nouveau le téléphone.

Zora repassa la vidéo depuis le début. Elle avait été postée sur le compte Instagram de King's Finest et avait déjà généré des milliers de *likes* et des centaines de vœux de bonheur.

Aïe ! Ses parents allaient la tuer. Mais peut-être n'avaient-ils pas encore vu la vidéo. Elle pourrait l'effacer, et ils n'en sauraient peut-être jamais rien. Elle devait simplement récupérer son téléphone, en espérant qu'il serait chargé pour qu'elle puisse accéder à l'appli.

Mais le téléphone de Dallas sonna à cet instant, et le visage qui apparut sur l'écran était celui de sa mère. Zora lâcha brusquement l'appareil comme s'il était brûlant, et Dallas l'attrapa au vol.

— Oh ! oh ! fit-il. Si ta mère veut me parler…

— Elle a vu la vidéo et elle a déjà essayé mon numéro.

Zora s'affala sur le lit. À présent, sa famille était au courant de son imprudent mariage en état d'ivresse. Sa migraine revenait la torturer.

Tous ses rêves de se hisser à la première place dans la hiérarchie de l'entreprise familiale venaient à l'évidence de partir en fumée. Après une gaffe de cette ampleur, elle pourrait s'estimer heureuse de conserver le poste qu'elle occupait aujourd'hui.

8

Encore en état de choc, Dallas fixa un instant le téléphone dans sa main.

Se retrouver marié après une nuit d'ivresse n'était pas du tout son genre. Il se considérait comme un homme posé, raisonnable. Celui sur qui on pouvait toujours compter dans un groupe pour rappeler les autres à la raison. Lorsqu'ils étaient enfants, par exemple, il avait empêché son frère aîné de casser les carreaux d'une vieille ferme abandonnée.

C'est pourquoi, s'il n'avait pas vu la vidéo de ses propres yeux, il ne se serait jamais cru capable de faire une chose pareille. Il lui aurait même été plus facile de croire à la théorie de Zora d'un rêve à deux. Tout, sauf accepter qu'il ait gravement compromis les chances de Zora d'être nommée un jour P-DG de la distillerie de sa famille et saboté l'accord qu'il négociait depuis des mois avec la société islandaise de design de mobilier.

Le très conservateur P-DG de cette firme, un homme très à cheval sur les valeurs familiales, ne serait pas amusé en entendant Zora expliquer qu'il était fin soûl durant son pseudo-mariage Instagram avec sa meilleure amie. Un mariage dont il était d'ailleurs sur le point de demander l'annulation. Dallas pouvait dire adieu à son voyage en Islande et au contrat lucratif qu'il en espérait.

— Sam ne perd rien pour attendre, gronda-t-il, soulagé que son téléphone ait cessé de sonner. Il aurait dû nous avertir, au sujet de ces brownies.

Assise sur le lit, tête baissée, Zora était l'image même du

désespoir. *Génial.* Il était sur le point d'ajouter un nouveau mariage brisé dans l'arbre généalogique de sa famille.

Poussant un soupir, Dallas alla s'asseoir près de Zora et lui entoura les épaules d'un bras.

— Ça va, Zo ? Puis-je t'apporter un verre d'eau ? Ou peut-être un petit café ?

— Une grande gaufre avec des fraises et beaucoup de crème fouettée, et des tranches de bacon en accompagnement, répondit-elle d'un air absent. Et je me fiche bien de savoir quelle heure il peut être.

— Pas de problème, assura-t-il, étreignant doucement l'épaule de son amie. Je vais nous sortir de ce guêpier, je te le promets.

— Comment, Dallas ? gémit-elle en se tournant face à lui. Que pourrions-nous faire pour réparer les dégâts ? C'est fini !

— Je cherche encore, reconnut-il. Accorde-moi une heure, et je trouverai bien une solution. Nous allons prendre un bon petit déjeuner et y réfléchir ensemble. D'accord ?

Fronçant les sourcils, Zora acquiesça sans enthousiasme, puis elle se leva et regagna sa chambre, le dos voûté comme si elle portait tout le poids du monde sur ses frêles épaules.

Ce spectacle l'attrista. Son amie, toujours si dynamique et déterminée, avait l'air d'une poupée brisée, et c'était en grande partie à cause de lui.

Son téléphone sonna de nouveau, et Dallas réprima un soupir. C'était encore la mère de Zora. Iris souffrirait-elle davantage d'apprendre que sa fille et lui s'étaient mariés sans l'en informer ou que leur bref mariage n'avait été que la conséquence d'un comportement irresponsable ?

Si la famille de Dallas était bien connue pour ses frasques, chez les Abbott la famille était tout. Ils vivaient tous encore dans leur petite ville de Magnolia Lake. Ils travaillaient tous ensemble à la distillerie familiale, à l'exception de Cole, le frère aîné de Zora, qui était devenu le plus important constructeur de maisons individuelles de la région. Et, chaque dimanche, toute la famille dînait encore ensemble chez Duke et Iris.

Il ne faisait donc aucun doute que ses parents auraient le

cœur brisé en apprenant que leur unique fille n'avait pas eu droit à un grand mariage classique, entourée de tous ses amis et de sa famille. Son père n'aurait pas la fierté de conduire son bébé jusqu'à l'autel. Et ils seraient probablement encore plus déçus d'apprendre que ni Zora ni lui n'avaient gardé le moindre souvenir de la cérémonie. Que tout cela n'avait été qu'une erreur et qu'ils allaient faire annuler le mariage.

Dallas sortit de sa chambre au pas de course et traversa le salon pour rejoindre Zora dans sa chambre, espérant qu'elle n'était pas encore sous la douche.

Son amie était plantée près du lit, occupée à plier soigneusement ses vêtements pour les ranger dans son sac de voyage. Les sacs de la boutique de mariage étaient également alignés sur le dessus-de-lit.

— Zora ?

— Oui ? fit-elle, levant les yeux vers lui.

— Tu ne pars pas, n'est-ce pas ? s'enquit-il, luttant contre un début de panique.

— Non, je rangeais seulement mes vêtements, que j'ai apparemment éparpillés partout, hier soir, répondit-elle. Pourquoi ? As-tu déjà trouvé une idée ?

— Non… heu… oui, enfin peut-être, bredouilla-t-il, le cœur battant à tout rompre.

— On pourrait difficilement être moins clair, observa-t-elle en riant. Pourquoi ne me dis-tu pas simplement ce à quoi tu as pensé pour que nous en discutions ensemble ?

Dallas avait l'impression que leurs rôles avaient été inversés. D'ordinaire, c'était lui qui lui parlait ainsi. Il prit une profonde inspiration avant d'oser rencontrer son regard.

— Je pensais que… enfin… nous pourrions… heu… ne pas annuler ce mariage du tout.

— Quoi ? s'exclama son amie en le dévisageant comme s'il lui était poussé des cornes sur le front. Ta solution consiste à *prétendre* que nous sommes mariés ? C'est idiot !

Ce n'était pas la réponse que Dallas avait espérée, mais il redressa le buste, prêt à défendre son point de vue.

— D'abord, madame Hamilton, nous ne ferions pas semblant, observa-t-il en souriant. Nous *sommes* mariés, et nous avons un certificat de mariage et une vidéo pour le prouver.

— Je comprends que, techniquement, nous sommes mariés, répliqua-t-elle, croisant les bras sur sa magnifique poitrine. Mais nous n'en avions aucunement l'intention.

— Nous avons peut-être oublié ce qui nous a convaincus de nous marier, répondit-il, indiquant les sacs de la boutique de mariage sur le lit, mais à l'évidence nous nous sommes donné beaucoup de peine pour mettre en scène notre mariage. Et je crois savoir pourquoi.

— J'ai hâte de l'entendre, ironisa-t-elle en s'allongeant sur le lit. As-tu aussi trouvé cela sur ton téléphone ?

— Non, dit Dallas en s'asseyant sur le matelas, près d'elle, mais pas trop près. Je t'avais proposé d'être le papa de ton enfant. Je sais que tu avais refusé, mais à un certain moment nous avons dû décider que c'était une bonne idée. Je ne vois aucune autre raison qui aurait pu nous pousser à nous marier. Et puisque c'est fait...

— Tu as peut-être raison, Dallas, déclara Zora en se levant brusquement pour arpenter la chambre sous le regard de son ami, qui s'efforçait de ne pas se laisser distraire par son short minuscule ni par le souvenir du body de dentelle et de soie qu'il devinait qu'elle portait encore dessous. Mais mes objections sont toujours valides. Et maintenant que me proposes-tu ? De court-circuiter tout le processus in vitro et de faire réellement...

Elle s'arrêta net devant lui pour le dévisager, et soudain ses joues s'enflammèrent.

Dallas savait que peu de choses au monde pouvaient faire rougir Zora. À l'évidence, l'image d'eux deux *ensemble* venait d'y réussir. Ce détail lui rendit un peu d'espoir. Peut-être parviendrait-il encore à la convaincre ?

— L'amour ? termina-t-il à sa place. Oui, Zora, c'est exactement ce que je te propose.

— Je te remercie de vouloir m'aider, Dal répondit-elle d'un

ton embarrassé. Tu sais que je t'aime beaucoup… en tant qu'ami. Je sais que j'ai choisi une route non traditionnelle vers la maternité, mais une petite partie de moi-même désire encore croire aux contes de fées. Un jour, l'homme de ma vie apparaîtra. Je ne veux pas me contenter d'un compagnon pratique. Pas même de quelqu'un comme toi, qui compte autant dans ma vie. Tu es mon meilleur ami, et toi aussi tu mérites mieux que cela. Si tu restais marié avec moi pour me rendre service… Un jour ou l'autre tu finirais par nous en vouloir, à mon enfant et à moi.

— Je ne pourrais jamais t'en vouloir, Zora, protesta-t-il en s'approchant d'elle. Tu as toujours été là pour moi depuis notre enfance. Tu m'as encouragé à créer ma société et tu m'as même aidé financièrement à y parvenir.

— Je savais que c'était un bon investissement, assura-t-elle.

Il lui avait remboursé chaque cent, mais son projet aurait pu facilement capoter. Elle avait pris des risques pour lui.

Si Zora avait été opposée à son idée, il n'aurait pas insisté. Ils n'auraient eu d'autre choix que de faire face aux conséquences de leur nuit d'ivresse. Mais, si elle déclinait son offre uniquement parce qu'elle hésitait à accepter son aide, il devait la convaincre qu'il *désirait* faire cela pour elle. Pas seulement par reconnaissance, mais parce qu'il était son meilleur ami et qu'il aurait traversé l'enfer pour elle.

— Tu as pris des risques pour moi, murmura-t-il. Pourquoi refuses-tu de me laisser t'aider à mon tour ?

— Je ne veux pas que tu le fasses parce que tu crois avoir une obligation envers moi, répondit Zora. J'avais les moyens d'aider une personne qui m'est chère, alors je l'ai fait. C'est aussi simple que cela.

— Alors laisse-moi te rendre la pareille, insista-t-il, serrant sa main dans la sienne. Ou serait-ce que tu as changé d'avis et renoncé à devenir maman ?

— Non, lâcha-t-elle sans hésitation. Je n'ai jamais été aussi sûre de toute ma vie.

— Alors, laisse-moi t'aider, Zo. Parce que je désire le faire, pas par obligation.

Elle scruta son visage, ses beaux yeux brillants de larmes retenues. Et Dallas connaissait suffisamment bien son amie pour deviner qu'elle étudiait sérieusement sa proposition.

9

Prenant les mains de Dallas entre les siennes, Zora rencontra son regard. Son ami avait toujours été gentil et prévenant avec elle, et elle savait qu'elle pouvait compter sur lui en toutes circonstances. Mais ce qu'il lui offrait aujourd'hui impliquait un sacrifice de sa part ainsi qu'un engagement à long terme.

Elle ne l'en aimait que davantage, bien sûr. Mais elle avait besoin d'être certaine qu'il y avait bien réfléchi.

— Dallas, te rends-tu compte de ce que tu me proposes ? observa-t-elle. Concevoir un enfant ensemble implique un engagement de toute une vie. Tu ne pourras jamais plus te débarrasser de moi. Cela ne te fait pas peur ?

— Au contraire, répliqua-t-il en riant. Autrement, nous aurions sûrement fini veufs chacun de notre côté, et voisins dans une maison de retraite où nous aurions passé nos journées à jouer aux cartes et à nous plaindre des visites trop rares de nos petits-enfants. Ce sera peut-être encore le cas, mais au moins nous nous plaindrons de l'ingratitude des mêmes petits-enfants.

Zora éclata de rire, et Dallas rit aussi de bon cœur. Puis ils tombèrent dans un silence embarrassé.

Considéraient-ils sérieusement cette idée ?

Et, si elle se sentait gênée par cette conversation, que ressentirait-elle lorsqu'il faudrait… *consommer* leur mariage ?

— Il y a autre chose, ajouta Zora, baissant les yeux vers leurs mains jointes. Je sais que nous sommes amis depuis très longtemps, mais il n'y a jamais eu de relation *romantique* entre nous.

Tu proposes maintenant que nous fassions l'amour ensemble – dans le but de concevoir cet enfant, bien sûr. Mais… et si nous découvrions qu'il n'y a aucune…

— Aucune alchimie entre nous ? suggéra-t-il en riant. Tu l'as peut-être oublié, mais tu m'as embrassé il y a deux ans.

— J'étais aussi pompette ce jour-là, argua-t-elle, rougissant de honte au souvenir de la réaction de Dallas à ce baiser. Et, au cas où *tu* l'aurais oublié, cela ne s'est pas très bien passé.

— Je ne l'ai pas oublié, répondit-il en soupirant. C'était entièrement ma faute.

— Non, c'était la mienne. J'ai essayé de transformer notre amitié en une chose qu'elle ne pouvait pas être. Qu'elle ne *peut pas* être. Et nous répéterions la même erreur en continuant ce mariage.

— Parce qu'il n'existerait aucune attirance entre nous ? s'enquit-il d'un ton incrédule, étudiant son ravissant visage, s'attardant sur sa bouche adorable.

Le cœur de Zora battait à tout rompre, et elle sentait son corps réagir à la chaleur intense du regard de Dallas.

C'était une situation nouvelle. Car Zora était certaine que son ami ne l'avait jamais regardée de cette façon auparavant.

Comme s'il s'apprêtait à la dévorer.

Dallas continua à dévisager son amie, prenant un malin plaisir à voir ses joues s'empourprer.

— Je n'ai pas dit… heu… lorsque je t'ai embrassé, tu n'as pas semblé…

Zora bredouillait, et ses beaux yeux bruns comme un riche expresso étaient devenus immenses.

Zora Abbott n'hésitait jamais. Elle exposait clairement ses exigences et savait toujours ce qu'elle désirait, ou pas.

En réalité, il avait rarement vu sa très volontaire amie à court d'arguments, ou montrant le moindre signe de vulnérabilité. Et, à l'idée que Zora *Hamilton* se tenait à présent devant lui comme si elle avait été frappée par la foudre, tremblante et un peu nerveuse, il ressentait une douce euphorie. Il était très excitant de penser qu'il avait le pouvoir de déstabiliser cette femme si incroyablement forte.

Dallas se pencha et recueillit le visage de Zora entre ses mains. Au fond de son regard rivé au sien, il vit briller une flamme d'anticipation alors qu'il se rapprochait encore.

Enfin, Dallas fit ce qu'il regrettait encore de n'avoir pas osé faire le soir où Zora l'avait embrassé sous le gui. Il posa la bouche sur la sienne et l'embrassa hardiment.

Il ferma les yeux, s'abandonnant à la sensation divine de la douceur des lèvres de Zora contre les siennes, de la saveur mentholée de sa bouche. Elle s'ouvrit à lui avec un soupir, et son baiser se fit plus passionné.

Zora l'entoura de ses bras d'un geste hésitant, ses mains touchant à peine son dos. Comme si elle n'était pas sûre que cet instant soit réel. Puis, peu à peu, elle resserra son étreinte, ses doigts pressant sa peau à travers le coton du T-shirt. Elle se rapprocha de lui, emprisonnant son érection naissante entre leurs deux corps.

La sensation de la douceur de son ventre contre sa virilité arracha un gémissement involontaire à Dallas, et elle sembla se répercuter dans tout son système nerveux.

Elle balaya d'un coup les digues du désir qu'il dissimulait depuis si longtemps. Parce que Zora était trop précieuse à ses yeux pour qu'il risque de perdre son amitié pour une histoire de sexe – même si, en secret, il brûlait de sentir ses baisers, ses caresses. À présent qu'il avait été libéré, son désir d'elle quittait les sombres profondeurs où il était resté tapi, comme un tigre affamé à la recherche d'une proie.

Son baiser se fit plus intense, plus exigeant, et Zora y répondit avec la même passion. Elle agrippa sa chemise, se blottit tout contre lui comme si elle aussi avait besoin de davantage de contact.

Dallas laissa descendre les mains jusqu'à sa taille, puis les posa sur ses fesses rebondies, un geste dont il rêvait depuis longtemps sans oser se l'avouer. Ses paumes reposaient sur le tissu de son short, mais les bouts de ses doigts effleuraient la peau exposée juste sous la courbe de son derrière parfait.

Il serra plus fort la chair ferme, l'attirant tout contre lui, intensifiant les sensations qui irradiaient dans tout son corps et laissant déferler un désir trop longtemps refoulé.

Soudain son téléphone se remit à sonner, dissipant le brouillard de passion où ils flottaient. Ils tournèrent simultanément la tête vers la sonnerie.

Furieux de n'avoir pas songé à éteindre son téléphone, il tendit une main pour caresser sa joue.

— As-tu la réponse à ta question, maintenant ? murmura-t-il tout contre sa bouche.

— Oui, je le crois, en effet, répondit-elle, exhalant un soupir avant de reculer d'un pas.

Son téléphone sonnait toujours, mais ils l'ignorèrent, et elle ajouta d'une voix à peine audible :

— Et si tu désires vraiment que nous le fassions j'accepte ton offre de me venir en aide. Mais, tout d'abord, nous devons nous accorder sur quelques règles.

Là, il reconnaissait bien la femme décidée, confiante en elle-même, qu'était son amie. Celle qui avait toujours besoin de garder le contrôle.

— Lesquelles, madame Hamilton ? s'enquit-il avec un sourire moqueur, les mains posées sur sa taille.

Zora tiqua un peu, mais elle n'éleva aucune objection à l'usage de son nouveau nom.

— Nous devons déterminer les limites de ce supposé mariage, afin de savoir ce que nous devons tous deux en attendre. Puisqu'il semble que l'ovulation ne soit idéale que cinq ou six jours par mois, nous n'aurions besoin de faire l'amour que ces jours-là. Ma suite comporte deux chambres, et chacun de nous pourra disposer de la sienne, exactement comme ici. Nous ne dormirions ensemble que… enfin… lorsque cela sera nécessaire.

Elle entreprit de déambuler de long en large dans la pièce, réfléchissant à voix haute, comme il l'avait parfois vue faire lorsqu'elle travaillait avec son équipe de ventes à la distillerie, et il l'arrêta en la prenant gentiment par le bras.

— Zora, je ne suis pas ton employé. Je comprends que le but

de cet exercice est de te donner un enfant, mais cela ne signifie pas que tu décides de tout.

Elle fronça les sourcils, visiblement offensée, puis elle poussa un soupir.

— Bien sûr que non, convint-elle. Je suis désolée, Dallas. C'est seulement... J'ai besoin que tout soit clair entre nous. Et je ne veux pas que l'un de nous deux puisse souffrir. C'est pourquoi il vaut mieux prévoir une stratégie de sortie *dès maintenant*. Donnons-nous six mois. Ensuite, nous pourrons raconter à nos familles que nous avons fait de notre mieux, mais que nous étions plus heureux en tant qu'amis.

— Crois-tu que six mois nous suffiront pour convaincre nos familles que nous avons fait de notre mieux ? s'enquit Dallas, s'efforçant de lui cacher qu'il souffrait déjà.

— D'accord, répliqua-t-elle d'un ton impatient. Donnons-nous une année... si tu crois pouvoir supporter ce faux mariage aussi longtemps. Bien sûr, je ne te blâmerai pas si tu refuses. Un an, c'est long, lorsqu'on n'est pas libre de vivre à sa guise.

— Oui, admit-il sans la quitter du regard. Nous devrions prévoir de rester ensemble au moins un an. Mais, cette année écoulée, je suggère que nous procédions ensemble à une réévaluation de nos sentiments. À ce stade, nous n'aurons peut-être plus envie de redevenir de simples amis.

Zora prit une profonde inspiration, puis elle le dévisagea.

— Insinues-tu que nous aurons peut-être envie de faire de cette histoire un *vrai* mariage ?

— Je poserai une seule condition à cet accord, mais elle n'est pas négociable, déclara-t-il. Durant le temps que nous resterons mariés, ce sera un *vrai* mariage. Même maison. Même lit. Et, naturellement, nous ferons l'amour durant ces périodes optimales que tu as évoquées, mais aussi chaque fois qu'il nous en prendra l'envie.

— Mais...

— Non négociable, répéta-t-il. Bien sûr, il ne se passera rien à moins que tu n'en aies envie. Mais l'intimité d'un couple ne devrait pas être soumise au calendrier. D'accord ?

Zora l'observa un instant en silence les bras croisés, comme si elle découvrait une toute nouvelle facette de sa personnalité. Dallas lui permettait souvent de décider seule de ce qu'ils faisaient de leur temps ensemble parce que, quoi qu'elle propose, ce qu'il désirait vraiment c'était être auprès d'elle. Mais cette fois-ci c'était différent. Il aimait son amie, mais il n'était pas question de se laisser enfermer dans un marché de dupes.

C'était sa chance de découvrir s'il y avait davantage entre eux qu'une simple amitié. Cette question, il se l'était posée souvent, surtout depuis leur baiser sous le gui.

— Si je comprends bien, reprit-elle, tu suggères que nous nous réservions le droit à la spontanéité, mais cela ne dépendrait que de moi ?

— Cela résume assez bien la situation, convint-il.

— Dans ce cas je pourrais peut-être n'en avoir envie qu'aux dates optimales, remarqua-t-elle d'un ton ironique.

Lorsqu'elle négociait quelque chose avec lui, Zora profitait pleinement des études de droit qu'elle avait commencées avant de décider qu'elle n'avait pas envie de devenir l'avocate de King's Finest. Mais, à bien y réfléchir, Zora avait toujours tout négocié avec son entourage – son argent de poche, ses corvées ménagères, l'heure de son coucher et, au lycée, la longueur de ses robes.

Dallas l'attira contre lui et déposa un nouveau baiser sur ses lèvres douces. Puis il l'embrassa pour de bon, jusqu'à ce qu'il l'entende exhaler un soupir de contentement. Il sentait les pointes durcies de ses seins pressées contre son torse. Il désirait davantage, mais il n'était pas question d'insister. Il souhaitait seulement remettre les choses au clair.

Elle le désirait, elle aussi.

Dallas interrompit leur baiser et, lorsqu'elle rouvrit les yeux, il lui sourit et lui adressa un clin d'œil.

— Nous verrons cela, madame Hamilton.

Au même instant, son téléphone sonna de nouveau, et Dallas poussa un soupir.

— Si je ne réponds pas…

— Je sais, dit-elle. Ils continueront à appeler.

— Mais comment allons-nous expliquer notre brusque décision de nous marier ?

— Restons vagues, mais aussi proches de la vérité que possible, suggéra-t-elle. Et pas un mot des brownies à l'herbe ni de notre coma éthylique, bien entendu.

Prenant son épouse par la main, il alla s'asseoir dans un fauteuil devant l'immense baie vitrée offrant une vue spectaculaire sur le Strip, l'avenue principale de Las Vegas, et la fit asseoir sur ses genoux.

— Prête ?

Zora inspira bien à fond et hocha la tête.

Il était temps de lever le rideau sur la fable des jeunes mariés.

10

Assise sur les genoux de son mari, Zora retenait son souffle. Ses mains tremblaient un peu. Au cours des années, Dallas et elle s'étaient souvent retrouvés très près l'un de l'autre, mais jamais à ce point. Cet épisode les conduisait à un niveau d'intimité jusque-là inédit. Pour réussir à convaincre leur entourage de la réalité de ce mariage durant toute une année, elle allait devoir s'y habituer.

Mais la tâche serait rude. Son cœur battait à grands coups, et son corps était en surchauffe. Les impressionnants attributs virils de Dallas – dont l'image était restée gravée dans sa mémoire – pressaient contre ses fesses, et sa féminité y répondait avec un enthousiasme tout à fait embarrassant.

— Prête ? murmura-t-il.

— Oui, assura Zora, inspirant profondément.

Elle fit glisser un doigt sur l'écran pour répondre à l'appel en visioconférence de Letitia Hamilton, la maman de Dallas, qu'on appelait Tish.

Zora et Dallas lui sourirent de toutes leurs dents.

— Salut, maman, dit Dallas.

— Bonjour, lança Zora, essayant de dissimuler sa gêne.

De maman de son meilleur ami, Tish était instantanément devenue sa belle-mère, et cette idée lui nouait la gorge.

Leur relation toujours si amicale allait-elle y survivre ?

Zora reconnut le tableau dans l'arrière-fond. Tish se trouvait dans le salon des Abbott.

Cette affaire pouvait rapidement virer à la catastrophe.

— Je n'arrive pas à croire que vous vous soyez enfuis pour vous marier sans rien nous dire, tous les deux, déclara Tish. Je déteste l'avion, mais j'aurais traversé le pays en voiture sans hésiter pour assister au mariage de mon bébé.

— Ou, mieux, suggéra la mère de Zora en apparaissant au bord de l'écran, vous auriez pu vous marier ici même, à Magnolia Lake, afin que nous puissions tous être présents.

Zora sentit les bras de Dallas se resserrer autour de sa taille, comme pour l'encourager. Elle prit une profonde inspiration puis, relevant le menton, sourit de plus belle.

— Je sais, maman. Et je suis désolée. Dallas et moi n'étions pas venus à Las Vegas avec l'intention de nous marier.

— Et quand exactement avez-vous décidé que vous étiez plus que *de simples amis*, tous les deux ? grommela son père, invisible derrière son épouse.

— Cela s'est produit si vite que nous n'avons rien vu venir, monsieur Abbott, intervint Dallas, au grand soulagement de Zora. C'est pour cette seule raison que je ne suis pas venu vous demander sa main comme il se doit.

Zora serra les lèvres, s'abstenant de remarquer qu'elle était une adulte de bientôt trente-deux ans. C'était à elle seule de décider à qui elle accordait sa main.

Mais, comme Tish avait l'air triste, sa mère furieuse et son père déprimé, le moment était mal choisi pour un discours féministe. Cette conversation aurait lieu, mais un autre jour.

Son père maugréa une réponse indistincte, puis il se retira pour aller chercher une bière. Sa mère approcha le visage de l'écran et rappela presque à voix basse :

— Tu es son unique fille, Zora. Durant toute ta vie, il a redouté le moment où il devrait mener son bébé à l'autel pour la donner à un autre homme. Et voilà soudain que tu es déjà mariée, sans qu'il ait eu le temps de s'habituer à cette idée.

— Je suis désolé, Iris, intervint Dallas, serrant la main de Zora dans une étreinte rassurante. Tout est ma faute. Un mariage éclair ici, à Las Vegas, était mon idée. Lorsque nous avons compris combien nous désirions être ensemble, nous avons cédé à nos émotions. Nous ne voulions pas gaspiller une seconde de plus à vivre des vies séparées.

— C'est vrai, maman, renchérit Zora en souriant. Dallas et moi sommes prêts à fonder une famille.

— Alors, ton père a vu juste ? Tu es enceinte ?

— Non, maman, je ne suis *pas* enceinte. Mais Dallas et moi avons hâte de devenir parents.

— Tout cela est tellement excitant ! s'exclama Tish, ses yeux émeraude rayonnant de bonheur. Et, puisque vous ne répondiez pas au téléphone, probablement trop occupés à nous fabriquer des petits-enfants, nous vous avons préparé une petite surprise, nous aussi.

Zora tressaillit, soudain inquiète.

— Euh... oui ? répondit-elle. Quel genre de surprise ?

— Nous allons organiser un vrai mariage ici même, dans la grange. Oh ! rien d'extravagant, je t'assure. Seulement une gentille petite cérémonie à laquelle nos deux familles pourront assister, pour que ton père ait la joie d'accompagner sa petite fille jusqu'à l'autel comme il en a toujours rêvé.

— C'est... fabuleux, maman, assura Zora, ravalant ses objections.

Pour commencer, elle n'avait pas eu l'intention d'épouser Dallas. À présent, ils allaient devoir se marier une seconde fois, d'une manière plus classique.

— C'est une merveilleuse idée, déclara Dallas. Merci, Iris. Merci, maman. Nous avons hâte de rentrer à la maison.

À la maison. Zora avait l'impression de vivre un rêve bizarre dont elle allait se réveiller d'un instant à l'autre. Mais Dallas et elle étaient vraiment mariés, et ils allaient devoir vivre durant toute une année sous le même toit en tant que mari et femme, à essayer de concevoir un bébé.

Zora quitta précipitamment les genoux de Dallas à la seconde où il coupa la communication. Elle avait besoin d'espace et de temps pour s'éclaircir les idées.

— Je vais ranger un peu ce désordre avant l'arrivée de la femme de chambre, déclara-t-elle en pliant quelques vêtements.

Ensuite, je vérifierai les dégâts que j'ai pu causer à mes cartes de crédit. Et je te suggère de faire de même.

— Es-tu sûre que tout va bien, Zo ? murmura Dallas. Ton père avait l'air très déçu de n'avoir pu t'accompagner à l'autel.

— C'était bien triste, c'est vrai. Et maintenant ils s'apprêtent à dépenser une fortune pour ce mariage. Je la connais. Ma mère est une maman du Sud qui prépare le mariage de son unique fille, et je ne serais pas étonnée qu'elle en fasse un peu trop. Je ne peux pas la laisser dépenser sans compter pour un mariage qui n'est même pas réel.

— Je ne vois aucun mal à les laisser fêter notre mariage, dit Dallas d'un ton rassurant en effleurant sa joue d'une caresse. Mais je veillerai à ce qu'ils ne se ruinent pas.

— Et il y a autre chose, lâcha Zora.

— Ah ? Qu'est-ce que c'est ?

— Avant de... heu... consommer notre mariage, nous devrions vérifier que nous sommes en bonne santé.

— Une remarque très judicieuse, convint Dallas en riant. Je ne m'y opposerai pas. Et, comme je n'ai jamais eu de rapports sexuels sans protection, je n'anticipe aucun problème.

Mais, déjà, son téléphone sonnait de nouveau.

— Je dois prendre cet appel, s'excusa-t-il. Tu permets ?

— Oui, mais dès que tu auras terminé pourrions-nous aller grignoter quelque chose ? Je meurs de faim.

Dallas acquiesça et déposa un baiser sur ses lèvres, puis il établit la communication et quitta la pièce.

Zora s'assit sur le matelas et, levant sa main gauche dans la lumière, elle contempla un instant ses deux bagues, aussi extraordinaires l'une que l'autre. Le saphir rose et les diamants scintillaient dans le soleil.

Une petite partie d'elle-même aurait voulu croire que tout cela était réel, comme Dallas semblait le désirer. Mais ils n'étaient pas deux gamins fous amoureux qui se seraient enfuis à Las Vegas pour se marier.

Elle aimait Dallas comme on aime un ami cher. Certes, elle ne pouvait pas nier l'existence d'une certaine attirance mutuelle.

Mais ils n'étaient pas *amoureux*. Se contenter de moins les conduirait un jour à se détester l'un l'autre. C'était un risque qu'elle ne voulait pas courir avec une amitié qui était si précieuse à ses yeux.

Ce mariage n'avait aucun rapport avec l'amour ou l'attirance. Il s'agissait seulement de mettre au monde un bébé. Cet objectif étant atteint, Dallas et elle redeviendraient des amis qui seraient aussi les parents de l'enfant.

C'était la bonne décision pour tout le monde.

11

Dallas sortit de la chambre de Zora et referma la porte derrière lui. Toussotant pour s'éclaircir la voix, il plaqua son plus beau sourire sur ses lèvres avant de prendre l'appel de l'homme avec qui il espérait signer bientôt un important contrat d'affaires.

— Bonjour, monsieur Austarsson, dit-il en entrant dans sa propre chambre, de l'autre côté de la suite. Comment allez-vous ?

— Très bien, Dallas, je vous remercie, répondit Einar Austarsson. Mais appelez-moi Einar, je vous en prie. On m'a rapporté que vous veniez d'épouser une femme ravissante. Toutes mes félicitations.

Il éclata de rire, avant d'ajouter :

— Pourquoi n'avez-vous pas mentionné, lorsque vous nous avez présentés, que l'adorable Zora était votre fiancée ?

Parce qu'elle ne l'était pas ?

— Nous désirions faire une surprise à nos familles, déclara Dallas.

— Je suis navré de vous déranger au cours d'une journée aussi importante pour vous deux, mais mon avion décolle tôt demain matin. J'ai pensé qu'il serait utile que vous et moi nous rencontrions autour d'un bon repas, pour discuter des grandes lignes d'une éventuelle collaboration entre nos deux organisations.

— J'en serais ravi, assura Dallas.

Il était reconnaissant à Zora d'avoir accepté de prolonger leur mariage au moins un an. À ce stade, les accords qu'Einar et lui pourraient avoir négociés seraient signés et opérationnels.

Mon... épouse et moi nous apprêtions à sortir manger quelque chose, répondit-il. Mais je serais heureux de vous rencontrer après le dîner.

— Quelle merveilleuse coïncidence ! lança le vieil homme. Brigitta et moi pourrions nous joindre à vous ! Et, après le dîner, nos épouses nous pardonneront peut-être de les quitter un petit moment pour que nous puissions parler affaires.

— Je... heu... c'est une excellente idée, Einar, assura Dallas. Zora et moi serions ravis que vous vous joigniez à nous.

Il espérait seulement que sa nouvelle épouse accepterait.

Son plus beau sourire bien en place, Zora salua Einar Austarsson – un homme massif qui les dominait tous d'une bonne tête, mais doué d'un sourire de gentil géant. Ensuite, elle serra la main de sa ravissante épouse, Brigitta Wernersdóttir, l'image même du bon goût discret. Les années ne lui avaient rien ôté de sa beauté ni de son élégance. Elle portait une robe de cocktail en mousseline de soie rose pâle avec une capeline translucide laissant entrevoir le haut de son dos. Et son maquillage était impeccable.

Zora ne doutait pas un instant que cette femme se réveillait chaque matin fraîche et dispose, image même de la perfection. Tout le contraire de Zora au moment où elle était littéralement tombée du lit, cet après-midi.

Dallas et elle n'étaient sortis des brumes du sommeil que depuis quelques heures, mais c'était déjà le début de la soirée, et elle se sentait toujours morte de fatigue. Heureusement, grâce à un comprimé antidouleur, elle n'avait plus la sensation que tous les tambours de l'Afrique résonnaient dans sa tête.

Sans parler du fait qu'en se réveillant elle avait découvert – *quelle surprise !* – qu'elle était désormais l'épouse de son meilleur ami. Ce n'était pas du tout ainsi qu'elle avait prévu de passer ce week-end à Las Vegas.

Et ce qu'elle s'apprêtait à faire maintenant ne l'enchantait pas non plus. Elle avait envie d'un plat de gaufres belges avec de la crème fouettée et des fraises, qu'elle aurait pu déguster dans un snack sans prétention où elle n'aurait pas eu besoin de se mettre sur son trente et un pour s'empiffrer.

Puis Dallas était venu lui expliquer qu'Einar désirait se joindre à eux pour dîner au restaurant quatre étoiles de l'hôtel. Comment aurait-elle pu refuser de jouer les jeunes mariées en plein bonheur, si cela pouvait aider Dallas à conclure son affaire ?

Si elle avait refusé, Dallas l'aurait comprise. Il ne se serait pas plaint et n'aurait pas essayé de la culpabiliser. Et, même s'ils n'avaient pas été mariés, elle aurait fait tout ce qui était en son pouvoir pour aider son ami à finaliser son contrat avec le designer d'ameublement islandais.

Ce qui l'agaçait un peu, c'était de se sentir *obligée* de le faire, à cause du sacrifice auquel Dallas avait consenti pour elle. Zora n'aimait pas se sentir redevable envers qui que ce soit. Tout ce qu'elle avait, elle l'avait acquis par son travail, même s'il était vrai qu'elle était née dans une famille privilégiée.

Chaque jour, à King's Finest, elle travaillait d'arrache-pied pour prouver qu'elle méritait sa place autant que ses frères. Elle savait que c'était un complexe dont elle devait se défaire, mais elle se sentait tenue de prouver à son grand-père et au reste de sa famille qu'elle avait mérité son siège au conseil d'administration de l'entreprise.

Lorsqu'elle rencontrait des distributeurs et des détaillants, elle se montrait intraitable. Elle était toujours prête à remettre à sa place le premier homme qui commettrait l'erreur de la prendre pour une jolie godiche. Ou de croire qu'elle n'avait obtenu ce job que parce qu'elle était la petite-fille de Joseph Abbott, le fondateur de King's Finest.

Mais Zora s'inquiétait également qu'on la voie comme une femme noire en colère, uniquement parce qu'elle disait ce qu'elle pensait, qu'elle faisait son travail et qu'elle n'avait aucune tolérance pour l'incompétence – des critères qui auraient été jugés très positifs chez un cadre masculin. Alors, elle avait dû trouver le juste équilibre entre la jolie idiote et la mégère féroce.

Elle était donc là à jouer les épouses dévouées avec son

maquillage parfait, sa jolie robe et ses talons hauts qui mettaient ses jambes en valeur, mais torturaient ses orteils.

Mais ce n'était pas un rôle qu'elle jouait. Elle *était* l'épouse de Dallas, même si cela lui semblait encore irréel. Et aussi son amie dévouée, qui aurait fait n'importe quoi pour lui.

Mais, dès le lendemain, Dallas serait tenu de lui offrir un grand plat de gaufres à la crème et aux fraises.

Les deux couples bavardèrent amicalement au bar jusqu'à ce qu'une hôtesse les conduise à leur table. Dallas tira une chaise pour Zora et s'assit à côté d'elle, allongeant un bras sur le dossier de sa chaise derrière elle. Elle sentait sa chaleur l'entourer, irradier dans tout son corps, et sa subtile fragrance masculine caressait ses narines, lui rappelant ce qu'elle avait éprouvé quand il l'avait serrée dans ses bras et l'avait embrassée – *deux fois* –, lui faisant oublier qu'ils étaient *seulement* amis.

— Comment vous êtes-vous rencontrés, tous les deux ? s'enquit Brigitta en souriant.

— Nous sommes amis depuis la maternelle, répondit Dallas, peu disposé à lui avouer qu'ils ne s'étaient mariés que parce qu'ils avaient trop bu et qu'ils n'avaient pas lu l'étiquette d'un paquet de brownies. Deux petites brutes de la cour de récréation me harcelaient, et Zora, qui était deux fois plus petite qu'eux, est accourue comme une tornade pour me défendre en les menaçant de lâcher ses quatre grands frères contre eux. Je n'ai jamais plus eu aucun problème à l'école, et Zora et moi sommes amis depuis ce jour.

— C'est l'histoire la plus touchante que j'aie jamais entendue, déclara Brigitta tandis qu'Einar riait aux larmes.

— Je crois que c'est ce jour-là que je suis tombé amoureux de Zora, dit Dallas en lui enlaçant la taille. Je m'étonne qu'il nous ait fallu si longtemps pour comprendre que nous étions faits l'un pour l'autre.

Zora se sentit rougir, tant cette déclaration avait un ton authentique. Ils jouaient seulement un rôle… non ?

Mais, lorsqu'elle se tourna vers Dallas, le sourire qu'il lui adressa paraissait tellement… *sincère* que son cœur fit un grand bond dans sa poitrine. Un instant, elle en oublia presque qu'Einar et Brigitta étaient assis en face d'eux, les couvant d'un regard attendri comme s'ils assistaient aux tout premiers pas d'un bébé.

L'arrivée du serveur la sauva juste à temps, l'empêchant de se jeter sur Dallas pour le dévorer de baisers comme s'ils avaient été seuls dans leur suite. Elle commanda des pâtes au poisson, et Dallas un steak. Brigitta et Einar optèrent tous deux pour le homard.

Le serveur reparti, Dallas s'excusa pour aller se laver les mains, laissant Zora momentanément seule avec le couple.

— Je sais que vous êtes jeunes mariés, déclara Brigitta, mais quelle joie de voir un jeune homme aussi amoureux de son épouse ! Votre longue amitié est un gage de succès.

— Merci, Brigitta, répondit Zora en souriant. Je suppose que nous n'ignorons à peu près rien l'un de l'autre.

— Avez-vous déjà vécu ensemble ? s'enquit Einar.

Zora secoua la tête. Einar et son épouse éclatèrent de rire.

— Croyez-moi, dit Einar, vous ne connaissez jamais vraiment une personne avant d'avoir vécu sous le même toit. Mais je suis sûr que vous réussirez parfaitement, tous les deux.

C'était un facteur auquel elle n'avait jamais réfléchi. De tous ses frères, c'était Cole, le benjamin, qui avait été le plus proche d'elle. Cependant, elle se souvenait que lorsque ce dernier était venu s'installer chez elle durant trois mois, pendant les rénovations de la maison qu'il venait d'acquérir, sa vie était devenue un enfer. Lorsqu'il avait déménagé, elle était prête à l'étrangler.

— Qu'ai-je manqué ? s'enquit Dallas, revenant à leur table.

— Nous remarquions qu'il faut avoir vécu ensemble pour réellement se connaître, expliqua Brigitta en souriant. Et, à ce sujet, Dallas, comptez-vous vous installer chez vous, à Magnolia Lake, ou bien chez Zora ?

— Chez moi, précisa vivement Zora.

Elle rencontra le regard de Dallas et entremêla les doigts aux siens sous la table. Il n'avait soulevé aucune objection, plus tôt, quand elle avait suggéré qu'ils s'installent chez elle. Il avait seulement stipulé qu'ils devaient vivre sous le même toit et dormir dans le même lit. Soudain, avec leur proximité physique et sa grande main étreignant la sienne, l'idée de partager un lit avec Dallas la faisait frissonner, allumait un incendie dans certaines parties de son corps qu'elle aurait préféré ignorer. Tout spécialement ici et maintenant.

— Bien entendu, remarqua Dallas, nous réexaminerons cette solution au moment de l'arrivée des enfants.

Dallas regretta ces paroles sitôt qu'il les eut prononcées, mais il était déjà trop tard.

— C'est adorable ! s'exclama Brigitta. Vous envisagez déjà de créer une famille ! Vous êtes un couple merveilleux et vous serez des parents extraordinaires.

— Je ferai de mon mieux, répondit Dallas, prenant la main de Zora pour la porter à ses lèvres. Mais je sais que Zora sera une super maman, parce qu'elle est une femme merveilleuse.

À ce contact, Zora frissonna à nouveau. Brigitta rayonnait.

Einar orienta alors la conversation sur le sujet des affaires. Les deux femmes parlèrent des spectacles auxquels Brigitta et son mari avaient assisté durant leur séjour à Las Vegas.

Le serveur revint avec les homards du vieux couple et le steak de Dallas. Mais, au lieu des pâtes au poisson que Zora avait commandées, il plaça devant elle un plat chargé de délicieuses gaufres belges avec des fraises entières et de la crème fouettée ainsi qu'une assiette de bacon grillé.

— Mes gaufres ! s'exclama Zora, émue presque aux larmes.

Ils étaient dans un restaurant très haut de gamme, et c'était un repas d'affaires au cours duquel un important contrat devait être négocié. Elle n'avait pas osé commander un plat qui n'était sûrement jamais au menu d'un tel établissement mais, à l'évidence, Dallas l'avait fait.

— Je t'avais promis des gaufres, rappela-t-il avec un clin d'œil complice.

Elle déposa un baiser sur sa joue. Einar et Brigitta leur adressèrent des sourires attendris.

Son meilleur ami avait-il toujours été aussi prévenant, aussi romantique ? Était-ce seulement elle qui ne l'avait pas remarqué ?

Ou alors, elle se laissait prendre elle-même au piège de la

fable qu'ils inventaient pour rassurer l'homme avec qui Dallas espérait faire des affaires.

Tout cela n'est pas réel.

Zora répéta ces mots dans son esprit, encore et encore.

Au train où allaient les choses, elle allait devoir se les répéter nuit et jour pour s'en convaincre.

12

Dallas souriait aux anges en écoutant Zora raconter d'un ton animé l'histoire drolatique de leurs aventures au Pérou, où ils avaient tenu à faire ensemble l'ascension du Machu Picchu. Ils sortaient tout juste de l'université et, s'ils étaient avides de découvrir le monde, ils étaient mal préparés pour une telle aventure.

Pendant qu'Einar et lui ébauchaient quelques idées pour leur collaboration éventuelle, Brigitta et Zora avaient papoté comme des amies de longue date. La vieille dame avait montré à Zora des photos des quatre enfants du couple, et Zora des photos de Davis, Remi, Beau et Bailey. Ils étaient restés à table près de deux heures. Le restaurant était bondé, et Dallas s'étonnait qu'on ne leur ait pas demandé de déguerpir.

Puis, enfin, Einar remarqua qu'il était tard. Leur avion décollait de très bonne heure, et ils devaient se retirer.

— Cela a été un grand plaisir de mieux vous connaître, vous et votre adorable épouse, déclara le vieil homme avec un sourire chaleureux. J'ai hâte que nous travaillions ensemble.

— Moi de même, répondit Dallas, serrant vigoureusement sa main. Faites bon voyage.

— Zora, ma chère, je vous enverrai par mail tous les détails concernant la formation aux postes à responsabilités spécialement destinée aux femmes, dont je vous parlais, promit Brigitta. Vous seriez parfaite dans ce rôle. Encore toutes mes félicitations pour votre mariage. Vous serez très heureux ensemble, j'en suis sûre.

— Merci, dit Dallas, déposant un tendre baiser sur la tempe de Zora. Moi non plus, je n'en doute pas.

Main dans la main, ils sortirent du restaurant à la suite du vieux couple et, après avoir pris congé d'eux, ils se dirigèrent vers les ascenseurs.

Ils étaient seuls dans la cabine, mais il avait gardé la main de Zora fermement serrée dans la sienne, même si ce n'était plus nécessaire. Pourquoi lui était-il impossible de renoncer à ce contact ?

— Nous étions si pressés de quitter la suite que je n'ai pas eu l'occasion de te dire à quel point tu es belle ce soir, Zora, murmura-t-il, le regard s'attardant sur le décolleté de la robe portefeuille à col bateau qu'elle portait.

La soie couleur rouille du vêtement mettait en valeur le joli teint ocré de sa peau.

— Merci, souffla-t-elle en rougissant de plus belle.

Dallas commençait à apprécier énormément ce nouveau super-pouvoir qu'il se découvrait : celui de faire rougir l'imperturbable Zora Abbott.

Dans l'ascenseur, ils restèrent silencieux. Lorsqu'ils sortirent de la cabine, ils se tenaient toujours par la main.

— Tu as été brillante ce soir, Zora, observa Dallas alors qu'ils se dirigeaient vers leur suite. Mes créations ont fait venir Einar Austarsson à la table des négociations, mais c'est toi qui l'as convaincu de travailler avec moi. À t'entendre, j'étais un créateur de génie et un grand philanthrope.

— Parce que c'est vrai, assura Zora en s'arrêtant pour se tourner face à lui. Et je te remercie d'avoir commandé ces gaufres tout spécialement pour moi. Je supposais que commander une spécialité de petit déjeuner au dîner dans un restaurant étoilé ne serait pas un bon point pour toi durant une importante négociation. C'est pourquoi je n'avais pas osé le faire moi-même.

— C'était ce que tu désirais, répondit-il, haussant les épaules. Et je t'avais promis que tes désirs seraient exaucés.

— Et je t'en suis reconnaissante. Après tout ce qui s'est passé aujourd'hui, j'avais besoin du réconfort de mon petit déjeuner favori. Je sais que cela semble idiot...

— Pas du tout, assura-t-il. Je te comprends.

Ils se trouvaient à présent devant la porte de leur suite, mais Dallas n'avait pas envie de lâcher la main de Zora. De renoncer au confort, à la douceur de ce lien entre eux.

En réalité, ce qu'il voulait par-dessus tout, c'était poser la bouche sur la sienne et l'embrasser à perdre haleine. Cette fois-ci sans hésitations ni interruptions. Et ce baiser ne serait que le début. Il souhaitait aller beaucoup plus loin avec elle.

Mais ils avaient convenu d'attendre les résultats de leur examen médical avant de faire l'amour, et il en avait laissé l'initiative à Zora. Il tiendrait donc parole, même s'il brûlait de désir pour elle.

Constatant que Dallas ne faisait aucun geste pour ouvrir la porte, Zora s'en chargea avec sa propre carte magnétique. Le mécanisme cliqueta, et le voyant passa au vert.

Dallas lui tint la porte ouverte, et Zora entra la première. À l'intérieur de la suite, Dallas se débarrassa aussitôt de sa veste et de ses chaussures pour enfiler un short et un T-shirt. Ses escarpins à la main, Zora se tourna vers lui.

— Je vais aller me changer et me démaquiller, déclara-t-elle. Et je suis encore très fatiguée. Te sentirais-tu insulté si j'allais me coucher tôt, ce soir ?

— Bien sûr que non, dit-il, faisant de son mieux pour dissimuler sa déception. Cette journée a été riche en émotions, et nous coucher de bonne heure me semble être une excellente idée. Bonne nuit, Zora.

Elle hocha la tête, puis entra dans sa chambre, et la porte se referma derrière elle presque sans bruit.

Dallas ressortit de la douche et se sécha avec une serviette, puis il enfila le short de training qui lui servait de pyjama. Celui qu'il ne portait plus depuis son mariage avec Zora.

Il était encore relativement tôt, pour une soirée à Las Vegas, mais ces dernières vingt-quatre heures avaient été éprouvantes, et il se sentait épuisé.

Réprimant un bâillement, il traversa la pièce plongée dans la pénombre en direction du lit qui l'appelait irrésistiblement. Mais, lorsqu'il alluma la lampe de chevet pour mettre son téléphone en charge, un mouvement le fit sursauter.

— Zora ? s'exclama-t-il. Je te croyais...

— Sous le même toit, dans le même lit, lui rappela-t-elle, la main en visière au-dessus des yeux pour les protéger de la lumière. C'était bien notre accord, non ? Moi aussi, je tiens toujours ma parole. De plus, il va bien falloir que je m'habitue à tes ronflements.

— Je ne ronfle pas ! protesta-t-il en riant. Je respire un peu fort, c'est tout. Et tu es de mon côté du lit. Bouge !

— D'accord, mais, s'il te plaît, éteins vite cette lampe.

Dallas obtempéra, puis il se glissa près d'elle dans le lit. Le drap retenait encore la chaleur de son corps, la fragrance de sa chevelure. Il resta quelques minutes allongé sur le dos, à fixer le plafond, puis enfin il se tourna sur le côté, dos à elle.

— Bonne nuit, Zo.

— Fais de doux rêves, Dallas, murmura-t-elle après un long moment de silence.

Dallas resta longtemps éveillé, luttant bravement contre les élans de son désir. Zora était sa *meilleure amie*.

L'amitié de cette femme allongée près de lui était un bien inestimable. Mais il savait qu'il éprouvait pour elle plus que de l'amitié. Il ferma les yeux, réprimant un gémissement.

Pourquoi la vie était-elle aussi compliquée ?

13

Lorsque Dallas tourna sur la petite route qui longeait la grange rénovée où sa mère avait décidé d'organiser leur mariage officiel, Zora cessa de respirer. Au bout de cette route s'étendait la vaste propriété de ses parents ainsi que la maison que Cole leur avait fait construire.

Elle se tourna vers Dallas, qui tenait d'une main ferme le volant de son pick-up GMC flambant neuf, le seul luxe que son meilleur ami devenu son mari se soit autorisé.

Elle sentait qu'il était tendu, mais sa grande main vint serrer la sienne sur la console centrale, et il lui offrit un sourire rassurant.

Dallas arrêta son pick-up dans l'allée des Abbott, où étaient déjà garés les véhicules de ses quatre frères.

— Génial, marmonna Zora. Toute la troupe est déjà là.

— Si nous nous en tenons à notre plan initial, tout ira bien, affirma-t-il, coupant le contact. Mais je sais que cette première journée risque d'être… embarrassante. Je n'aime pas plus que toi l'idée de tromper nos parents. Alors, si tu préfères leur avouer toute la vérité… je comprendrai.

— Non, répondit Zora d'un ton véhément.

Elle devinait déjà les commentaires de ses parents et de ses frères : « Imprudents », « Irresponsables ». Des qualificatifs incompatibles avec le profil du futur P-DG de leur société.

— Nous avons convenu de ce plan pour une bonne raison, lui rappela-t-elle, et nous ne devrions pas en dévier. Je me sens un peu nerveuse, mais tu as raison. Tout ira bien.

Dallas lui adressa un sourire entendu, puis il descendit du véhicule et en fit le tour pour ouvrir sa portière. Zora ne bougea pas. Lorsque Dallas et elle étaient arrivés chez elle, en rentrant de Las Vegas, elle avait pris une douche rapide et enfilé les premiers vêtements qui lui étaient tombés sous la main, à savoir un sweat-shirt, un jean qui avait vu des jours meilleurs et des chaussures de marche, et elle avait attaché ses cheveux en un chignon serré. Et, à présent, elle commençait à douter de ses choix. Mais qu'était-on censée porter à un dîner d'anniversaire où on s'apprêtait à informer sa famille qu'on s'était mariée sans les en avertir ?

— Tu es ravissante, Zo, assura Dallas. Cesse de t'inquiéter.

— Tu dis cela parce que tu as pitié de moi, répondit-elle, souriant malgré elle.

Il lui rendit son sourire et, se penchant vers elle, il effleura ses lèvres d'un baiser.

— Tu serais magnifique, même si tu ne portais qu'un sac à pommes de terre, tes boucles d'oreilles et ton merveilleux sourire, déclara-t-il en lui tendant la main.

— Merci, murmura-t-elle en l'attrapant pour sauter à bas de la cabine.

Dallas referma la portière et enlaça sa taille fine, la serrant tout contre lui, plongeant le regard tout au fond du sien.

— Les raisons de notre mariage sont peut-être encore un peu floues dans notre esprit, remarqua-t-il, mais nous restons mariés parce que tu es une femme forte et décidée qui sait parfaitement ce qu'elle désire.

Il caressa tendrement sa joue, avant d'ajouter :

— Ne laisse personne te faire douter de toi-même et l'oublier. Pas même les personnes que tu aimes.

Zora hocha la tête, rassurée par ces encouragements. Dallas avait toujours su lui rendre le sourire dans ses pires moments, et elle l'aimait pour cela. Se haussant sur la pointe des pieds, elle déposa un gros baiser sur sa joue.

— Merci, Dal. Merci pour tout.

— Pour toi, je ferais n'importe quoi, assura-t-il en souriant.

C'étaient des mots qu'il lui avait souvent répétés et qu'elle avait toujours considérés comme un sarcasme. Bien sûr, elle savait pouvoir compter sur Dallas en toutes circonstances ; il serait prêt à lui rendre à peu près n'importe quel service – même aussi énorme que celui d'accepter d'être le papa de son enfant. Mais elle ne lui avait jamais rien demandé, car elle ne voulait pas abuser de leur amitié.

Au cours de ces deux derniers jours, Dallas lui avait démontré que cette amitié était beaucoup plus profonde qu'elle ne l'avait imaginé. C'était un sentiment très spécial, qu'elle ne voulait jamais perdre. Jamais.

Les propos de Dallas n'étaient pas sarcastiques. Son ami était sincère, et il le lui prouvait en ce moment même.

Si ce drôle de mariage ruinait leur amitié, elle ne se le pardonnerait jamais.

— Avez-vous l'intention d'entrer, tous les deux, ou comptes-tu rester là à flirter avec ma sœur ? s'enquit Cole en apparaissant sous le porche.

Il était trop tard pour reculer.

Zora s'empara de la main de Dallas et entremêla les doigts aux siens avant de se tourner vers son frère.

— Arrête de pleurnicher comme un bébé, Cole, répliqua-t-elle, grimpant avec Dallas les quelques marches du porche de la jolie maison de ses parents.

— Cela n'a rien de personnel, sœurette, ironisa Cole. C'est seulement que certains d'entre nous ont faim.

Zora lâcha la main de Dallas pour serrer son impertinent jeune frère dans ses bras.

— Au fait, ajouta Cole en riant, joyeux anniversaire, Zora.

Son frère tourna alors son attention vers Dallas, et son sourire s'évapora.

— Salut, Dallas.

— Salut, Cole, répondit ce dernier d'un ton poli mais retenu.

À l'évidence, il avait remarqué le sous-entendu désapprobateur de la remarque de Cole. Et il lui montrait qu'il ne se laisserait pas intimider.

Et, curieusement, elle trouvait la réponse laconique de Dallas follement émoustillante.

Zora glissa à nouveau la main dans la sienne, et ils suivirent son frère à l'intérieur de la maison.

— Économise cette belle énergie, chuchota-t-elle à l'oreille de son mari. Il y aura assez de testostérone dans l'air, ce soir, sans devoir en rajouter.

Dallas se contenta d'étreindre sa main. Visiblement, il était parfaitement à l'aise et prêt à relever tous les défis de ses frères. Mais Zora était tout de même un peu déçue par l'attitude de Cole. Des cinq membres de leur fratrie, c'était de Cole qu'elle se sentait la plus proche et, de l'avis général, c'était lui le plus rebelle. Après tout, Cole était le seul de ses frères à ne pas travailler à la distillerie. Il avait subi beaucoup de pressions à ce sujet, mais elle l'avait toujours défendu bec et ongles contre son frère Max, son père et son grand-père.

Elle était d'autant plus déçue que Cole paraisse irrité par leur mariage impromptu. Il ne s'était même pas donné la peine de les féliciter, elle et son nouveau mari – que Cole avait toujours considéré comme un ami. Si l'un de ses frères s'était marié secrètement se sentirait-elle irritée, elle aussi ?

Elle allait devoir essayer de rester calme, quelles que soient les piques qu'ils leur lanceraient.

— Zora ! Dallas ! s'écrièrent leurs mères en s'approchant dès qu'ils eurent franchi le seuil de la maison.

Tout l'espace était décoré de ballons argentés, rose fluo et noirs – ses couleurs favorites. Sur une bannière accrochée au-dessus de l'arche de l'entrée du salon, on lisait : *Joyeux anniversaire, Zora*.

Iris Abbott était rayonnante dans une jolie robe de fête imprimée de motifs d'automne. Ses longs cheveux noirs, qui retombaient en douces boucles sur ses épaules, avaient été légèrement teints pour dissimuler ses quelques cheveux gris.

— Je ne sais pas si je devrais vous embrasser ou vous donner une bonne fessée, déclara-t-elle en souriant d'un air ému. Nous avons reçu un choc en apprenant la nouvelle.

Iris serra sa fille dans ses bras, et Zora se blottit avec délices dans les bras rassurants de sa mère.

— Je suis désolée, maman, murmura-t-elle.

— Je sais, mon bébé, assura Iris, scrutant son visage.

Elle tourna le regard vers le salon, où son père, ses frères et leurs compagnes attendaient, avant d'ajouter :

— Je sais ce que l'on ressent lorsqu'on est amoureuse *à ce point*. Ce genre de passion tend à obscurcir notre jugement. Bien sûr, j'ai été déçue de n'avoir pas été invitée au mariage de mon unique fille, mais je suis heureuse de constater que Dallas et toi avez enfin compris ce que Tish et moi savions depuis longtemps. Vous êtes faits l'un pour l'autre.

Iris tourna le regard vers Tish, qui admirait l'anneau de mariage de Dallas, et son sourire s'élargit. Les yeux verts de sa nouvelle belle-mère rencontrèrent les siens, et Zora se figea une seconde, la gorge serrée.

Zora et Tish s'étaient toujours entendues à merveille. La maman de Dallas lui avait souvent répété qu'elle était la fille qu'elle n'avait jamais eue. Mais cela, c'était à l'époque où Dallas et elle étaient seulement amis. Serait-elle du même avis aujourd'hui, alors que Zora avait épousé son fils ?

Après tout, Cole avait toujours eu une relation cordiale avec Dallas, lui aussi. Mais l'attitude de son frère envers l'homme qui était aujourd'hui son mari avait changé.

Zora prit une profonde inspiration, rassemblant son courage pour aller saluer Tish et s'excuser de l'avoir privée d'un moment aussi important de la vie de son fils. Mais, avant qu'elle ait eu le temps de dire un mot, Letitia Hamilton la serra dans ses bras avec effusion.

— Ma chère Zora, je suis ravie que vous fassiez officiellement partie de notre famille, désormais. Je me suis longtemps inquiétée à l'idée que mon bébé n'épouse pas la femme qu'il lui faut, une femme qui le rendra heureux.

Elle recueillit le visage de Zora entre ses mains, avant d'ajouter, les yeux brillants de larmes d'émotion :

— Je ne trouve pas les mots pour exprimer à quel point je

suis soulagée de savoir que, si je venais à disparaître, Dallas ne serait pas seul. Qu'il aurait auprès de lui quelqu'un qui l'aime autant que moi.

— Merci, Tish, répondit Zora d'une voix un peu tremblante. Votre approbation compte beaucoup pour moi.

Elle s'était mentalement préparée à entendre des critiques de la part de leurs parents et de ses frères aînés, et elle ne s'attendait pas à recevoir un accueil aussi affectueux de la part de Tish.

Zora sentit sa vue se brouiller de larmes. C'était, en partie, à cause de l'attitude bienveillante de Tish. Mais aussi parce qu'elle ne pouvait s'empêcher d'imaginer à quel point la mère de Dallas serait dévastée lorsque son fils et elle mettraient un terme à leur mariage, un an plus tard. Zora n'avait pas suffisamment réfléchi à l'importance, pour cette femme, de savoir que ses fils ne répéteraient pas l'erreur qu'elle avait commise en épousant son premier mari, le père de Dallas.

— Je regrette que vous n'ayez pas pu être là, dit-elle de nouveau.

Leurs familles devaient penser que Dallas et elle avaient choisi de les exclure de leur mariage. Qu'ils avaient eu l'audace de partager cet instant unique avec des inconnus sur Internet. Et, pour couronner le tout, Zora avait posté ces images sur le compte Instagram de King's Finest.

Comment s'étonner que Cole fasse la mauvaise tête ? Ils devaient tous penser qu'elle s'était comportée comme une petite princesse gâtée et égoïste, et elle ne pouvait pas les convaincre qu'ils se trompaient.

Sa famille était peinée de n'avoir pas été présente à leur mariage mais, dans un sens, Dallas et elle n'étaient pas tout à fait là non plus. Pas vraiment.

— Cette cérémonie que nous avons organisée ici sera une manière de vous faire pardonner, intervint la mère de Zora. D'ailleurs, j'ai quelques dates à vous proposer.

— Pourrions-nous attendre la fin du dîner pour parler du mariage ? suggéra le père de Zora, apparaissant sur le seuil.

Zora lisait distinctement la souffrance et la déception dans son regard, et elle sentit sa gorge se serrer. Dallas pressa doucement sa main, et ils s'avancèrent ensemble vers lui.

— Salut, papa, dit-elle d'un ton hésitant.

Zora était une femme adulte, et elle était libre de ses choix. Elle occupait un poste important dans leur société et était appelée quotidiennement à prendre des décisions difficiles. Mais, face à son père, elle redevenait la petite fille de son papa. Et elle l'avait déçu. Blessé, même.

Zora et son père n'étaient pas d'accord sur tout. Mais il avait toujours respecté ses décisions parce qu'elle avait le courage de lui dire exactement ce qu'elle avait l'intention de faire, même lorsqu'elle savait qu'il ne l'approuverait pas. Mais, concernant ce mariage express, elle avait le sentiment d'avoir agi comme une gamine égoïste.

— Bonsoir, Dallas, joyeux anniversaire, Zora, dit son père d'un ton serein. Tout le monde est dans la pièce d'à côté. Vos mamans ont empêché les garçons de vous attendre en embuscade parce qu'elles tenaient beaucoup à être les premières à vous embrasser.

Iris et Tish le fusillèrent du regard.

— Merci, papa, répondit Zora en s'avançant vers lui. Et je suis désolée d'avoir...

— Viens ici, ma chérie, coupa Duke en lui ouvrant les bras.

Zora se précipita dans l'étreinte de son père, pressant la joue contre son torse, retrouvant avec délices la fragrance familière de son after-shave.

— Tu n'as aucune excuse à nous faire, poursuivit-il. Tu es une femme libre de tes choix. Tes frères sont peut-être un peu vexés, mais ils s'en remettront.

Son père lui tapota affectueusement le dos, puis il tendit la main à Dallas, qui la serra avec effusion.

— Merci de vous montrer aussi compréhensif, monsieur, dit Dallas en prenant la main de Zora dès que son père l'eut libérée. À présent, nous ferions bien d'aller saluer les autres.

Zora se sentait soulagée par la réaction de ses parents, mais à présent elle allait devoir affronter ses frères.

— Zora ! Dallas ! s'écrièrent Savannah et Quinn, la petite amie de Max, que Zora appréciait beaucoup. Félicitations !

— Et regardez qui est si contente de revoir sa tatie Zo, remarqua Savannah, berçant bébé Remi dans ses bras.

Assis à la table dans sa chaise haute, Davis, son neveu, trépignait de joie.

— Salut, bel enfant ! lança Zora en lui chatouillant le ventre. Tu m'as manqué. As-tu été sage pendant mon absence ?

— Oui ! répondit l'enfant avec enthousiasme. J'ai aidé maman à s'occuper de Remi.

— Bravo, petit homme !

Zora se tourna vers Dallas, avant d'ajouter :

— Ne sont-ils pas merveilleux ?

— C'est vrai, convint-il, lui enlaçant la taille en souriant d'un air attendri.

Zora dévisagea son mari, souriant malgré elle, et son cœur s'emplit d'une étrange émotion. Elle reconnaissait cette expression dans ses yeux. *Il imagine déjà notre future fille.*

Elle aussi y avait souvent réfléchi, en observant le petit visage de Remi et en caressant ses doux cheveux bouclés.

Zora se sentit littéralement fondre. Jusqu'à aujourd'hui, elle ne s'était jamais demandé si Dallas pouvait avoir envie de fonder une famille, lui aussi. Elle avait cru qu'il ne faisait tout cela que pour elle. Mais la douceur de son regard et son sourire sincère, tandis qu'il contemplait le bébé endormi, lui laissaient soudain espérer que cet arrangement pourrait s'avérer mutuellement bénéfique pour eux.

— N'y voyez aucune pression, dit Savannah. Mais un jour prochain, peut-être, vous aussi aurez envie d'un enfant bien à vous.

Dallas acquiesça, un sourire presque timide au coin des lèvres.

— Oui, répondit-il, nous l'espérons.

— C'est vrai, fit Zora. Nous avons envie d'avoir des enfants… très bientôt.

À cet instant, Kayleigh – la fiancée de son frère Parker – sortit de la cuisine, un verre à la main, et vint vers eux avec un grand sourire.

— Félicitations à tous les deux ! Joyeux anniversaire, Zora.

Kayleigh les serra dans ses bras l'un après l'autre, puis elle alla rejoindre Parker, qui boudait toujours dans son coin.

Son frère arborait la même expression intraitable que le jour où il avait affirmé à Zora qu'elle était trop émotive et trop irrationnelle pour diriger la distillerie familiale.

— Bonsoir, Parker, dit Zora, le regard rivé sur lui, le mettant au défi de faire une remarque désagréable.

— Bonsoir, Zora, marmonna-t-il. Dallas...

Kayleigh décocha ostensiblement un coup de coude à son fiancé et, toussotant d'un air gêné, Parker vint vers eux.

— Je suppose que des félicitations sont de rigueur, lâcha-t-il.

Parker tendit la main à Dallas, et celui-ci la serra d'un air hésitant, comme s'il s'attendait encore au pire.

Zora le comprenait. Parker avait le chic pour mettre les pieds dans le plat. Et, sans même le faire exprès, rendre les gens furieux. Y compris quand il voulait bien faire.

— Merci, Park, répondit Dallas, assénant une claque amicale sur l'épaule de son frère. C'est important pour moi.

Parker fixa Zora d'un regard étrange puis, remontant ses lunettes sur l'arête de son nez, il fit une chose inouïe.

Il s'avança vers elle et... *il la serra dans ses bras.*

Il n'était pas du tout dans les habitudes de Parker de se laisser aller à de telles effusions, et Zora apprécia son effort, même s'il lui coûtait visiblement beaucoup.

Zora lui rendit son étreinte, et elle faillit pouffer de rire lorsque Parker lui tapota brièvement le dos, comme il le faisait avec Cricket, le caniche de Kayleigh.

Au moins, il fait des efforts.

On ne pouvait pas en dire autant de ses trois autres frères, et elle nota mentalement qu'elle aurait deux mots à leur dire lorsqu'elle se retrouverait seule avec eux.

Aussi loin que Zora remonte dans ses souvenirs, les Hamilton et les Abbott avaient toujours été amis. Ils étaient ensemble aux anniversaires, pendant les vacances, et à plus de repas du dimanche qu'elle n'en aurait pu compter. Aussi, le fait que ses frères aient adopté cette nouvelle attitude pour l'unique raison que Dallas et elle avaient choisi de se marier la faisait bouillonner de colère. Elle était tentée de leur dire ce qu'elle pensait de leur désapprobation lorsque Dallas lui enlaça à nouveau la taille.

— Cela ne fait rien, Zora, lui chuchota-t-il à l'oreille. Nous nous y attendions, non ? Ils se sentent un peu vexés, et c'est compréhensible. Laisse-leur un peu de temps.

Sur ces mots, Dallas déposa un baiser sur sa tempe. Zora se blottit contre lui avec un doux soupir et se détendit.

Dallas et elle prirent place à table. Zora salua ses frères comme si leur désapprobation évidente n'avait aucune importance, et Dallas fit de même.

Savannah et Quinn lancèrent des regards déçus à leurs partenaires respectifs. Et chacun des deux frères répondit par sa propre version du regard de l'innocence blessée.

— À présent que toute la famille est réunie, déclara la mère de Zora avec un sourire rayonnant, votre père aimerait vous dire quelques mots.

— Tout d'abord, fit son père en venant se placer près de son épouse et en prenant sa main, joyeux anniversaire à notre bébé. Je sais que ce soudain mariage de Dallas et de Zora nous a tous surpris, et en a même fâché certains. Mais n'oublions pas que Zora est une femme adulte et intelligente, capable de faire ses propres choix. Que nous les approuvions ou non, nous devons les respecter.

Duke se tourna vers Dallas, avant de poursuivre :

— Vous êtes un homme honorable et travailleur, et vous avez toujours été un ami des Abbott, le genre d'homme dont je rêvais pour ma fille. Iris et moi sommes très heureux de vous accueillir dans la famille à titre officiel, fils.

— Merci, monsieur, répondit Dallas, visiblement ému.

— Merci, papa, murmura Zora en se levant pour serrer son père dans ses bras.

Elle lui était reconnaissante d'avoir donné le ton pour ses frères, même si sa mère avait dû un peu le pousser.

— Où est grand-père ? s'enquit Zora.

— Papi Joe était un peu fatigué, aujourd'hui, et il fait une petite sieste. J'espère qu'il se joindra à nous plus tard.

La mère de Zora prit place à une extrémité de la table, et son père s'installa à l'autre, lançant à la ronde :

— Tout le monde est prêt à manger ?

— Oui ! répondirent-ils avec un bel ensemble, prenant leurs places autour de la table parmi les rires, comme s'ils commençaient tous à se détendre.

À mesure que la soirée progressait, l'ambiance se fit plus festive, mais Zora ne pouvait s'empêcher de regretter que ses actes aient causé tant de tensions dans la famille.

Après le dîner, suivi du délicieux gâteau d'anniversaire que sa mère avait confectionné, Zora était restée assise près de Dallas à la table, leurs chaises l'une contre l'autre, le bras de Dallas autour de ses épaules.

Elle était blottie tout contre son nouveau mari, se délectant de la chaleur réconfortante de cette étreinte, et une partie d'elle-même aurait tout donné pour que ce mariage soit réel. Pour que Dallas et elle soient vraiment des âmes sœurs destinées à vivre ensemble toute leur vie, comme leurs mères l'avaient toujours prédit.

14

Dallas se débarrassa de son jean et fit passer son T-shirt par-dessus sa tête. Puis, après les avoir soigneusement pliés, il les posa sur le panier à linge de la salle de bains de Zora. Ensuite il retourna dans sa chambre. Zora était assise dans le lit et elle consultait son agenda, des feutres de diverses couleurs éparpillés autour d'elle.

— Désolée, marmonna-t-elle en les écartant pour lui faire de la place. Je n'ai pas l'habitude de partager mon lit.

Puis elle leva le regard et le vit planté là dans son boxer noir.

— Heu… est-ce dans cette tenue que tu dors ? s'enquit-elle, ouvrant de grands yeux.

— Est-ce un problème ? répondit-il.

Ils étaient rentrés directement chez elle après le dîner chez ses parents, et Dallas n'avait avec lui que les quelques vêtements qu'il avait emportés à Las Vegas.

— Je pourrais retourner chez moi pour récupérer quelques affaires si nécessaire, suggéra-t-il.

— Non. Bien sûr que non. C'est seulement… Tu m'as un peu surprise, c'est tout.

Les joues brûlantes, Zora fit de son mieux pour détacher le regard de la bosse impressionnante qui distendait le tissu du sous-vêtement, avant d'ajouter précipitamment :

— Tout va bien. Après tout, je t'ai déjà vu encore moins habillé, n'est-ce pas ?

— C'est certainement vrai, reconnut-il en riant avant de se

glisser sous les couvertures. Et, si les relations sexuelles doivent devenir le principal instrument de notre projet de procréation, tu me reverras souvent en tenue légère.

— Oui, mais pas avant…

— Notre examen médical, je sais, termina-t-il à sa place. Je prendrai rendez-vous avant mon départ pour Chicago, dans quelques jours.

— Tu vas partir pour Chicago ? s'enquit-elle, fronçant les sourcils. Quand ?

— Je serai absent une grande partie de l'année prochaine. Je te communiquerai les dates par texto. Et toi ? N'as-tu aucun voyage d'affaires prévu ?

— Si, convint-elle en feuilletant son agenda, égrenant quelques dates. Je dois me rendre à Atlanta et à New York, et je me suis aussi engagée pour un tour de deux semaines dans quatre pays de l'Union européenne.

— Hum ! J'ai l'impression que nos activités procréatives vont nécessiter un sérieux planning.

Il hésita, avant d'ajouter d'un ton plein d'espoir :

— Sauf, bien sûr, si tu avais envie de m'accompagner à Chicago, par exemple.

Ils essayaient tant bien que mal de faire un voyage ensemble au moins une fois par an, lorsqu'ils n'étaient pas dans une relation avec un autre partenaire. Mais, même en ces occasions, leurs voyages ressemblaient de plus en plus à du télétravail. Ils ne s'éloignaient jamais de leurs téléphones ni de leurs ordinateurs portables, répondant aux coups de fil et aux mails, gérant au jour le jour leurs affaires respectives.

Et, même si ce qu'il lui proposait était un voyage d'affaires, il espérait trouver du temps pour qu'ils puissent simplement profiter de la compagnie l'un de l'autre et élaborer des plans d'avenir ensemble.

— Je ne peux pas tout abandonner pour partir avec toi à Chicago la semaine prochaine, Dal, observa Zora. J'ai énormément de travail de préparation en cours, pour mes visites à nos clients. Je ne serais qu'une distraction pour toi.

— Tu n'es pas une *distraction*, Zora. Tu es ma femme.

Il lui semblait étrange d'utiliser de tels mots pour décrire sa meilleure amie. Et, à en juger par l'expression de Zora, elle trouvait cette idée aussi saugrenue que lui.

— Je le sais, Dal, assura-t-elle d'une voix douce. Mais ce mariage n'annule pas mes obligations envers l'entreprise de ma famille. Et toi aussi, tu as les tiennes.

— Tu as raison, bien sûr.

Il s'efforça bravement de ne pas avoir l'air déçu que son épouse place si ostensiblement sa carrière avant leur mariage. Son père avait même dû insister pour qu'elle prenne le reste de la semaine, comme une sorte de lune de miel à la maison.

— Et, que penses-tu de cette soirée chez tes parents ? s'enquit-il. Tout va bien avec eux ? Je sais que la situation était un peu tendue avec Cole.

— Oui, c'est vrai, convint Zora, haussant les épaules. Mais cela n'a aucune importance.

Dallas n'en croyait pas un mot. Il lisait de la tristesse dans ses yeux bruns, dans ses épaules un peu voûtées. Elle était sincèrement blessée que ses frères se soient conduits comme des crétins parce que leur petite sœur – aujourd'hui une adulte parfaitement capable de prendre ses propres décisions et de diriger leur société si on lui en accordait l'opportunité – s'était mariée sans attendre leur bénédiction.

— Blake et Max sont vexés parce que leur petite sœur s'est mariée à Las Vegas sans les inviter, dit-il. Mais dans le cas de Cole… c'est différent.

— Je sais, reconnut Zora d'un air songeur. J'en parlerai avec lui… *Bientôt.*

Elle fourra ses marqueurs dans une trousse qu'elle posa avec son agenda sur la table de chevet. Puis elle éteignit sa lampe, plongeant son côté de la chambre dans la pénombre.

— Cette soirée aurait été pénible pour moi si tu n'avais pas été là, murmura-t-elle. Merci d'avoir été, comme toujours, mon havre dans la tempête et la voix de la raison. Et merci de t'être montré patient avec mes frères.

Elle se pencha pour déposer un baiser sur sa joue. Surpris, il tourna la tête vers elle à cet instant, et sa bouche s'écrasa sur la sienne. Zora s'écarta un peu pour le dévisager un instant. Ni l'un ni l'autre ne disaient plus un mot. Puis elle posa sa main fine sur son torse et se pencha pour l'embrasser pour de bon.

Ses lèvres effleuraient les siennes, douces et légères, le faisant presque douter de la réalité de cet instant. N'était-ce qu'un rêve merveilleux ? Puis Zora se blottit contre lui, et il la laissa libre de lui dicter elle-même l'intensité qu'elle désirait donner à leur baiser.

Mais, lorsque ses lèvres s'entrouvrirent, Dallas fut incapable de résister plus longtemps, et il l'embrassa passionnément, savourant avec délices le goût merveilleux de sa bouche. Puis il la serra plus fort contre lui. Il sentait ses rondeurs généreuses presser contre son torse à travers le mince tissu du débardeur qu'elle portait avec un autre de ces petits shorts affriolants.

Il sentait distinctement les pointes durcies de ses seins sous le tissu et, lorsqu'il l'entendit gémir, il l'embrassa avec une fougue renouvelée, ce son incroyablement érotique déclenchant un torrent de feu dans son sang, un impérieux besoin de l'entendre encore et encore.

Zora roula sur lui, le chevauchant, sa féminité humide et brûlante pressant contre sa monumentale érection, le faisant gémir de désir à son tour. Dallas empoigna vigoureusement ses hanches et la serra plus fort contre lui tandis qu'elle l'embrassait à pleine bouche.

Il avait d'innombrables fois rêvé d'embrasser Zora, de lui faire l'amour, et il en avait eu honte, craignant de perdre son amitié. Mais il l'avait *désirée à en mourir*.

Zora effleura son torse du bout des doigts, et ce contact généra une intense onde de plaisir dans tout son corps.

Il glissait la main sous son petit haut, saisi d'un besoin désespéré de sentir sa peau nue contre la sienne, lorsque, soudain, elle interrompit leur baiser. Le cœur de Dallas cessa de battre comme il songeait qu'elle désirait mettre fin à cet instant.

Mais il s'était inquiété inutilement. Le regard toujours rivé au sien, elle fit passer son petit haut par-dessus sa tête et le lança sur le sol, exposant ses seins généreux aux pointes brunes. Dallas déposa un baiser à la base de sa gorge, puis laissa glisser les lèvres sur ses seins superbes, respirant avec délices leur fragrance. Zora caressait sa joue, ses iris brûlant de désir ancrés dans les siens, creusant les reins pour aller à la rencontre de ses caresses. Son message était très clair.

Fermant les paupières, Dallas butina sa chair offerte, se délectant de ses murmures sensuels, s'attardant sur les pointes durcies. Puis sa bouche traça un chemin descendant de baisers sur son ventre satiné.

Zora se cambra en gémissant et se passa les doigts dans les cheveux. Dallas mourait d'envie de lui faire l'amour, mais elle venait de lui rappeler qu'ils avaient convenu d'attendre. Il lui avait donné sa parole et il la tiendrait quoi qu'il lui en coûte.

— Zora ! gémit-il. Je...

— Oh ! mon Dieu ! s'écria-t-elle, se dégageant de son étreinte pour ramasser son petit haut sur le sol et l'enfiler précipitamment. Je n'aurais pas dû t'embrasser. Et surtout pas... C'est ma faute ! Je suis désolée !

— Ne t'excuse pas, grommela-t-il. J'en avais envie, moi aussi.

Il poussa un grand soupir avant d'ajouter :

— Ce qui est sûr en tout cas c'est que, lorsque nous aurons décidé de sauter le pas, l'alchimie entre nous ne sera pas un problème.

Un sourire sincère s'épanouit sur ses lèvres adorables et, lorsqu'elle se mit à rire aux éclats, Dallas ne put que rire avec elle. Et ce rire partagé dissipa instantanément la tension dans la pièce.

Car ce qui venait de se passer entre eux semblait si étrange, si nouveau, que leur rire les ramenait à la douceur des choses familières, les rassurait.

Zora se glissa sous les couvertures le plus loin possible de lui, comme si un abîme s'était ouvert entre eux.

Dallas éteignit la lampe sur sa table de chevet et, un bras replié sous la tête, fixa le plafond.

— Bonne nuit, Zo.

— Bonne nuit, Dallas.

La déception qu'il entendait dans la voix de Zora égalait la sienne. Mais, songea-t-il, il venait de passer ces deux dernières années à se demander constamment ce qu'il ressentirait s'il faisait l'amour à Zora.

Il pouvait certainement attendre encore une semaine.

Ils seraient bientôt ensemble, il n'en doutait pas un instant.

15

Zora gara sa voiture à sa place désignée dans le parking de King's Finest, près du luxueux pick-up de son frère Blake, puis elle ramassa son sac et la serviette de cuir contenant son iPad, marquée de ses initiales : ZA. Le problème, c'était qu'elles n'étaient plus ses initiales. Pas d'après la licence de mariage restée sur sa table de travail à la maison.

Elle n'était pas prête à la montrer à tout le monde, mais elle ne pouvait pas non plus l'enterrer dans un dossier quelconque. Elle l'examinait chaque fois qu'elle entrait dans le bureau, comme si elle avait besoin de se rappeler que Dallas et elle étaient vraiment mariés. Mais, si elle n'en avait pas été convaincue, le fait que Dallas ait dormi dans son lit chaque nuit depuis leur retour le confirmait amplement.

Elle était arrivée au bureau une heure plus tard qu'à son habitude parce qu'elle avait conduit son mari à l'aéroport pour son voyage d'affaires de quelques jours à Chicago. Et, après une semaine à dormir ensemble – et rien d'autre –, lorsque Dallas l'avait embrassée juste avant de descendre de la voiture elle avait failli faire une syncope.

Zora réprima un soupir. Sa famille était restée étrangement silencieuse toute la semaine. Aucun appel de ses parents ou de son grand-père. Aucun texto de ses frères. Même Quinn et Savannah leur avaient laissé tout l'espace dont ils pourraient avoir besoin. Toutefois, elle avait le pressentiment que ce n'était que partie remise, le temps que les mariés profitent d'une courte lune de miel à la maison. À présent que cette pause était terminée, tout pouvait arriver.

Zora sortit de son coupé Mercedes noir aux vitres teintées. Comme le disait sa grand-mère de sa voix douce : « Quel que soit ton état de nervosité intérieure, marche d'un pas décidé. Les épaules bien droites. La tête haute. »

C'était un bon conseil, aujourd'hui encore.

Elle n'arriverait pas la tête basse comme si elle avait honte de son mariage précipité. Au lieu de cela, elle en serait fière.

Remontant ses lunettes de soleil sur l'arête de son nez, elle entra d'un pas assuré dans le bâtiment, vêtue de son élégant complet lie-de-vin, d'un chemisier à motifs de peau de guépard et de bottines assorties.

L'équipe de sécurité à la porte la félicita pour son mariage, confirmant ce que Zora soupçonnait déjà. Toute la ville et tous les employés de la distillerie étaient déjà au courant de ce qui s'était passé à Las Vegas.

Zora accepta en souriant les félicitations de tous ceux qu'elle croisa en route vers son bureau. Elle s'arrêta pour écouter patiemment chacun se pâmer d'admiration devant le saphir rose de sa bague de fiançailles et l'anneau de mariage serti de diamants.

Elle bavarda un peu plus longuement avec son assistante, Emily, qui avait tenu la barre pendant son absence.

— Vos bagues sont fabuleuses ! s'écria la jeune femme avec une totale sincérité lorsque Zora s'approcha pour la serrer dans ses bras. Dallas est adorable, et de plus vous êtes amis depuis toujours ! Quelle chance vous avez !

— Oui, je suppose que c'est vrai, reconnut Zora, souriant malgré elle. Merci.

— À propos, votre père désire vous rencontrer dans la salle de conférences à 11 heures. Nous avons donc le temps de revoir ensemble quelques détails, si vous le désirez.

— Ce serait merveilleux. Hum... Avez-vous un petit quart d'heure à me consacrer ?

— Bien sûr. Et j'adore votre ensemble..., *madame Hamilton*.

— Merci, répondit Zora avec un sourire un peu contraint, mais vous pouvez continuer à m'appeler Zora comme avant.

— Zora ce sera, promit Emily. Un café glacé ?

— Oui, s'il vous plaît.

Elle avait très peu dormi durant la semaine précédente, mais pas pour les raisons qui empêchent habituellement les jeunes mariés de dormir la nuit. Dallas et elle n'avaient pas fait l'amour. Si elle était restée éveillée des heures à se tourner et se retourner, le corps torturé par le désir, c'était à cause de la présence de son meilleur ami, avec ses pectoraux de dieu grec et ses abdominaux parfaits, allongé près d'elle dans le lit. Et *très* peu vêtu.

Pire encore, ces deux dernières nuits, elle s'était réveillée blottie entre ses bras, son corps vigoureux pressé tout contre son dos. Le premier matin où c'était arrivé, elle avait un peu paniqué. La seconde fois, elle avait à peine sursauté et n'avait pas changé de position jusqu'à ce qu'il soit réveillé à son tour, se délectant de sa chaleur, de l'affection qu'il lui manifestait même pendant son sommeil.

— Emily, mon père a-t-il mentionné les raisons de cette réunion ? s'enquit Zora, déverrouillant la porte de son bureau.

— Hélas, non. J'ai essayé de le lui demander afin que vous arriviez préparée, mais il n'a rien voulu dire.

Zora la remercia, puis elle entra dans son bureau et s'assit à sa table de travail. Elle se souvenait très bien des deux dernières réunions impromptues auxquelles elle avait été convoquée. La première avait eu lieu lorsque son frère Parker avait annoncé qu'il s'estimait mieux qualifié que leur aîné pour assumer le poste de P-DG de King's Finest quand leur père se retirerait. Et la seconde lorsque son père et son grand-père avaient annoncé que la succession à la tête de King's Finest serait désormais décidée par le mérite – plutôt que par le rang de naissance.

C'était la première fois que l'idée de diriger l'entreprise l'avait effleurée.

Enfant, déjà, Zora insistait pour que ses parents la traitent exactement comme ses frères, avec les mêmes privilèges et les mêmes corvées. Sa mère s'en était agacée. Son père avait été plutôt impressionné. Au bout du compte, tous deux avaient accédé à sa requête. Ainsi donc, lorsque le sujet de la succession était revenu sur la table, elle avait tenu à être candidate au poste, au même titre que ses frères.

Toutefois, depuis l'AVC dont son grand-père avait souffert, au cours de cette même réunion, aucun d'eux n'avait jugé convenable d'aborder le sujet de la succession. Leur seule préoccupation avait été le prompt rétablissement de Papy Joe. Puis Max et Quinn – qui était la responsable du nouveau projet de brandy que la distillerie mettait sur le marché – avaient annoncé qu'ils étaient en couple. Et, peu après, Remi était née.

Cette cascade d'événements avait détourné leur attention de la compétition pour le poste de P-DG, mais Zora doutait qu'un seul d'entre eux ait renoncé à ses ambitions.

Elle, en tout cas, était toujours candidate.

Son père avait peut-être demandé cette réunion matinale parce qu'il avait pris sa décision. Si c'était le cas, elle ne pouvait imaginer que le moment choisi soit une pure coïncidence. Cela signifiait forcément que son mariage précipité l'avait exclue de la compétition.

Ne sois pas défaitiste, se tança-t-elle. *À moins que papa ne déclare le contraire, je suis toujours en course pour ce poste.*

Soudain, son téléphone tinta, annonçant qu'elle avait reçu un texto. *Dallas.*

Son mari l'informait qu'il était à bord de l'avion, et qu'ils s'apprêtaient à décoller. La dernière phrase de son message déclencha une tempête au creux de sa poitrine.

Tu me manques déjà, Zo.

Un sourire involontaire étira les coins de ses lèvres et, à peine consciente de ce qu'elle faisait, elle serra le téléphone contre sa poitrine. Lui aussi lui manquait déjà.

Zora avait adoré chaque minute qu'ils avaient passée ensemble, la semaine précédente, leurs conversations au sujet de leurs carrières respectives devant une tasse de café.

Le seul sujet qu'elle avait évité, c'était leur plan de coparentalité. Et elle avait pris tout son temps pour organiser la visite médicale sur laquelle elle avait insisté. Elle avait besoin d'être sûre que Dallas tenait autant qu'elle à son projet.

Elle ne s'était pas précipitée pour faire l'amour avec son meilleur ami, d'abord parce qu'elle avait toujours exercé une grande prudence dans ses relations sexuelles. Mais aussi pour donner à Dallas le temps de bien réfléchir à la portée de l'engagement auquel il consentait. Sans le brouillard mental et les pensées irrationnelles que le sexe pouvait générer.

Alors, même si Dallas était déjà prêt, ses propres visites chez le médecin étaient prévues durant la semaine où son meilleur ami serait absent. À son retour, s'il était toujours décidé à suivre leur plan, elle serait prête, elle aussi. Mais, entre-temps, elle avait peur de placer trop d'espoirs dans l'idée de devenir maman grâce à Dallas. Parce que, si ce projet capotait, elle en aurait le cœur brisé.

Assise à sa table de travail, Zora relut le message de Dallas sur l'écran, puis elle pianota sa réponse.

Toi aussi, tu me manques. Appelle-moi dès ton arrivée.

— Prête à revoir avec moi mes notes de la semaine passée ? s'enquit Emily en entrant d'un pas alerte dans son bureau, sa tablette dans une main et un verre de café glacé dans l'autre.

Zora lâcha précipitamment son téléphone comme si elle avait été surprise en faute et prit le café que son assistante lui tendait, telle une bouée dans la tempête.

— Un texto de votre petit mari, n'est-ce pas ? remarqua Emily, riant de sa réaction. Vous rougissez, et c'est vraiment adorable. Vous êtes très mignons, ensemble.

— Merci, Emily, répondit Zora avec un sourire embarrassé. Et maintenant, concernant cette semaine... qu'ai-je manqué ?

Retombant dans une attitude professionnelle, Zora porta son attention sur ce que son assistante lui disait, refoulant toute pensée de meilleurs amis trop séduisants, de jolis bébés et d'opportunités manquées. Au lieu de cela, elle se concentra sur le sujet qu'elle maîtrisait le mieux – son rôle dans l'augmentation des ventes de l'entreprise.

Pour le moment, tout le reste allait devoir attendre.

— Zora, ma chérie, comment vas-tu ? s'enquit Duke Abbott lorsqu'elle fit son entrée dans la salle de conférences, cinq minutes avant l'heure convenue pour cette réunion.

Toutefois, elle remarqua aussitôt que son père n'était pas seul. Tous ses frères étaient là aussi – y compris Cole, qui mettait rarement les pieds à la distillerie.

— Cole ! s'exclama Zora. Que fais-tu là ?

Elle n'avait pas eu l'intention d'ignorer la phrase de bienvenue de son père, mais la présence de son frère, assis à la place autrefois occupée par son grand-père, ne pouvait pas être un bon signe.

— Que se passe-t-il, ici ? s'enquit-elle d'une voix tendue.

— Détends-toi, Zo, lança Cole.

— Ma chérie, calme-toi, dit son père d'un ton qui se voulait rassurant, en se levant.

Ce qui, évidemment, eut exactement l'effet contraire. Il n'existe pas de meilleur moyen d'irriter une femme que de lui demander de *se calmer*.

Zora posa son iPad sur la table à sa place habituelle, près de Max, mais elle refusa de s'asseoir. Les bras croisés sur la poitrine, elle les dévisagea tous l'un après l'autre.

— Pas avant que vous m'ayez expliqué ce qui se trame.

— Zora, je suis désolé que tu aies l'impression d'être tombée dans une embuscade, s'excusa Parker en toussotant d'un air gêné. Ce n'était pas notre intention. Nous aimerions seulement aborder un sujet ou deux avec toi, c'est tout. Tu n'as aucune raison de t'inquiéter. Assieds-toi, s'il te plaît.

Le regard de son frère était presque suppliant et, ravalant ses objections, Zora prit place à la table de mauvaise grâce.

— J'ai beaucoup à faire aujourd'hui, annonça-t-elle. Quelqu'un va-t-il me dire pourquoi nous sommes ici ?

— Tes frères craignent que, dans ta hâte à épouser Dallas, tu n'aies négligé quelques détails, déclara son père d'une voix douce. Nous désirons seulement nous assurer que tes intérêts et ceux de la famille sont protégés.

— Et pourquoi une telle inquiétude ? s'enquit-elle en parcourant la tablée des yeux.

Cole et Max évitaient son regard, et c'étaient eux qui paraissaient le plus mal à l'aise. C'est donc sur eux qu'elle concentra son offensive.

— Cole ? Max ? À l'évidence, c'est vous deux qui avez orchestré toute cette affaire. Alors, parlez, ne jouez pas les timides. Si vous avez quelque chose à me dire, *dites-le.*

— Gamine, tu sais que nous t'adorons tous, répondit Max. Mais nous ne pouvons pas nous taire lorsque sur un coup de tête tu prends une décision qui pourrait te nuire...

— Et nuire au reste de la famille, ajouta Parker d'un air peiné. Et surtout porter atteinte à l'œuvre de grand-père.

— Premièrement, je ne veux plus qu'on m'appelle gamine, grommela-t-elle. J'ai trente-deux ans, bon sang ! Deuxièmement, Max, notre soudaine décision de nous marier a surpris certains d'entre vous, mais pas *les femmes* de la famille. Et, troisièmement, de quelle façon notre mariage pourrait-il vous nuire ? Vous ne m'avez pas vue faire une crise de nerfs lorsque vous vous êtes mis en couple.

— Tu as raison, convint Max en soupirant. Tu es une femme intelligente et capable. Et, c'est vrai, tu as passé l'âge d'être considérée comme une gamine.

— Merci, dit Zora, se détendant un peu.

— Mais tout de même, Zora ! protesta Cole. Si c'était l'un de nous qui était parti en week-end à Las Vegas et qu'il était revenu marié, tu aurais été dans tous tes états.

C'était hélas vrai.

— Si vous aviez épousé une inconnue rencontrée à une table de black jack, peut-être, convint Zora. Mais Dallas n'est pas un inconnu. Il fait presque partie de notre famille. Nous l'avons tous côtoyé depuis la maternelle.

— C'est précisément pour cela que nous ne comprenons pas votre hâte soudaine à vous marier, observa Blake d'un ton posé, raisonnable. D'autant plus que vous avez toujours affirmé que votre relation était platonique.

— C'était vrai, assura-t-elle.

Et, d'une certaine façon, ça l'était toujours.

— Alors pourquoi ce mariage précipité ? insista Max.

— Tu as déclaré à Savannah que tu songeais à devenir maman, intervint Cole, affrontant enfin son regard. Est-ce parce que tu es déjà enceinte ?

— Non ! s'exclama Zora, s'efforçant de contrôler sa fureur. Mais si j'étais enceinte ce serait *mon* affaire.

Elle parcourut de nouveau la tablée du regard. Tous ses frères paraissaient mal à l'aise, certains plus que les autres.

— Qu'y a-t-il, Cole ? gronda-t-elle en se levant. Tu ne me crois pas ? Dois-je vous apporter un test de grossesse pour vous convaincre tous ?

— Cela ne sera pas nécessaire, intervint précipitamment Duke, visiblement agacé par cette conversation.

Tant pis. C'étaient eux qui l'avaient cherchée.

Sa grand-mère lui avait toujours recommandé d'affronter les problèmes au lieu de les esquiver, et ce conseil l'avait bien servie avec les petites brutes de la cour de récréation.

Elle s'était toujours efforcée de se montrer bienveillante avec les gens et de ne jamais provoquer le moindre conflit. Mais, lorsque d'autres choisissaient d'entrer sur ce terrain, elle avait un talent inné pour les mettre au pas.

— Écoute, Zora, je suis désolé, fit Cole en soupirant. Ma question était déplacée. Ce que je voulais dire… Tout cela ne te ressemble pas. Je m'attendais plutôt à une tiare de grand bijoutier, une calèche tirée par des chevaux et un lâcher de colombes pour ton mariage. Je ne comprends pas que tu aies soudain choisi de te marier à Las Vegas sans prendre la peine d'en informer ta famille. Pas même moi.

Cole semblait particulièrement affecté par ce détail. Était-ce là l'explication de tout ceci ? Cole avait de la peine parce qu'elle ne lui avait pas confié son intention de se marier ?

Zora soupira, se souvenant du conseil de Dallas. Elle devait se montrer patiente avec sa famille. Comprendre qu'ils se sentent blessés d'avoir été tenus à l'écart de son mariage.

— Comme je vous l'ai déjà dit, nous n'étions pas allés à Las Vegas dans l'intention de nous marier. C'est seulement… que c'est arrivé, voilà tout. Mais, maintenant que c'est fait, nous ne regrettons rien. Nous sommes heureux, tous les deux. J'aimerais que soyez aussi heureux pour nous que je l'ai été pour chacun de vous, lorsque vous avez rencontré vos compagnes d'aujourd'hui.

Elle tourna le regard vers Blake, Parker, et enfin Max. Et tous eurent la décence de paraître un peu honteux.

Parker toussota pour s'éclaircir la voix, avant de déclarer :

— Nous apprécions tous ton soutien, Zora. Et nous...

Il hésita, face aux expressions sombres de ses frères, avant de corriger :

— *Je* suis heureux pour vous deux. Mais dans la mesure où votre union a été une décision spontanée je suppose que tu n'as pas signé de contrat de mariage, comme nous en avions tous convenu il y a cinq ans. Un contrat destiné à assurer que la distillerie restera pour toujours dans notre famille, au lieu de tomber entre les mains de qui que ce soit.

Zora réprima une grimace. Elle aurait dû se douter que cette question serait abordée.

Si elle avait épousé un inconnu, elle aurait eu des raisons de s'inquiéter. Mais c'était *Dallas*. Elle avait une confiance aveugle en son ami. Elle remettrait sa vie entre ses mains si nécessaire.

— Tu as raison, répondit-elle en se rasseyant. Nous avons tous convenu de signer des contrats de mariage afin de protéger King's Finest. Mais, croyez-vous vraiment que nous ne puissions pas faire confiance à Dallas ? Pourquoi songerait-il à s'emparer d'une partie des actions de la distillerie ? Il a sa propre entreprise, et elle est en pleine croissance.

— Dallas Hamilton est un jeune homme honorable et travailleur, intervint son père. Il a très bien réussi, et nous savons tous qu'il t'adore. Ce n'est pas que nous ne lui faisons pas confiance. Pas exactement.

— Alors, qu'est-ce que c'est ? s'enquit-elle, la vue brouillée de larmes de colère.

— C'est seulement qu'il vaut mieux prévenir que guérir, Zo, murmura Max, posant doucement la main sur la sienne. Aucun de nous n'attribue de mauvaises intentions à Dallas. Mais les circonstances et les gens peuvent changer. Il est impossible de le prévoir. Alors, nous devons parer à toutes les éventualités.

— Et, puisque Dallas est financièrement à l'aise, comme tu nous l'as dit, observa Parker, il ne devrait voir aucun inconvénient à signer un contrat de mariage stipulant précisément le patrimoine de chacun. D'ailleurs, il me semble que ce serait aussi à son avantage. De plus, les termes de l'accord sont très généreux. En cas de divorce, Dallas – ou n'importe laquelle de nos éventuelles épouses – n'en sortirait pas lésé.

Comme Zora fronçait les sourcils, il ajouta précipitamment :

— Cela ne signifie pas que nous anticipions que tu vas divorcer, Zora. Pas plus que nos futures épouses, d'ailleurs.

Zora dévisagea Blake, le cœur battant. Son frère était peut-être sincère en déclarant qu'il ne croyait pas que Dallas et elle mettraient un terme à leur mariage dans un avenir prévisible. Elle, en revanche, était parfaitement au courant de la nature temporaire de leur arrangement. Dès lors, demander à Dallas de signer un contrat qui lui assurerait une généreuse compensation en cas de divorce lui semblait peu judicieux.

— Non, répondit-elle d'une voix douce, se levant à nouveau. Je comprends vos inquiétudes, mais il n'est pas question que je demande à Dallas de signer un contrat de mariage. Alors, s'il n'y a rien d'autre à l'ordre du jour, j'ai du travail en retard qui m'attend.

Sur ces mots, Zora ramassa ses affaires et quitta la salle. Elle avait presque atteint son bureau lorsque Cole la rattrapa.

— Ta décision a-t-elle un rapport avec ce contrat avec les Islandais que Dallas essaye de décrocher ? s'enquit-il.

— Quel contrat ? répondit-elle, ouvrant de grands yeux.

— Tish nous en parlait la semaine dernière, juste avant votre arrivée chez nos parents. Je me suis renseigné au sujet de ce type avec qui Dallas espère collaborer. C'est un homme important. Avez-vous contracté un faux mariage parce que Dallas pense qu'un homme marié aura de meilleures chances de décrocher cette affaire qu'un célibataire ?

— C'est ridicule ! protesta Zora, le cœur battant à tout rompre.

Crois-tu vraiment que j'aurais renoncé à ma calèche tirée par des chevaux et au lâcher de colombes pour *cela* ?

Elle s'apprêtait à se remettre en marche lorsque son frère lui saisit le bras.

— Tu es une fille honnête et une amie loyale, dit Cole, baissant la voix. Et je sais combien Dallas compte à tes yeux. Alors, la réponse est oui. Je te crois capable d'un tel sacrifice pour lui. Comme lorsque tu l'as aidé à financer sa société.

— Comment sais-tu cela ? chuchota-t-elle d'un ton furieux.

— Je n'en étais pas sûr, avoua Cole. Mais je le soupçonnais.

— Dallas ne m'a jamais rien demandé. En réalité, il m'a fallu des mois pour le convaincre de me laisser *investir* dans sa société. Et comme tu le vois mon pari a payé. Il m'a tout remboursé avec intérêts depuis des années. Mais ne répète...

— Je tiendrai ma langue, assura Cole. Mais je ne laisserai personne abuser de la générosité de ma petite sœur.

— Cole, je sais que tu m'aimes et que tu veux seulement me protéger, mais écoute-moi attentivement. Si tu crois que Dallas essaye de profiter de moi, tu te trompes. Aie confiance en moi comme je l'ai toujours fait pour toi.

Avant que son frère ait eu le temps de répondre, le téléphone de Zora vibra dans sa poche. *Dallas.*

— Ce doit être mon mari qui m'appelle pour me dire que son voyage s'est bien passé. Avons-nous terminé, ici ?

— Oui, répondit Cole en soupirant. À plus tard, Zo.

Zora suivit des yeux son frère, qui retournait à la salle de conférences, puis elle établit la communication.

Jamais elle ne s'était sentie aussi heureuse d'entendre la voix de Dallas.

16

L'événement auquel il devait assister ce dimanche matin – le dernier de ses sept jours de travail à Chicago – avait été annulé, et Dallas avait donc réservé sa place d'avion un jour plus tôt pour le vol du retour.

En temps ordinaire, il aurait profité de ce temps libre pour visiter la ville, pour travailler sur ses créations ou lire un bon livre. Mais, dès la seconde où il avait appris cette annulation, une seule idée s'était imposée dans son esprit : Zora.

Alors il avait payé un supplément scandaleux pour changer sa réservation, car il désirait faire une surprise à son épouse. Arrivé chez lui, il avait rassemblé quelques vêtements propres, le strict nécessaire pour passer quelques jours chez Zora. Ensuite, il avait glissé son certificat médical dans la poche intérieure de son blouson de cuir noir mat arborant le nom *Triumph* en lettres brodées dans le dos.

Dallas rangea ses affaires dans les sacoches de sa moto, une superbe Triumph qu'il s'était offerte un an plus tôt, puis il attacha son casque et enfourcha l'engin. Après avoir laissé la machine chauffer quelques minutes, il sortit prudemment de l'allée de sa maison et, arrivé sur la route, il mit les gaz.

C'était une magnifique journée d'automne, au début de l'après-midi. Le soleil brillait à travers les frondaisons, illuminant les feuillages de toutes les couleurs du feu. Dallas adorait rouler à moto à cette époque de l'année, libre comme le vent qui sifflait autour de lui. Mais aujourd'hui il était concentré sur un seul but : faire enfin l'amour à sa ravissante épouse.

Toutefois, une idée l'oppressait. Et ce n'était pas la perspective de retrouver enfin Zora. Toute cette semaine, il avait été hanté par des images de son corps nu sous le sien, dans le lit qu'ils partageaient. Ce qui le tourmentait, c'était l'idée que leurs rapports en seraient changés à tout jamais.

Le désir qu'il ressentait pour Zora sortirait du non-dit pour s'exposer en pleine lumière. Ni elle ni lui ne pourraient plus prétendre qu'il n'existait pas. Ils avaient convenu de redevenir de simples amis au bout d'une année. Mais qui pouvait croire que le génie rentrerait tranquillement dans sa lampe ?

Et ce n'était pas son seul motif d'inquiétude. Zora et lui étaient sur le point de s'embarquer dans une autre aventure : celle de la coparentalité.

L'énormité de ce qu'ils s'apprêtaient à faire lui était apparue à l'instant où il avait posé les yeux sur Remi et caressé sa peau douce de bébé. Elle était si petite ! Tellement sans défense ! En contemplant le visage de la fillette endormie, il n'avait pu s'empêcher de se demander à qui ressemblerait l'enfant que Zora et lui concevraient ensemble.

Ce bébé aurait-il le sourire de sa maman ? Son joli teint d'un brun ocré ? Aurait-il le caractère de feu de sa mère ou son sens de l'humour à lui et son attitude nonchalante ?

Dallas accéléra. À présent, il filait à toute allure en direction de la maison d'Iris et Duke, où Zora se trouvait probablement déjà ainsi que tous ses frères et leurs compagnes. Il aurait donné n'importe quoi pour pouvoir l'enlever au nez et à la barbe de tout le monde, la faire grimper derrière lui sur la moto et foncer chez elle, pour passer le reste de cette journée à explorer ce corps qu'il avait déjà imaginé dans tous ses détails.

Il tourna enfin sur la route qui conduisait à la propriété des Abbott et, quelques minutes plus tard, il arrêta sa machine dans l'allée de ses nouveaux beaux-parents, ôta son casque et se dirigea à grands pas vers une porte ouverte sur le côté de la maison.

Comme toujours, la cuisine d'Iris Abbott sentait divinement

bon. Des parfums de pain sortant tout juste du four, de viandes rôties, de savoureux légumes et d'appétissants desserts venaient caresser ses narines. Mais il ne se laisserait pas distraire par les merveilles culinaires d'Iris. Pas aujourd'hui.

Il grimpa les quelques marches sans bruit et entra dans la cuisine, où régnait une joyeuse activité. Quinn et Kayleigh s'affairaient à préparer une salade, tandis qu'Iris remuait le contenu d'une casserole sur le feu. Assise sur l'un des tabourets du bar, une couverture drapée sur les épaules, Savannah était apparemment en train de donner le sein à la petite Remi. Zora était assise en face d'elle, un torchon de cuisine entre les mains, et les deux femmes bavardaient.

Zora était à la fois follement sexy et adorable, ses boucles brunes attachées en un chignon lâche, vêtue d'un col roulé noir et d'une minijupe de suédine lie-de-vin, et chaussée de cuissardes noires qui lui coupèrent le souffle.

Rester assis à côté d'elle dans cette tenue durant tout le repas promettait d'être une véritable torture. Il brûlait déjà de la déshabiller.

Dallas entra aussi discrètement que possible. Il salua Iris d'un geste puis, un doigt sur les lèvres, il l'implora du regard de le laisser s'avancer derrière son épouse pour la surprendre.

Iris sourit en le voyant. Quinn et Kayleigh aussi. Mais personne ne le trahit.

Dallas referma soudain les bras autour de la taille de Zora et déposa un tendre baiser sur son cou.

Zora sursauta, visiblement surprise, mais ne cria pas. Elle pivota dans ses bras et, lorsque ses yeux bruns rencontrèrent les siens, la lueur de joie qui brilla dans son regard lui alla droit au cœur.

— Dallas, que fais-tu ici ? s'écria-t-elle. Ton avion ne devait atterrir que tard dans la soirée.

— Je sais, convint-il en la serrant plus fort dans ses bras. Mais j'étais trop impatient de te voir, mon bébé.

Dallas dévisagea son épouse, se demandant comment elle allait réagir à ces manifestations d'affection en public. Mais elle lui avait raconté que Cole doutait de la réalité de leur mariage. Quel meilleur moyen de lui prouver qu'il avait tort ?

Durant quelques instants, le temps sembla s'arrêter. La cuisine, qui bourdonnait du bruit des conversations lorsqu'il était entré, était tout à coup silencieuse. Mais Zora se haussa sur la pointe des pieds pour nouer les bras autour de son cou et posa les lèvres fermement sur les siennes, provoquant un chœur d'exclamations ravies autour d'eux.

— Toi aussi, tu m'as manqué, murmura-t-elle, levant les yeux vers les siens. Je suis heureuse que tu sois rentré en avance.

— À ce propos, intervint Iris sans subtilité excessive, pourquoi Dallas et toi ne rentreriez-vous pas à la maison ? Ton mari doit être épuisé après une longue semaine à Chicago sans sa petite chérie.

Quinn, Kayleigh et Savannah pouffèrent de rire. Zora dévisagea sa mère d'un air étonné.

— Nous n'avons même pas encore dîné, observa-t-elle.

— Qu'à cela ne tienne, répliqua Iris. Je vais vous préparer un dîner à emporter. Cela ne me prendra qu'une minute. Dallas aura tout juste le temps d'aller saluer les garçons.

Zora s'apprêtait à répondre, mais Quinn l'arrêta.

— Sincèrement, Zora, nous comprenons. Prends ton dîner et ton homme, et rentrez vite chez vous. Il y aura beaucoup d'autres dîners du dimanche soir avec la famille.

— Très bien, répondit Zora. Nous n'avons pas l'habitude de nous imposer quand on ne veut pas de nous.

— J'adorerais vous avoir à dîner avec nous, assura Iris, mais je me rappelle très bien ce que nous désirions lorsque nous étions jeunes mariés. De plus, avec des carrières aussi exigeantes que les vôtres, vous devriez saisir toutes les opportunités d'être ensemble.

— Je suis du même avis, déclara Dallas.

Il s'empara de la main de Zora et l'entraîna vers le salon, où son père, son grand-père, ses frères et son neveu regardaient un match à la télévision.

Dallas salua les hommes, serrant les mains de son grand-père et de son père. Parker, Max et Blake avaient des attitudes amicales, et seul Cole semblait bouder.

— Nous n'allons pas rester pour dîner, annonça Zora d'un air un peu embarrassé. Dallas vient à peine de rentrer, et il a eu une semaine très éprouvante. Maman a insisté pour que je le ramène à la maison afin qu'il puisse se reposer un peu. Elle est en train de nous préparer un dîner à emporter.

— Trop fatigués pour manger, hein ? ironisa Joseph Abbott. Moi aussi, j'ai été jeune, vous savez.

— Laisse ces enfants tranquilles, papa ! le tança Duke en riant. Moi, je les comprends. Si Dallas et Zora manquent un dîner ou deux avec nous, ce ne sera pas la fin du monde.

— Merci pour votre compréhension, répondit Dallas.

— C'est une très belle moto que vous avez là, remarqua le grand-père d'un air approbateur. Je me souviens du temps où les jeunes organisaient des courses avec ces engins.

— Celle-ci est un tout nouveau modèle, précisa Dallas. Elle a gardé le style des motos anciennes, mais elle est dotée des toutes dernières technologies.

— Est-ce là-dessus que vous comptez ramener ma petite-fille chez vous ?

— Pas aujourd'hui, papy, intervint Zora précipitamment. Mais je permettrai peut-être à Dallas de m'emmener faire un tour sur sa moto... *Un jour.*

Dallas esquissa un sourire. C'était la première fois que Zora manifestait un intérêt quelconque pour ses motos.

— Cela a l'air dangereux, lâcha Parker. Tu as souscrit une assurance-vie et rédigé un testament, je suppose ?

— On peut toujours compter sur Parker pour tuer l'ambiance, remarqua Max en riant.

— Et quoi ? fit Parker, haussant les épaules. As-tu idée des statistiques d'accidents de moto ?

Au même instant, la mère de Zora réapparut, et elle leur tendit un sac de toile contenant leur dîner dans plusieurs bocaux de verre.

— Voilà, dit-elle. Votre dîner est prêt.

Dallas lâcha la main de Zora pour prendre le sac, puis il se pencha pour déposer un baiser sur la joue de sa belle-mère.

— Merci, Iris.

— Vous pouvez m'appeler belle-maman, si vous le désirez.

Malgré lui, Dallas sentit son cœur se serrer. Son mariage avec Zora prendrait fin dans un an, et il perdrait le privilège d'appeler Iris belle-maman presque aussi vite qu'il l'avait gagné.

— Merci, belle-maman, dit-il en souriant.

Puis il attrapa la main de Zora et, leur souhaitant une bonne soirée, ils prirent congé de la famille.

17

Zora rentra sa Mercedes dans le garage pour deux véhicules, impeccablement rangé, actionna la télécommande de fermeture de la porte et sortit de la voiture.

Tournant le regard vers Dallas, elle sentit un frisson la parcourir tout entière. Il était follement sexy avec son blouson de cuir, son casque noir et ses bottes. Il avait un air mystérieux, peut-être même un peu dangereux. L'idée de toute cette puissance mécanique vibrant entre ses cuisses vigoureuses… avait quelque chose de très troublant.

C'était précisément pour cette raison qu'elle n'avait jamais accepté de monter en selle derrière lui lorsqu'il le lui avait proposé. À cause de cela, et aussi parce qu'elle détestait ne pas contrôler une situation. Il lui était déjà pénible d'être passagère dans un avion ou une voiture. Mais parcourir les virages en épingle d'une route de montagne à l'arrière d'une moto fonçant à toute allure ? *Jamais de la vie.*

Dallas descendit de sa machine et abaissa la béquille, puis il ôta son casque et le posa sur le siège de la moto.

— Tu es vraiment un régal pour les yeux, observa-t-il, parcourant son corps d'un regard admiratif.

— Tu peux cesser de jouer les amoureux transis, répliqua-t-elle, sentant sa température grimper en flèche sous le feu de ce regard. Nous sommes seuls, maintenant.

— Je ne joue pas un rôle, Zora, corrigea-t-il en s'arrêtant à moins d'un mètre d'elle pour plonger des yeux emplis de désir dans les siens. Je te l'ai dit, si nous suivons notre plan… nous devrons nous y tenir réellement, aussi longtemps que nous serons ensemble.

Soudain, elle avait trop chaud. Les pointes de ses seins avaient durci. Portant une main à sa gorge en un geste de protection inconscient, elle balbutia :

— Tu m'as appelée « mon bébé », tout à l'heure, dit-elle en détournant le regard. C'était la première fois.

— C'est parce que nous n'avions jamais été mariés auparavant, observa-t-il, esquissant un sourire conquérant. Est-ce un problème ?

— Non, murmura-t-elle, pas du tout.

Dallas se rapprocha encore. À présent, ils se tenaient à moins de trente centimètres l'un de l'autre. Pourtant, il ne l'avait pas encore touchée, et elle ne pouvait s'empêcher de se sentir déçue par cette réserve. Mais la promesse qu'il lui avait faite à Las Vegas le jour où ils avaient conclu leur accord brûlait encore dans sa mémoire.

« Il ne se passera rien à moins que tu n'en aies envie. »

Elle en avait envie à cet instant même. Et si fort ! Elle pensait souvent à lui en effleurant inconsciemment sa moiteur brûlante du bout des doigts, dans son lit tellement vide et froid sans lui.

Un silence pesant s'étira entre eux. On n'entendait plus que le son de sa respiration de plus en plus précipitée.

— Je t'ai rapporté un petit cadeau, déclara-t-il, tirant une enveloppe cachetée de la poche intérieure de son blouson et la lui tendant sans la quitter du regard.

Zora fixa l'enveloppe marquée de l'en-tête d'un cabinet médical de Chicago.

Il avait passé son examen de santé.

Elle lui avait déjà envoyé ses propres résultats par texto. Désormais, ils n'avaient plus aucune excuse. Aucune raison de ne pas faire ce dont elle avait constamment rêvé durant ces deux dernières semaines. Et même, occasionnellement, des années avant qu'ils se réveillent mariés à Las Vegas.

— Je suppose que nous sommes prêts, dans ce cas, dit-elle en lui rendant l'enveloppe.

— Ne vas-tu pas l'ouvrir ? s'étonna-t-il.

— Je te fais confiance, Dallas, assura-t-elle, reculant d'un pas, incapable de respirer normalement aussi près de lui.

La douce fragrance de son after-shave, mêlée à l'air vif de cette soirée d'automne, avait quelque chose d'enivrant. Et, lorsqu'il fit un autre pas vers elle, elle recula d'autant, jusqu'à ce que la portière de sa voiture l'empêche d'aller plus loin.

— Ta confiance me flatte, répondit-il en lui tendant de nouveau l'enveloppe. Mais ce qui est dit est dit, n'est-ce pas ?

Zora déchira l'enveloppe avec des gestes maladroits et parcourut les feuillets qu'elle contenait, à peine capable de déchiffrer les lettres noires.

— Tout a l'air très bien, déclara-t-elle en lui rendant l'enveloppe.

Dallas la replaça dans la poche intérieure de son blouson de cuir sous le regard fasciné de Zora. Elle brûlait de couvrir ce cher visage de baisers, de sentir sa barbe naissante égratigner sa peau, cette merveilleuse sensation descendre vers son ventre, comme cette première nuit, dans son lit, lorsqu'elle n'avait pas pu s'empêcher de l'embrasser.

Zora fit un immense effort pour se ressaisir, et son regard rencontra à nouveau le sien. Son cœur battait la chamade, et ses mains tremblaient. Dallas allait *réellement* l'obliger à prononcer les mots fatidiques. À quémander ses caresses. Elle le lisait dans ses yeux sombres. Il désirait l'entendre mendier son amour.

En principe, elle ne voyait aucun inconvénient à exprimer ses préférences au lit. Mais Dallas était son meilleur ami, et tout cela lui semblait encore très... étrange. Mais le désir qu'elle éprouvait pour lui était réel, elle ne pouvait pas en douter. Et, plus important encore, elle avait besoin de lui.

Dallas Hamilton avait longtemps été un sujet parfait pour ses fantasmes sexuels. Mais, à présent, elle avait besoin de quelque chose de plus... solide.

Zora glissa les mains sous sa ceinture de cuir pour effleurer du bout des doigts la colonne de chair qu'elle devinait parfaitement derrière la fermeture à glissière. Son ami exhala un soupir presque douloureux, et elle sentit son souffle tiède sur sa peau. Un petit sourire coquin étira les coins de ses lèvres. Elle était très tentée de répéter l'expérience pour voir cette réaction se reproduire.

Cette fois-ci, elle empoigna sa monumentale érection à travers l'épais denim. Ses doigts descendirent lentement le long de son sexe dur pour se resserrer à sa base. Dallas laissa échapper une sorte de gémissement.

— Zora ! murmura-t-il en se rapprochant de ses caresses, le regard chaviré, les mains appuyées à la carrosserie de la Mercedes, de part et d'autre de Zora.

C'était une sensation exaltante que de se sentir ainsi prisonnière entre le grand corps de Dallas et le métal lisse de la voiture. L'idée de détenir ce pouvoir et d'obliger son ami à rendre les armes l'emplissait d'un délicieux sentiment de puissance féminine.

Zora tira jusqu'en bas la fermeture Éclair de son blouson de cuir. Puis elle glissa les mains sous l'ourlet de son T-shirt pour les laisser remonter sur sa peau nue et caresser, pincer doucement ses tétons durcis.

— Embrasse-moi, Dallas, murmura-t-elle d'une voix haletante. S'il te plaît.

Il se pencha pour poser la bouche sur la sienne, recueillant ses joues entre ses grandes mains. Ce n'était plus un baiser hésitant comme les précédents, mais avide et exigeant. Intense et brûlant. Une facette de lui-même que Dallas laissait rarement entrevoir.

Zora crispa les doigts sur les muscles de son dos, sous le coton de son T-shirt, espérant que ses ongles courts ne laisseraient pas de marques, et elle s'immergea totalement dans leur baiser, tout son corps brûlant déjà de désir pour lui. Ses clés étaient tombées sur le sol du garage, mais cela lui était totalement indifférent. Une seule chose importait : se retrouver nue dans les bras de son mari et faire l'amour avec lui.

Zora défit la boucle de sa ceinture avec des doigts tremblants tout en continuant à l'embrasser, et elle glissa la main à l'intérieur de son boxer pour serrer son sexe dur dans sa paume. Cette fois-ci, ils gémirent ensemble.

— Bon sang ! marmonna-t-il alors qu'elle le caressait sur toute sa longueur. Quel dommage que cette Mercedes soit ridiculement hors de prix ! Sinon, je t'allongerais sur le capot et je t'écartèlerais pour me régaler de l'unique repas qui me satisferait à cet instant précis.

La main de Zora s'immobilisa, et un flot d'images érotiques déferla soudain dans son esprit. La scène qu'il décrivait la fit frissonner de la tête aux pieds, et un feu liquide envahit le centre de sa féminité.

Zora ne respirait plus. Elle était sur le point de lui répondre qu'un capot enfoncé ne serait qu'un détail sans importance lorsqu'il s'écarta d'elle.

— Nous ferions mieux de rentrer ces victuailles dans la maison, dit-il d'une voix un peu essoufflée. Ensuite, je passerai rapidement sous la douche, et nous reprendrons cet entretien *exactement* là où nous l'avons laissé.

Zora acquiesça en silence, et elle ne le quitta pas du regard tandis qu'il se penchait pour ramasser le sac de toile contenant leur dîner, exposant son derrière parfait. Elle allait *adorer* la suite, cela ne faisait aucun doute.

Dallas éparpilla tous ses vêtements sur le sol de la salle de bains et entra sous les jets brûlants de la douche, dans la seconde suite de la maison. Il lui arrivait souvent de se doucher et de se raser dans la salle de bains personnelle de Zora où tout était net et parfaitement à sa place. Chaque recoin occupé par des crèmes de beauté, des produits de maquillage – des fards ou du mascara.

Le fait qu'il n'y ait aucune place pour lui dans la salle de bains de Zora était une parfaite métaphore de ce qui l'inquiétait dans leur relation. Elle était la seule personne dans son entourage qui n'ait jamais eu besoin de lui d'une manière ou d'une autre. Même maintenant, elle n'avait pas besoin de son aide. Elle avait la situation bien en main et les moyens de mettre son plan à exécution toute seule.

L'unique petite case bien nette où il était admis dans sa vie était celle d'*ami*. Une femme aussi indépendante que Zora pouvait-elle avoir une autre place pour lui auprès d'elle ?

Appuyant la main contre le carrelage frais, il inclina la tête sous les jets d'eau pour rincer le shampoing dans ses cheveux, poussant un soupir.

Au même instant, la porte de verre de la cabine de douche s'ouvrit, laissant entrer de l'air plus frais, tandis que la vapeur s'échappait en tourbillons dans le reste de la pièce.

— Zora ! balbutia-t-il d'une voix mal assurée.

Son amie entra sous la douche, son corps d'un brun ocré glorieusement nu, lui coupant littéralement le souffle. Dallas lui enlaça la taille et referma sa main libre sur la courbe idéale de son derrière rond tandis qu'elle se blottissait contre lui.

— J'ai pensé que tu aurais peut-être envie d'un peu de compagnie, murmura-t-elle, une lueur coquine au fond de ses yeux presque noirs. Et n'avais-tu pas promis que nous reprendrions là où nous nous étions arrêtés ? Je me suis un peu impatientée.

Dallas déposa un baiser sur sa tempe, puis il laissa glisser les lèvres jusqu'à son oreille de nacre.

— Tu es merveilleusement belle, Zora, chuchota-t-il. Et je suis impatient de faire l'amour à mon épouse.

— Ton épouse temporaire ? répliqua-t-elle en riant. Je crois qu'elle est aussi impatiente que toi.

— Je préfère penser à toi comme à mon épouse *tout court*, corrigea Dallas, le regard rivé tout au fond du sien. Pas mon épouse temporaire ni ma future ex-épouse. Simplement mon épouse, qui se trouve aussi être ma meilleure amie.

— L'idée me plaît bien, souffla-t-elle en se blottissant davantage contre lui, enfonçant ses ongles courts dans les muscles de son dos, le faisant frissonner.

Il l'embrassa avec délices, se délectant du goût de sa bouche, tandis que ses mains exploraient sa peau de soie et les délicieuses courbes de son corps, encore plus parfaites dans leur glorieuse nudité.

Dallas quitta sa bouche pour tracer un chemin de baisers sur sa gorge puis, s'emparant de l'un des magnifiques globes de ses seins, il mordilla délicatement la pointe durcie. Zora ondulait des hanches en gémissant sous ses caresses, adossée au mur carrelé et, laissant glisser la main sur la douceur de son ventre, il la referma sur son mont de Vénus partiellement rasé, qu'il caressa longuement avant d'introduire un doigt, puis un autre, dans sa moiteur brûlante.

— Oh Zora ! murmura-t-il tout contre son oreille. Tu es prête pour moi ! Mais je crois que nous pouvons faire mieux encore.

Dallas s'agenouilla devant elle, les mains serrant ses hanches, et Zora le dévisagea dans un silence stupéfait lorsqu'il la fit s'asseoir sur le carrelage de céramique noire du banc de la douche, avant de lui écarter gentiment les jambes. Puis il inclina la tête et posa la bouche sur son intimité offerte pour la goûter, *là*.

Le souffle coupé, Zora laissa échapper un gémissement et glissa les doigts dans ses cheveux tandis qu'il butinait sa chair ultrasensible. Et, avec chaque seconde qui passait, ses gémissements devenaient plus bruyants, plus désespérés.

Cette escalade de sensations, ses doux encouragements et ses suppliques tremblantes avaient plongé Dallas dans un état d'excitation érotique extraordinaire. Son érection était devenue douloureuse, mais il continua à lui donner du plaisir avec les doigts et avec la bouche. Elle creusait les reins, se haussait sur la pointe des pieds pour aller à la rencontre de ses caresses en murmurant son nom, et Dallas fut très tenté de la prendre là où ils se trouvaient, dans cette cabine de douche.

Mais c'était la première fois qu'ils faisaient l'amour ensemble, et il désirait prendre tout son temps avec elle. Lui prouver à quel point leur union pourrait être parfaite, si elle leur donnait une chance.

Dallas se releva pour couper l'eau de la douche, puis il prit Zora dans ses bras et l'embrassa. Ce baiser, d'abord lent et tendre, se fit bientôt brûlant et passionné. Et elle y répondit avec une fougue égale à la sienne. Dallas lui enlaça la taille pour la serrer contre son érection douloureuse. Il aurait tout donné pour entrer tout entier dans la moiteur brûlante de sa trop ravissante épouse. La femme qui occupait constamment ses pensées depuis une semaine.

Leur mariage n'était peut-être que temporaire, mais il avait tout de même une chance inouïe de pouvoir retrouver cette femme fantastique chaque soir en rentrant à la maison et de partager son lit.

À présent que la douche ne coulait plus, la température s'était rafraîchie, et Zora fut prise d'un frisson.

Dallas ne renonça à ses lèvres pulpeuses que le temps qu'il leur fallut pour se sécher et pour atteindre le lit de Zora, au bout du couloir du premier étage.

Ils se glissèrent tous deux sous la couette blanche moelleuse, leurs deux corps encore un peu humides.

— Tu permets ? murmura-t-il, désignant le bandeau qui attachait la chevelure de Zora en un chignon lâche.

Lorsqu'elle acquiesça, Dallas le lui ôta, libérant une cascade de boucles luisantes, et il enfouit les doigts dans leur douceur de soie, comme il avait si souvent rêvé de le faire.

— Tu es si belle, Zora ! souffla-t-il en caressant sa joue, le regard rivé au fond de ses yeux bruns hypnotiques.

Il l'embrassa une nouvelle fois passionnément, et leur baiser devint bientôt un corps-à-corps fiévreux. Alors il entra lentement dans sa moiteur, se délectant de chaque seconde de cette sensation divine, jusqu'à ce qu'il réalise qu'il était tout entier en elle.

Dallas l'embrassa à nouveau, s'obligeant à ralentir le rythme de ses assauts, afin de prolonger ce moment fabuleux le plus longtemps possible.

Mais, à mesure que leurs baisers gagnaient en intensité, le va-et-vient de ses hanches devenait plus rapide malgré lui.

— Oui, Dallas, oui ! gémit-elle. Alors que leurs corps brûlants se mouvaient en cadence, se rapprochant de l'explosion finale. Comme cela ! Ne t'arrête pas, s'il te plaît !

Haletante, à bout de souffle, Zora cria son nom.

Ses cheveux en désordre, son front et son cou brillants de perles de transpiration, Zora lui apparaissait plus sexy qu'elle ne l'avait jamais été.

Sa féminité brûlante, palpitante, l'enserrait tout entier, et Dallas surfa avec elle sur les vagues du plaisir, dans un océan de félicité. C'était un pur bonheur qu'il était bien décidé à retrouver encore et encore dans l'avenir.

Alors il renonça à lutter et il explosa tout au fond d'elle dans un éclair aveuglant, le dos cambré, avant de retomber sur le drap, haletant, luttant pour reprendre son souffle.

Après, ils restèrent allongés côte à côte, à fixer le plafond en silence, jusqu'à ce que leur respiration ait retrouvé un rythme normal. Dallas fut le premier à recouvrer la parole.

— C'était...

— Bizarre ? suggéra-t-elle.

— Ce n'était pas du tout le mot auquel je songeais, répondit Dallas en riant. J'allais dire absolument fabuleux.

— Je suis du même avis, déclara Zora, déposant un bref baiser sur ses lèvres. Mais aussi... *bizarre*, tu ne trouves pas ? Parce qu'il s'agit de *nous*. Mais, au fond, c'est peut-être justement pour cela que c'était si bon.

— Je m'étais toujours demandé comment ce serait, entre nous, murmura-t-il, déposant une pluie de baisers sur son cou. Et je dois avouer que la réalité ne m'a pas déçu.

— Tu avais déjà pensé que nous le ferions ? s'étonna-t-elle, posant sa main ouverte sur son torse, l'arrêtant net alors qu'il s'apprêtait à l'embrasser une nouvelle fois.

— Pas toi ? répliqua-t-il, la défiant du regard.

— Ce n'est pas le sujet, Dallas, répondit-elle en rougissant.

— Et quel est le sujet ? s'enquit-il, posant les lèvres sur la pointe d'un sein.

— Deuxième round, lâcha-t-elle dans un souffle. Mais, d'abord, allons faire un tour à la cuisine pour reprendre des forces.

Elle arborait un sourire très coquin, et il ne put s'empêcher de sourire à son tour.

— Voilà une proposition qui me plaît énormément, admit-il avec une sincérité totale.

18

Zora entra dans la cuisine vêtue de sa tenue de travail, un confortable tailleur-pantalon bleu marine et un chemisier blanc. Elle flottait encore sur un petit nuage de félicité. Dallas avait déjà préparé le café, et le délicieux arôme du bacon frit lui mettait l'eau à la bouche.

Plus tôt ce matin-là, elle s'était réveillée dans les bras de son mari comme de nombreux autres matins. Ils étaient encore nus, après avoir fait l'amour toute la nuit, chacun explorant le corps de l'autre et, en tentant de se libérer de l'étreinte de ses bras pour se rendre dans la salle de bains et commencer à se préparer pour son travail, elle l'avait réveillé sans le vouloir.

Dallas avait ouvert des yeux encore ensommeillés, et il lui avait fallu un instant pour retrouver ses repères, puis il lui avait offert le plus adorable des sourires.

Dallas l'avait toujours accueillie avec ce merveilleux sourire chaque fois qu'ils se retrouvaient après des mois d'absence. Et, face à ce sourire, elle se sentait… spéciale. Comme si, pour lui, elle était la personne la plus importante du monde. Mais le regard qu'il posait sur elle ce matin-là avait failli la liquéfier sur place.

— Bonjour, ma ravissante, avait-il murmuré d'une voix rauque.

Comment répondait-on d'une manière adéquate au bonjour de son meilleur ami, qui se trouvait aussi être son mari temporaire et le papa de son futur enfant ?

Une poignée de main ? Un bécot sur la joue ? Peut-être un bref baiser sur les lèvres ?

— Bonjour, Dal, avait-elle dit. Désolée de t'avoir réveillé, mais j'ai besoin de commencer à me préparer pour mon travail.

— Ou alors, tu pourrais oublier ton travail aujourd'hui, avait-il suggéré en laissant glisser les lèvres sur sa joue, jusqu'au creux de son oreille. Et rester au lit avec moi.

Ses mains avaient serré fermement sa taille comme s'il n'avait nulle intention de la laisser partir, et il avait ajouté d'un ton suave :

— Je te promets que tu ne le regretteras pas.

— Je... heu..., avait-elle bredouillé, Emily et moi devons partir dans seulement deux jours, alors...

— Raison de plus pour rester au lit avec moi, l'avait-il interrompue, lui mordillant l'oreille tout en effleurant la pointe d'un sein avec le pouce.

— J'ai déjà pris presque une semaine de congé pour notre lune de miel, avait-elle objecté d'une voix faible.

— Mais nous n'avions pas fait l'amour, cette semaine-là, alors que c'est exactement le but d'une lune de miel, rappela-t-il, les lèvres traçant un chemin de baisers sur son cou.

— Vraiment ? avait-elle répondu, frissonnant malgré elle. N'est-ce pas plutôt pour profiter ensemble de quelques jours de détente après le stress du mariage ?

— Et pour faire l'amour, avait-il déclaré, posant la bouche sur la pointe d'un sein. Encore et encore.

Les lèvres sensuelles de Dallas avaient continué leur parcours sur sa peau brûlante, et il n'en avait pas fallu davantage pour que Zora retourne le rejoindre sous la couette.

— Bonjour, mon bébé, murmura Dallas en se penchant pour l'embrasser, l'arrachant à ses fantasmes érotiques.

Il était torse nu, avec pour seul vêtement un jean qu'il portait bas sur les hanches. Le regard de Zora fut irrésistiblement attiré vers la légère toison châtain clair qui s'étirait au centre de son ventre pour disparaître sous la ceinture de son jean. Et soudain un torrent d'images de la douche qu'ils avaient prise ensemble ce matin-là – et au cours de laquelle il lui avait encore fait l'amour, debout contre le mur de la cabine – resurgit dans sa mémoire.

Elle ferma les yeux pour les dissiper puis, toussotant pour s'éclaircir la voix, elle répondit d'un ton faussement détaché :

— Salut. Je vois que tu as déjà préparé le petit déjeuner.

Dallas pouffa de rire, comme s'il avait vu, lui aussi, ces images coquines défiler dans son esprit.

— C'était le moins que je puisse faire, après t'avoir mise en retard ce matin, répondit-il. Je sais que tu aimes la ponctualité. Assieds-toi, je t'en prie.

Il indiquait l'un des tabourets devant le bar, en continuant à garnir leurs assiettes de tranches de bacon, et Zora faillit objecter qu'elle était déjà très en retard pour son travail. Mais, bien sûr, Dallas s'était donné beaucoup de peine pour leur préparer ce petit déjeuner pendant qu'elle s'habillait et se maquillait. Il aurait été grossier de refuser. Et de plus, faire l'amour comme deux adolescents en rut vous donnait apparemment un appétit féroce.

Soudain, elle comprenait pourquoi Blake, Parker et Max avaient commencé à arriver de plus en plus tard au bureau et à partir de plus en plus tôt depuis qu'ils étaient en couple.

— Merci, répondit-elle en prenant place devant le bar, où l'attendait déjà un grand verre de jus d'orange. C'est très gentil de ta part, mais tu n'étais pas obligé, tu sais. J'aurais acheté quelque chose en route pour le bureau.

— Mais alors je n'aurais pas eu le plaisir de déjeuner avec mon épouse, répliqua-t-il, ajoutant des œufs brouillés dans leurs assiettes.

— Tu adores prononcer ce mot, n'est-ce pas ? remarqua Zora, sirotant son jus d'orange avant de reposer le verre.

— Lequel ? s'enquit Dallas. *Épouse ?*

Il la fixa d'un regard étrange une seconde, puis sourit d'un air embarrassé et haussa les épaules.

— Je n'y avais pas réfléchi, mais c'est peut-être vrai.

Là-dessus, il s'affaira à étaler la confiture de fraises maison de sa mère sur un toast, et Zora s'abstint de lui poser la question qui lui brûlait les lèvres : *pourquoi ?*

Tout cela était censé n'être qu'une mise en scène, une comédie destinée à dissimuler à leurs familles une vérité moins reluisante

– qu'ils avaient fait la fête jusqu'à l'inconscience et qu'ils s'étaient mariés dans une petite chapelle de Las Vegas sans en garder le moindre souvenir. Qu'ils étaient restés mariés uniquement parce qu'elle désirait très fort mettre au monde un enfant, et qu'elle n'avait pas envie d'attendre l'arrivée d'un mari hypothétique pour réaliser son rêve.

Mais prétendre que *leur* mariage était réel, même lorsqu'ils étaient seuls, lui semblait être un jeu dangereux qui pourrait leur causer bien des souffrances. Et, même si la situation dans laquelle ils se trouvaient était assez bizarre, elle ne voulait pour rien au monde faire du mal à son ami.

Dallas Hamilton était un homme robuste, un amoureux des grands espaces. Grâce à son esprit brillant et ses mains habiles, il créait des meubles fabuleux, mais il était aussi un homme sensible, d'une gentillesse qu'elle avait rarement constatée chez les autres hommes qu'elle connaissait.

Il cachait cette vulnérabilité en se montrant très circonspect dans ses relations. C'était pour cette raison qu'aucune de ses idylles passées n'avait été très sérieuse. Il protégeait encore férocement le cœur de ce petit garçon qui avait été brisé lorsque son père l'avait abandonné.

Elle aussi ferait tout ce qui était en son pouvoir pour protéger cet adorable petit garçon. C'était donc à elle de veiller à ce qu'ils restent concentrés sur leur but. De leur rappeler leur plan chaque fois que l'un d'eux s'égarait.

— Qu'y a-t-il sur ton agenda aujourd'hui ? s'enquit-elle d'un ton léger. Comptes-tu travailler au siège de ta société ou dans ton atelier personnel ?

— Je pensais m'installer dans ton bureau ici, chez toi, répondit Dallas en grimpant sur le tabouret voisin du sien pour se beurrer un toast. J'aimerais travailler sur quelques nouvelles créations que je compte présenter à Einar. J'espère que cela ne te dérange pas ?

— Non, bien sûr, répondit-elle. Absolument pas. Cette maison est aussi la tienne.

Et elle était sincère. Dallas avait eu la gentillesse d'emménager provisoirement chez elle, bien que son bureau et son atelier se trouvent à l'autre bout de la ville, ce qui supposait de longs trajets en voiture. Alors qu'ici il n'avait que quelques mètres à parcourir lorsqu'il se levait le matin.

— Rentreras-tu à la maison pour dîner ? s'enquit Dallas en sirotant son café.

Pour être tout à fait honnête, elle devait reconnaître que la présence de Dallas dans son espace personnel lui semblait encore un tout petit peu étrange et elle répondit en lui décochant un sourire moqueur :

— Oui, mon chéri. Je serai rentrée à temps pour le dîner.

Dallas disposa sur le plan de travail de la cuisine de Zora tous les ingrédients dont il aurait besoin pour préparer son chili con carne et ses petits pains de maïs aux piments verts. Zora adorait le chili, il le savait. Il le lui avait souvent servi lorsqu'elle passait la soirée chez lui devant un film ou un match de basket-ball à la télévision.

Il était resté assis toute la matinée à la seconde table de travail dans le bureau de Zora, à peaufiner quelques esquisses qu'il comptait présenter à Einar. Mais le but principal du projet était de s'immerger durant quelques mois dans la culture islandaise, de s'imprégner de l'esthétique particulière de l'ameublement de ce pays, des coutumes de ses habitants, et d'y chercher l'inspiration pour créer des choses nouvelles et innovantes, un vrai métissage de deux cultures.

Cette collaboration était importante pour lui. Il désirait montrer à Einar Austarsson qu'il était un partenaire fiable et qu'il était prêt à s'atteler à la concrétisation de leur projet. Un projet comme celui-ci nécessitait généralement de six mois à un an de préparation avant qu'il soit nécessaire de prendre l'avion pour aller s'installer dans ce qui serait pour un temps son nouvel environnement.

Une situation pas très différente de celle qu'il vivait maintenant.

Dallas parcourut du regard la cuisine de Zora, élégante et moderne, et dotée de tous les équipements dernier cri. L'exact contraire de la cuisine toute simple dont il disposait dans la cabane de rondins qui avait été autrefois la propriété de son grand-père.

C'était un espace exigu et suranné, et la cuisine était deux fois plus petite que celle de Zora, mais cette cabane lui rappelait son grand-père, aujourd'hui décédé, et tout ce que le vieil homme lui avait enseigné. Préparer un chili bien piquant ou créer de beaux meubles. Durant son adolescence l'ébénisterie était un passe-temps qui lui permettait de se libérer de sa colère et de sa frustration mais, avec le temps, ce hobby était devenu une vocation qui lui apportait sérénité et satisfaction, puis un gagne-pain, pour lui et pour les salariés de ses entreprises, ici à Magnolia Lake et ailleurs dans le monde.

Tout en cherchant dans les placards un récipient adapté à la préparation de son chili, Dallas se rappela la conversation qu'il avait eue avec Zora le matin même, et il réprima un soupir.

« Tu adores ce mot-là, n'est-ce pas ? »

À l'évidence, Zora se sentait encore embarrassée lorsqu'il s'adressait à elle comme à son épouse, même si c'était très exactement ce qu'elle était.

Dallas, au contraire, prenait un plaisir immense à prononcer ce mot.

Zora Abbott Hamilton était *réellement* son épouse. Et chaque minute de cette union l'avait comblé de bonheur. Depuis l'instant où ils s'étaient réveillés au lit ensemble, dans cet hôtel de Las Vegas, jusqu'à cette conversation qu'ils avaient eue au petit déjeuner le matin même.

Il adorait l'idée de partager sa vie – et son lit – avec cette femme ravissante qui avait toujours tant compté pour lui, même si cette situation n'était que temporaire. Alors oui, il le clamait haut et fort, il adorait appeler Zora « son épouse ».

Il avait proposé à son amie d'être le père de son enfant parce qu'elle désirait désespérément devenir maman et qu'elle était si importante à ses yeux. Il souhaitait l'aider. Toutefois, depuis qu'il avait bercé bébé Remi dans ses bras, sa vision de la paternité avait radicalement changé. Puis, s'il avait encore eu besoin d'être convaincu, le petit Davis avait offert de devenir le nouveau meilleur ami de son tonton Dallas.

En pensant à ces enfants, Dallas esquissa un sourire affectueux. C'était ce soir-là qu'il avait compris qu'il désirait fonder une famille, lui aussi. S'il ne s'était jamais permis d'y penser c'était seulement parce que, chez les Hamilton, les mariages et les relations ne semblaient jamais durer.

Alors, Dallas n'avait pas été très pressé de se marier, ni d'avoir des enfants. Et une série de relations catastrophiques avait achevé de le convaincre qu'il était plus prudent de rester célibataire. Tant qu'il avait eu Zora dans sa vie, ses échecs amoureux lui avaient semblé sans importance. Mais, ce qu'il n'avait pas compris alors, c'était que Zora et lui étaient déjà dans une relation à long terme. Une relation solide qui avait résisté à l'épreuve du temps. Pourquoi leur mariage serait-il différent ?

Ils s'adoraient, ils aimaient être ensemble et ils avaient toujours veillé l'un sur l'autre. Et ils étaient, sans conteste, sexuellement compatibles. Élever un enfant ensemble ne ferait que renforcer un lien qui existait déjà.

Pourquoi alors ne pas le rendre permanent ?

L'idée de faire de leur mariage un engagement à vie aurait dû le rendre nerveux. Mais il y pensait depuis l'instant où il avait trouvé cette licence de mariage sur la commode, en se réveillant dans sa chambre d'hôtel à Las Vegas.

Il s'était longtemps demandé si son amitié pour Zora pourrait évoluer en un sentiment plus fort. Aujourd'hui, il en avait la certitude – et c'était une idée à la fois follement excitante et un peu effrayante.

Si ce plan fonctionnait, ils auraient le meilleur des deux mondes : ils seraient amis *et* amants. Dans le cas contraire, il perdrait la femme qui était tout pour lui. C'était pour cela que ni elle ni lui n'avaient jamais osé se risquer dans une relation amoureuse. Aujourd'hui, cependant, il avait eu un aperçu de ce que pourrait être leur vie en tant qu'amis et amants, et il n'imaginait plus vivre sans elle.

Dallas posa la marmite sur le feu, réprimant un soupir. L'idée de devoir se séparer de Zora dans un an lui serrait le cœur. Parce qu'il était amoureux de sa meilleure amie. Et parce qu'ils étaient faits l'un pour l'autre.

À présent, il ne lui restait plus qu'à trouver les arguments qui convaincraient Zora de cette évidence.

19

Ce dimanche matin, Zora était au lit avec Dallas, la joue reposant sur son torse, un bras autour de sa taille. Elle était rentrée de son voyage à Atlanta le vendredi précédent, et Dallas était venu l'accueillir à l'aéroport. Et, depuis l'instant où il l'avait serrée dans ses bras, elle était au paradis.

Son baiser de bienvenue avait failli la faire défaillir. Ses jambes tremblaient, et tout son corps brûlait de désir pour lui. Dès leur arrivée chez elle, elle avait été heureuse de ne pas devoir le faire attendre davantage.

Ils avaient passé le week-end à rattraper le temps perdu, car Dallas devait, de son côté, partir pour Londres dès le lendemain.

Soudain, le téléphone de Zora se fit entendre. C'était la sonnerie personnalisée de sa mère. Elle se blottit dans les bras de son mari en gémissant, tout alanguie par la sensation de sa douce chaleur contre elle, et n'eut pas la force de tendre la main vers l'appareil.

— Je la rappellerai tout à l'heure, lorsque nous serons levés, murmura-t-elle, les lèvres contre son torse.

— Parfait, car je n'en ai pas terminé avec toi, répondit Dallas avec un sourire sensuel en se tournant pour la couvrir de son grand corps et l'embrasser.

Zora sentait la pression délicieuse de son érection contre son ventre lorsque son téléphone sonna de nouveau avec la même mélodie.

Zora regrettait amèrement de ne pas avoir activé la fonction *ne pas déranger*, et elle poussa un soupir excédé.

— Si je ne réponds pas au téléphone, ma mère va croire que nous faisons l'amour, souffla-t-elle.

— Tant mieux, dit Dallas en déposant une pluie de baisers sur sa gorge. Parce que c'est ce que nous faisons.

— Ils n'ont pas besoin de le savoir.

— Je suis sûr qu'ils le savent déjà, observa-t-il en riant. Nous sommes des jeunes mariés. Ils sont probablement persuadés que nous copulons comme des lapins.

— Comme c'est poétique ! gémit-elle.

— Tu sais que j'adore ta famille, n'est-ce pas ? murmura Dallas, déposant un autre baiser sur son cou.

Zora se figea. Aucune conversation avec un amant commençant de cette façon ne pouvait bien se terminer.

— Oui ? répondit-elle d'un ton prudent. Mais ?

— Mais tu n'es rentrée que depuis quelques jours, et moi je pars demain matin.

Il repoussa d'un geste tendre une mèche de cheveux sur sa joue puis, la bouche sur la sienne, il ajouta d'une voix rauque de désir :

— Et je préférerais de loin passer ces quelques dernières heures ici, à faire l'amour avec mon épouse.

Zora frissonna, et les pointes de ses seins durcirent. Une délicieuse chaleur envahit tout son corps, se concentrant sur le centre humide et brûlant de sa féminité.

— Ta *fausse* épouse, rappela-t-elle.

Elle n'avait pu s'en empêcher. Cet instant de perfection entre eux lui semblait si réel qu'elle en était terrifiée.

Dallas s'écarta un peu d'elle pour étudier son expression, puis un sourire coquin étira les coins de ses lèvres.

— Mais les orgasmes que je m'apprête à t'offrir seront très, très réels, promit-il.

Comment aurait-elle pu le repousser ?

Soudain, Zora ne respirait plus, et son cœur battait très fort. Au souvenir des nombreux orgasmes très réels qu'elle lui devait déjà, elle sentit un feu liquide se mettre à palpiter au centre de son corps. Comment aurait-elle pu ne pas désirer répéter ces expériences ? Mais, bien sûr, elle n'avait pas envie de paraître mendier ses caresses. D'avoir l'air désespérée.

— Il ne s'agit pas seulement de ma famille, mais aussi de ta mère, remarqua-t-elle d'un ton raisonnable en caressant sa joue râpeuse. Tish se languit de toi, beaucoup plus qu'elle ne veut bien l'admettre. Ce sera l'affaire de quelques heures. Nous ne resterons pas longtemps, je te le promets.

— D'accord, répondit Dallas en soupirant.

Il s'efforçait bravement de sourire, mais elle lisait la tristesse de la défaite dans ses yeux bruns. Puis il s'empara de sa main et déposa un baiser au creux de sa paume.

Ce geste romantique fit battre son cœur plus vite, et Zora posa à nouveau la joue contre son torse, son corps étroitement soudé au sien. Jamais elle ne s'était sentie à ce point heureuse et en sécurité dans les bras d'un homme. Avec Dallas, elle pouvait être elle-même sans être jugée. Elle aimait ce sentiment et elle aimait Dallas. Et cependant rien ne s'était passé comme elle l'avait imaginé lorsqu'il lui arrivait de fantasmer qu'elle tombait amoureuse de lui. De cet homme qu'elle avait connu toute sa vie.

Il n'y avait eu aucune pluie d'étoiles, aucun éblouissement mutuel lorsque leurs regards s'étaient rencontrés et qu'ils avaient compris qu'ils étaient désespérément amoureux l'un de l'autre. Zora avait attendu son histoire d'amour épique durant toute sa vie. Elle ne se contenterait pas de ce type de relation seulement parce que c'était un arrangement confortable pour eux deux.

Elle avait besoin de feux d'artifice, et Dallas les méritait, lui aussi, parce qu'il était un homme merveilleux, qui ferait un jour un mari fantastique pour une autre femme.

Et Zora ne ferait rien qui puisse les priver d'un tel moment, l'un ou l'autre. Et elle ne courrait pas non plus le risque de perdre définitivement son meilleur ami, si l'un d'eux découvrait un jour qu'ils étaient plus heureux du temps où ils n'étaient qu'amis.

— Bonjour, les amoureux ! s'exclama la mère de Zora lorsqu'ils entrèrent dans la cuisine de ses parents, main dans la main. Je suis heureuse de vous voir, tous les deux. Tish et moi avons mille questions à vous poser, au sujet du mariage.

— Le mariage ? répéta Zora pour gagner un peu de temps.

— Oui, Zora. Le mariage que nous allons organiser pour vous ici même. Et auquel nos familles vont pouvoir assister.

Sa mère, qui n'avait pas caché le sarcasme dans sa voix, échangea un regard entendu avec Tish. À l'évidence, leurs familles ne s'étaient pas encore remises de l'affront d'avoir été exclues de leur cérémonie de mariage initiale.

— Bien sûr... heu... maman, répondit Dallas, étreignant la main de Zora. Vous vous êtes montrées très patientes avec nous, toutes les deux, en nous laissant le temps de nous habituer à la vie domestique, ces quelques dernières semaines.

— Mais nous allons devoir vous demander de faire preuve de patience encore un peu plus longtemps, intervint Zora, posant la main sur le bras de son mari. Dallas part pour Londres tôt demain matin. Nous allons probablement vous quitter peu après le dîner.

Comme les deux femmes pouffaient de rire, Zora ajouta précipitamment :

— Pour nous occuper de ses bagages, bien sûr.

Zora sentit que ses joues devenaient écarlates. Sa mère savait qu'elle était une femme adulte avec une vie sexuelle épanouie, bien entendu. Mais il lui semblait tout de même étrange d'entendre leurs mères suggérer qu'ils étaient pressés de rentrer pour se mettre au lit. Surtout lorsque c'était vrai.

— Je pense que d'ici deux semaines nous n'aurons plus besoin de voyager autant, tous les deux, déclara Dallas pour rompre le silence embarrassé. Au moins pour quelque temps. À ce moment-là, nous nous assiérons tous autour d'une table et nous organiserons tout comme il se doit.

— Très bien, conclut Tish. Mais ne retardez pas votre mariage trop longtemps. Autrement, votre première fille pourrait bien y tenir le rôle de demoiselle d'honneur.

— Je vois cela d'ici, dit la mère de Zora en riant. Et maintenant,

Dallas, pourquoi n'iriez-vous pas rejoindre les garçons au salon ? Et, Zora ? Quinn a proposé de se mettre aux fourneaux aujourd'hui, mais je suis sûre qu'elle apprécierait que tu l'aides à préparer la salade de fruits.

— Bonne idée, maman. Je reviens tout de suite.

Zora et Dallas se dirigeaient vers le salon lorsque Dallas s'arrêta tout à coup pour déposer un bref baiser sur ses lèvres.

— Comment te sens-tu, mon bébé ? murmura-t-il.

Zora se rappela qu'ils jouaient une comédie destinée à rassurer leurs familles. Mais la douceur de ses lèvres, la sensation de son torse solide sous ses mains était si réelle...

— Tout va bien, assura-t-elle. Va rejoindre les garçons. Je passerai vous voir tous dans un moment. Mais je t'ai promis que nous ne resterions pas longtemps et je tiendrai parole.

Dallas acquiesça à contrecœur et, après avoir déposé un dernier baiser sur ses lèvres, il continua son chemin, tandis que Zora retournait à la cuisine en se demandant pourquoi leur histoire lui paraissait aussi indéniablement réelle.

— Que puis-je faire pour t'aider ? s'enquit-elle en se lavant les mains devant l'évier.

— Et si tu m'aidais à préparer les salades ? suggéra Quinn.

— Pas de problème.

Zora et Quinn préparèrent d'abord une salade de pommes de terre et, cela fait, elles entreprirent de découper des tranches d'ananas, des mangues, des pommes et des fraises pour la salade de fruits. Son amie était étrangement silencieuse, et Zora ne put s'empêcher de remarquer :

— Qu'y a-t-il, Quinn ? Max et toi, vous êtes-vous disputés ?

— Pas du tout. Pourquoi ?

— J'ai l'impression que quelque chose te tracasse.

Leurs grands-pères respectifs avaient été amis durant des décennies, mais Zora et Quinn ne s'étaient liées d'amitié que depuis que Quinn avait rejoint King's Finest. Zora était ravie que son frère Max et elle soient ensemble aujourd'hui. Ils étaient parfaits l'un pour l'autre.

— Pas vraiment, assura Quinn en se tournant vers elle. Je me demandais seulement…

Quinn jeta un regard rapide autour d'elle, avant de poursuivre, baissant la voix :

— Cette histoire entre Dallas et toi… a-t-elle un rapport avec ce dont nous avions parlé, au Magnolia Café ?

Zut !

Zora réprima un soupir. Dallas excepté, Quinn était la seule personne au monde à connaître son projet d'élever un enfant toute seule. À l'époque, Quinn et Max ne sortaient même pas ensemble et, à vrai dire, Zora et elle ne se connaissaient pas encore très bien. Mais Quinn était une interlocutrice agréable, et cette confidence lui avait échappé.

Quinn lui avait promis de n'en parler à personne et, à l'évidence, elle avait tenu parole. Autrement, Max serait aussitôt venu lui demander des explications.

— Je ne veux pas te mentir, Quinn, répondit Zora en découpant un ananas. Mais je ne veux pas non plus te placer dans une situation où tu devrais mentir à mon frère, ou…

— Je comprends, coupa Quinn. N'en dis pas davantage.

Elles poursuivirent leur travail en silence durant quelques instants, puis Quinn ajouta :

— Mais sache que je n'ai pas l'intention de vous juger. Dallas est un homme merveilleux, et d'ailleurs j'avais toujours pensé que vous vous comportiez comme un couple. Je n'ai pas été du tout surprise de vous voir ensemble. Pas plus que Savannah, Kayleigh ou vos mères.

— Pourquoi alors ai-je l'impression que tu t'apprêtes à ajouter un *mais* ? observa Zora en se tournant vers elle.

— Pas exactement, répondit Quinn, haussant les épaules. C'est seulement un fait à prendre en compte. C'est tout.

— Très bien, dit Zora en reposant son couteau. À présent, tu m'intrigues. Qu'est-ce qui ne va pas ?

— J'ignore quels arrangements vous avez conclus, si votre lien est permanent, ou même si vous êtes vraiment mariés.

— Fais-moi confiance. Nous *sommes* mariés, affirma Zora.

— Je n'ai pas pu m'empêcher de remarquer l'expression de Dallas lorsque vous êtes ensemble, déclara Quinn en souriant. Une telle adoration ne peut pas être feinte. Pour Dallas, votre mariage est extrêmement réel.

— Nous sommes meilleurs amis depuis notre enfance, rappela Zora, souriant malgré elle. Moi aussi, je l'adore.

— Non, ma petite Zora, répliqua Quinn. Cet homme est fou amoureux de toi.

— Nous nous adorons mutuellement, bien sûr, convint Zora. Mais être *amoureux*, c'est autre chose.

— Qu'est-ce que l'amour pour toi, Zora ? Pour moi c'est une amitié avec quelqu'un qui te comprend réellement. Qui sait toujours te faire sourire à la fin d'une horrible journée. L'attirance et le sexe sont la partie la plus facile. Pour certains, c'est même une réaction instantanée. Mais l'amitié, le respect et la connaissance profonde de l'autre... C'est là qu'est la difficulté. C'est ce que nous recherchons tous avec plus ou moins de succès. Mais Dallas et toi, vous les avez déjà depuis toujours.

— Si ma meilleure amie était une femme, penserais-tu que nous sommes faites l'une pour l'autre ? s'enquit Zora.

— Si vous vous aimiez aussi fort que Dallas et toi vous aimez, j'en serais absolument convaincue, répondit Quinn sans hésiter une seule seconde. L'amour ne fait aucune distinction. Et, ce qu'il y a entre vous, c'est *sans le moindre doute* de l'amour.

Zora demeura un instant silencieuse, réfléchissant aux paroles de son amie, puis Quinn ajouta :

— Je sais combien l'amitié de Dallas est précieuse à tes yeux, Zora. Vous devrez seulement veiller à être totalement honnêtes l'un envers l'autre, concernant ce que vous attendez de ce mariage. Les amitiés comme la vôtre sont rares, et elles méritent d'être préservées. C'est tout ce que j'avais envie de te dire et, à présent que c'est fait, je me sens beaucoup mieux.

Génial, songea Zora, réprimant un soupir. Au moins l'une

d'elles se sentait mieux. Car, maintenant, une question se posait : Quinn avait-elle raison ?

Dallas était-il vraiment amoureux d'elle ?

Et, si c'était bien le cas, qu'adviendrait-il de leur amitié lorsque leur arrangement arriverait à son terme ?

20

Deux mois s'étaient écoulés depuis le matin où Dallas s'était réveillé à Las Vegas pour découvrir qu'il était marié avec sa meilleure amie. Déjà deux mois ?

Au mieux, ils passaient quelques jours ensemble avant que l'un ou l'autre parte en voyage d'affaires. La plupart de ces déplacements étaient déjà sur leur agenda bien avant leur mariage, bien sûr, mais Dallas se désolait qu'ils soient si souvent séparés. Zora avait accepté de rester mariée avec lui durant seulement un an, et il préparait en secret un plan très élaboré pour faire en sorte que leur union devienne permanente. Il désirait lui prouver qu'ils étaient bien plus heureux depuis qu'ils étaient mari et femme.

Mais, chaque fois qu'il lui avait semblé que Zora pourrait donner une suite favorable à sa proposition, elle disait ou faisait quelque chose pour leur rappeler la nature temporaire de leur relation.

Dallas acheva d'appliquer la teinture à bois sur une méridienne de merisier sur laquelle il travaillait depuis une semaine. C'était la dernière pièce d'une collection dont l'inspiration lui était venue depuis que Zora et lui vivaient ensemble. À l'origine, Dallas avait seulement eu l'intention de créer quelques pièces pour les présenter à Einar. Au lieu de cela, il avait créé toute une ligne de meubles modernes et élégants, et un brin audacieux. Des pièces susceptibles de s'intégrer dans un univers aussi bien masculin que féminin. Un compromis parfait entre le style de Zora et le sien.

Cette inspiration lui était venue presque par hasard mais, dès que l'idée s'était gravée dans son cerveau, elle était devenue une obsession. Cette méridienne serait parfaite au pied du lit de Zora, et elle était le clou de toute sa collection. Dallas avait hâte de la lui montrer.

Essuyant ses mains avec un chiffon, il recula pour admirer son œuvre. Une seconde couche de teinture et une de vernis, et il serait prêt à la montrer à son épouse – son inspiratrice.

Son téléphone sonna à cet instant, et il le chercha des yeux sur toutes les surfaces de travail. Comme ce n'était pas la sonnerie personnelle de Zora, il fut tenté de l'ignorer, mais en s'approchant il reconnut le nom qui s'affichait sur l'écran.

Einar Austarsson.

Dallas se sentit soudain nerveux. Au cours de ces derniers mois, Einar et lui avaient échangé des mails au sujet du projet, mais la lenteur de ses réponses pouvait laisser craindre que l'homme d'affaires n'ait changé d'avis au sujet de leur collaboration.

Ramassant son téléphone, il établit la communication.

Einar le salua d'un ton jovial, comme s'ils étaient de vieux amis. Il lui expliqua qu'il avait été très occupé à rebâtir leur entrepôt principal, dont la toiture s'était effondrée lors d'une tempête de neige particulièrement sévère.

— Mais assez parlé de mes malheurs, poursuivit-il avec entrain. J'aimerais que nous accélérions notre projet de collaboration. Quand pourriez-vous venir nous rejoindre ici, à Reykjavik ?

Dallas avait anticipé cet appel depuis des mois, mais il ne s'était pas attendu à ce qu'Einar se décide aussi vite. Sa vie avait totalement changé au cours de ces deux derniers mois. Zora et lui étaient mariés, et ils s'efforçaient activement de concevoir un enfant. Désormais, il était engagé dans une course contre la montre.

Il lui restait dix mois pour convaincre la femme qu'il aimait que leur mariage n'était pas dû à un hasard. Qu'ils étaient faits l'un pour l'autre.

Zora monta dans sa voiture et sortit du parking. Elle avait quitté son travail un peu plus tôt, par ce brumeux après-midi d'hiver, impatiente de retrouver son mari. Ces quelques derniers mois, Dallas et elle avaient dû voyager constamment pour leur travail, et ils essayaient de profiter au mieux des quelques jours qu'ils pouvaient passer ensemble.

Hélas, Zora n'était toujours pas enceinte, même si ce n'était pas faute d'essayer.

Lorsqu'ils étaient des amis aux vies bien remplies, ils s'étaient habitués à ne pas se voir durant des semaines, voire des mois entiers. Mais, désormais, l'absence de Dallas dans sa vie et dans son lit provoquait en elle un douloureux sentiment de perte, un vide immense. Ce mariage avait une date d'expiration – et c'était *elle* qui l'avait fixée. Dallas, lui, avait maintes fois suggéré qu'ils prolongent indéfiniment leur arrangement.

Pour être honnête, elle se sentait flattée lorsque Dallas proposait, même en plaisantant, qu'ils restent mariés. Cependant, il ne lui avait jamais dit qu'il était *amoureux* d'elle. Être satisfait l'un de l'autre ne suffisait pas à faire un mariage. Un jour, ils commenceraient à s'en vouloir, comme le père de Dallas, qui n'avait jamais réellement désiré se marier ni élever des enfants, en avait voulu à son épouse.

Et si leur mariage suivait la même voie ?

L'idée de perdre leur précieuse amitié lui brisait le cœur.

À cet instant, son téléphone sonna au fond de son sac.

C'était la sonnerie personnalisée de Dallas.

— Salut, dit-elle en établissant la communication. J'allais justement t'appeler pour savoir si je devais m'arrêter en route pour acheter un dîner à emporter.

— Est-ce ta façon de me demander si j'ai préparé le dîner ?

— Me voilà démasquée, répondit-elle en riant. Mais les délicieux repas que tu nous prépares m'ont gâtée. Je pense que c'est ce qui me manquera le plus, dans ce mariage.

— Vraiment ? ironisa-t-il. Dans ce cas, je crois que je vais devoir te prouver mes autres talents, ce soir.

— Oh ! fit-elle, sentant durcir les pointes de ses seins. Voilà qui me paraît prometteur. J'ai hâte d'être rentrée à la maison.

— Parfait, répondit-il en riant de bon cœur. Mais, d'abord,

pourrais-tu passer à la cabane de mon grand-père ? Je voudrais te montrer mon travail de ces derniers mois.

— Ce soir ? geignit-elle. On est vendredi, et la semaine a été longue. Je suis épuisée.

— Tu ne le regretteras pas, assura-t-il d'un ton enjôleur. J'ai une surprise pour toi.

Par cette froide soirée d'hiver, elle rêvait d'un bain voluptueux, d'un repas chaud et de ses pantoufles fourrées. Mais comment aurait-elle pu refuser ?

Dallas avait bouleversé toute son existence pour lui donner l'enfant qu'elle désirait si désespérément. Elle lui devait bien de faire un détour par son atelier pour regarder ce qu'il souhaitait lui montrer.

— J'arrive, dit-elle, un peu inquiète de constater à quel point elle se sentait l'obligée de Dallas.

Quelques minutes plus tard, son téléphone sonna de nouveau. Zora répondit aussitôt.

— *Gott kvöld*, Brigitta, dit-elle, utilisant les quelques mots d'islandais que son amie lui avait enseignés.

Zora n'avait plus parlé avec elle depuis quelque temps, mais les deux femmes échangeaient fréquemment des mails. Brigitta siégeait au conseil d'administration d'une société internationale qui militait pour l'inclusion des femmes dans la gouvernance des entreprises et, à sa suggestion, Zora avait accepté de parler du sujet devant des audiences de femmes cadres lors d'événements organisés par cette société.

Zora savait par expérience que les femmes étaient trop rares chez les cadres supérieurs des grands groupes, mais elle avait d'abord hésité à s'engager. Dallas l'y avait encouragée en lui parlant des artistes locales avec qui il avait travaillé sur tous les continents, qui s'étaient épanouies dans la vie professionnelle et qui, désormais, étaient souvent le principal soutien de leurs familles.

Zora était heureuse d'avoir relevé ce défi.

Son engagement militant dans la société de Brigitta lui avait apporté un profond sentiment de satisfaction et l'avait motivée dans sa vie professionnelle. Elle espérait faire encore davantage et avait beaucoup réfléchi aux moyens d'accroître l'implication de King's Finest dans la vie de sa communauté.

— Je vais bien, dit sa nouvelle amie d'une voix presque dénuée de son accent islandais habituel. Mais je pense qu'il y a quelque chose que vous devriez savoir.

Zora poussa un soupir, s'efforçant de dissiper le malaise que lui avait causé sa conversation avec Brigitta. Quittant l'étroite route de campagne, elle s'engagea dans la longue allée conduisant à la cabane de Dallas. La cabane elle-même était modeste. Dallas avait procédé à quelques travaux essentiels, mais il avait sans cesse repoussé la rénovation complète dont elle aurait eu besoin. En revanche, il avait totalement restauré l'espace qui comptait le plus à ses yeux – la grande grange de la propriété. C'était là qu'il passait le plus clair de son temps lorsqu'il n'était pas en voyage.

Elle descendit de sa voiture et se dirigea à grands pas vers le bâtiment. Dallas ouvrit la porte coulissante et lui offrit *ce sourire-là*. Celui qu'elle adorait, qui faisait briller ses yeux et éclairait tout son visage. Qui lui faisait aussitôt oublier tous ses soucis. Qui la faisait se sentir appréciée. *Aimée*.

Et, à cet instant, tous ses doutes s'effacèrent. Elle n'avait plus peur à l'idée d'avoir épousé son meilleur ami. Dallas n'avait peut-être pas prononcé les mots magiques, mais pour la première fois la situation lui apparaissait clairement. Il l'aimait, et pas seulement comme un ami.

— Salut, ma belle, murmura-t-il en déposant un baiser sur ses lèvres. Comment était ta journée ?

— Tout va mieux maintenant que je suis avec toi, répondit-elle, lui souriant à son tour.

Les moments qu'ils passaient ensemble la rendaient incroyablement heureuse. Mais c'était bien plus que cela. Sa vie tout entière était devenue plus belle depuis que Dallas Hamilton était son mari.

Un sourire involontaire étira les lèvres de Dallas. Les paroles de Zora lui avaient procuré une joie immense. Parce que ses jours et ses nuits étaient aussi infiniment plus agréables depuis que Zora les partageait avec lui.

Il serait bien resté là toute la nuit à serrer son épouse dans ses bras, mais il commençait à faire froid, et Zora frissonnait. Dallas la fit entrer dans son atelier et referma la grande porte coulissante derrière eux.

Cette grange était pour lui un espace de paix et de créativité. Ses œuvres étaient comme une forme de méditation. Ici, il était entouré de souvenirs de son grand-père, qui l'avait pris sous son aile et lui avait enseigné l'art d'une ébénisterie qui reflétait à la fois l'âme de ses régions d'origine et l'esprit des personnes pour qui il les créait.

— Il y a tant de souvenirs, ici ! murmura-t-elle. Ton grand-père me manque beaucoup.

On aurait cru qu'elle lisait dans ses pensées, comme c'était si souvent le cas. Elle le comprenait mieux que quiconque au monde, et c'était réciproque.

Terrassé par une vague d'émotion, Dallas se contenta de hocher la tête.

— Tu avais une surprise pour moi, paraît-il ? s'enquit-elle.

Dallas fourra les mains dans ses poches et, la gorge nouée, s'apprêta à lui montrer son travail. Il avait toujours accordé une grande valeur à ses avis, même s'il n'était pas toujours d'accord. Mais cette collection avait un côté plus personnel que tout ce qu'il avait créé jusque-là.

Si Zora la détestait, sa censure le blesserait bien davantage cette fois-ci. Car il avait mis tout son cœur, toute son âme, dans chacune de ces pièces.

— Viens, dit-il. C'est là-bas.

Conduisant la jeune femme jusqu'au fond de la grange, il lui montra la méridienne de cuir noir qu'il avait terminée plus tôt ce jour-là, la pièce finale de sa nouvelle collection.

— Alors ? Qu'en penses-tu ?

— Oh ! mon Dieu, Dallas ! murmura-t-elle, effleurant la

douceur du cuir du bout des doigts. Je crois que c'est le meuble le plus sexy que j'aie vu de toute ma vie.

Elle fit lentement le tour de l'élégante méridienne sans que ses doigts quittent la surface de cuir, avant d'ajouter :

— Tu sais que j'adore toutes tes créations, mais celle-ci est époustouflante. C'est, de loin, la plus incroyable.

— Je suis heureux que tu l'apprécies, Zo, répondit-il, réprimant un soupir de soulagement. Car c'est toi qui m'as inspiré pour cette méridienne.

— Moi ? fit-elle, ouvrant de grands yeux.

— Oui, toi, affirma-t-il, laissant glisser la main sur le cuir. Elle est hardie et sophistiquée. Contemporaine et aiguisée, avec des courbes exquises, et...

— Fière d'être noire ? suggéra-t-elle en souriant.

— En réalité, j'ai choisi cette couleur parce qu'elle s'harmonise avec le style de ta maison.

— Tu as créé cette méridienne... pour moi ? balbutia Zora.

— J'ai pensé qu'elle serait parfaite au pied de ton lit, avoua-t-il, se sentant soudain très vulnérable. Ou alors, elle pourrait remplacer ce fauteuil que tu détestes, près de la fenêtre dans le coin lecture de ton salon.

— Afin que nous puissions nous y asseoir ensemble ? demanda-t-elle, ses yeux brillants de larmes fixés au fond des siens.

— Quelque chose de ce genre, convint-il en souriant.

— Merci, Dal. Je l'adore. Elle est magnifique !

— Comme toi, murmura-t-il, recueillant son visage entre ses mains pour déposer un baiser sur ses lèvres.

— Et ces autres pièces ? s'enquit-elle, désignant le lit, la commode et la table de chevet à quelques pas d'eux.

— Au départ, j'avais seulement l'intention de travailler sur la méridienne. Puis j'ai décidé de fabriquer quelques autres pièces pour créer un ensemble. Qu'en penses-tu ?

— Je les adore, même si tu t'es un peu éloigné de ton style habituel. S'agit-il de prototypes que tu montreras à Einar ?

— Non, répondit-il, détournant le regard. Au départ, c'était mon intention, mais ce projet est vite devenu très personnel. Je compte inclure ces pièces au catalogue de Hamilton Haus. Avec ta permission, j'aimerais que cette collection porte le nom de *Zora*.

— Tu vas donner mon nom à ta collection ? s'exclama-t-elle en le dévisageant d'un air stupéfait.

— Oui, si tu m'y autorises, confirma-t-il d'un air gêné. Je...

Avant qu'il ait pu finir sa phrase, Zora s'avança vers lui et, nouant les bras autour de son cou, elle l'embrassa. Dallas la serra étroitement contre lui, se délectant de la sensation de ses courbes généreuses sous ses doigts, et Zora fondit littéralement sous ses caresses, ses lèvres pulpeuses effleurant sensuellement les siennes.

Malgré le froid de l'hiver à l'extérieur, le visage de Dallas était brûlant, et un incendie dévastateur explosa dans tout son corps. Leur baiser devint passionné, les embrasant tout entiers. Soudain Dallas brûlait de désir pour cette femme extraordinaire, son épouse depuis deux mois déjà.

Leur mariage avait peut-être été le résultat d'une série d'erreurs et de choix questionnables, mais il se réjouissait qu'il ait eu lieu, faisant de lui le mari de Zora Abbott. Dallas était fier qu'elle porte son anneau à son doigt, et il ferait tout pour la convaincre que leur mariage n'avait pas été une quelconque erreur.

C'était leur destinée, écrite dans les étoiles depuis l'instant où ils s'étaient rencontrés pour la première fois sur ce terrain de jeux pour enfants, vingt-cinq ans plus tôt.

Leur baiser devenait plus intense de seconde en seconde, et il brûlait de la dévorer sans plus attendre. Elle était la femme la plus sexy du monde, même s'il s'était efforcé de l'ignorer pendant dix ans. Désormais, il n'était plus obligé de prétendre que sa meilleure amie n'était pas une déesse de l'amour au corps de rêve. Et il n'essayerait plus jamais de se persuader qu'ils seraient plus heureux en tant que simples amis.

Mais le temps pressait. Il devait absolument convaincre Zora qu'ils étaient faits l'un pour l'autre, même si leur relation présente n'était due qu'à une suite d'événements ridicule.

Sans cesser une seconde de l'embrasser, il fit glisser le manteau d'hiver sur ses épaules et le lança sur un banc près d'eux tandis qu'elle faisait passer son T-shirt par-dessus sa tête. Le tailleur de Zora et son chemisier allèrent rejoindre son manteau un instant plus tard puis, enfin, chacun débarrassa l'autre de ses sous-vêtements.

Mettant fin à leur baiser incandescent, Dallas entraîna Zora vers la méridienne et il la pencha en avant, les mains appuyées sur le cuir noir, afin de la prendre par-derrière, une position que Zora déclarait idéale pour la conception. Mais son épouse se retourna vers lui, une lueur coquine dans le regard, et l'obligea à s'asseoir sur le cuir pour s'installer sur ses genoux, face à lui.

Zora resserra les jambes autour de ses hanches pour les nouer derrière son dos tout en lui enlaçant le cou.

— J'adore cette position, murmura-t-il entre deux baisers, mais ne devions-nous pas privilégier la conception du bébé ?

— Je sais, convint-elle, le regard rivé au sien. Mais, ce soir, le principal n'est pas que je tombe enceinte. Il s'agit uniquement... de nous.

Dallas hocha la tête en silence, ému au-delà des mots à l'idée que Zora admette enfin ce que lui savait déjà depuis des mois. Que ce qu'ils ressentaient l'un pour l'autre allait bien au-delà de leur arrangement temporaire, ou même de leur désir de concevoir un enfant ensemble.

Dallas glissa un bras autour de sa taille fine et l'attira à lui, son érection tout contre le centre humide et brûlant de sa féminité, et Zora gémit de plaisir lorsqu'il l'embrassa avec plus de passion encore.

À présent, leurs respirations étaient haletantes. Agrippant ses hanches, il la souleva pour la rapprocher de sa douloureuse érection, brûlant de se sentir à nouveau en elle, comme s'ils n'avaient pas déjà fait l'amour ce matin-là. Empoignant son sexe, elle le guida en elle avant de redescendre lentement sur la colonne de chair dressée, lui arrachant un gémissement.

— Zora ! murmura-t-il dans ses cheveux. C'est si bon !

Elle l'embrassa avec une douceur exquise, mais leur baiser devint bientôt beaucoup plus passionné, et le mouvement de ses hanches s'accéléra d'autant.

Zora cria son nom, et tout son corps devint rigide. Ses mains étreignaient fiévreusement ses épaules comme si elle avait besoin d'un point d'appui. Et, serrant plus fort ses cuisses, Dallas accéléra le rythme de ses assauts.

Tout à coup, il explosa dans l'orgasme le plus fantastique de toute sa vie et, plaquant Zora contre son torse, enfouit le visage dans sa chevelure au merveilleux parfum de chocolat.

— Zora, je t'aime.

Ces mots, prononcés à voix si basse qu'ils n'étaient qu'un chuchotement, Dallas désirait les lui dire depuis des mois. Mais il n'avait jamais trouvé le moment idéal.

Zora demeurait immobile et silencieuse, et on aurait même dit qu'elle ne respirait plus.

Accablé par ce silence assourdissant, Dallas ferma les yeux et poussa un soupir.

Ce lourd silence planait sur eux, tel un monstre invisible qui avait été libéré à l'instant où il lui avait déclaré comme un idiot qu'il l'aimait.

Mais c'était la pure vérité. Il l'aimait. Et pas seulement comme un ami d'enfance. Cette vérité ne lui était jamais apparue d'une manière aussi éclatante, mais il soupçonnait que sa soudaine déclaration d'amour avait effrayé Zora.

Elle s'écarta de lui pour se lever, enfila ses bottes fourrées et son manteau, qu'elle boutonna jusqu'au col comme si elle avait besoin de cette barrière entre sa nudité et lui. Puis elle ramassa rapidement le reste de ses vêtements.

— Salle de bains ! lança-t-elle par-dessus son épaule en se hâtant dans cette direction.

Le cœur serré, Dallas poussa un long soupir.

Cela ne s'était passé comme il l'avait espéré.

— Rejoins-moi à la cabane, Zo, cria-t-il dans son dos. Je vais nous commander quelque chose pour dîner. Ensuite, nous pourrons... parler.

Zora s'arrêta net comme si elle venait de heurter un mur. Elle tourna la tête vers lui et acquiesça en silence avant de reprendre la fuite.

Dallas enfila son jean et sa chemise, puis il chaussa ses bottes sans les lacer et, ramassant sa ceinture et son boxer, il prit le chemin de la cabane pour commander le dîner et prendre une douche.

Visiblement, son épouse avait été très troublée par sa déclaration d'amour. Mais il croyait sincèrement chaque mot qu'il avait prononcé et il était persuadé que Zora l'aimait aussi.

Luttant contre un sentiment d'échec, il réprima un soupir. Mais il était plus déterminé que jamais à convaincre Zora que ce qui existait entre eux était réel et valait la peine qu'ils luttent pour le garder.

21

Zora referma la porte de la salle de bains, furieuse contre elle-même pour s'être enfuie comme une enfant. C'était précisément ce genre de situation qui lui avait fait redouter d'épouser son meilleur ami et d'élever un enfant avec lui.

L'aimait-elle ? *Bien sûr que oui !* Mais, avant l'épisode de Las Vegas, elle avait eu une idée très précise de la *nature* de cet amour qu'elle avait pour lui.

Les Grecs de l'Antiquité comprenaient parfaitement la complexité du sentiment amoureux, et ils avaient quatre mots différents pour le définir : *agape* pour l'amour de l'humanité, *storge* pour l'amour des parents envers leurs enfants, *philia* pour l'amour entre amis, et *eros* pour la passion érotique.

Avant ce voyage à Las Vegas, ce qu'ils éprouvaient l'un pour l'autre était sans l'ombre d'un doute un amour entre amis. Et elle avait été sincèrement décidée à ce que cela reste ainsi. Même après qu'ils avaient décidé de concevoir un enfant ensemble. Toutefois, au cours de ces derniers mois, la situation entre eux avait peu à peu évolué. Leur mariage, d'abord un simple arrangement, devenait chaque jour plus réel, leur amour plus fort que l'amitié et que le simple désir sexuel.

Était-elle tombée amoureuse de son meilleur ami ? Dallas était-il amoureux d'elle, lui aussi, comme Quinn le croyait ?

Zora était une professionnelle accomplie, une candidate au poste de P-DG de son entreprise, et elle était sur le point de s'embarquer dans la grande aventure de la maternité. Elle allait donc devoir parler sérieusement avec son mari de la déclaration qu'il lui avait faite et des sentiments de plus en plus compliqués qu'elle éprouvait pour lui.

Elle allait faire un brin de toilette, enfiler son manteau et aller le rejoindre à la cabane pour avoir une franche discussion avec lui. C'était une perspective qui n'avait cessé de la terrifier durant ces quelques dernières semaines.

Zora entendit ses clés tinter dans sa poche lorsqu'elle rassembla ses vêtements dans une main. De l'autre elle serrait son manteau de laine beige autour de son corps nu. Posant ses affaires sur le plan de travail, elle parcourut du regard l'espace où elle se trouvait.

Dallas avait entièrement restauré la grange, mais il s'était contenté de quelques améliorations dans la cabane, qui la rendaient tout de même plus confortable qu'auparavant.

Une table de billard qu'il avait fabriquée lui-même trônait au centre de la pièce principale sommairement meublée. Le couloir de gauche conduisait à la chambre de Dallas, et celui de droite à une chambre plus petite, destinée aux invités.

Dallas avait fait appel à l'entreprise de Cole pour percer une grande baie vitrée dans le mur du fond, par où la lumière entrait à flots. Son frère avait également modernisé la petite cuisine, qui disposait à présent d'un réfrigérateur haut de gamme et d'un lave-vaisselle.

Dallas avait réalisé lui-même le magnifique plan de travail central en bois de séquoia de récupération, qui servait de bar du petit déjeuner et qui était la seule surface de travail disponible dans la cabane pour la préparation des repas.

Son manteau toujours serré contre son corps, Zora se dirigea vers la chambre de Dallas, où elle entendait couler la douche. Prenant une profonde inspiration, elle posa ses vêtements et son manteau sur le lit, ôta ses bottes fourrées, puis entra bravement dans la salle de bains.

Dallas se rinçait les cheveux sous la douche, et il sursauta lorsqu'elle ouvrit la porte de verre et entra dans la cabine avec lui.

Puis un sourire ironique étira ses lèvres sensuelles.

— Est-ce ta nouvelle lubie ? Te doucher avec un homme ?

— Peut-être, répondit-elle avec un haussement d'épaules nonchalant. Est-ce un problème pour toi ?

— Absolument pas, déclara-t-il en lui enlaçant la taille pour la serrer contre lui et l'embrasser. Vous pouvez vous doucher avec moi quand il vous plaira, madame Hamilton.

— C'est Mme Abbott-Hamilton, corrigea Zora en lui rendant son baiser. Mais comme je te trouve très mignon – et très bien disposé envers moi si j'en crois cette protubérance dure que je sens contre mon ventre – je te pardonne.

— Alors, tout va bien entre nous, Zo ? s'enquit-il, scrutant son visage. Tu semblais assez contrariée lorsque je t'ai dit…

— Je sais, coupa-t-elle sans lui laisser le temps de répéter ces mots. Et je te prie de m'excuser. J'étais seulement étonnée de t'entendre parler ainsi.

— J'étais sincère, Zo, murmura-t-il en lui caressant la joue. Je t'aime, et pas seulement comme un ami. J'adore être ton mari, et l'idée d'être le papa de nos enfants me comble de bonheur. Tu es ma meilleure amie *et* la femme qui a conquis mon cœur pour toujours. Et cela, c'est merveilleux.

Zora fronça les sourcils, le cœur serré. Ces paroles rendaient plus difficile encore ce qu'elle avait à lui dire.

— Dallas, commença-t-elle d'une voix tremblante, je…

— Je t'aime, Zora, répéta-t-il. Et je désire vivre avec toi. Pas uniquement durant ces quelques mois qui nous restent, mais pour toute la vie. Et je sais que tu m'aimes aussi.

C'était vrai. Zora le comprenait maintenant. Mais elle comprenait aussi que cet arrangement était injuste pour Dallas. Il était possible qu'ils soient destinés à vivre ensemble. Mais peut-être pas à cette époque de leurs vies.

— Dallas, je ne crois pas que…

— C'est la vérité, Zo, l'interrompit-il, le regard rivé au sien. Je ne dis pas cela uniquement parce que le sexe entre nous est fabuleux. C'est ce que je ressens réellement pour toi. J'étais peut-être ivre lorsque j'ai prononcé mes vœux de mariage dans cette chapelle de Las Vegas, mais, mon bébé, chacune de mes paroles était sincère. Je t'aime, Zo. Je crois que je t'ai toujours aimée.

Sa voix trembla un peu quand il prononça ces mots. Zora ferma les yeux, et des larmes brûlantes montèrent à ses paupières. Elle désirait lui avouer la vérité – qu'elle l'aimait et qu'elle aussi désirait vivre avec lui. Mais ce n'était pas cela qu'elle était venue lui dire. Parce que ce n'était pas dans le meilleur intérêt de l'homme qu'elle adorait.

— Dallas, moi aussi, je t'aime, murmura-t-elle, les joues ruisselantes de larmes.

L'expression de Dallas passa instantanément de la joie à l'appréhension. Car il la connaissait suffisamment bien pour deviner qu'elle rassemblait ses forces et que ce qu'elle s'apprêtait à ajouter lui ferait de la peine.

— Mais cet arrangement, poursuivit-elle, je... je n'avais pas compris à quel point il est injuste pour toi.

— Puisque je suis le premier concerné, ne serait-ce pas à moi de décider de ce que je juge juste ou injuste ?

— Tu es mon meilleur ami, Dal, et tu as été un mari merveilleux...

— *J'ai été* un mari merveilleux ? l'interrompit-il. Au passé ?

Pour toute réponse, un nouveau flot de larmes roula sur les joues de Zora. Dallas fronça les sourcils, puis il coupa l'eau de la douche et sortit brusquement de la cabine.

Il lui tendit une serviette, en prit une pour lui-même avant de disparaître dans la chambre. Zora l'y suivit tout en se séchant avec la serviette blanche moelleuse, et elle s'assit sur le bord de son lit pendant qu'il ouvrait des tiroirs, puis qu'il enfilait un boxer propre.

— Tu me demandes de mettre fin à notre mariage *maintenant*, n'est-ce pas ? s'enquit-il en pivotant vers elle.

— Oui, lâcha-t-elle dans un souffle, le cœur brisé.

— Pourquoi, Zo, murmura-t-il en s'asseyant près d'elle sur le lit, sa grande main recouvrant la sienne. Je sais que ce n'est pas ce que tu désires, et moi non plus. Ce que nous avons construit... c'est *absolument vital* pour moi.

— Pour moi aussi, Dal, mais je suis terrifiée.

Dallas savait qu'elle n'admettait pas facilement ses peurs et ses faiblesses. Il prit sa main, entremêlant leurs doigts pour la réconforter.

— Si notre arrangement devenait un véritable mariage, les enjeux seraient beaucoup plus élevés, je le sais, reconnut-il. Et je comprends que tu sois terrifiée, sachant tout ce que nous pourrions perdre. Moi aussi j'ai peur. J'ignore autant que toi ce que ce nouveau chapitre de notre vie pourrait nous apporter. Mais je sais qu'aussi longtemps que nous resterons ensemble tout ira bien et qu'ainsi nous pourrons vaincre tous les obstacles.

— J'ai envie de le croire, Dal. Sincèrement. Mais...

— Je ne te demande pas de croire à un conte de fées, Zo, mais de livrer un combat avec moi et de te battre parce que notre amitié est trop précieuse pour qu'on risque de la perdre. Toutes nos anciennes relations ont sombré parce qu'elles n'étaient pas de taille à résister aux contraintes de nos carrières et de nos familles. Mais toi, Zora, tu es ma priorité absolue. Ton amour, ton amitié et la famille que tu essayes de créer... comptent plus pour moi que n'importe quoi d'autre. Pour toi, mon cœur, je suis prêt à tous les sacrifices.

— Comme ta décision de renoncer à ta collaboration avec Einar Austarsson, par exemple ?

— Comment as-tu su ? fit-il, ouvrant de grands yeux. Brigitta te l'a dit, n'est-ce pas ?

Ce n'était pas vraiment une question, et Zora ne se donna donc pas la peine de confirmer ce qu'il savait déjà.

— Je n'ai pas annulé le projet, précisa Dallas. J'ai seulement demandé qu'il soit reporté quelque temps.

— Mais pourquoi, Dallas ? s'enquit-elle, recueillant tendrement ses joues entre ses mains. Tu avais travaillé si dur pour préparer cette collaboration !

— Nous envisagions de lancer le projet dans quelques mois, observa Dallas, déposant un baiser au creux de sa paume. Le problème, c'était qu'Einar souhaitait que je vienne dès que possible à Reykjavik pour tout organiser, ce qui aurait nécessité ma présence là-bas durant près de trois mois. Je lui ai répondu que cela ne m'était pas possible pour le moment, parce que nous essayions de fonder une famille.

— Qu'a-t-il répondu ? s'enquit Zora.

— Einar avait supposé que tu m'accompagnerais là-bas, répondit Dallas en soupirant. Je lui ai rappelé que mon épouse avait d'importantes responsabilités dans une entreprise et qu'elle ne pouvait pas s'absenter durant trois mois. Alors, j'ai décliné son offre pour le moment, mais je lui ai dit que j'espérais concrétiser notre collaboration dans un avenir proche.

— Oh ! chéri ! s'exclama-t-elle, les yeux brillants de larmes. Je n'arrive pas à croire que tu aies renoncé à ce projet pour moi. Je sais à quel point tu y tenais.

Dallas haussa les épaules, comme si cette opportunité perdue de donner une dimension internationale à sa société n'était qu'un détail sans importance.

— Aujourd'hui, déclara-t-il, tu sais que tu comptes davantage pour moi que ma collaboration avec Einar Austarsson, ou quoi que ce soit d'autre.

— J'apprécie le sacrifice que tu es prêt à accepter pour moi, Dallas, répondit Zora d'une voix émue. Mais je ne t'ai pas demandé de te sacrifier et je ne le ferais jamais. Je désire que ta vie soit une réussite et que tu sois heureux. Ce projet te tenait énormément à cœur.

— C'est vrai, convint-il, le regard rivé au sien. Mais c'était avant que j'aie compris que je désire vivre avec toi. D'avoir des enfants avec toi, de bâtir une vie pour nous deux ici même, à Magnolia Lake.

Dallas disait tous les mots adéquats. Il lui donnait *tout* ce qu'elle aurait pu espérer de lui.

Il se sacrifiait pour elle.

Elle ne pouvait pas le permettre.

— Tu ne m'as pas du tout consultée sur ce sujet, observa-t-elle. Tu n'as même pas pris la peine de me demander si j'accepterais de t'accompagner en Islande.

— L'aurais-tu fait, Zora ? s'enquit-il en soupirant. Je crois que nous connaissons tous deux la réponse à cette question.

— Alors, tu as simplement décidé à ma place ? répliqua-t-elle, blessée et furieuse.

— Ce n'était qu'un projet, Zora, rappela-t-il. Hamilton Haus est une entreprise solide. Ce n'est pas la fin du monde.

— Cette volonté de t'immerger totalement dans différentes cultures du monde tous les deux ou trois ans fait partie de ta marque. C'est ce qui rend Hamilton Haus si unique. Mais, plus important encore, ces projets te rendent heureux, Dal. De plus, ils aident de nombreux artistes locaux. Je ne peux pas te priver de tout cela.

— Tout mariage exige des sacrifices, Zora, remarqua Dallas en effleurant sa joue d'une caresse.

— Le mariage demande quelques compromis, corrigea-t-elle. Chacun doit céder un petit peu pour trouver un juste milieu. Si l'un des deux consent à tous les sacrifices, le couple ne peut pas fonctionner. L'autre finirait par éprouver du ressentiment, et je ne veux pas de cela entre nous, Dal.

— Qu'essayes-tu de me dire, Zo ? s'enquit-il d'un air peiné.

L'expression de Dallas lui brisa le cœur, et un nouveau flot de larmes monta à ses paupières.

— Je dis que je ne vois pas comment cette relation pourrait fonctionner pour nous deux, répondit-elle d'une voix brisée.

— Zo, mon cœur, dis-moi simplement ce que tu désires, murmura-t-il. Tu peux tout me demander.

Zora ferma les yeux une seconde, puis, souriant à travers ses larmes, plongea le regard au fond du sien.

— Deux choses, répondit-elle en caressant doucement sa joue. Tout d'abord, je veux que tu appelles Einar demain matin et que tu lui dises que tu as changé d'avis.

— Très bien, dit Dallas, visiblement ému. Et quoi d'autre ?

Zora se débarrassa de la serviette serrée autour d'elle et la laissa choir sur le sol, puis elle s'installa sur ses genoux, face à lui, et posa les lèvres sur les siennes.

— Fais-moi l'amour, précisa-t-elle dans un souffle.

Comment refuser une telle proposition ? Dallas l'embrassa

et lui fit l'amour comme si c'était la dernière fois de sa vie qu'il avait l'occasion d'être avec elle.

Et cette seule idée lui déchirait le cœur.

Mais elle aimait trop Dallas pour permettre qu'il renonce à une telle opportunité. Quelles qu'en soient les conséquences.

22

Zora était plantée au bout de la grande table du conseil d'administration, face à son grand-père – qui se remettait bien de son AVC –, à Duke, son père, et à ses frères Blake, Parker et Max. Elle venait de leur exposer son projet de création de la Fondation King's Finest et de se proposer pour piloter le projet.

Dallas était en Islande depuis deux semaines, et elle avait passé bon nombre de ses nuits à sangloter, seule dans son lit, en regrettant que son mari ne soit pas auprès d'elle. Et, pour ne pas sombrer dans la dépression, elle avait élaboré ce projet qu'elle venait de présenter à sa famille.

Son père et son grand-père avaient aimé l'idée de cette fondation, qui offrirait des services à des communautés défavorisées et qui améliorerait l'image de leur marque.

Mais, comme elle s'y attendait, son père avait une question à lui poser.

— Si tu te concentres sur la création de cette fondation, qui se chargera des ventes ? s'enquit-il, fronçant les sourcils. Tu sais combien ton travail ici est important, Zora.

— Merci, papa, répondit-elle en souriant. Mon assistante, Emily, est intelligente et ambitieuse. Elle a occupé une place essentielle dans notre équipe depuis que je l'ai recrutée à sa sortie de l'université, il y a six ans. Ses fonctions actuelles ne rendent pas justice à ses talents.

Zora retourna s'asseoir à sa place, près de Max, avant d'ajouter :

— Dans mon travail de bénévolat, j'offrirai aux femmes les

connaissances et les outils nécessaires pour qu'elles puissent progresser dans l'échelle hiérarchique. Je ne suggère pas qu'Emily me remplace totalement, mais je lui ai déjà confié des responsabilités plus larges, et chaque fois elle a dépassé toutes les espérances que j'avais placées en elle. Je pourrais garder le pouvoir de décision final et confier les opérations quotidiennes à Emily, avec une augmentation de salaire conséquente et l'appui de deux autres femmes talentueuses qui sont prêtes à assumer de nouvelles responsabilités.

— C'est un excellent plan, Zora, opina son grand-père avec un sourire chaleureux. Je suis fier de toi pour avoir élaboré un tel projet. Serais-tu tentée par le poste de P-DG ?

— Justement, répondit-elle, à ce sujet… j'y ai beaucoup réfléchi. Je désire par-dessus tout assurer le succès de la fondation, tout en continuant à assurer la progression de nos ventes. Par conséquent, j'aimerais retirer mon nom de la liste des candidats et soutenir la candidature de Blake.

Tous les visages autour de la table exprimaient à présent divers degrés de choc et de surprise. Comment s'en étonner ? Après tout, elle était habituellement la personne la plus compétitive de ce groupe.

— Nous ne sommes pas dans un parlement, Zora, grogna Parker. Et Blake n'est pas un candidat politique.

— Non, en effet, répliqua son père, mais ici, à King's Finest, l'intérêt de la famille est toujours prioritaire. Votre grand-père et moi sommes attentifs à vos opinions. Vous serez un jour le noyau dur de cette entreprise et vous travaillerez encore ensemble longtemps après que nous aurons disparu. Vos désirs comptent énormément pour nous.

— Excellent, déclara Max. Parce que moi aussi j'y ai pas mal réfléchi. Aurais-je aimé devenir le prochain P-DG de King's Finest ? Bien sûr. Mais, en toute honnêteté, je crois que Blake est mieux qualifié que moi pour assumer ce poste. Alors moi aussi je soutiens la candidature de Blake. Pas parce qu'il est l'aîné, mais parce que ses connaissances, son éthique du travail, son caractère et le respect qu'il a su inspirer autour de lui font de Blake le candidat *logique* au poste de P-DG.

— Je veux que ce soit bien clair pour tout le monde, intervint Parker, réprimant une grimace. Je ne me retire pas de la compétition. Mais je reconnais la logique de vos arguments. Si Blake est nommé P-DG de King's Finest, je pense qu'il représentera notre entreprise avec compétence. Et je ferai ma part pour l'y aider.

Leur père et leur grand-père échangèrent un regard. Papy Joseph hocha la tête.

— Je suis heureux que vous soyez parvenus à cette conclusion tout seuls, déclara Duke avec un sourire rayonnant. Parce que votre grand-père et moi pensons tous deux que Blake mérite d'être nommé P-DG de notre distillerie. Je suis très fier de constater que vous placez l'intérêt de cette famille et celui de l'entreprise avant vos intérêts personnels.

— Bien joué, petite peste, dit Max en se tournant vers Zora, lorsque la réunion fut terminée. Et je te demande pardon de n'avoir pas été plus réceptif, lorsque tu es rentrée mariée de Las Vegas. Nous étions tous surpris, c'est tout. Mais je dois avouer que Dallas et toi semblez faits l'un pour l'autre. Le mariage te va bien, Zo.

— Merci, Max, répondit Zora, s'efforçant de sourire.

Leurs familles savaient que Dallas était à Reykjavik pour affaires. Ce qu'ils ignoraient, c'était que leur relation était dans le flou le plus total. Elle s'était rendue au dîner familial du dimanche soir et y avait fait bonne figure, leur communiquant les dernières nouvelles du séjour de son mari, car ils se parlaient au téléphone chaque matin.

Cole et Quinn étaient les seuls à sembler comprendre à quel point elle était dévastée par cette séparation. Mais, même à eux, elle n'avait pas dit toute la vérité.

Lorsqu'elle quitta son siège, elle se retrouva face à face avec Blake.

— Merci, Zo, dit-il en la serrant dans ses bras. Je ne m'y attendais pas du tout, mais je te suis reconnaissant pour la confiance et le soutien que tu m'as manifestés. À quand le grand mariage en famille ?

— Les deux mamans trépignent d'impatience, répondit Zora

avec un soupir, mais, comme Dallas est toujours à Reykjavik, j'espère qu'elles se calmeront un peu.

— Sois patiente avec elles, répondit Blake en souriant. Elles sont folles de joie à l'idée que Dallas et toi allez enfin vous marier. Comme nous tous, d'ailleurs.

Génial, songea-t-elle. Alors, maintenant, ses andouilles de frères avaient décidé d'approuver son mariage avec Dallas ?

— Tiens bon, Zora, intervint Parker en lui tapotant affectueusement l'épaule. Elles sont ravies que Dallas et toi soyez enfin ensemble. Nous le sommes tous. En outre, plus ils sont tous concentrés sur la date de ton mariage, et moins ils nous harcèlent au sujet du nôtre, Kayleigh et moi.

Chose rarissime, Parker lui souriait, et Zora ne put s'empêcher d'éclater de rire.

C'était la fin d'une autre longue journée, et elle se sentait épuisée. Elle désirait uniquement rentrer chez elle, se glisser sous les couvertures et penser à la vie merveilleuse qu'elle avait vécue ces quelques mois derniers, depuis que Dallas et elle étaient mariés. Elle espérait de tout cœur qu'ils trouveraient le moyen de faire de ce mariage un succès, pour lui et pour elle-même.

23

On était dimanche soir et, plantée devant la fenêtre de la cuisine de ses parents, Zora observait son père qui s'affairait devant le barbecue au fond du jardin.

Avec chaque jour qui passait, Dallas lui manquait davantage. À tel point qu'elle avait la sensation que cette absence la rendait réellement malade. Sa mère avait même posé la main sur son front comme pour vérifier si elle avait de la fièvre, avant de déclarer que sa seule maladie était que son homme lui manquait.

Cette plaisanterie ne l'avait pas amusée.

Derrière la vitre, elle voyait aussi sa mère, la plupart de ses frères et leurs épouses assis autour du gril, chaudement habillés pour tenir compagnie à son père malgré la fraîcheur de l'air en cette fin d'automne. Savannah et Kayleigh étaient dans le salon avec Remi, déjà âgée de trois mois et grandissant de jour en jour.

Si Zora était d'humeur sombre, c'était aussi parce que Emily et elle devaient partir le lendemain pour l'Europe, afin de rencontrer des distributeurs en Belgique, en Finlande, en Suède et en Allemagne.

Le claquement de la porte du réfrigérateur la fit sursauter. Elle n'avait pas entendu Cole entrer.

— As-tu l'intention de te morfondre de ce type durant ces trois mois où il va vivre comme un pacha en Islande ? ironisa-t-il en décapsulant sa bière.

— Maintenant, cela suffit ! gronda-t-elle en pivotant pour faire face à son frère. Tous les autres membres de cette famille ont accepté ma relation avec Dallas. Mais *toi* – sur qui je comptais le plus pour me soutenir – tu t'es comporté comme un crétin depuis le début.

— Tu n'as pas besoin de te mettre dans ces états seulement parce que je me moque de ton petit ami…

— Dal n'est pas mon petit ami, Cole, coupa-t-elle. Il est mon *mari* et quasiment un membre de cette famille depuis notre enfance. Vous vous êtes toujours très bien entendus, tous les deux, non ?

— Je sais, grogna-t-il en sirotant sa bière.

— Alors, quel est ton problème, au juste ? Pourquoi le traites-tu soudain comme un ennemi ? Il est le même homme formidable et l'ami de la famille qu'il a toujours été.

La voix de Zora se brisait, et les larmes qu'elle essayait de refouler commencèrent à ruisseler sur ses joues, ce qui la rendit encore plus furieuse contre elle-même et contre son frère.

Zora n'avait jamais voulu de la protection de ses frères. Elle exigeait qu'ils reconnaissent qu'elle était aussi intelligente et aussi forte qu'eux, et elle avait appris depuis longtemps à ne pas pleurer en leur présence.

En se comportant ainsi, elle foulait aux pieds ses propres codes, et c'était cela qui la faisait le plus enrager.

— Zo, je suis désolé, lâcha Cole en posant sa bière pour s'approcher d'elle. Je ne voulais pas te faire de la peine.

— De la peine ? rétorqua Zora. Je suis *furieuse* ! Tu n'as jamais traité l'épouse ou la compagne de nos frères de cette façon. Au contraire, tu adores Savannah, Kayleigh et Quinn. Pourquoi alors te comportes-tu comme un parfait imbécile avec Dallas ?

Cole fronça les sourcils puis, au lieu de répondre à sa question, il haussa les épaules, ramassa sa bière et but une longue gorgée, ce qui la fit enrager encore davantage.

— Tout cela, c'est du vent, Cole ! ajouta-t-elle. Tu dois avoir une bonne raison pour te comporter de cette manière. Il y a quelques mois de cela, à l'anniversaire de mariage de maman et papa, vous vous entendiez très bien, Dallas et toi. Qu'est-ce qui a bien pu changer entre-temps ?

— Tu tiens vraiment à le savoir ? s'enquit Cole.

— Bien sûr ! répondit Zora, fusillant son frère du regard.

— Il nous a menti, déclara Cole en reposant sa bière. Il nous avait toujours juré qu'il n'y avait rien entre vous deux. Et voilà tout à coup que vous vous mariez en secret. Ce choix ne s'est pas fait en un seul jour. À l'évidence, il y avait bien davantage que de l'amitié entre vous.

— Et c'est pour *cela* que tu es en colère ? s'exclama Zora, se retenant à grand-peine d'éclater de rire. Parce que tu crois que nous étions ensemble durant tout ce temps et qu'il t'avait menti à ce sujet ?

Cole croisa les bras, son expression indiquant clairement qu'il ne voyait rien de drôle dans cette situation.

— D'abord, dit Zora, pointant un doigt menaçant vers son frère, qui je choisis ou non d'inviter dans mon lit n'est pas ton affaire. Ensuite, Dal ne t'avait pas menti. Avant de nous marier, nous étions seulement amis. Notre décision de nous marier a été une décision spontanée, qui nous a surpris autant que vous tous. Mais cela nous a paru juste, et nous étions heureux…

— *Étiez* heureux ? remarqua Cole d'un ton circonspect. Dois-je comprendre que vous ne l'êtes plus ?

— Nous sommes toujours heureux, assura-t-elle.

Elle désirait être convaincante, mais ses yeux refusaient de coopérer, et de nouvelles larmes ruisselèrent sur ses joues.

— Pourquoi ne peux-tu pas simplement te réjouir pour nous deux, espèce d'idiot ? geignit-elle.

En dépit de ses protestations, Cole la serra dans ses bras, indifférent aux larmes et au maquillage qui tachaient sa chemise, et il éloigna Zora de la fenêtre pour que leur famille ne la voie pas pleurer.

— Tu as raison, je me suis comporté comme un imbécile, s'excusa Cole. Mais quelque chose clochait, dans votre histoire, alors je me suis inquiété. Tu es ma petite sœur, et l'amie la plus proche qu'il me reste. Je suppose que je n'ai pas très bien réagi à l'idée de te perdre.

L'amie la plus proche qu'il lui restait ?

Soudain, le véritable problème lui apparaissait clairement. Pourquoi n'y avait-elle jamais songé ?

— Tout cela ne concerne pas du tout Dallas et moi, mais Quinn et toi, n'est-ce pas ? observa-t-elle d'une voix douce.

— Je ne sais pas du tout de quoi tu parles, grogna Cole en détournant le regard

— Bien sûr que si, murmura Zora.

Elle jeta un rapide regard autour d'elle pour s'assurer qu'ils étaient seuls, avant d'ajouter, baissant la voix :

— Tu n'as pas encore tout à fait accepté que Quinn et Max soient ensemble, n'est-ce pas ?

— Quinn et Max sont heureux, répondit-il, le visage aussi froid qu'un masque de pierre. Alors, je suis content pour eux.

— Dans ce cas, pourquoi as-tu l'air de tant souffrir ? Pour elle, ce qu'il y avait entre vous n'était qu'une belle amitié. Avais-tu vraiment cru que vous finiriez ensemble un jour ?

— Est-ce une critique ? marmonna-t-il.

— Pas du tout, se défendit Zora. Et maintenant que Dal et moi sommes mariés tu as l'impression que tu viens de perdre deux de tes plus proches amis d'un seul coup. Je te comprends.

— J'en doute un peu.

— C'est vrai, insista Zora. Moi aussi j'éprouvais ce sentiment chaque fois que Dal commençait une relation avec une autre femme. Tout à coup, ses petites amies occupaient dans sa vie une place que j'avais toujours considérée comme la mienne. Et, bien entendu, elles aussi se sentaient menacées par notre amitié.

— Étant donné que vous êtes aujourd'hui mariés et sur le point de fonder une famille, il semblerait que leurs craintes aient été justifiées, ironisa Cole, reposant sa bière.

— Touchée, répondit Zora en souriant. Je suppose que je te dois des excuses.

— Et moi, je vous en dois aussi, à Dal et à toi, murmura Cole, posant la main sur son épaule. Depuis votre retour de Las Vegas, je me suis conduit comme un idiot. Je suis sincèrement désolé, Zo.

Sur ces mots, il la serra dans ses bras, et Zora se blottit dans la douce chaleur de cette étreinte, heureuse qu'ils aient conclu une trêve. Avant que Sloane, Savannah, Kayleigh et Quinn soient entrées dans sa vie par l'intermédiaire de ses frères et de son cousin, elle n'avait pas eu beaucoup d'amies. Cole et elle avaient tissé un lien spécial entre eux très tôt dans leur enfance et, Dallas mis à part, c'était de lui qu'elle s'était toujours sentie la plus proche.

Zora comprenait la douleur que son frère devait éprouver. Toutes les personnes dans son entourage semblaient avancer vers le bonheur, et lui seul restait à la traîne. Et son sentiment d'isolement était aggravé par le fait qu'il était le seul membre de sa famille à ne pas être inclus dans les opérations de King's Finest.

— Alors, tu me pardonnes ? s'enquit-il, pinçant le chignon au sommet de sa tête avant de la relâcher.

— Arrête ! protesta-t-elle en assénant une tape sur sa main. Tu sais parfaitement qu'on ne doit pas toucher les cheveux d'une femme noire.

— Je parie que ton chéri en a le droit, observa Cole en riant.

— Idiot ! geignit-elle, lui décochant une bourrade, rougissant malgré elle au souvenir de la première fois où Dallas avait détaché son chignon pour glisser les doigts dans ses cheveux.

Zora alla jusqu'au réfrigérateur et sortit une autre bière qu'elle tendit à son frère, avant d'ajouter :

— Maintenant que nous sommes à nouveau amis… j'ai un aveu à te faire. Pourrions-nous monter au premier pour parler un instant ?

— Oui, naturellement, répondit Cole, retrouvant son sérieux. Allons-y.

Zora révéla à son frère toute la vérité au sujet de leur mariage à Las Vegas. Et sa décision d'élever un enfant seule. Elle lui avoua aussi qu'elle était amoureuse de son meilleur ami et qu'elle l'avait peut-être toujours été.

Son frère l'écouta patiemment, puis il lui assura que son secret serait bien gardé avec lui, avant de lui offrir un dernier conseil.

— Tu es une Abbott, Zora. À vrai dire, tu es la plus forte et la plus déterminée d'entre nous. Vas-tu te contenter de rester là à te plaindre que Dallas te manque, ou comptes-tu trouver un moyen pour que votre relation fonctionne ?

Il lui adressa un sourire ironique et ajouta :

— Comme tu le disais, Dal est un type bien. De plus, il a toute ton attention. Tu ne retrouveras peut-être jamais plus une combinaison aussi favorable dans ta vie.

— Très drôle, marmonna Zora.

— Sérieusement, Zo, Dal t'adore, dit Cole en riant. Tout le monde le sait. Il a déjà prouvé qu'il était prêt à accepter des sacrifices pour toi. La question est : quels sacrifices es-tu prête à consentir de ton côté pour que votre relation s'épanouisse ?

Pour toute réponse, Zora reposa la tête contre l'épaule de son frère et poussa un grand soupir.

C'était justement *à cette question-là* qu'elle allait devoir trouver la réponse.

24

Dallas coupa le contact du Range Rover dans le garage de la villa qu'il occupait depuis quelques semaines à Vogar, dans le sud-ouest de l'Islande. Le véhicule et la maison lui avaient été prêtés à titre gracieux par son hôte, Einar Austarsson.

La villa spacieuse était à une quarantaine de minutes de route de Reykjavik. La serre chauffée du jardin, équipée d'un jacuzzi et entièrement vitrée, offrait une vue imprenable sur le Snæfellsjökull – un volcan vieux de 700 000 ans couronné par un glacier.

Être confortablement assis dans un bain bien chaud face à un paysage aussi spectaculaire était une façon très agréable de terminer une journée de travail. En temps normal, cette nature magnifique lui aurait inspiré d'innombrables idées pour ses créations. Mais, au lieu de cela, lorsqu'il ne travaillait pas activement au projet, il pensait à Zora.

Dire qu'elle lui manquait aurait été bien en dessous de la vérité. Il avait accepté de collaborer à ce projet, qui exigeait qu'il réside quelque temps en Islande, mais il n'avait aucunement l'intention de renoncer à leur mariage.

Allait-il s'avérer difficile de coordonner leurs exigeantes activités professionnelles afin qu'ils puissent passer davantage de temps ensemble et offrir une vie familiale stable aux enfants qu'ils mettraient au monde ? *Très certainement.*

Cela valait-il la peine de consentir à quelques sacrifices ? *Mille fois oui.*

Pour le moment, il devait se contenter des appels en

visioconférence et des textos. Mais, aussi longtemps que Zora serait prête à essayer de trouver un moyen de réussir leur vie de couple, Dallas garderait l'espoir.

Il tourna le bouton de la porte et pénétra dans la maison, et il s'arrêta net, car deux odeurs reconnaissables flottaient dans l'air de la pièce. La première était celle du chili con carne ultra-puissant de son grand-père. La seconde était...

— Zora ? lança-t-il dans le silence.

Personne ne lui répondit.

Il entra dans la cuisine parfaitement équipée. Une marmite de fonte trônait sur la plaque de vitrocéramique noire comme le reste de l'îlot central. Il souleva le couvercle et huma le contenu de la marmite, qui mijotait doucement.

C'était bien le chili de son grand-père.

Reposant le couvercle, Dallas se retourna, et son cœur fit un bond dans sa poitrine. Incapable d'émettre le moindre son, il ne put que fixer la femme plantée devant lui.

Il avait pensé à elle à chaque minute du jour. Il avait rêvé d'elle chaque nuit. Son cerveau surchauffé avait-il fini par la faire se matérialiser devant lui ?

— Zora ! murmura-t-il d'une voix à peine audible.

— Oui, mon bébé, c'est moi, répondit-elle sur le même ton en s'approchant de lui.

— Mais j'ai parlé avec toi ce matin, balbutia-t-il. Tu étais à Berlin en voyage d'affaires.

— Oui, c'est vrai, convint-elle en souriant. Mais à présent je suis ici. Avec toi. Et, mon bébé, il n'existe aucun lieu au monde où je préférerais me trouver à cet instant.

Une foule d'émotions se bousculaient dans le cœur de Dallas, et il s'approcha de Zora pour saisir délicatement son ravissant visage entre ses mains. Posant la bouche sur la sienne, il l'embrassa, et Zora lui rendit son baiser avec une passion égale.

Le réconfort de ses bras et la douceur de ses baisers lui avaient affreusement manqué. Et, à présent qu'il la sentait tout contre lui, il doutait d'être capable de la laisser repartir.

Zora émit un petit cri lorsqu'il la souleva brusquement du sol pour l'emporter à grands pas vers sa chambre.

— Le chili ! rappela-t-elle d'une voix essoufflée. Ta mère m'a enseigné la recette familiale, et je ne voudrais pas rater mon premier essai.

— Tout ira bien, murmura-t-il en entrant dans la chambre avec elle. La marmite mijote tranquillement sur le feu.

Dallas avait dormi seul toutes les nuits depuis plusieurs semaines, à rêver d'elle, à regretter sa présence, ses baisers, et il fit passionnément l'amour à son épouse, bien décidé à rattraper le temps perdu. Espérant la convaincre de rester.

Dallas était allongé dans le lit, Zora serrée tout contre lui.

Il ne l'avait quittée qu'un instant pour aller éteindre le feu sous la marmite de chili. Déposant un doux baiser sur son front encore humide de transpiration, il murmura :

— Tu ne peux pas savoir à quel point tu m'as manqué, Zora.

— Je crois que si, répondit-elle en souriant, ses yeux brillants couleur de café fixés tout au fond des siens. Toi aussi, tu m'as *désespérément* manqué.

— Combien de temps peux-tu rester ? s'enquit-il en tortillant une longue mèche de ses cheveux entre ses doigts. Pas avant que je reprenne l'avion pour rentrer chez nous, à Thanksgiving, j'espère ?

— Cette date me va parfaitement, assura-t-elle, incapable de s'empêcher de sourire. Et, si tu ne vois pas d'inconvénient à partager ton espace avec une coloc, j'aimerais revenir ici avec toi après Thanksgiving. Je travaillerai depuis cette maison jusqu'à la conclusion de ton projet.

— Parles-tu sérieusement ? balbutia-t-il, le cœur battant à tout rompre. Comment... je veux dire... N'étais-tu pas candidate au poste de P-DG de King's Finest ?

— Nous avons tous décidé que Blake était le meilleur candidat pour ce travail.

— Et tu étais d'accord avec cette décision ?

— Oui, répondit-elle d'une voix douce. Totalement. À ce stade de ma vie, l'idée de diriger la société ne m'apporte plus la joie ni la satisfaction que j'en espérais.

— Et qu'est-ce qui pourrait te les apporter ? s'enquit Dallas en caressant tendrement sa joue.

— Je désire me concentrer sur les rôles d'épouse et de maman, précisa Zora, esquissant un sourire rêveur. Et simultanément organiser la création de la nouvelle fondation caritative de King's Finest. C'est un projet qui me passionne. Notre entreprise pourrait faire énormément de bien dans le monde entier. Et, tout en restant ici, avec toi, je travaillerai à faire de ce projet une réalité.

— C'est merveilleux, Zo, mais j'espère que tu n'as pas fait tout cela à cause de...

— Ma famille a souvent discuté de la création de cette fondation au cours des années. Mais, aucun membre de la famille n'ayant proposé d'en prendre la tête, nous avons reporté le projet à une date ultérieure. Aujourd'hui, j'ai le sentiment que le moment propice est enfin arrivé. Et, bien sûr, j'aurai davantage de flexibilité pendant les premières années de nos enfants.

— *Nos enfants ?* répéta-t-il, souriant d'une oreille à l'autre. Veux-tu dire que...

— Oui, Dallas, affirma-t-elle, souriant à son tour, les larmes aux yeux. Plusieurs enfants. Parce que je t'aime et que je désire être ton épouse pour toute la vie.

— Dans ce cas, il y a encore une chose que je dois faire.

Dallas quitta le lit et, posant un genou à terre devant elle, il prit sa main dans la sienne. Le cœur battant, la bouche sèche, il déclara avec un petit rire embarrassé :

— Apparemment, je t'ai déjà dit ces mots en une précédente occasion, mais je vais te les répéter, car je ne veux pas que tu doutes une seconde de leur sincérité.

Dallas inspira profondément, avant de poursuivre d'une voix tremblante d'émotion :

— Je t'aime, Zora Abbott. Je t'ai aimée depuis le premier jour où nous nous sommes rencontrés dans la cour de récréation, lorsque nous avions six ans. Et je t'aime toujours aujourd'hui. J'ai attendu cet instant durant toute ma vie. Je désire passer le restant de mes jours à être ton meilleur ami, ton amant et le père de nos enfants.

Il marqua une pause, avant d'ajouter d'une voix qui se fêlait un peu :

— S'il te plaît, dis-moi que tu *resteras* mon épouse pour toute la vie.

Ses joues ruisselantes de larmes, Zora hocha lentement la tête.

— Oui, Dallas, murmura-t-elle. Rien au monde ne pourrait me rendre plus heureuse que de vivre avec toi durant ma vie entière.

Épilogue

Dallas était blotti contre Zora dans le lit qu'ils partageaient désormais, à Vogar, en Islande. Ils étaient rentrés chez eux à Magnolia Lake pour fêter Thanksgiving avec leurs familles. À sa grande surprise, Zora et leurs mères avaient préparé une cérémonie de mariage aussi simple qu'élégante, ce samedi-là. Puis, après quelques jours de lune de miel au Costa Rica, ils étaient retournés ensemble en Islande.

Ils devaient reprendre l'avion pour Magnolia Lake le lendemain matin pour les fêtes de fin d'année, et Dallas était satisfait de rester au lit avec son épouse, blotti tout contre la tiédeur de son corps alangui.

Zora couvrit de baisers son torse nu, puis releva les yeux vers les siens, ses cheveux bouclés, qu'il avait décoiffés de ses doigts pendant l'amour, recouvrant partiellement son ravissant visage.

— Je t'ai acheté un petit cadeau de Noël un peu en avance, annonça-t-il, se souvenant tout à coup du présent qu'il lui avait trouvé à Reykjavik ce jour-là.

— Moi aussi j'ai quelque chose pour toi, murmura-t-elle en souriant.

Sautant à bas du lit, Dallas alla récupérer un sac de shopping arborant le logo d'une grande marque et en tira un paquet plat qu'il lui tendit. Zora défit le nœud du ruban doré qui l'entourait et, un sourire rayonnant sur les lèvres, en sortit une jolie robe de laine mérinos.

— Elle est fabuleuse ! s'exclama-t-elle en se penchant pour poser les lèvres sur les siennes. Je l'adore !

Puis, se détournant de lui, elle ouvrit le tiroir de la table de chevet et en tira une petite boîte en carton.

— Tiens, dit-elle en la déposant dans sa paume. Moi aussi, j'ai pensé à toi.

Dallas défit le ruban et l'ouvrit. Lorsqu'il vit ce qu'elle contenait, il écarquilla les yeux, et son cœur se mit à battre à grands coups au creux de sa poitrine. Incapable d'abord de prononcer la moindre parole, il contempla fixement le bâtonnet bleu et blanc doté d'un petit écran, sur lequel apparaissait un seul mot :

Enceinte.

— Est-ce..., balbutia-t-il. Sommes-nous...

— Oui, fit Zora avec un rire très doux, posant la main sur son ventre. Nous attendons un enfant.

— Depuis combien de temps le sais-tu ?

— Je le soupçonnais depuis la semaine dernière, alors je me suis soumise au test plusieurs fois, répondit-elle, les yeux brillants de larmes retenues. Je suis même retournée chez une obstétricienne ce matin même, et elle me l'a confirmé. Tu es heureux, n'est-ce pas ? Parce que, de mon côté, je suis éperdument amoureuse de toi, Dallas Hamilton. Et j'ai hâte d'élever ce bébé avec toi. Tu n'es pas seulement mon meilleur ami. Tu es l'amour de ma vie.

— Je t'aime tant, Zo ! Rien n'aurait pu me rendre plus heureux.

Il se pencha pour poser les lèvres sur son ventre, puis releva la tête pour embrasser tendrement sa bouche.

Elle venait de lui offrir tout ce dont il avait toujours rêvé. Aucun autre cadeau n'aurait été plus précieux à ses yeux. Et cela seul justifiait amplement tous les sacrifices qu'ils devraient consentir pour construire une vie heureuse à deux.

JAYCI LEE

Ce désir si intense

Traduction française de
ÉDOUARD DIAZ

PASSIONS

HARLEQUIN

Titre original :
SECRET CRUSH SEDUCTION

Ce roman a déjà été publié en 2021.

1

Qu'est-ce que c'est que cette idiotie digne d'un boys band débile ?

Un petit groupe de jeunes femmes – bien plus jeunes que les vingt-six ans d'Adelaide – dansait une sorte de farandole sur la piste de danse du Pendulum, chantant à tue-tête au rythme d'un tube pour adolescents. La soirée avait à peine commencé et elles étaient déjà ivres et titubantes.

Adelaide n'avait *aucune* intention de participer à ces jeux puérils au night-club de son cousin Colin. Après la confrontation qu'elle venait d'avoir avec sa grand-mère, elle avait besoin de danser sur de la bonne musique pour évacuer sa frustration.

D'ailleurs, que faisait ici le DJ du mardi, un samedi soir ? Elle partit à la recherche de Tucker, le DJ vedette et manager stagiaire de l'établissement, afin de remédier à cette situation.

— Salut, Tucker.

— Bonsoir, Adelaide. Voilà trop longtemps qu'on ne te voyait plus par ici. Comment vas-tu ?

— J'ai eu des jours meilleurs, répondit-elle avec un sourire mélancolique. Pourquoi Ethan est-il aux platines ? Je pourrais très bien me passer de pop guimauve, ce soir. On est samedi. Il est temps de passer à de la vraie musique.

Tournant la tête, Adelaide balaya la salle du regard, avant d'ajouter :

— Au fait, où est passé Colin ?

— Il devait participer à une réunion, et il m'a demandé de monter au créneau à sa place, expliqua le DJ aux innombrables tatouages et piercings d'un air un peu embarrassé. Ethan m'a supplié de le laisser jouer pendant une heure, et j'ai eu pitié de lui. C'est un brave gamin.

— Un gamin qui joue de la pop du mardi un samedi soir.

— Compris, capitula-t-il avec un sourire timide. Je vais reprendre les commandes.

— Merci. Tu es le meilleur.

Et c'était vrai. Tucker était un DJ d'un immense talent, et il aurait dû être très fier de ses folles performances. En quelques minutes à peine, les enchaînements magiques de sa musique sensuelle libéraient les corps et les âmes, calmaient la frustration qu'Adelaide ressentait à fleur de peau.

Durant ces deux années qui s'étaient écoulées depuis qu'elle avait décroché son master de commerce, Adelaide avait supplié sa grand-mère de la laisser prendre sa place au sein de la Hansol Corporation – l'empire multimilliardaire de l'industrie de la confection – mais sa réponse avait toujours été la même : « Peut-être l'année prochaine ». Adelaide en avait le cœur brisé, car cela signifiait que Grand-mère ne lui avait toujours pas pardonné ses folles années d'université.

À cette époque-là, elle papillonnait de garçon en garçon, elle faisait trop la fête pour se soucier de ses cours, et elle s'était éloignée de sa famille. C'est seulement lors de sa troisième année qu'elle avait retrouvé sa soif d'apprendre. Elle s'était reprise en main, et elle avait appris à trouver un juste équilibre entre ses responsabilités et ses loisirs. Depuis, presque six années s'étaient écoulées. Pour sa famille, hélas, elle était toujours une enfant irresponsable, incapable d'offrir une quelconque contribution utile à Hansol. Au souvenir de ses supplications désespérées à sa grand-mère, elle avait un peu honte. *Je ne suis plus cette gamine...*

Refusant de sombrer dans cet océan de tristesse, Adelaide gagna la piste de danse d'un pas décidé, ses talons aiguilles cliquetant sur le sol, et elle se dirigea vers la scène surélevée située dans un coin de la salle, à quelques pas de la piste de danse. Parvenue au sommet des quelques marches, elle empoigna la balustrade en poussant un profond soupir. Puis, elle ferma les yeux et laissa la musique l'envahir. Le rythme naissait invariablement au creux de son estomac, s'irradiait dans ses hanches avant de se transmettre à ses jambes et au reste de son corps. Lorsque cette sensation l'avait délicieusement emplie tout entière, elle dansait.

Et, comme toujours, tout le reste s'effaça. Son sentiment de solitude. Ses douloureuses incertitudes. Sa grand-mère, avec ses paroles dédaigneuses et son regard déçu. Alors que son corps s'animait, qu'elle était emportée par la musique, par le rythme, tout cela devenait lointain et flou.

Son morceau préféré suivit bientôt. Les basses faisaient vibrer la piste de danse et pulsaient dans son sang. Primitives et sauvages. Fermant les paupières, elle leva les bras au-dessus de la tête, épousant les contours de la musique avec tout son corps. Elle n'existait plus. Il n'y avait plus que la musique, et elle était son instrument. Adelaide n'était plus là. Elle n'était plus que danse. Elle dansait jusqu'à l'inexistence.

Elle entendit une voix rude tout près d'elle. Par son autorité péremptoire, ce son se confondait avec la musique, et ce fut seulement lorsque deux grandes mains vigoureuses saisirent ses bras qu'elle se rendit compte que la voix en question appartenait à une personne réelle.

Une personne du genre masculin. Un homme très grand et visiblement très en colère.

— Bon sang, Addy ! Qu'est-ce que tu fiches ici ?

— Moi aussi, je suis contente de te voir, répondit-elle d'un ton détaché.

Au plus profond d'elle-même, elle frissonnait d'un désir qui refusait de se laisser réprimer. Michael Reynolds. Le meilleur ami de son frère aîné, et son premier amour. Non partagé, bien sûr. La plupart du temps, il la traitait comme si elle avait été sa petite sœur. Entre-temps, l'innocent contact de ses mains sur sa peau avait allumé un incendie en elle.

— Laisse-moi te ramener à la maison, dit-il. Ta grand-mère se fait beaucoup de souci pour toi.

Adelaide fronça les sourcils. À l'évidence, elle n'avait pas fini d'évacuer la colère et la mélancolie de son système, et elle se sentait incapable d'affronter un nouveau chagrin ce soir-là. Alors, elle ferma de nouveau les yeux et elle dansa afin que Michael disparaisse aussi.

Comme il ne lui avait pas lâché les bras, elle posa les mains sur son large torse et entreprit de danser un slow avec lui comme au temps du collège. Seulement, au lieu de se dandiner maladroitement d'un pied sur l'autre, elle se mit à onduler de tout son corps contre lui au rythme de la musique. Michael resta figé durant deux ou trois mesures, puis il laissa échapper un son à mi-chemin entre une toux et un juron.

— Je te ramène à la maison. Tout de suite.

Au même instant, il la souleva brusquement du sol, un bras sous ses cuisses et l'autre soutenant son dos, son regard sévère fixé sur elle avec la même expression qu'elle voyait dans les yeux de tous les autres. Il était déçu.

Et elle décida que cela suffisait.

— Laisse tomber la parodie de Kevin Costner et repose-moi sur le sol, gronda-t-elle en le repoussant.

— Pas question, répliqua-t-il, une étincelle d'humour dans le regard. Je me souviens que tu courais comme un lièvre. Je ne suis pas d'humeur à essayer de te rattraper.

À la limite de sa vision, Adelaide aperçut les portiers du club qui arrivaient dans leur direction, les poings serrés. Ils savaient qu'elle était la cousine de Colin, et ils se montraient très protecteurs avec elle. Or, Michael l'emportait à grands pas vers la sortie, le visage crispé de colère.

— Bon sang, Michael, je n'ai plus dix ans ! protesta-t-elle en se débattant de plus belle, consciente que, si cet idiot ne la reposait pas tout de suite, il allait se faire assommer par les deux géants. Je peux marcher toute seule. Je viens avec toi.

— Adelaide ? Tout va bien ?

Trop tard. Les loyaux videurs, qui étaient désormais quatre, les avaient à présent encerclés.

— Je suggère que tu ôtes tes mains de cette demoiselle, mon gars, gronda l'un d'eux.

— Et moi, je suggère que vous retourniez tous à vos postes,

messieurs, rétorqua Michael d'un ton glacé, la serrant plus fort contre lui.

Elle vit qu'une flamme sombre brûlait à présent au fond de son regard. Pourquoi agissait-il ainsi ?

— Je raccompagne Mlle Song chez elle, déclara-t-il.

Une main énorme se referma sur l'épaule de Michael. Son corps devint rigide un bref instant, puis ses bras se desserrèrent, et il la reposa doucement sur ses pieds.

C'est maintenant qu'il me libère ? songea-t-elle, atterrée. *Je suis l'unique obstacle entre ce poing géant et son visage !*

Adelaide se tourna vivement face à ses défenseurs, et, plaquant son dos contre Michael, elle tendit les bras derrière elle et se cramponna à lui. S'il avait vraiment désiré se dégager, il aurait pu le faire sans trop d'effort, mais elle pouvait au moins gagner un peu de temps. Chaque seconde était précieuse pour empêcher un désastre imminent.

Lorsqu'elle le sentit se crisper derrière elle, Adelaide faillit le lâcher, se demandant s'il était sur le point de se lancer dans une bagarre. Son instinct lui criait de le protéger, et c'est pourquoi il lui fallut un moment pour comprendre à quelle partie de son corps elle s'était cramponnée – le point précis où ses fesses dures rejoignaient l'arrière de ses cuisses.

C'était son derrière qu'elle empoignait à pleines mains.

— Du calme, messieurs ! dit-elle en le relâchant précipitamment. Mon grand frère m'a envoyé son meilleur ami pour m'empêcher de faire des bêtises. Euh... Trop boire, trop flirter... Enfin, vous voyez, ce genre de bêtises.

À son grand soulagement, les quatre géants se récrièrent avec un bel ensemble, assurant qu'elle n'était pas du tout du genre à se conduire ainsi. Heureusement, ils la connaissaient. Elle était de taille à se défendre toute seule.

— Je sais, c'est ridicule, convint-elle, mais cet homme est comme un frère pour moi, et il lui arrive encore de me traiter comme la petite fille que j'étais lorsque nous grandissions ensemble. Il me voit toujours avec des couettes. Mais vous, messieurs, vous êtes mes amis, et vous comprenez que je suis de taille à gérer la situation, n'est-ce pas ?

Avec un dernier regard goguenard en direction de Michael, les colosses se retirèrent, et Adelaide s'éloigna vivement de lui. Michael regretta aussitôt la chaleur de son corps tout contre lui. Que lui prenait-il ? Cette femme était Adelaide, la petite sœur de Garrett !

Elle n'avait pas menti. Michael était pratiquement comme un frère. Il l'avait vue grandir, avait vu l'adorable bébé joufflu se transformer en adolescente morose et révoltée. De bien des façons, il avait continué à la voir comme l'adolescente rebelle qu'elle avait été, et non pas comme la femme adulte qu'elle était devenue. *Mais... pratiquement comme son frère ?* Cette idée lui déplaisait souverainement.

— Viens ! ordonna-t-elle en s'emparant de sa main pour l'entraîner vers la sortie.

Il la suivit sans protester.

Lorsque Mme Song l'avait appelé pour lui recommander de veiller sur Adelaide, Michael s'était inquiété. Grace Song n'était pas femme à faire des histoires pour rien. Elle dirigeait la Hansol Corporation et sa famille élargie d'une main de fer, et elle n'hésitait pas à intervenir avec détermination lorsque c'était nécessaire.

Si la formidable matriarche de la famille Song avait un point faible, c'était sa petite-fille unique. À ses yeux, Addy était toujours la petite fille de sept ans qui venait de perdre sa maman, emportée par le cancer, un drame qui avait poussé son père à s'isoler dans son chagrin. À cette enfant qui venait d'être privée simultanément de ses deux parents, Mme Song avait accordé plus de liberté qu'à n'importe lequel de ses enfants et de ses petits-enfants. Si elle pensait qu'Adelaide avait besoin d'être protégée ce soir, il devait y avoir une bonne raison à cela.

Michael avait tourné le dos à une montagne de travail pour partir à la recherche de la jeune femme, et il l'avait trouvée en train de danser sur une estrade, exposée à de nombreux regards gourmands. Cette seule idée le mettait en rage. Étreignant plus fort sa main, il l'entraîna à grands pas vers sa voiture. Il avait dû faire appel à toute sa volonté pour ne pas écarter ces prédateurs avec ses poings. Il savait qu'il n'avait aucun droit, aucune raison de se montrer aussi possessif, mais à cet instant précis son esprit lui criait qu'elle était à lui. Il se rassura en se disant que ce n'était probablement qu'un accès de folie temporaire.

— Que diable se passe-t-il, Addy ? gronda-t-il en la saisissant par les épaules pour la plaquer contre sa voiture. Pourquoi t'offrir ainsi en spectacle ?

Adelaide se libéra brusquement de son étreinte. Il sentit qu'il l'avait blessée avec ces mots, et il le regretta aussitôt. Mais le souvenir de son Addy dansant comme une sirène sur cette estrade avec tous ces hommes qui la dévoraient du regard avait déclenché quelque chose en lui. Le mélange de consternation, de rage et... de désir qui s'était emparé de lui à cet instant l'avait déstabilisé. Cette confusion des sentiments l'avait laissé furieux contre lui-même, et un peu contre elle, bien qu'elle n'ait rien fait pour le mériter. Il avait la sensation de plonger tête la première dans un abîme sans fond, mais c'était son problème. Il eût été injuste de l'entraîner avec lui.

— Que fais-tu ici ? s'enquit-elle avec une moue boudeuse. Sa Majesté Grace Song t'a-t-elle ordonné de me surveiller ? Depuis quand es-tu son garçon de courses ?

— Addy...

— Ne m'appelle pas ainsi, gronda-t-elle, se détournant pour s'éloigner de lui.

— Ta grand-mère s'inquiète ! rappela-t-il en saisissant fermement sa main, l'arrêtant net. Suffisamment pour m'avoir demandé de te trouver. Que s'est-il passé entre vous deux ?

— Nous nous sommes disputées parce que j'en ai assez d'être traitée comme une enfant. Et, le plus ironique, c'est que je me suis enfuie de la maison en sanglotant comme un bébé.

La rage qui faisait trembler Adelaide s'épuisait d'elle-même, et ses épaules s'affaissèrent.

— Je peux comprendre son inquiétude, ajouta-t-elle d'un ton

las. Elle ne m'avait pas vue pleurer depuis mes sept ans. Mais cela ne change rien. Je ne peux plus continuer ainsi.

À présent, Michael comprenait pourquoi Mme Song avait fait appel à lui. Garrett, le frère aîné d'Adelaide, était à New York avec son épouse et leur fille, et Colin était probablement injoignable. Mme Song tenait probablement à ce que cette histoire reste dans la famille. Michael ne faisait pas vraiment partie de la famille, bien sûr, mais, durant toute son enfance, il avait passé davantage de temps chez les Song que chez ses propres parents. De plus, il était leur expert en communication. La vieille dame savait pouvoir compter sur sa discrétion dans toutes les situations.

— Je suis prête à prendre ma place au sein de Hansol, mais Grand-mère m'a une nouvelle fois répété « Peut-être l'année prochaine ». Hansol est l'héritage de ma famille, et je désire faire partie de son avenir.

Adelaide se tut, poussant un soupir à fendre l'âme, et Michael l'entoura de ses bras. Il aurait tout donné pour dissiper sa tristesse, mais il pouvait seulement l'écouter.

— Elle répète la même phrase depuis deux ans, et l'année prochaine, lorsque je lui poserai la question, j'obtiendrai la même réponse. Elle ne pense pas que j'aie quoi que ce soit d'utile à apporter à l'entreprise. Pour elle, je ne suis qu'une enfant ignorante.

— Ce n'est pas possible, assura-t-il en laissant glisser ses doigts dans ses longs cheveux soyeux. Tu es l'une des personnes les plus brillantes que je connaisse.

Il sentit qu'elle resserrait les bras autour de lui, et il ajouta :

— Tu n'es pas du tout une enfant ignorante, et ta grand-mère le sait mieux que quiconque.

— Dans ce cas pourquoi me tient-elle à l'écart de Hansol ? répliqua-t-elle, relevant la tête pour rencontrer son regard. La vérité, c'est qu'elle a peur que je ternisse la réputation de l'entreprise. Elle ne m'a jamais pardonné mes frasques à l'université, mais presque tout ce qu'ont raconté les tabloïdes à l'époque n'était que pure invention. C'est vrai, je faisais beaucoup la fête et j'ai enchaîné les flirts, mais, aujourd'hui, je n'ai plus dix-huit ans.

— Je ne peux pas croire que ta grand-mère soit aussi étroite d'esprit. Il y a sûrement une autre raison, mais tu la connais mieux que moi. D'ailleurs, si c'est ce que tu penses, la solution est simple.

Il avait toujours les bras autour de sa taille fine, et ses mains décrivaient des cercles lents au creux de son dos. Lorsque son cerveau enregistra ce que faisaient ses mains, il toussota et laissa précipitamment retomber ses bras.

Adelaide le dévisagea attentivement, les bras croisés sur la poitrine, mais il ignorait si c'était parce qu'elle attendait d'entendre sa suggestion, ou parce qu'il s'était si brusquement éloigné d'elle.

— Et si tu m'expliquais cette solution si simple ?

Michael s'efforça de reprendre sa respiration. Les bras croisés d'Adelaide, comme un bustier, rapprochaient ses seins et les poussaient vers le haut. La scène ultra-sexy à laquelle il avait assisté au club avait dû provoquer un court-circuit dans son cerveau. Refoulant sévèrement le désir qu'il sentait monter en lui, il s'efforça de se concentrer sur le plan un peu vague qui s'était formé dans son esprit.

— Tu as étudié la création de mode, n'est-ce pas ?

— Et j'ai aussi une maîtrise en sociologie, rappela-t-elle.

— Encore mieux, fit Michael en se frottant les mains d'un air satisfait. Le département Entreprise et Responsabilité sociale de Hansol, le ERS, dispose de fonds destinés à soutenir les associations caritatives. Je pense que tu devrais organiser un événement caritatif de grande ampleur, et prouver à ta grand-mère et au reste du monde que tu as toutes les qualités nécessaires pour le concevoir et le mener à terme.

— Tu as raison, répondit-elle, les yeux brillants d'excitation. Il y a un million de choses que je peux faire. Où pourrais-je commencer ?

— Commence par contacter le ERS. Ce sont eux que tu dois convaincre de financer ton projet.

Un lent sourire s'épanouit sur ses lèvres, puis elle se jeta à son cou en riant comme une petite fille. Ce bonheur se communiqua à son propre cœur, et Michael la souleva dans ses bras et la serra très fort contre lui. L'esprit tourbillonnant, le souffle coupé par cette proximité, il s'obligea à la reposer sur le sol. Mais, avant qu'il ait pu recouvrer ses esprits, Adelaide se haussa sur la pointe des pieds pour déposer un doux baiser sur sa joue.

— Merci, Michael, murmura-t-elle, rivant ses grands yeux aux siens, brillants comme des étoiles.

Il dut puiser tout au fond de ses réserves de volonté pour ne pas embrasser ces douces lèvres tendues vers lui. Il ignorait ce qui lui arrivait, mais il allait devoir l'étouffer dans l'œuf.

— Pas de problème, fillette, répondit-il, effleurant doucement du bout d'un doigt l'arête de son nez parfait – comme il le faisait lorsqu'elle n'était qu'une petite fille.

Adelaide recula vivement et repoussa sa main, le regard brûlant de colère. Il sentit une vague de regret déferler sur lui. Elle détestait être traitée comme une enfant, et il se détestait lui-même de s'être servi de sa vulnérabilité pour la repousser. Il était désespéré, bien sûr, mais il aurait dû trouver un meilleur moyen pour reprendre ses distances avec elle.

Comme il l'avait prévu, Adelaide pivota sur ses talons et s'éloigna sans un mot. Même sa nuque semblait lui exprimer tout son ressentiment.

2

Son irritation contre Michael se dissipa peu à peu durant le trajet du retour en voiture, et elle laissa son esprit vagabonder dans les brumes du passé. Elle était tombée amoureuse de Michael Reynolds alors qu'elle n'était qu'une toute petite fille. Il était le meilleur ami de son grand frère, et elle les vénérait tous les deux. À l'âge de quatre ans, elle désirait déjà l'épouser, mais elle était trop timide pour le lui suggérer. Alors, elle s'était promis de lui faire sa proposition lorsqu'elle serait grande.

Par bonheur, elle avait dépassé cette fixation de gamine. Sinon, elle aurait eu des cheveux blancs avant qu'il s'aperçoive qu'elle était devenue une femme. Sans oublier qu'il lui avait brisé le cœur en épousant quelqu'un d'autre alors qu'elle était en terminale au lycée.

Les amis d'Adelaide adolescente s'imaginaient qu'elle était une grande séductrice – elle se gardait bien de les détromper –, mais en réalité à l'âge de dix-sept ans elle n'avait jamais encore embrassé un garçon. Elle se gardait pour Michael, car elle savait déjà qu'elle n'appartenait qu'à lui. C'était du moins ce qu'elle avait cru dans sa grande naïveté. Lorsqu'elle l'avait vu vivre son conte de fées avec cette autre femme, Adelaide avait rattrapé le temps perdu. Vers la fin de son dernier semestre, elle avait déjà coché toutes les cases sur son carnet de rendez-vous.

Après son divorce, Michael avait repris sa place en tant qu'unique membre aux cheveux blonds de la famille Song. Mais quelque chose avait changé entre eux. Il affichait toujours ce même comportement blagueur un peu idiot, mais on aurait dit qu'une lumière s'était éteinte en lui. À son retour de l'université, elle avait tenté de lui parler, mais elle n'avait eu droit qu'à un mur d'indifférence, et la distance entre eux n'avait cessé de croître depuis.

Elle avait enfin compris que ce qu'elle avait éprouvé pour lui n'était qu'un béguin de petite fille. Tout ce qu'elle désirait, à présent, c'était retrouver son ami et son confident, mais Michael l'avait exclue à tel point qu'ils n'étaient plus que de vagues connaissances. La fin de leur amitié l'avait blessée davantage que le fait qu'il ait épousé une autre qu'elle.

Luttant contre la frustration, Adelaide écrasa l'accélérateur pour dépasser en trombe une autre voiture, la frôlant de si près qu'un furieux coup de klaxon retentit derrière elle. Elle devait se calmer. Si son but était de prouver au monde qu'elle n'était plus une adolescente immature, c'était mal parti.

Pour être enfin prise au sérieux, elle devait prouver à sa grand-mère qu'elle était née pour diriger Hansol au même titre que son frère. Garrett était un génie des affaires, certes, mais elle apportait sa créativité et son sens de l'innovation.

Avant de tout gâcher en l'appelant *fillette*, Michael avait fait une remarque juste. Avec son expérience en création de mode et son master en sociologie tout neuf, elle était capable d'organiser un événement caritatif qui ferait date.

Toutefois, son enthousiasme ne dura pas. Pourquoi était-elle obligée de prouver sa valeur ? Garrett avait été recruté presque de force dans l'entreprise sitôt son master en poche. Elle-même avait décroché le sien deux ans plus tôt, avec de meilleures notes, et personne n'était venu la supplier de travailler pour Hansol.

Elle poussa un profond soupir. L'explication était peut-être que son grand frère avait travaillé chez Hansol comme stagiaire chaque été depuis sa première année à l'université pour apprendre les ficelles du métier, tandis qu'elle passait ses nuits à faire la fête. Mais allait-on la punir encore longtemps pour cette jeunesse tumultueuse ? C'était injuste, mais la vie était ainsi. Et elle allait se prouver à elle-même et au reste du monde qu'elle était capable de réaliser ses rêves.

Et, pour commencer, elle devait se poser la bonne question. Qu'est-ce qui lui tenait le plus à cœur ?

Elle songea aussitôt à sa colocataire de l'université et meilleure amie, Kate.

Kate avait un jeune frère, Stu, un garçon merveilleux doué de nombreux talents et d'un fabuleux sens de l'humour, mais souffrant de troubles du spectre autistique qui lui faisaient souvent commettre des faux pas en société.

À l'école, Stu était la cible de moqueries, et même de harcèlement. Le plus triste, c'était qu'il ne se rendait pas compte que ses camarades se montraient cruels avec lui. Un jour, Ken, son prétendu meilleur ami, lui avait déclaré qu'il ne comptait plus le fréquenter. Malgré cela, Stu avait continué à rechercher sa compagnie et à lui trouver des excuses, jusqu'à ce que Ken lui déclare tout net qu'il n'était plus son ami, qu'il ne supportait plus de voir son visage d'idiot tous les jours et qu'il devait rester loin de lui.

Stu avait raconté cet épisode à Kate et à Adelaide d'un ton posé, sans colère ni chagrin. Il ne comprenait pas qu'il avait le cœur brisé. Mais peu à peu il s'était retiré en lui-même, confus et effrayé. Il lui avait fallu des mois pour retrouver sa sérénité. Des mois sans art, sans musique. Des mois sans rire.

Elles auraient voulu le protéger contre ce monde cruel. L'envelopper dans un cocon d'amour et de soutien où le monde extérieur ne pourrait pas faire irruption. Mais cela eût été une injustice pour Stu et pour le monde, car ce garçon était destiné à accomplir de grandes choses dans sa vie. Il était destiné à rendre le monde meilleur. Adelaide n'en avait jamais douté. Stu était extraordinaire à ce point.

Adelaide se désolait à l'idée que les personnes autistes soient incomprises et moquées. La plupart de ces rieurs ignoraient totalement ce qu'étaient les troubles du spectre autistique. Pourquoi ne pas utiliser l'événement caritatif qu'elle projetait pour sensibiliser le public à la cause de l'autisme ? Cette idée fit battre son cœur plus vite. Adelaide Song était prête à changer le monde. Mais de quelle façon ?

Quels étaient ses points forts ? La mode. Les gens. La finance. Et, grâce à ses années folles, elle savait parfaitement comment organiser une soirée réussie. Une idée commença à se former dans son esprit, floue comme un mirage. Dans l'un de ses cours, à l'université, elle avait appris à confectionner des vêtements pour des personnes aux besoins particuliers. Et si elle organisait un défilé de mode de grande classe, une brillante présentation de vêtements à la fois élégants et adaptés à une clientèle aux besoins spéciaux ? Stu et les autres avaient le droit de s'habiller avec élégance lorsqu'ils assistaient à des événements en public. Pourquoi devraient-ils se contenter d'un pantalon de jogging et de tennis ?

À présent, Adelaide tremblait d'excitation. Elle tenait à dessiner elle-même certains de ces vêtements, mais elle comptait aussi organiser un concours où les étudiants des écoles de stylisme de la région pourraient présenter leurs propres créations. Et le gagnant ou la gagnante remporterait un stage d'été chez Hansol.

Certaine que son projet allait aboutir, elle tourna dans l'allée privée de la résidence des Song, à Pacific Palisades, et arrêta sa voiture devant l'entrée principale de la maison. Arrivée dans sa chambre, elle se brossa les dents et se lava simplement le visage à l'eau claire. Ce soir, elle se passerait de la routine coréenne des soins du visage en sept étapes. Elle se glissa sous sa confortable couette et enfouit son visage dans l'oreiller moelleux.

Adelaide aurait voulu s'endormir sans tarder et savourer ses rêves de succès, mais le côté pratique et ambitieux de son cerveau ne l'entendait pas ainsi. L'idée était là, mais sans une exécution convenable elle était inutile. Elle devait créer l'engouement, établir des contacts avec des personnalités susceptibles de devenir de généreux donateurs. Elle avait besoin d'une personne à la réputation solide et avec d'excellents contacts pour l'aider à planifier l'événement.

Adelaide rouvrit brusquement les yeux, totalement réveillée. Elle connaissait la personne idéale pour cette mission. Le problème, c'était qu'il n'accepterait jamais de travailler avec elle. En dépit de ses affirmations, il la traitait, à l'instar du reste de sa famille, comme une enfant immature.

D'ailleurs, il évitait autant que possible de se tenir près d'elle. Lorsqu'ils se retrouvaient ensemble à des réunions de famille ou à des événements publics, il remarquait à peine sa présence, et même, il l'évitait lorsqu'il le pouvait. Malgré le gentil discours fraternel qu'il lui avait tenu plus tôt ce soir-là, il la considérait encore comme une cause perdue.

Un éclair de souffrance lui traversa le cœur. Qu'est-ce qui n'allait pas chez elle ? Les rebuffades qu'elle avait essuyées ce jour-là défilèrent dans sa mémoire, et des larmes brûlantes montèrent à ses paupières.

Michael n'accepterait pas de s'impliquer personnellement dans son projet. Mais cela signifiait seulement qu'Adelaide ne devait pas lui laisser l'occasion de refuser. Il allait l'aider à faire de ce projet un succès. Et elle allait le convaincre, ainsi que Grand-mère et le reste du monde, qu'elle n'était pas une enfant gâtée ni une héritière sans aucune utilité.

Et ce, une bonne fois pour toutes.

Salut, Michael

C'était un texto d'Adelaide. C'était la première fois qu'il avait de ses nouvelles depuis qu'elle l'avait laissé planté dans le parking du night-club. Son cœur vibrait comme un gong frappé avec trop d'enthousiasme, ce qui était ridicule. *Il* était ridicule. Il s'était seulement fait du souci pour elle. Pas plus.

Salut

Atterré par la platitude de sa réponse, il fixa l'écran de son téléphone, mais, déjà, elle répondait :

Grand-mère désire t'inviter à dîner.

M'inviter ?

LOL. Ne sois pas bête, j'essayais seulement de faire preuve de diplomatie. Tu es sommé de venir dîner à la résidence Song.

Il ne put s'empêcher de sourire. Tout refus de comparaître

l'exposerait-il à des conséquences terrifiantes ? Quelles cruelles punitions Grace Song ferait-elle pleuvoir sur lui ?

Je ne manquerais cela pour rien au monde.

Poule mouillée :-)

Non. Je suis un homme intelligent à l'instinct de survie très développé.

Il rit silencieusement. Faire de Grace Song l'image du mal absolu avait été leur jeu favori, à Garrett et lui, autrefois. Ils avaient inventé une foule de scénarios ridicules qui auraient entraîné les plus horribles punitions de la part de Mme Song. Adelaide n'avait jamais aimé ce jeu, et elle finissait toujours par éclater en pleurs parce qu'ils se moquaient de *Hal-meo-ni*, sa mamie. Pour Garrett et pour lui, c'était une façon de s'affirmer face à la formidable personnalité de Grace. Adelaide, qui ne voyait que le meilleur chez les gens, ne comprenait pas pourquoi ils étaient intimidés par sa mamie.

En tout cas, sois là à 19 heures précises. Suggestion : ces temps derniers, elle raffole des macarons.

Merci du conseil Je m'arrêterai en route pour en faire provision.

Avec le temps et la maturité, Michael avait fini par surmonter le malaise qu'il ressentait autrefois en présence de la matriarche de la famille Song. Aujourd'hui, elle avait tout son respect et toute sa gratitude. Il la respectait pour son éthique du travail, sa vision et les sacrifices qu'elle avait consentis. Il lui était reconnaissant d'avoir été là pour lui quand il n'avait personne d'autre. Ses parents avaient divorcé dans la violence et l'amertume alors qu'il avait onze ans, et il ne supportait plus de vivre chez l'un ni chez l'autre. Mme Song l'avait alors accueilli dans sa maison, et son discret soutien avait fait davantage pour le rassurer que tous les discours maladroits des autres.

Plus tard dans sa vie, lorsqu'il s'était senti à nouveau perdu, c'était à elle qu'il avait demandé conseil, car il avait toute confiance en elle. Mme Song était la seule personne au monde à connaître les vraies raisons de son divorce. Elle avait connu personnellement la perte et la souffrance, et c'était elle qui lui avait appris à survivre. Il ne s'était jamais senti vraiment entier depuis, mais il savait que sa vie n'était pas inutile. Il pouvait encore apporter sa contribution au monde, même si une épouse et des enfants n'étaient plus qu'une utopie pour lui.

Michael quitta son travail un peu plus tôt pour passer acheter les macarons. Un quart d'heure après, il ressortait de la pâtisserie, portant une impressionnante pyramide de macarons en équilibre précaire entre ses bras. Il les posa précautionneusement sur le plancher de la voiture et, malgré sa hâte d'arriver à destination, roula en dessous des vitesses autorisées pour éviter que la pile s'écroule.

Il arrêta enfin sa voiture à sa place habituelle devant la résidence des Song. Il installa la pile instable des pâtisseries entre ses bras, et actionna le carillon avec son coude.

La porte s'ouvrit presque aussitôt.

— Michael ! s'écria une dame âgée, en lui ouvrant les bras. Cela faisait si longtemps !

— Bonjour, Liliana, dit-il en déplaçant un peu sa ridicule pyramide de gourmandises pour se blottir dans son étreinte. Cela faisait seulement deux mois.

La famille Song n'aurait pas été complète sans leur gouvernante. Liliana était une femme aux manières douces et à la sagesse infinie qui connaissait les Song mieux que quiconque, et qui veillait sur eux avec une féroce loyauté. Comme elle contemplait sa pyramide de macarons d'un air interrogateur, il crut bon d'expliquer :

— Comme vous le disiez, je suis resté longtemps absent, et j'ai eu envie d'apporter quelques douceurs pour Mme Song. Et pour M. Song et pour vous aussi, naturellement.

— Miss Adelaïde adore les macarons, elle aussi, remarqua-t-elle avec un sourire entendu.

— Oui, bien sûr, je le sais. Elle… Ils sont aussi pour elle. Euh… Pour vous tous.

Que diable lui arrivait-il ? Il se sentait comme un adolescent pris en faute. Où Liliana voulait-elle en venir ? Irrité contre lui-même, il lui tendit les macarons.

— Tenez-les une seconde pendant que je me déchausse, voulez-vous ?

— Avant que vous me posiez la question, j'ignore pourquoi ils vous ont si soudainement invité à dîner, chuchota-t-elle en se chargeant de la pile de macarons. Tout ce que je sais, c'est qu'Adelaide est dans tous ses états.

— Adelaide ? s'étonna-t-il.

— J'ignore les détails, mais cela a l'air sérieux.

Elle lui rendit les macarons, puis elle se pencha à son oreille pour chuchoter :

— Adelaide a préparé elle-même le dîner.

Adelaide cuisinait deux fois par an. Pour Thanksgiving et pour le nouvel an. Elle était un véritable cordon-bleu, et toute la famille attendait impatiemment ces deux jours magiques. Mais, le reste de l'année, elle ne mettait jamais les pieds dans une cuisine.

Elle complotait certainement quelque chose, et il était fort possible que lui-même soit l'une de ses cibles. Lorsqu'elle aurait plongé tout son monde dans une agréable torpeur avec ses petits plats, elle leur assénerait ce qu'elle avait à leur dire, les laissant tous en état de choc. Mais il s'en fichait. Pour rien au monde il ne manquerait un dîner préparé par Adelaide.

— Elle est dans la cuisine.

— Je connais le chemin, assura-t-il en souriant.

Il s'engagea d'un pas alerte dans le couloir et, devant la porte de la cuisine, il s'arrêta net. Dans sa stupeur, il faillit lâcher son précieux fardeau.

Bonté divine !

Vêtue de sa tenue de cuisinière, Adelaide lui tournait le dos. Sa mise n'avait rien de spécial, pas vraiment – elle portait un chemisier noir près du corps et un jean noir encore plus moulant, avec un tablier blanc noué autour de sa taille fine. Mais c'était la tenue qu'elle portait la première fois où Michael avait remarqué qu'elle n'était plus une enfant.

C'était environ un an après son divorce, alors qu'elle venait tout récemment de rentrer de l'université. Ils ne s'étaient pas revus depuis des années, et face à Adelaide devenue une femme, il avait eu le souffle coupé. Elle n'était pas beaucoup plus grande – à peine un peu plus d'un mètre cinquante – mais chaque centimètre de ce corps était ferme et souple, avec des courbes parfaites à toutes les bonnes places, chacune d'elles appelant irrésistiblement la caresse de ses doigts. Des années s'étaient écoulées depuis, mais le souvenir d'Adelaide ce jour-là se surimposait à l'Adelaide qui apparaissait devant lui, et soudain il ne respirait plus.

Il était un homme de trente-quatre ans divorcé avec un lourd passé. Il n'avait aucun droit de dévorer du regard cette femme presque une décennie plus jeune que lui. Sans compter qu'elle était la jeune sœur de Garrett. Michael s'arracha à contrecœur à la contemplation de cette beauté, et fit un vaillant effort pour se reprendre.

Il entra dans la cuisine sur la pointe des pieds et déposa les macarons sur un coin du plan de travail pour ne pas la gêner dans ses mouvements. Un délicieux parfum monta jusqu'à ses narines. Adelaide cuisinait un plat coréen.

— Michael ! s'exclama-t-elle en lui adressant un sourire chaleureux. Depuis quand es-tu là ?

— Je viens tout juste d'arriver, répondit-il en toussotant dans sa main, espérant qu'elle n'avait pas vu le cadeau qu'il avait apporté. As-tu besoin d'un coup de main ?

— Peux-tu mettre la table pour quatre et installer les *banchan* ? suggéra Adelaide, parcourant la cuisine du regard comme si elle cherchait une autre tâche à lui confier.

Michael surprit le moment exact où elle remarqua la pyramide de macarons aux couleurs pastel. Elle se figea un instant, les contemplant d'un air ébahi, puis elle éclata de rire.

— Chercherais-tu à gagner des bons points avec ma grand-mère ? C'est un geste totalement ridicule pour un dîner de quatre convives, mais tout de même irrésistible parce que... ce sont des macarons.

— Tout le plaisir est pour moi, répondit-il en souriant, soulagé. Ton père compte donc dîner avec nous ?

— Oui, en effet. Par miracle, tous les Song seront ensemble à la maison pour le dîner.

La perspective d'un dîner en famille, même si cette famille n'était pas la sienne, l'emplissait de bonheur. En deux enjambées, Michael alla ouvrir le tiroir aux couverts. Il sortit la cuiller en argent et les baguettes pour les aînés, et des couverts occidentaux pour Adelaide et lui.

À l'évidence, elle avait organisé ce délicieux dîner avec une idée derrière la tête. Avec un peu de chance, elle laisserait échapper un détail qui l'éclairerait sur ce qu'elle mijotait.

— Sais-tu pourquoi Mme Song m'a fait venir, ce soir ?

— Peut-être souhaite-t-elle te remercier d'être... accouru à mon aide, l'autre soir, répondit-elle en haussant les épaules.

— Si je me souviens bien, je ne t'ai pas raccompagnée chez toi comme un vrai gentleman l'aurait fait. Tu m'as tourné le dos, et j'ai seulement vu ta voiture disparaître dans la nuit.

Il fronça les sourcils. L'idée venait de l'effleurer qu'elle aurait pu se rendre dans un autre club pour danser jusqu'au matin, entourée d'une autre foule d'hommes.

— Où es-tu allée ce soir-là, après m'avoir quitté ?

— Cela ne te regarde pas, répondit-elle d'un ton glacial.

— Au contraire, rétorqua-t-il, sachant qu'il avait tort. Je suis pratiquement ton grand frère, l'as-tu oublié, sœurette ?

— Si tu tiens vraiment à le savoir, j'ai participé à une orgie toute la nuit, déclara-t-elle, rouge de colère. J'espère que cela ne te dérange pas.

— Cela ne me dérange pas du tout, pourvu que tu tiennes ta grand-mère informée du lieu où tu te trouves, marmonna-t-il. Comme je te l'ai dit, elle était très inquiète pour toi.

— Cesse de me traiter comme une enfant, Michael, gronda-t-elle en empoignant sa cravate pour l'obliger à la regarder dans les yeux. Dernier avertissement. Si tu utilises encore ce ton condescendant avec moi, je t'assomme, je le jure.

Son expression furieuse ne diminuait en rien sa beauté, et Michael sentit un désir sauvage rugir dans ses veines. Ils étaient si près l'un de l'autre que leurs nez se touchaient presque, et que leurs souffles se mêlaient. Immobiles l'un face à l'autre, leur colère et leur frustration produisaient une onde de chaleur torride qui envahit l'espace entre eux, toujours plus brûlante, plus irrésistible.

Et, sans qu'il en soit réellement conscient, la main de Michael se referma sur sa nuque. Adelaide cessa de respirer, et, en une invitation silencieuse, elle inclina la tête en arrière, exposant sa gorge délicate. Toute résistance était à présent inutile, et Michael se pencha pour effleurer du bout du nez le point sensible derrière son oreille, puis ses lèvres tracèrent un chemin de baisers jusqu'au creux où son cou rejoignait son épaule. L'espace qui les séparait disparut. Les mains d'Adelaide étreignaient son dos, et il la serra plus près contre lui. Il brûlait de désir, pris d'une sorte de vertige. Il n'existait plus que pour cet instant… Il n'était plus que désir.

Michael inhala son parfum enivrant de jasmin et de verveine, et poussa un soupir émerveillé. Il résistait de toutes ses forces à son envie de l'embrasser, mais c'était un effort épuisant. Pressant sa joue contre la sienne, il l'entendit soupirer à son tour, et il effleura de ses lèvres la douceur de sa peau. Il sentait qu'il perdait la bataille contre son désir. Il avait besoin de goûter son essence. Posant sa bouche entrouverte à la base de son cou d'ivoire, il souffla sur sa peau humide, la faisant frissonner. *Adelaide…*

Ils sursautèrent au même instant comme s'ils sortaient d'un rêve, et ils s'écartèrent précipitamment l'un de l'autre, se retrouvant de part et d'autre de la table de la cuisine avant que le cerveau de Michael ait pu analyser ce qui s'était passé. Ils commençaient à peine à reprendre leur souffle lorsqu'il entendit le bruit discret de pieds chaussés de mules provenant du bout du couloir.

— Michael ! dit Mme Song en s'avançant vers lui, la main tendue. Merci d'avoir accepté mon invitation.

Michael avait la sensation que sa voix lui parvenait à travers un épais brouillard. Sans trop savoir comment il avait fait, il parvint à serrer la main offerte. C'est alors qu'il remarqua que le père d'Adelaide se tenait près d'elle.

— Madame Song, monsieur Song, les salua-t-il, inclinant le buste en signe de respect pour les aînés. Je suis heureux de vous voir.

— *James*, corrigea le père d'Adelaide en souriant. Bonté

divine, Michael, voilà plus de dix ans que je vous demande de m'appeler James !

Le vieil homme lui asséna une claque amicale sur l'épaule avant d'ajouter :

— La trogne stoïque de mon fils me manque. Vous pourriez au moins nous rendre visite plus souvent. D'autant plus que vous êtes l'exact contraire de Garrett, et donc que votre compagnie me serait d'autant plus agréable.

— Ce sera avec plaisir, James, répondit Michael en riant, étrangement touché par cette remarque. Car, même s'il aurait refusé de l'admettre, son meilleur ami lui manquait aussi.

Il tourna son regard vers Adelaide, mais son expression sereine, vaguement ironique, ne révélait rien de ses réels sentiments. C'était le superpouvoir de la famille Song. Ils pouvaient se composer un masque de circonstance en une fraction de seconde, derrière lequel ils dissimulaient toutes leurs émotions. C'était déjà agaçant les jours ordinaires, mais, à cet instant précis, ces masques le faisaient enrager.

Refoulant ces pensées dérangeantes, Michael commença à disposer les *banchan* sur la table de la cuisine, réservée aux repas de famille sans façon. Lorsqu'il eut achevé de placer ces petits plats d'accompagnement pour le riz, il enchaîna avec le riz lui-même, servi dans des bols personnalisés, leur contenu correspondant à l'appétit de chacun des membres de la famille. Légèrement sous le bord du bol pour Mme Song, et un peu au-dessus en un monticule régulier pour James. Il ne put s'empêcher de sourire lorsque Adelaide lui tendit un bol de riz rappelant un pic montagneux.

— Ah, tu t'en es souvenue, la taquina-t-il, espérant qu'ils pourraient prétendre que rien ne s'était passé entre eux.

— Comment aurais-je pu l'oublier ? répondit-elle, évitant son regard. Je prépare des portions doubles lorsque Garrett et toi êtes à la maison. Vous dévorez comme des ogres, tous les deux. Allons, mettons-nous à table.

Même si le souvenir de leur quasi-baiser repassait en boucle dans sa mémoire, le dîner fut délectable. Ces mets nourrissaient son corps et son âme. Il espérait que ce serait aussi une passerelle vers ce qu'elle projetait pour eux deux.

Adelaide ne fit que picorer son repas, et elle jetait des regards inquiets en direction de sa grand-mère et de lui. Ce n'était pas du tout bon signe. Lorsqu'elle reposa sa cuiller et vida le fond de son verre d'eau, il se figea, attendant avec un peu d'inquiétude ce qui allait suivre.

— *Hal-meo-ni*, dit-elle, toussotant pour s'éclaircir la voix, Michael et moi désirions te demander la permission d'organiser un événement caritatif avec le soutien de Hansol.

— Vous deux, Yoon-ah ? répondit Mme Song, qui n'utilisait généralement le nom coréen de ses petits-enfants que comme une marque d'affection ou pour adoucir un choc. Un événement caritatif ? Je ne pense pas que tu…

— Je ne te demande pas un poste permanent chez Hansol, l'interrompit Adelaide, proche du désespoir. En tout cas, pas pour le moment. Je sais que tu t'es opposée à mon entrée dans l'entreprise parce que j'ai terni la réputation de notre famille par le passé, mais, pour moi, cela pourrait être une occasion de réparer le mal que j'ai fait. Une opportunité de prouver au public que la cadette des Song a mûri.

La matriarche des Song demeura silencieuse, une expression indéchiffrable sur le visage. Adelaide choisit d'y voir une invitation à poursuivre.

— Je sais mieux que personne que je manque d'expérience, ajouta-t-elle. C'est pourquoi Michael a offert de m'aider.

Michael, qui sirotait une gorgée d'eau, faillit s'étouffer.

Quoi ? Que diable lui avait-il proposé ? Michael aurait dû arrêter la catastrophe qu'il sentait venir, mais le choc et la panique lui brouillaient les idées. Il ne se faisait même pas confiance pour rester en tête à tête avec Adelaide plus de quelques minutes. Comment imaginer de la côtoyer durant de longues périodes sans jamais commettre un faux pas ?

— Vous avez confiance en Michael et vous le respectez tous les deux, poursuivait Adelaide, et de plus il est votre spécialiste en communication. Il pourrait m'aider à prendre les bonnes décisions pour notre événement caritatif, et augmenter mes chances d'effacer mon image d'enfant gâtée.

Un profond silence suivit sa déclaration. Mme Song contempla un instant ses mains jointes sur la table, puis elle releva les yeux et soupira.

— Si je me suis opposée à ton entrée dans l'entreprise, ce n'est pas pour les raisons que tu crois, dit-elle d'une voix douce. Mais ton idée me semble prometteuse, et ton bel enthousiasme suggère que tu es déterminée à réussir.

— Merci, *Hal-meo-ni*.

— Ne me remercie pas encore. Je n'ai pas l'intention de t'aider, car c'est *ton* projet, et tu dois réussir seule. Pour obtenir les financements de Hansol dont tu as besoin pour organiser ton événement, il te faudra passer par les voies officielles. Michael pourra seulement te guider, et non pas prendre les décisions à ta place.

L'expression de la vieille dame se durcit, et elle ajouta :

— Adelaide, n'oublie jamais que, dans ce projet, tu seras la représentante de Hansol. Tu devras travailler avec professionnalisme, et éviter le moindre soupçon de scandale.

— Je ne l'oublierai pas, promit Adelaide, relevant le menton. Je ne vous décevrai pas, papa et toi.

— Je le sais, ma chérie, assura James d'un ton solennel.

Alors que son rôle dans le projet venait d'être décidé sans lui, Michael n'eut aucune réaction. Il était content pour Adelaide, mais la joie qu'il avait ressentie plus tôt s'était muée en colère. Il connaissait la réputation d'enfant gâtée de la jeune femme, mais ce genre de manipulation n'était pas digne d'elle. Il demeura tout de même silencieux en attendant que les aînés aient quitté la cuisine.

La matriarche des Song avait pris sa décision, et Michael ne s'y opposerait pas sans une bonne raison. Cette bonne raison existait, bien sûr, mais il ne pouvait tout de même pas expliquer à la vieille dame qu'il brûlait de faire l'amour à sa petite-fille. Adelaide désirait aider des personnes dans le besoin et, ce faisant, retrouver sa bonne réputation, mais il lui en voulait de l'avoir inclus dans son projet sans lui demander son avis. Avait-elle une si piètre idée de lui ?

Les aînés Song passèrent au salon pour le dessert, et Liliana les suivit, portant le plateau des macarons. Michael et Adelaide débarrassèrent la table en silence. Mais, alors qu'elle s'apprêtait à faire la vaisselle, Michael la saisit fermement par la taille, la coinçant face à lui contre l'évier.

— J'attends une explication, gronda-t-il, les dents serrées.

Chose inhabituelle chez elle, elle paraissait nerveuse. Elle savait qu'elle avait mal agi, mais cela ne l'avait pas arrêtée.

— Tu aurais refusé, dit-elle d'un air embarrassé.

— Absolument.

— Mais pourquoi ? protesta-t-elle. Pourquoi faut-il que tout soit toujours si difficile entre nous ? Ne veux-tu pas m'aider ?

— J'aurais refusé parce que... j'ai mes raisons. De plus, ton seul objectif est de regagner la confiance de ta grand-mère, et tu m'as utilisé comme un pion pour arriver à tes fins.

Il approcha son visage du sien avant d'ajouter :

— Et n'avons-nous pas convenu, tout à l'heure, que nos relations avaient pris un tour *bizarre* ?

Par réflexe, elle se haussa sur la pointe des pieds pour aller à la rencontre de ses lèvres, puis elle se reprit.

— Oh ! fit-elle d'une toute petite voix.

Son expression honteuse le fit rire malgré lui, et il se redressa pour dissiper l'électricité qui crépitait entre eux.

Adelaide fronça les sourcils d'un air pensif comme si elle y réfléchissait. Elle était absolument adorable, mais ce qu'elle dit ensuite le terrifia :

— C'est vrai, fit-elle comme si elle pensait à haute voix. Il y a cette folle alchimie entre nous, c'est indéniable.

— Je n'irais pas aussi loin, intervint-il précipitamment.

Ses propos rendaient leur attirance mutuelle bien trop réelle, et c'était dangereux. Michael recula de quelques pas, mais cette nouvelle distance ne diminua en rien la force magnétique de leur désir.

— Alors, quel nom lui donnerais-tu ? répliqua-t-elle, croisant les bras. Est-ce de l'affection fraternelle ?

— Adelaide, gémit-il, je n'ai pas envie d'aborder ce sujet avec toi. Je te trouverai un spécialiste des relations publiques de chez nous pour t'aider sur ton projet.

Elle fut sur le point de protester, puis elle parut se raviser.

— Ce... Aiden me semble parfait, répondit-elle.

— Nous essayons d'améliorer ton image publique, rappela-t-il avec humeur. Aiden te fait les yeux doux. Le faire travailler avec toi serait du suicide.

— Ce projet caritatif peut décider de mon avenir, rétorqua-t-elle comme s'il venait de la gifler. Crois-tu que je risquerais de le ruiner pour une histoire de sexe ? Que je me contrôle si mal que je mettrais en danger la réputation de Hansol ?

Soudain, elle paraissait s'effondrer devant lui, et son chagrin, sa vulnérabilité l'emplirent d'inquiétude.

— Ce n'est pas du tout ce que je voulais dire, assura-t-il précipitamment.

— Je pensais que toi et moi... Que nous étions...

Ses yeux noyés de larmes vinrent se fixer sur les siens, suppliants, mais ce qu'elle lut dans son regard parut sonner le glas de tous ses espoirs. Au grand désespoir de Michael, son ravissant visage devint un masque d'indifférence.

— Je te demande pardon de m'être à ce point trompée sur la nature de notre relation, dit-elle. Tu as raison, je n'aurais jamais dû t'entraîner dans cette histoire. Je travaillerai toute seule.

3

Le département Éthique et Responsabilité sociale de Hansol approuva son projet de défilé de mode caritatif, mais on ne lui alloua qu'un budget assez maigre. Adelaide concentra donc ses efforts sur l'organisation d'un concours de création ouvert aux étudiants de la région. Pour la première phase de la compétition, les stylistes en herbe avaient présenté leurs portfolios les plus récents, et Adelaide avait sélectionné les dix projets les plus prometteurs. Ces finalistes formeraient son équipe de stylistes pour la seconde phase – la création d'une ligne de vêtements sensoriels destinés à améliorer le confort des personnes autistes, qui supportent souvent mal les vêtements ordinaires, et à les aider à s'intégrer en société. Le point d'orgue du concours serait un grand défilé de mode, et le lauréat se verrait proposer le très convoité stage d'été chez Hansol.

— Je vous remercie tous d'être venus aujourd'hui, dit Adelaide, s'adressant au groupe des dix finalistes, lors de leur première réunion de travail dans les locaux de Hansol.

Elle était nerveuse mais déterminée. Assise au bout de la table dans la salle de conférences face à ces jeunes visages enthousiastes, Adelaide ressentait soudain tout le poids de ses responsabilités. Si elle échouait, ils échoueraient tous avec elle, songea-t-elle, le cœur serré. À cause d'elle.

— La plupart d'entre vous l'ignorent probablement, mais j'ai seulement étudié le stylisme à l'université.

— À d'autres ! protesta un jeune homme en chemise de

flanelle à carreaux qui lui donnait un faux air de bûcheron. Je ne serais pas ici si je n'avais pas vu votre magnifique travail au défilé collectif de Cornell.

— C'était même vous qui aviez remporté le premier prix, rappela une jolie fille brune aux cheveux noirs coupés court.

— Personnellement, je crois que vous êtes née pour le métier de styliste, tout comme moi, déclara une autre étudiante, plus âgée que le reste du groupe. J'ai fait un petit détour pour élever trois beaux enfants, mais me revoici.

Adelaide était émue jusqu'aux larmes. Ces inconnus avaient plus de foi en elle que sa propre famille et ses amis. Par une sorte de miracle, ils ne voyaient pas en elle une héritière gâtée et capricieuse. Ils la voyaient telle qu'elle rêvait de devenir. Elle n'avait pas le droit d'échouer. Ces merveilleux rêveurs comptaient tous sur elle. Et elle allait leur donner des ailes pour prendre leur envol. Née privilégiée, elle était prête à utiliser toutes les ressources à sa disposition pour aider ces talentueux stylistes à réussir.

— Merci, répondit-elle, la gorge serrée. Je ferai tout ce qui est en mon pouvoir pour ne pas vous décevoir.

Cette déclaration déclencha des rires et des applaudissements. Voguant sur une vague d'adrénaline, Adelaide conclut :

— Je sais que ce qui motive votre présence ici, ce n'est pas uniquement votre amour de la création de mode. Ce qui nous motive et qui nous inspire dans ce projet, c'est notre engagement commun pour la cause de l'autisme.

Après d'autres applaudissements, des poignées de main et des embrassades, Adelaide se retrouva seule dans la salle de conférences. Elle désirait devenir une personne meilleure, pas pour que les autres l'aiment et l'acceptent, mais pour parvenir à s'aimer et s'accepter elle-même. Sa poursuite des plaisirs éphémères n'avait laissé en elle qu'un grand vide. Elle ne supportait plus sa solitude, le néant de sa vie. Bien sûr, il lui restait encore un long chemin à parcourir, mais elle était fière des progrès qu'elle avait accomplis.

Et elle n'avait pas le droit d'en vouloir à Michael d'avoir refusé de travailler avec elle. Elle lui devait des excuses pour avoir essayé de le manipuler dans ce sens, mais elle avait encore besoin de lui. Pour assurer la promotion de l'événement et établir des contacts avec les généreux donateurs, elle avait besoin d'un expert en communication. Hansol et sa famille faisaient confiance au cabinet Reynolds, et elle aussi utiliserait leurs services. Michael employait bon nombre de spécialistes qui sauteraient sur l'occasion.

Lorsqu'elle fermait les yeux, Adelaide revivait l'instant où ses lèvres avaient effleuré sa peau brûlante, et elle sentait à nouveau ce désir qu'il ne maîtrisait qu'à grand-peine. Ses yeux bleus parcourant son corps étaient devenus presque noirs, et elle avait senti un délicieux picotement la parcourir tout entière. Elle mourait d'envie de le sentir tout contre elle et de dévorer sa bouche, avant même qu'il l'ait touchée.

Rouvrant les yeux, elle exhala un soupir tremblant. Que lui prenait-il ? Elle ne devait pas penser à Michael de cette façon. Il avait raison. Ce qu'il leur fallait, c'était retrouver leur amitié. Pas ces rapports guindés et impersonnels qu'ils avaient aujourd'hui, mais l'amitié qui les unissait lorsqu'ils étaient enfants. Lorsqu'ils s'aimaient sincèrement et avaient confiance l'un dans l'autre.

Prenant place à la table de la salle de conférences, elle composa le numéro de l'accueil de son cabinet. C'était un appel de travail, et il aurait été peu professionnel de l'appeler sur son portable.

— Reynolds Communication, dit une voix de femme. Trisha à votre service. À qui souhaitez-vous parler ?

— Bonjour, Trisha. Adelaide Song à l'appareil. J'aurais besoin d'un spécialiste en communication pour un événement caritatif que je compte organiser sous l'égide de Hansol, mais indépendamment des opérations officielles de l'entreprise.

— Bien sûr, mademoiselle Song. Je vais vous passer une personne qui pourra répondre à toutes vos questions en détail et vous mettre en rapport avec notre meilleur spécialiste dans ce domaine.

— C'est parfait. Merci, Trisha.

Quelques secondes plus tard, à son grand soulagement, une voix masculine vint interrompre la version électronique d'un air de Mozart dans son téléphone.

— Mademoiselle Song ? Je suis Aiden Lewis.

—Oh… Bonjour, Aiden.

Adelaide leva les yeux au ciel. C'était justement l'homme contre lequel Michael l'avait mise en garde. En tout cas, ce n'était pas elle qui avait demandé à parler avec lui. Il était simplement l'employé chargé de l'aider pour le moment.

— Je vous en prie, appelez-moi Adelaide, répondit-elle. Trisha vous a-t-elle déjà expliqué ce dont j'avais besoin ?

— Oui, convint Aiden d'une voix soudain animée. Je trouve fantastique que vous dirigiez un projet caritatif. J'ai accumulé pas mal d'expérience dans ce domaine, et j'espère que nous pourrons travailler ensemble.

— Euh… Oui, bien sûr, répondit-elle sans enthousiasme. Mais vous souhaitez sûrement connaître tous les détails avant de décider qui serait le mieux à même de m'aider.

— Vous… Vous avez raison, bredouilla Aiden. Quand désirez-vous que nous nous rencontrions ? Nous pourrions peut-être déjeuner ensemble, ou discuter des détails du projet devant un verre, si vous le désirez.

— Et si je passais plutôt à votre bureau demain après-midi ? suggéra-t-elle. Seriez-vous disponible vers 16 heures ?

— C'est… absolument *parfait*, assura Aiden avec une sorte de ferveur.

Adelaide réprima un soupir excédé.

— Corrigez-moi si je me trompe, Aiden, dit Michael, faisant un vaillant effort pour garder son calme. Avez-vous contacté l'une de mes plus anciennes clientes sans ma permission ?

— Je pensais que votre client était Hansol Corporation, répondit Aiden d'un ton embarrassé. Mlle Song a spécifiquement demandé un spécialiste sans lien avec eux.

— Quoi qu'il en soit, vous auriez dû me consulter. Je dirige cette entreprise, et mes responsabilités couvrent l'ensemble de nos projets. De plus je représente *personnellement* la famille Song en cas de besoin.

— Avez-vous déjà représenté Adelaide ?

Adelaide ? Depuis quand Aiden et elle s'appellent-ils par leurs prénoms ?

— Non, répondit-il d'un ton glacé, mais Mlle Song jouit du même statut que le reste de la famille Song. Vous avez outrepassé vos prérogatives en prenant rendez-vous avec elle. Et maintenant, vous frôlez l'insubordination en contestant mon pouvoir de décider qui représente mes clients.

— Je vous prie de m'excuser de ne pas vous avoir mis au courant de ce rendez-vous plus tôt, répondit Aiden, adoptant le ton apaisant du diplomate. Je comprends que Mlle Song est votre cliente par défaut, mais si vous ne comptez pas vous occuper de son projet, j'aimerais lui offrir mes services.

— Ce projet nécessite une parfaite connaissance de sa personnalité, de sa famille et de Hansol Corporation. Je crains d'être le seul en mesure de l'aider efficacement.

Michael consulta ostensiblement sa montre et fusilla Aiden du regard avant d'ajouter froidement :

— Cette conversation est terminée. Retournez à votre travail. J'ai besoin de préparer une réunion avec ma cliente.

Michael s'arrêta sur le seuil de la petite salle de réunion où Adelaide attendait, et il la fixa un instant. Ce n'était pas par choix. C'était un véritable besoin. Même si elle était la petite sœur de Garrett, il l'avait toujours trouvée très belle. En toute objectivité. Mais son regard, à cet instant précis, n'avait rien d'objectif. Il la buvait des yeux.

Aujourd'hui, elle était encore plus ravissante que d'ordinaire. Ses jambes parfaites étaient croisées aux genoux, légèrement tournées vers le côté. Sa jupe crayon courte révélait juste assez de peau pour augmenter sa frustration. Ses longs cheveux noirs comme la nuit étaient rassemblés sur une épaule, et il brûlait de tendre la main et de glisser les doigts dans leur douceur exquise.

Son maquillage parfait était assorti à son tailleur de soie gris chatoyante. Elle avait une peau sans défaut, et ses longs cils épais se déployaient comme la queue d'un paon. Ses lèvres rose tendre le faisaient penser à un rouge à lèvres écarlate qu'il aurait à demi effacé avec ses baisers.

Michael dut déployer un effort surhumain pour inspirer profondément et faire disparaître l'expression concupiscente qu'il savait étalée sur son propre visage. Il ne pouvait plus nier qu'il désirait Adelaide avec une sorte de désespoir. Il brûlait de goûter chaque centimètre carré de son corps. C'était mal, bien sûr, mais il y réfléchirait plus tard.

Lorsqu'il entra dans la salle et referma la porte derrière lui, Adelaide leva les yeux de sa tablette, et ses lèvres adorables esquissèrent une moue de surprise.

— J'étais censée être reçue par Aiden, remarqua-t-elle avant qu'il ait pu dire un mot. J'ai appelé le standard, et c'est lui que Trisha m'a passé. Ne va pas t'imaginer que je suis venue pour planter sur lui mes griffes de séductrice.

Michael tressaillit visiblement.

— Je n'ai jamais suggéré…

Le reste de sa phrase mourut sur ses lèvres, car il venait de remarquer que les doubles rideaux étaient tirés sur toutes les fenêtres de la salle de réunion. Michael jura entre ses dents. À l'évidence, Aiden avait projeté un entretien intime.

— Aiden n'est pas qualifié pour piloter ton projet, grogna-t-il. De plus, il s'intéresse beaucoup à toi, ce qui pourrait devenir problématique.

— Je comprends ce que tu essaies de me dire. Il m'a invitée à prendre un verre en ville pour « parler affaires », et c'est moi qui ai suggéré que nous nous rencontrions plutôt ici.

Voyant son regard s'adoucir, elle ajouta :

— Michael, je te dois des excuses pour la scène puérile que je t'ai imposée l'autre soir.

Il était trop soulagé qu'elle ait repoussé les avances d'Aiden pour rester en colère. Mais, alors qu'il s'apprêtait à lui assurer qu'elle n'avait pas besoin de s'excuser, elle enchaîna avec ce qui avait toutes les apparences d'un discours soigneusement préparé :

— Et rien de tout ceci ne concerne notre petit incident de la cuisine. J'ai réellement besoin d'un spécialiste de la communication pour obtenir l'exposition médiatique dont ce projet a besoin.

Elle haussa les épaules d'un geste charmant, avant de poursuivre :

— Et pour « redorer » un peu mon image. Moins noctambule notoire, et davantage solide professionnelle. Alors, je t'en supplie, peux-tu me trouver le meilleur spécialiste ?

Ignorant l'éclair de souffrance qui venait de le traverser, Michael parvint à se composer un demi-sourire. Ainsi donc, Adelaide désirait oublier ce qui s'était passé entre eux. Lui aussi désirait désespérément oublier cet instant de folie.

— Alors, dois-je comprendre que tu n'as pas informé ta grand-mère que je m'étais conduit comme une brute ?

— Bien sûr que non, répondit-elle, une lueur espiègle dans le regard. Je n'ai pas l'habitude de cafarder. Tu lui expliqueras toi-même que tu t'es conduit comme un sauvage en refusant de travailler avec moi. Mais je me sentirai beaucoup mieux lorsque *Hal-meo-ni* t'aura passé un bon savon pour avoir refusé de m'aider.

— Ou alors, je pourrais l'informer moi-même que tu nous as menti, à elle comme à moi, répliqua-t-il, ravi de voir son sourire s'effacer, remplacé par une moue boudeuse.

— Michael, ne peux-tu pas me rendre ce service sans m'obliger à te supplier ? Nous avons grandi ensemble ! Cela ne compte-t-il pas pour toi ?

— Nous n'avons pas grandi ensemble à proprement parler, corrigea-t-il. J'ai huit ans de plus que toi. Il serait plus juste de dire que j'ai contribué à t'élever.

Son expression passa de l'agacement à la colère noire, mais il ne pouvait s'empêcher de la taquiner. C'était comme un besoin irrésistible. Il adorait la couleur qui montait à ses joues, ses yeux étincelants. C'était un plaisir fou, car il avait pulvérisé la façade qu'elle montrait au reste du monde. Dans ces rares moments, il voyait Adelaide sans aucun artifice, et c'était un spectacle dont il ne se lassait jamais.

Quelle expression aurait-elle si elle se pâmait de plaisir dans mes bras… En criant mon nom ?

— Tu… tu me regardes d'une façon étrange, dit-elle comme

si elle était soudain prise d'un doute. Es-tu en colère ? Je ne suis pas venue ici pour me disputer avec toi. J'ignorais même que nous allions nous rencontrer. Et si nous reprenions tout depuis le début ? Bonjour, je suis Adelaide Song, et j'ai besoin de recruter un spécialiste en communication pour l'événement caritatif que je souhaite organiser.

— Heureux de faire votre connaissance, mademoiselle Song, répondit-il, sachant qu'il s'aventurait en terrain dangereux. Je suis Michael Reynolds, et c'est moi qui m'occuperai personnellement de vous assister dans son organisation.

Elle parut d'abord ébahie, puis le sourire le plus éblouissant qu'il ait jamais contemplé illumina son visage.

— Vraiment ? s'exclama-t-elle. Tu vas réellement m'aider ?

— Oui, confirma-t-il en riant, très fier de l'avoir rendue heureuse. Je ferai tout ce qui est en mon pouvoir pour assurer la réussite de ton événement caritatif, et pour que ton image reflète la personne que tu es devenue aujourd'hui.

— Merci, Michael, dit-elle en s'emparant de sa main pour la serrer avec effusion par-dessus la table. Je te pardonnerais presque d'être un insupportable Monsieur je-sais-tout.

Au contact de sa main, il sentit sa peau prendre feu et le doux sourire qu'elle lui offrait – un sourire sincère, pour lui seul- lui donnait une folle envie de l'embrasser. Il entremêla ses doigts aux siens et soutint son regard jusqu'à ce que la tension sexuelle ait privé ses poumons d'oxygène. Lâchant sa main, il fit rapidement le tour de la table et la souleva dans ses bras. Elle laissa échapper un petit cri et posa les mains sur son torse, sans toutefois le repousser.

Il se comportait comme un dément. Que comptait-il faire ? L'embrasser à perdre haleine ? Sortant tout à coup de cette sorte de transe, il la libéra gentiment de l'étreinte de ses bras qu'il laissa retomber à ses côtés. C'est seulement lorsqu'il recula d'un pas qu'il s'aperçut qu'Adelaide s'était cramponnée aux revers de sa veste. Le désir et la confusion qu'il lut dans ses beaux yeux faillirent l'achever.

— Adelaide, murmura-t-il d'une voix rauque.

— Allons dîner, d'accord ? suggéra-t-elle d'un ton guilleret en s'écartant de lui.

— Bonne idée, répondit-il, toussotant pour s'éclaircir la voix. Nous avons un événement historique à préparer.

Le sourire qu'elle lui offrit reflétait à la fois le regret et la détermination. Ils scellèrent leur accord avec une poignée de main ferme, puis, tout à coup, Adelaide fut hors de sa portée.

4

Michael éviterait toujours de se rapprocher d'elle. L'idée de la voir comme une femme désirable le terrifiait. Adelaide le lisait dans ses yeux. C'était peut-être par excès de loyauté envers Garrett et le reste du clan Song. Chaque fois que son désir remontait à la surface, il se noyait dans la culpabilité et la honte. Comme s'il n'était pas digne d'elle. *Idiot*.

Cependant, elle ne pouvait pas nier que cette attirance secrète lui procurait une profonde satisfaction. C'était une maigre consolation pour des décennies d'amour à sens unique, mais c'était mieux que rien. Exhalant un soupir mélancolique, elle essaya à nouveau de se concentrer sur le menu devant elle. Désireux d'éviter la cohue du centre de Los Angeles, ils avaient choisi de déjeuner dans son restaurant de fruits de mer favori, situé à deux pas de Reynolds Communication. L'un des petits avantages d'habiter au centre-ville était de disposer d'une foule d'excellents restaurants, du simple camion-restaurant à l'établissement étoilé comme celui qu'ils avaient choisi.

Dieu merci, les lambris d'acajou anciens n'encourageaient pas une ambiance romantique. Elle était déjà suffisamment troublée par les fréquents regards brûlants que Michael tournait vers elle, comme malgré lui. Mais céder à ses espoirs puérils d'un bonheur éternel ne leur apporterait que souffrances. Il était temps de faire cesser cette folie et d'oublier les brefs éclairs de désir qui avaient fusé entre eux.

— Êtes-vous prêts à commander ? s'enquit le serveur en remplissant leurs verres. Ou préférez-vous attendre un peu ?

— Nous sommes prêts, répondit Adelaide, peu désireuse d'avouer qu'elle était trop nerveuse pour avoir lu le menu.

Elle commanda des spécialités dont elle se souvenait, des huîtres, des clams et une salade niçoise, et lorsque ce fut son tour, Michael sembla sortir d'un rêve, comme s'il était aussi troublé qu'elle, et il opta distraitement pour un dos de cabillaud avec sa garniture de légumes.

Le serveur se retira, et un long silence embarrassé plana entre eux. Adelaide fut la première à reprendre la parole :

— Je suis restée très occupée, ces dernières semaines, dit-elle, s'efforçant de dissimuler sa nervosité. J'ai organisé un concours de création de mode ouvert aux étudiants de la région, avec, comme premier prix, un stage d'été au département design de chez Hansol. J'ai d'ores et déjà sélectionné les dix finalistes qui composeront mon équipe de stylistes pour le défilé de mode de ma soirée caritative.

— Visiblement, tu n'as pas chômé, répondit Michael en souriant. Sur quels critères comptes-tu désigner le gagnant ?

— Lors de la première phase du concours, chacun a présenté son portfolio, mais le lauréat sera choisi en fonction de ses contributions à une ligne de vêtements sensoriels destinés à améliorer le confort des personnes autistes.

— C'est un projet merveilleux, opina Michael, visiblement admiratif. Tu vas contribuer à sensibiliser de futurs stylistes de mode et tes invités influents aux problèmes de l'autisme.

Ce simple compliment lui alla droit au cœur, et elle se sentit très fière. Michael était son ami, et son opinion comptait beaucoup pour elle. Avalant une gorgée de vin pour se donner une contenance, elle remarqua d'un ton détaché :

— Alors, quand pouvons-nous compter sur ta communication magique ?

— Je m'y mets ce soir même. Je vais compiler une liste stratégique d'invités, icônes de la mode, philanthropes, blogueurs influents et d'autres acteurs qui feront de ton défilé un événement incontournable. Et, dès demain…

— Que se passera-t-il demain ? s'enquit-elle, constatant qu'il laissait sa phrase en suspens.

— Dès demain, je vais devoir sourire, cajoler et ramper pour convaincre le plus grand nombre possible d'entre eux d'assister à ta soirée.

— Ramper, *toi* ? s'exclama-t-elle en riant. Je suis curieuse de voir ça.

— Vraiment ? répliqua-t-il en la fixant d'une manière qui la fit frissonner d'excitation. Eh bien, ton vœu sera exaucé… car tu seras à mes côtés à ramper devant ces gens, toi aussi.

— Quoi ? protesta-t-elle. Cela, c'est ton travail. Moi, je serai très occupée à régler les derniers détails de l'événement.

— Je t'aiderai autant que possible avec les préparations, mais j'ai besoin d'être là en personne pour convaincre quelques grosses légumes de venir. Et, en ces occasions, j'aurai besoin de l'héritière de Hansol à mes côtés. Ta présence leur donnera le sentiment d'être très spéciaux.

— Soit, capitula-t-elle en soupirant. Je ramperai avec toi.

— C'est gentil de ta part, répondit-il avec un sourire diabolique. Si tu as besoin de t'entraîner un peu auparavant, je serai heureux de t'assister.

Ce sourire faillit la priver de tous ses moyens, et elle refoula précipitamment une foule d'images érotiques qui surgissaient dans son esprit. Elle se sentit immensément soulagée lorsque Michael revint à leur sujet principal :

— Dis-moi comment tu conçois l'événement, suggéra-t-il.

— Un grand défilé de mode puis des enchères, où les invités pourront se disputer les plus belles créations, en seront les moments forts, expliqua-t-elle. Je travaille aussi sur un thème visuel pour le lieu dont on se souviendra longtemps.

— Pourquoi cette seule idée me rend-elle nerveux ?

— S'il te plaît, rends-toi service, et cesse de jouer les nounous avec moi. Tu n'as aucunement le devoir sacré de me couver.

Traite-moi comme n'importe lequel de tes amis. Car nous sommes amis, n'est-ce pas ?

— Bien sûr, confirma-t-il en fronçant les sourcils.

— Parfait.

Ils étaient sur la même longueur d'onde. Il ne pouvait y avoir entre eux qu'une franche amitié. Et c'était mieux ainsi.

Et cependant… Alors que leurs commandes étaient servies, elle sentit un froid glacé envahir une partie de son cœur, comme si un feu de camp rassurant s'éteignait peu à peu en elle, ne laissant que froid et ténèbres.

Le lendemain au studio, Chris, le bûcheron mélancolique dans l'une de ses éternelles chemises de flanelle à carreaux, vint se planter à côté d'elle. Comme il restait silencieux, Adelaide leva les yeux de l'esquisse qu'elle étudiait.

— Il manque quelque chose, observa-t-il.

Il n'avait pas tort. La robe longue était dans l'air du temps, et elle se serait bien vendue dans n'importe quel magasin. Mais elle ne capturait pas l'imagination comme les designs qu'elle avait déjà vus dans son portfolio.

— C'est très joli, mais…

— Cela me laisse froid, coupa-t-il. Je ne m'y reconnais pas.

— Pourquoi vous êtes-vous inscrit à ce concours ?

Adelaide savait que la plupart des participants s'étaient inscrits pour décrocher le stage d'été chez Hansol, mais son instinct lui soufflait que Chris avait d'autres motivations.

— Mon petit frère souffre de troubles du spectre autistique, expliqua-t-il avec un haussement d'épaules fataliste. Il est très intelligent, très gentil, et il a beaucoup d'humour. Mais, dans sa vie quotidienne, il se heurte à de nombreuses difficultés. J'éprouve souvent un sentiment d'impuissance à l'idée de ne pouvoir rien faire pour l'aider. Ce concours m'a offert une occasion d'essayer d'être utile, pour lui et pour d'autres personnes autistes.

— Vous avez donc une connaissance concrète des besoins et des désirs des personnes autistes.

— Je sais ce que mon frère aime, et ce qui lui déplaît.

— Dans ce cas, dessinez un vêtement que votre frère adorerait porter.

— Mais... il n'a que neuf ans. Je pensais que vous vous concentriez sur les styles destinés au monde des affaires et les tenues de soirée.

— Vous pourriez dessiner des créations pour le bureau et des tenues de soirée que votre frère pourrait adorer porter lorsqu'il aura grandi.

Chris resta un instant songeur, le regard perdu dans l'espace, comme si une idée venait de germer dans son esprit.

— Merci, répondit-il enfin, ramassant son esquisse.

Elle le suivit du regard en souriant tandis qu'il regagnait son espace de travail à grands pas. Leur studio improvisé bourdonnait d'énergie créative. Adelaide ne se souvenait pas d'avoir jamais couché autant d'idées sur le papier durant une seule séance.

L'entreprise avait libéré la grande salle des échantillons pour elle et pour son équipe. Adelaide y avait installé cinq tables de travail individuelles, ainsi qu'une immense table trônant au centre de la pièce. Chacun venait lorsqu'il ou elle en avait le temps. Si les dix stylistes s'y étaient présentés simultanément, l'air aurait été irrespirable.

— J'adore ton bureau.

La voix grave familière, juste derrière elle, la fit sursauter. Elle fit vivement pivoter son fauteuil et se retrouva face au sourire de Michael.

Au temps de son enfance, Michael avait été son ange gardien. Il avait été présent à ses moments les plus difficiles, et il savait toujours la consoler. Michael, si gentil, si doux, si vulnérable. *Son* Michael... Mais cela, c'était autrefois.

— Salut, Mike, dit-elle en se levant d'un bond afin de ne pas avoir à tendre le cou pour le regarder en face. Qu'est-ce qui t'amène par ici ?

— Hum ! fit-il en plissant le front. Quel accueil ! Je fais tout de même partie de l'équipe qui prépare ton événement.

— C'est vrai, concéda-t-elle, contenant à grand-peine l'explosion de joie que cette soudaine apparition avait provoquée en elle. Alors, sois le bienvenu.

— As-tu pu trouver un lieu pour le défilé ? s'enquit-il.

— Pas encore, convint-elle en soupirant. Comme je n'entends pas y consacrer la moitié de mon budget, mes choix sont limités.

— Alors, j'ai une bonne nouvelle pour toi. L'un de mes amis possède un grand loft transformé en studio dans le quartier des arts, et il me doit une faveur.

Tout le monde l'appelait Mike.

Il n'avait jamais compris à quel point il détestait ce diminutif jusqu'à ce qu'Adelaide se soit mise à l'employer. Elle l'avait toujours appelé Michael, et il adorait entendre son nom sur ses lèvres adorables. Mais, désormais, il était devenu *Mike*, son ami. Banal. Impersonnel. Il détestait ce nom.

—Un loft dans le quartier des arts ? s'exclama-t-elle, ses beaux yeux brillant d'excitation.

— Oui, confirma-t-il. Avec beaucoup de lumière naturelle et beaucoup d'espace.

Il sourit malgré lui. Même quand elle l'appelait Mike, il éprouvait une joie immense à lui faire plaisir.

— Avec un podium standard, ce lieu peut accueillir dans les cent cinquante personnes, ajouta-t-il.

— Cela semble presque trop beau pour être vrai, remarqua-t-elle en lui lançant un regard scrutateur. Et le prix ?

— Mille dollars tout ronds.

— Par jour ?

— Non, pour toute la durée de l'événement, y compris le temps d'installation et de nettoyage.

— Mais cela représente toute une semaine ! Mille dollars ?

— Parfaitement, confirma-t-il, souriant de plus belle. Et inutile de me remercier. Mais tu vas devoir m'accompagner immédiatement. Il part pour San Francisco ce soir, et il restera absent plusieurs jours. Tu dois être impatiente de jeter un coup d'œil à ce loft, non ? Nous aurons enfin une date précise et un lieu pour accueillir ton événement.

Adelaide sortit enfin de sa transe et, ramassant son sac et son iPad sur sa table de travail, elle se dirigea vers la porte.

— Allons-y.

— Prenons ta voiture, d'accord ? suggéra-t-il.

Il était venu à pied depuis son bureau pour se dégourdir les jambes. Adelaide pourrait le raccompagner plus tard.

Une petite voix lui chuchotait qu'il se mentait à lui-même, qu'il essayait seulement de grappiller quelques précieux instants supplémentaires en sa compagnie, mais il l'ignora.

— OK, répondit-elle, inconsciente de ce débat intérieur.

— Laisse-moi le volant, s'il te plaît. Je connais le chemin.

Il ne l'avait pas vue depuis des jours, et sa présence à ses côtés lui causait une espèce d'ivresse. Elle portait un chemisier de soie grège, un pantalon noir très ajusté et des richelieu rouges. Dans cette tenue élégante et fonctionnelle à la fois, elle était incroyablement belle.

Elle lui lança ses clés alors qu'ils approchaient de sa voiture, et il les attrapa au vol. Adelaide s'installa à la place du passager, et Michael dut reculer le siège pour se glisser derrière le volant.

— J'oublie toujours à quel point tu es petite, observa-t-il en souriant. Comment fais-tu pour atteindre les pédales ?

— Tais-toi et conduis, Gulliver.

Ils roulèrent un moment dans un agréable silence, comme deux amis de longue date. Le quartier des arts de Los Angeles s'embourgeoisait peu à peu, mais il s'accrochait encore à ses origines bohèmes. Sur les murs, les graffitis alternaient avec de somptueuses œuvres murales d'artistes célèbres, et quelques gargotes d'antan subsistaient encore entre des immeubles refaits à neuf et des galeries d'art. C'était un mélange éclectique, mais l'équilibre entre ces deux mondes était plus ou moins maintenu.

Le loft de son ami occupait l'étage supérieur de l'un de ces immeubles abritant une galerie d'art. La façade rouge vif se voyait de loin, mais Michael dut faire plusieurs fois le tour du pâté de maisons avant de trouver une place de parking.

Adelaide mit pied à terre avant qu'il ait eu le temps d'aller lui ouvrir sa portière. Elle avait toujours frustré ses efforts pour se montrer chevaleresque avec elle. Réprimant un soupir, il descendit à son tour de la voiture.

— Il y a un restaurant vietnamien de l'autre côté de la rue, remarqua-t-il. Nous pourrons commander des boissons pour nous trois, et faire de la monnaie pour l'horodateur.

— Une table pour deux ? s'enquit un serveur en s'approchant d'eux dès qu'ils entrèrent.

— Non, nous ne restons pas, intervint Adelaide. Pourriez-vous nous servir trois cafés glacés à emporter ?

Au moment de régler la note, Michael sortit un billet de vingt dollars, mais Adelaide repoussa sa main.

— Laisse, l'arrêta-t-elle. Je vais régler.

— Jamais de la vie, répliqua-t-il. Si tu y tiens, tu pourras m'inviter à dîner après avoir signé la location du loft.

— Cela me convient, répondit-elle en pouffant de rire.

Portant le plateau des cafés glacés, une poignée de monnaie au fond de sa poche, il retraversa la rue avec Adelaide pour payer l'horodateur. Au moment de récupérer les pièces, son plateau oscilla dangereusement.

— Ne renverse surtout pas mon café vietnamien ! s'écria-t-elle. Je vais sortir moi-même ta monnaie.

Cette idée l'alarma au plus haut point, mais, avant qu'il ait eu le temps de protester, Adelaide avait glissé sa petite main tiède dans la poche de son pantalon. Michael eut toutes les peines du monde à réprimer le gémissement qui monta du fond de sa gorge.

La main d'Adelaide s'immobilisa soudain au fond de sa poche, comme si elle venait de comprendre ce qu'elle faisait. Elle la retira précipitamment, serrant une poignée de pièces. Par bonheur c'était une somme suffisante, et elle n'eut pas à répéter l'opération. Mais, hélas, ses doigts avaient effleuré sa cuisse au passage, l'amenant au bord de l'apoplexie.

— Ah, je vois, fit-elle, rencontrant son regard, le défiant de faire la moindre remarque à ce sujet. Allons jeter un coup d'œil à ce loft, d'accord ?

Il prit soin de marcher un peu derrière elle pour dissimuler sa réaction physique. Hélas, leurs positions respectives l'avaient forcé à observer l'oscillation de son petit derrière rond, et son état avait encore empiré. Il lui tendit le plateau des cafés devant la porte de l'immeuble de son ami.

— Porte toi-même le café, suggéra-t-il. Tu pourras le lui offrir pour te faire bien voir de lui.

Elle lui prit le plateau des mains en levant les yeux au ciel, et elle s'engagea dans l'escalier, marchant toujours devant lui. Comme il avait gardé les yeux baissés durant la montée, il entra en collision avec elle en arrivant au quatrième étage.

— Tu as failli me faire renverser le café, le tança-t-elle.

— Désolé, s'excusa-t-il. J'étais perdu dans mes pensées.

— Pensais-tu aux délicieuses spécialités vietnamiennes que nous allons déguster tout à l'heure ?

— Exactement, mentit-il, se retenant à grand-peine de rire.

Glen, son copain d'université, vint leur ouvrir, et ils échangèrent une poignée de main virile.

— Salut, Mike. Content de te voir, vieux.

— Glen, dit-il, osant enfin tourner le regard vers la jeune femme, je te présente Adelaide Song, la productrice du défilé de mode caritatif de Hansol.

— Heureuse de faire votre connaissance, dit-elle en lui tendant sa main libre.

— Tout le plaisir est pour moi, assura Glen en serrant la main offerte. Mike m'a expliqué rapidement votre projet. Je dois dire que j'admire beaucoup vos efforts.

Glen garda sa petite main dans la sienne un peu plus longtemps que nécessaire, et Michael crut bon d'intervenir.

— Et si nous prenions chacun notre café afin qu'Adelaide puisse reposer ce plateau ? suggéra-t-il.

— Est-ce le café du vietnamien d'en face ? J'adore ce restaurant, et surtout leur café glacé. Merci, Mike.

— Ne me remercie pas, répondit Michael en jetant le plateau de carton dans la boîte à ordures avant de se retourner vers eux, son café à la main. L'idée est d'Adelaide. Elle essaie de te corrompre.

— Merci, Adelaide, dit Glen en lui adressant un clin d'œil. Mais c'était bien inutile. J'ai été conquis dès l'instant où je vous ai vue sur le seuil.

Adelaide rit de bon cœur à sa plaisanterie, mais elle se garda bien de répondre au flirt de son ami. Michael en fut soulagé. Elle était *toute à lui*.

— Et si vous nous faisiez visiter les lieux ? proposa-t-elle.

Ils firent le tour du loft tous ensemble, admirant la vue panoramique qu'offraient les grandes fenêtres. Le soleil couchant colorait les murs blancs et les parquets de noyer. C'était le lieu idéal pour son projet de défilé.

— Naturellement, les meubles et le matériel photo seront déménagés pour faire de la place, expliqua l'ami de Michael.

— Merci, répondit Adelaide d'un air pensif. Et votre installation vient de me donner une idée. Nous pourrions organiser un shooting photo pour nos invités, où chacun pourrait se faire photographier comme une star.

— C'est une excellente idée, opina l'ami de Michael.

— Nous pourrions créer deux plateaux avec des ambiances différentes, le premier avec lumières vives et de la musique très forte afin que nos invités aient une meilleure idée de ce qu'une personne autiste ressentirait lors d'une séance photo ordinaire, et le second avec lumières tamisées et musique douce, pour que les éventuelles personnes autistes dans le public puissent aussi participer.

— Tu es merveilleuse, lui chuchota Michael à l'oreille en la serrant brièvement dans ses bras.

— Oui, je sais, murmura-t-elle avec un sourire timide.

— Il semblerait que nous ayons un accord, dit Michael, s'adressant à son ami sans quitter Adelaide des yeux.

— Mais… Mille dollars pour toute une semaine ? protesta-t-elle. C'est trop généreux !

— J'ai changé d'avis à ce sujet, déclara Glen.

Glen avait toujours été un cabotin. Il marqua une pause pour augmenter l'effet de ses paroles, avant d'ajouter :

— À la réflexion, j'aimerais vous prêter le loft gratuitement.

— Non, c'est trop ! s'exclama Adelaide.

— Tu es un type bien, déclara Michael en lui assénant une claque amicale sur l'épaule. Je me réjouis que toutes ces beuveries, à l'université, ne t'aient pas grillé la cervelle.

— Mais...

— Adelaide, coupa Glen, votre enthousiasme, votre passion pour cette cause m'a conquis. J'ai envie de vous aider.

— Que puis-je répondre à cela ? répondit-elle, rayonnante de bonheur. Merci de tout cœur, Glen. Je suppose que le sortilège du café vietnamien a parfaitement fonctionné.

— Oui, c'est sûrement ça, convint Glen en riant.

Adelaide était une négociatrice redoutable, et le contrat nécessaire fut bientôt signé. Puis, ils se séparèrent satisfaits.

Alors qu'ils regagnaient sa voiture, la nouvelle lune brillait haut dans le ciel, mais Adelaide la remarqua à peine, toute à sa joie d'avoir réussi sa transaction. À cet instant, Michael aurait tout donné pour embrasser sa bouche adorable.

—J'ai encore peine à croire que nous ayons trouvé ce loft, observa-t-elle d'un air rêveur. C'est un décor idéal pour notre défilé de mode.

— Tu dois être soulagée d'être débarrassée de ce souci majeur, répondit Michael, faisant un effort pour se ressaisir.

— C'est vrai, avoua-t-elle en posant la main sur son bras. Je peux désormais me concentrer sur la suite. Merci, Mike.

Mike, songea-t-il. Ses remerciements sincères auraient dû lui réchauffer le cœur, mais l'usage de ce diminutif standard créait une douloureuse distance entre eux.

Michael aurait dû s'en réjouir. Si elle l'avait désiré aussi, il n'aurait pas pu résister longtemps. Il était un homme de principes, mais pas un saint. Il aurait vite oublié qu'elle était la petite sœur de son meilleur ami, l'enfant chérie et protégée de ces gens qui étaient comme une famille pour lui. Si elle l'avait désiré, il aurait succombé. Mais ce n'était pas le cas. Elle avait déjà oublié leur moment de folie dans la cuisine.

Il devrait être reconnaissant de ne pas avoir trahi la confiance de ces personnes qu'il aimait tant. Mais la barrière qu'elle avait dressée entre eux le faisait se sentir plus seul que jamais.

5

Adelaide se traîna jusqu'à son travail après quelques heures à peine d'un sommeil agité. Elle se sentait vidée de toute énergie, et son cerveau embrumé ne semblait pouvoir produire que des idées absurdes.

La plus idiote, peut-être, était d'appeler Michael alors même qu'ils n'avaient aucun contact prévu, ce jour-là. Elle était tentée de lui proposer de déjeuner avec elle afin d'échanger des idées au sujet du marketing de l'événement, ou de passer en revue la liste des invités une dernière fois.

— Café, marmonna-t-elle en passant devant Cindy, la sémillante créatrice aux cheveux coupés court.

— Une nuit agitée ?

— Beaucoup de travail.

De retour à son bureau avec un expresso, Adelaide enfouit son visage dans ses mains et réprima un gémissement. Au même instant, son téléphone sonna sur la table. Elle le ramassa avec plus de hâte que nécessaire, et son cœur fit un grand bond dans sa poitrine. C'était Michael.

Son texto était simple :

Salut. Je nous ai obtenu un rendez-vous avec Mateo Sanchez.

Tu plaisantes, n'est-ce pas ?

Adelaide ne parvenait pas à le croire. Mateo Sanchez était un célèbre réalisateur de films qui avait bâti son succès en présentant les gens de couleur dans une lumière réaliste. Il était une figure formidable au service des minorités au niveau national.

Son soutien pourrait propulser son projet caritatif dans une nouvelle dimension et sensibiliser une audience bien plus vaste aux besoins des personnes autistes.

Pas du tout.

Nous avons rendez-vous avec Mateo Sanchez ? Raconte-moi tout.

Il n'y a pas grand-chose à dire. Un client connaît quelqu'un qui connaît l'agent de Sanchez. Nous avons droit à dix minutes avec l'agent.

L'agent ? Pas Sanchez ?

Tu es très mignonne. L'agent, bien sûr. Lori Diaz.

Quand ? Où ?

Aujourd'hui, à 12 h 30, West Hollywood.

Où te trouves-tu ? Devrions-nous nous y rendre ensemble, ou nous retrouver là-bas ?

Il n'est que 11 heures. Nous avons largement le temps.

Cesse de jouer les blasés et dis-moi tout de suite où tu es. J'arrive.

Toujours aussi autoritaire ! Je suis en bas dans le hall. Descends.

Elle vérifia rapidement sa tenue : un chemisier crème à col roulé sans manches et une jupe crayon noire avec une fine ceinture bleue, plus des talons hauts et un grand sac fourre-tout suspendu à l'épaule. Cela ferait l'affaire.

Adelaide se rua vers les ascenseurs, et elle ressortit dans le hall d'entrée de l'immeuble, frémissante d'impatience. Puis elle se figea, la gorge serrée. Adossé à un mur, Michael consultait son téléphone. Le mot *sexy* semblait avoir été créé pour lui. Il portait une chemise noire aux manches retroussées jusqu'aux coudes, et un pantalon bleu sombre qui épousait les courbes de ses cuisses athlétiques et moulait son délectable derrière comme un gant.

— Qu'est-ce que tu attends ? s'enquit-elle d'une voix un peu essoufflée. Allons-y vite. Prenons ta voiture. Je suis trop nerveuse pour conduire.

— Nerveuse, toi ? répliqua-t-il avec un sourire railleur qui le fit ressembler au Michael de son enfance, ce qui éveilla en elle une folle envie de l'embrasser.

— Disons que je me sens un peu… déstabilisée par la perspective d'obtenir le soutien officiel de Mateo Sanchez.

Et plus encore par la présence de cet homme séduisant qui marchait à ses côtés alors qu'ils gagnaient le parking, mais cela, elle se garda bien de le lui avouer.

Adelaide se ressaisit aussitôt. Cet homme était son vieil ami, et sa seule faute était d'être sexy comme il n'était pas permis. Elle était humaine, après tout, et elle n'était pas aveugle. Elle savait reconnaître un bel homme lorsqu'elle en voyait un. Cela ne signifiait pas qu'elle soit amoureuse de lui.

— Que proposes-tu ? s'enquit-elle en se glissant sur le siège du passager. Comment allons-nous séduire cet agent ?

— Cela, ce sera ton travail, répondit-il en faisant démarrer la voiture. Ton charme aura plus d'effet que toutes les informations au sujet de Sanchez que je pourrais rassembler.

— Mon charme ? répéta-t-elle, mi-incrédule mi-flattée par ses paroles. Voilà une piètre excuse pour ton manque de travail, Reynolds. Pourquoi ne pas me dire que ton chien a mangé tes notes ?

— Je n'ai pas de chien.

— Exactement, dit-elle d'un ton railleur.

— D'après le GPS, notre trajet doit durer quarante-cinq minutes, observa-t-il sans quitter la route des yeux. Cela nous laisse amplement le temps de préparer une stratégie pour cet entretien. Je suis sérieux, Adelaide. Tu dois rester toi-même, et expliquer à Lory pourquoi Action Autisme et le défilé de mode sont si importants pour la communauté, et pour la société dans son ensemble. Je suis certain qu'elle a déjà dû supporter d'innombrables sourires artificiels et écouter d'interminables discours préparés. Donne-lui du réel, et elle t'obtiendra Sanchez.

— Euh… Crois-tu réellement cela ? murmura Adelaide, soudain saisie d'un doute.

La personne qu'il décrivait était non seulement une femme adulte, mais aussi une personne intelligente et compétente. La voyait-il enfin telle qu'elle était réellement ? Avait-il renoncé à la considérer comme une petite fille sans défense ? Car cette évolution changerait la donne entre eux. Toute leur vie en serait changée.

— Absolument, confirma-t-il sans l'ombre d'une hésitation.

Adelaide cessa de respirer.

Il la voyait. Il avait confiance en elle.

— Très bien, alors, dit-elle, souriant malgré elle. Je ne te décevrai pas.

Un coup de klaxon obligea Michael à ramener son attention vers la route devant lui, et il constata qu'il avait failli griller un stop. Il était incapable de détourner d'elle le regard. De son sourire. De la lueur de vulnérabilité qu'il voyait briller au fond de ses beaux yeux.

Le conducteur derrière lui klaxonna furieusement de nouveau. Après avoir failli traverser le carrefour sans ralentir, il avait maintenant tardé à redémarrer, obligeant l'autre à le dépasser en trombe. S'il désirait arriver en vie à West Hollywood, il allait devoir se ressaisir.

— Désolé, s'excusa-t-il, tournant la tête vers elle. Je sais que tu ne me décevras pas, mais, plus important encore, que tu réussiras pour toi-même. Cet événement caritatif est important pour toi de plus d'une façon. Tu vas faire un travail fantastique, j'en suis convaincu.

— Merci, dit-elle d'une voix ténue.

Les yeux fermement fixés sur la route, Michael s'efforça de maîtriser les battements de son cœur. L'air entre eux était chargé d'attentes, et ils consacrèrent le temps qu'il leur restait à se préparer pour leur entrevue.

Devant le café d'un modernisme agressif, à la façade très élaborée aux motifs noirs, blancs et rouges, un voiturier accourut pour prendre en charge leur véhicule. C'était Lory Diaz qui avait choisi ce lieu de rendez-vous. Ce lieu très branché l'inquiétait un peu. Lory Diaz serait-elle trop chic et trop cool pour s'intéresser à ce qu'ils avaient à dire ?

— Ce décor futuriste me glace le sang, plaisanta Adelaide à

l'intérieur de l'établissement. Je parie que même leurs chopes à bière sont noires et tout en angles.

— Jette un coup d'œil sur ta gauche, chuchota-t-il.

— Oh ! mon Dieu ! s'écria-t-elle, pouffant de rire derrière sa main. Leurs chopes sont vraiment des cubes noirs ! Je plaisantais ! Ce café est vraiment angoissant.

— Mademoiselle Song ? s'enquit une voix douce juste derrière eux.

Adelaide se retourna en souriant, puis elle lança un regard confus en direction de Michael.

— Voici Mme Diaz, lui chuchota-t-il à l'oreille.

Adelaide se sentit devenir écarlate, mais elle réussit à afficher une expression impeccablement professionnelle.

— Madame Diaz, dit-elle, je n'espérais pas vous voir si tôt.

— Moi non plus, répondit l'agent, serrant la main d'Adelaide. Je suis arrivée un peu en avance parce que j'avais vraiment besoin d'une tasse de café. Je vous ai reconnue tout de suite, car j'avais vu des photos de vous sur les réseaux sociaux. C'est un plaisir de faire votre connaissance. Et vous, vous devez être M. Reynolds. Vous êtes un homme très persévérant.

— Merci, répondit-il avec un grand sourire, toutes ses craintes oubliées. Et, je vous en prie, appelez-moi Mike.

— Vous êtes arrivés très en avance, tous les deux, observa-t-elle en lui rendant son sourire. J'espérais arriver avant vous.

— Nous désirions éviter de vous faire perdre une seule minute de votre temps, expliqua Adelaide en se détendant.

— Et si nous commandions nos consommations et allions nous asseoir là-bas, près de la fenêtre ? suggéra Lory.

Quelques minutes plus tard, ils étaient installés à leur table. Michael et Adelaide avaient commandé des cafés serrés, servis dans les tasses cubiques qu'ils avaient remarquées plus tôt, mais le café allongé de Lory était servi dans une curieuse tasse rouge ovale, haute et étroite.

— Cet établissement est ridicule, mais il est très proche de mon bureau et leur café est délectable, remarqua Lory avec un sourire malicieux, confirmant leur crainte qu'elle ait entendu leurs remarques, tout à l'heure.

— Désolée, s'excusa Adelaide avec un petit rire embarrassé. Mais à mon avis, leur recherche de style va un peu loin. En tout cas, concernant leur café, je suis tout à fait de votre avis. C'est un régal.

— Nous sommes un peu en avance, déclara Lory en consultant sa montre, mais notre entretien pourra se prolonger jusqu'à 12 h 50 comme prévu. Prêts ? Attention... Top départ !

Adelaide et Michael échangèrent un regard interloqué, mais Lory éclata presque aussitôt de rire.

— C'était une plaisanterie, dit-elle, mais je dois réellement vous quitter à 12 h 50 précises. Parlez-moi de votre événement caritatif.

Des rires soulagés confirmèrent que la glace était rompue entre eux. Adelaide se détendit visiblement, et elle se lança dans son exposé avec le charme et la passion qui la caractérisaient. Elle parla de l'autisme, du besoin de sensibiliser le grand public aux problèmes des personnes souffrant de ce désordre, et de son projet d'une ligne de vêtements sensoriels adaptés à cette population particulière. Elle ajouta qu'elle souhaitait que Hansol accompagne le mouvement qui croissait de jour en jour dans le pays, en apportant ses propres ressources à cette industrie naissante.

— Il existe un besoin réel de créer des vêtements spécialement conçus pour les adultes autistes. Bon nombre de personnes souffrant de troubles du spectre autistique sont des professionnels reconnus, et ils ont besoin de respecter un code d'habillement. Mais les costumes et les robes, avec leurs boutons, leurs fermetures à glissière, leurs coutures saillantes et leurs tissus rugueux, peuvent générer des sensations pénibles chez eux. Sans compter que tout le monde n'a pas les moyens de commander des vêtements sur mesure. Aujourd'hui, les choix sont limités. À moins d'être riches, ces personnes doivent se contenter des vêtements confortables qu'ils peuvent trouver, même s'ils sont peu appropriés pour l'occasion. Ou alors, ils ou elles sont condamnés à porter des complets de bureau ou des tenues de soirée qui leur donnent envie de hurler. Ce que vivent ces personnes n'est pas acceptable, et je désire leur offrir de vrais choix.

Le visage de Lory prit une expression songeuse, puis elle hocha la tête comme si elle venait de prendre une décision.

— Adelaide, Mateo va désirer vous recevoir, déclara-t-elle. Et ce, très bientôt.

Adelaide cessa de respirer, et Michael prit aussitôt la situation en main.

— Nous adapterons notre emploi du temps en fonction du sien, dit-il, le regard brillant d'excitation. Il vous suffira de nous communiquer l'heure et le lieu. Nous serons honorés de parler avec M. Sanchez.

Lory consulta de nouveau sa montre et leur offrit un sourire d'excuses.

— Tout cela me semble excellent. À présent, je dois partir, mais je reprendrai bientôt contact avec vous, je vous le promets. Merci encore, et bonne chance.

Ils ressortirent ensemble dans le brillant soleil, et échangèrent des poignées de main avant de se séparer. Sitôt que Lory eut tourné au coin de la rue, Michael serra Adelaide très fort dans ses bras.

— Tu as été magnifique, murmura-t-il, respirant la fragrance enivrante de sa chevelure. Toutes mes félicitations.

— Rien n'est encore gagné.

En dépit de ces propos modestes, elle lui rendit son étreinte, toute tremblante d'émotion, et il la garda serrée tout contre lui, absorbant avec délice son bonheur, incapable de renoncer à ce contact.

6

Adelaide flottait sur un nuage de bonheur. Comme Lory le lui avait prédit, Mateo Sanchez désirait la rencontrer – chez lui, à Bel-Air, ce qui était un rare privilège. Après s'être fait ouvrir le portail sécurisé, elle arrêta sa voiture devant la maison, puis, tout en marchant vers l'imposante porte d'entrée, elle examina avec intérêt la résidence de style méditerranéen.

Le carillon de la porte était étonnamment doux et discret. Un homme vêtu d'un jean blanchi par les lavages et d'un T-shirt vint lui ouvrir presque aussitôt.

— Mademoiselle Song, entrez, je vous en prie, dit-il d'un ton aimable. Je suis Mateo Sanchez.

— Merci infiniment d'avoir accepté de me recevoir. Je vous en prie, appelez-moi Adelaide.

— Seulement si vous m'appelez Mateo, répondit-il en la guidant à travers la maison. Voulez-vous prendre un cocktail ou un thé glacé ?

— Le thé glacé sera parfait.

La maison était immense mais confortable comme une maison réellement habitée, avec son intérieur clair dominé par toutes les nuances d'ocre. La cuisine de Mateo avait été conçue pour recevoir – dîners entre amis, soirées de dégustation de vins ou réunions conviviales – mais on s'y sentait aussi très bien en tête à tête comme à cet instant précis. Mateo lui tendit un grand verre de thé glacé, puis il s'assit en face d'elle de l'autre côté de l'îlot central de granit.

— Lori m'a parlé de votre projet de défilé de mode caritatif, et j'ai réellement admiré votre vision et votre dévouement.

— Merci. Il est grand temps que les personnes autistes cessent de se sentir mises à l'écart de la société. Ce défilé dédié à une ligne de vêtements sensoriels m'offrira l'opportunité de sensibiliser un public plus large aux besoins de ces personnes. Et j'espère que vous aussi aurez envie de rejoindre cette cause si importante.

— Je serai heureux de participer à cet événement et de servir cette juste cause de mon mieux, répondit-il tout en tapotant le clavier de son téléphone, mais j'avais aussi une autre raison de vous inviter à venir chez moi.

Adelaide fut d'abord folle de bonheur à l'idée que Mateo Sanchez ait accepté d'assister au défilé, puis une autre idée la fit se figer. Quelle pouvait être cette « autre raison » ? Devait-elle rester sur ses gardes ? Heureusement, Mateo n'avait pas du tout l'air menaçant. Avant qu'elle ait eu le temps de lui demander ce qu'il entendait par « une autre raison », une ravissante adolescente fit son entrée dans la cuisine, captant toute son attention.

— Stella, je te présente Adelaide Song, la jeune styliste dont je t'ai déjà parlé. Adelaide, voici Stella, ma fille.

— Heureuse de faire votre connaissance, dit Adelaide en se levant pour lui tendre la main.

À sa surprise, la jeune fille recula vivement. Qu'avait-elle fait pour l'offenser ?

— Je suis ravie de vous rencontrer, moi aussi, mademoiselle Song, assura l'adolescente en cachant ses mains derrière son dos. Désolée de ne pas vous serrer la main. Pour moi, c'est une coutume étrange. Deux mains collantes de transpiration en train d'échanger des millions de microbes. J'avoue ne pas comprendre cette coutume.

Les pièces du puzzle commençaient à se mettre en place. Adelaide dirigea son regard vers Mateo, qui, lui-même, se tourna vers sa fille.

— Stella, tu permets ? s'enquit-il.

— Oui, bien sûr, répondit la jeune fille avec un haussement

d'épaules résigné. Je ne vois pas comment arriver au sujet de cet entretien sans tout lui dire.

— Très bien, dit Mateo. Sachez, Adelaide, que ma fille souffre de troubles du spectre autistique.

— Je vous remercie d'avoir partagé cette information avec moi, Mateo, répondit-elle simplement. Cette confidence a-t-elle un rapport avec l'événement caritatif ?

— En fait, je vais laisser Stella vous l'expliquer elle-même.

Intriguée par ce passage de relais du père à la fille, Adelaide se tourna vers Stella. L'adolescente grande et mince vint s'asseoir sur le tabouret voisin du sien, avant de commencer son explication :

— Je vais avoir quinze ans dans une dizaine de jours, et comme vous le savez peut-être, dans la culture mexicaine, le quinzième anniversaire est un grand événement. J'ai dit à mon père que je ne voulais surtout pas porter une de ces robes longues horriblement inconfortables durant toute la soirée. Pour moi, ce ne serait pas une fête, mais une véritable séance de torture.

La dernière pièce du puzzle venait de se mettre en place, et Adelaide sut ce qu'il lui restait à faire.

— Toutes les robes longues de soirée ne sont pas forcément des instruments de torture, répondit-elle. Je vous parie que je pourrais créer une robe de bal sensorielle qui vous permettrait de danser toute la nuit avec un minimum de gêne.

— C'est ce que mon père disait, mais je ne suis pas sûre…

— Dites-moi tout, l'interrompit Adelaide, trop excitée pour rester silencieuse. Expliquez-moi tout ce qui vous cause de l'inconfort dans vos vêtements, et je trouverai une solution.

Bonté divine !

Adelaide avait été invitée à la *quinceañera* de Stella Sanchez, la grande soirée fêtant, dans la tradition mexicaine, le quinzième anniversaire des jeunes filles. Et, naturellement, Michael s'était porté volontaire pour l'y accompagner. Elle vint l'accueillir à la porte de la résidence des Song, à Pacific Palisades, dans une robe blanche asymétrique qui laissait l'une de ses épaules dénudée, épousait les courbes de son corps superbe et descendait jusqu'au sol en un élégant drapé. Elle était belle à couper le souffle. Une apparition. On aurait dit qu'elle flottait dans l'air.

Il délirait, songea-t-il. C'était sûrement parce que tout son sang venait de quitter son cerveau pour se concentrer plus bas, là où il n'avait rien à faire à cet instant.

Faisant un violent effort pour se ressaisir, il redressa machinalement son nœud de cravate.

— Tu es magnifique, Adelaide, dit-il, surpris d'être encore capable d'articuler ces mots.

— Tu n'es pas trop mal, toi non plus, répondit-elle en l'examinant complaisamment de la tête aux pieds.

Michael esquissa un sourire de loup. Il adorait avoir cet effet-là sur elle. Plus il passait de temps avec cette version adulte d'Adelaide, et plus il la désirait. Bien plus que n'importe quelle autre femme qu'il ait connue. Son assurance, son intelligence et son sens de l'humour le fascinaient.

Désirer davantage d'elle eût été dangereux. Si Mme Song découvrait qu'il fréquentait Adelaide, elle se sentirait horriblement trahie. Elle lui avait confié la mission d'aider sa petite-fille, pas de risquer de détruire sa réputation. De plus, la vieille dame connaissait son secret. Grace Song était une femme honorable, mais elle se changeait en tigresse lorsqu'il s'agissait d'Adelaide. Elle n'aurait pas voulu d'un homme comme lui pour sa petite-fille.

— Alors ? s'enquit-il, refoulant fermement ces pensées dérangeantes. Ta robe a-t-elle été un succès avec Stella ?

— Je ne sais pas encore. Elle n'a pas dit un mot lors des essayages. J'ignore ce qu'elle en a pensé.

— Tu as fait un travail superbe, assura-t-il, et je sais à quel point tu désirais réussir. Stella a forcément adoré sa robe.

— Merci, Mike.

— C'est bien normal, répondit-il, s'efforçant de ne pas grimacer devant ce ridicule diminutif. C'est à cela que servent les amis, n'est-ce pas ?

— Oui, c'est vrai, convint-elle avec un pâle sourire.

Michael comprit alors qu'elle se sentait aussi gênée que lui par leur situation. Son cœur fit un bond, aussitôt réprimé. Adelaide devait rester concentrée sur son objectif, et son devoir à lui était de l'aider à l'atteindre.

Il ne leur fallut qu'une vingtaine de minutes pour se rendre à Bel-Air, mais ce trajet lui sembla durer des heures. Michael ignorait le nom de ce nouveau parfum qu'elle portait, mais il affolait tous ses sens. Sans même parler de sa robe fendue très haut sur sa cuisse, qui révélait généreusement sa peau d'ivoire à quelques centimètres à peine de sa main. Malgré tous ses efforts, cette proximité mettait à rude épreuve sa détermination.

Il respira bien à fond pour se calmer avant d'oser tourner le regard vers elle. Perdue dans sa contemplation des lumières de la ville, au-delà de sa vitre, elle ne s'était pas rendu compte de l'attention dont elle faisait l'objet, et il s'en réjouit. Il serait mort d'humiliation si elle avait remarqué la protubérance évidente dans son pantalon trop serré.

Ses efforts de pour retrouver son sang-froid s'avérèrent payants, car il était à nouveau présentable lorsqu'ils arrivèrent à la somptueuse résidence des Sanchez. Un voiturier accourut pour ouvrir la portière d'Adelaide. Michael descendit à son tour, et, faisant rapidement le tour du véhicule, il s'inclina cérémonieusement devant elle et lui offrit son bras.

— Tu as regardé trop de vieux films, ironisa-t-elle.

Elle arborait encore son air moqueur lorsqu'ils arrivèrent devant l'entrée de la maison. Puis, tout à coup, elle se figea, visiblement fascinée.

Il n'eut pas besoin de lui demander la raison de sa surprise. La résidence de Mateo Sanchez était impressionnante à l'extérieur, mais l'intérieur l'était encore davantage. Une véritable forêt d'arbustes aux formes torturées, de fougères et de vigne vierge illuminée par d'innombrables minuscules globes lumineux, qui créaient un décor de conte de fées. Un brouillard artificiel flottait sur la piste de danse, et l'on entendait les accords quasi célestes d'une harpe.

— Oh ! fit Adelaide d'une voix émue. Cette jeune fille a bien de la chance. Les éclairages sont parfaitement filtrés, et la musique est si subtile, si douce, que Stella doit se sentir parfaitement détendue. Très ingénieux. Une approche sensorielle remarquable. Quoi de plus pratique que d'avoir pour papa un grand metteur en scène ?

— L'ambiance a quelque chose de magique, c'est vrai, reconnut-il. Je pourrais facilement m'habituer à vivre dans une forêt enchantée. C'est très zen.

— Adelaide ! s'exclama une ravissante jeune fille en robe longue de soie aux reflets irisés en se précipitant vers elle. Merci beaucoup d'être venue. Je n'aurais jamais vécu cette soirée parfaite sans vous.

— Vous le méritez, Stella, assura Adelaide. Vous méritez cela et bien davantage. Ne l'oubliez jamais.

— Adelaide, dit Mateo Sanchez en venant se joindre à eux, nous sommes heureux que vous ayez pu nous consacrer cette soirée.

— Je n'aurais manqué cette occasion pour rien au monde, dit-elle en riant. Mateo, je vous présente Michael Reynolds, P-DG de Reynolds Communication, qui supervise le défilé de mode. C'est grâce à sa ténacité que notre rencontre a été possible.

— Dans ce cas, répondit Mateo en lui tendant la main, j'ai une énorme dette de gratitude envers vous, monsieur Reynolds.

— En réalité, je suis venu pour vous remercier pour le généreux soutien que vous avez accordé au défilé de mode, répondit Michael, serrant cordialement la main offerte.

— Ce soir, nous avons certainement beaucoup de raisons de nous réjouir, convint Mateo. À présent, veuillez m'excuser, mais il est temps que je danse avec ma fille comme le veut la tradition. Prête, Stella ?

— Je suppose que je n'ai pas le choix, répondit la jeune fille d'un ton morose, sans comprendre que sa franchise naturelle aurait pu blesser son père.

—Ah ! fit Mateo en souriant, conscient des problèmes de sa fille mais l'aimant telle qu'elle était. Toujours aussi directe.

Cette danse traditionnelle père-fille n'était pas sans rappeler celle des mariages, mais le plus émouvant pour la foule des invités, ce fut la lecture à voix haute de la lettre des Sanchez à leur fille, dans laquelle ils la reconnaissaient en tant que femme et l'encourageaient à vivre sa vie dans l'amour et le respect. Près de Michael, Adelaide en avait les larmes aux yeux, et il lui entoura les épaules de son bras. Elle lui offrit un sourire tremblant, soutenant son regard comme si elle s'apprêtait à lui dire quelque chose, mais, au même instant, la foule applaudit bruyamment, et cette occasion fut perdue. Alors que les doux accords d'un quintet à cordes résonnaient à nouveau dans la pièce, Michael posa la main au creux du dos d'Adelaide et se pencha à son oreille.

— Viens, chuchota-t-il. Sortons respirer un peu d'air frais.

La lune brillait haut dans le ciel de la nuit, et de discrets éclairages bordaient les allées du jardin. Entremêlant ses doigts aux siens, Michael entraîna Adelaide vers un banc entouré d'une végétation savamment entretenue.

— Ce jardin est superbe, murmura-t-elle en parcourant les massifs du regard, mais je préfère tout de même le tien.

Sa voix semblait lui parvenir de très loin, et le sourire vulnérable sur ses lèvres adorables lui serra le cœur.

— Que s'est-il passé à l'intérieur ? s'enquit-il en la serrant contre lui. Quelque chose t'a fait de la peine ?

— Je ne suis pas sûre d'avoir envie d'en parler, répondit-elle, pressant son visage au creux de son cou avec un soupir. Je ne veux pas que tu me fasses une nouvelle fois ton numéro du grand frère protecteur.

— Suis-je à ce point insupportable ?

— Pire encore.

Il pouffa de rire, son visage tout contre sa chevelure parfumée, puis il déposa un doux baiser sur sa tempe.

— Je te promets de ne pas exagérer. Je veux seulement que tu sois heureuse, et il m'arrive d'oublier ce que *tu* désires.

— Ma maman me manque, murmura-t-elle d'une voix un peu tremblante. Je me demande ce qu'elle aurait ressenti en me voyant grandir… L'école, le lycée puis l'université et mon retour, mon diplôme en poche. Elle a tout manqué.

— Elle aurait été très fière de toi, Adelaide, assura-t-il, le cœur serré. En voyant la femme merveilleuse que tu es devenue, une femme forte, une femme au grand cœur, elle aurait été ta plus grande fan.

— Le crois-tu sincèrement, Michael ?

— De toute mon âme, répondit-il.

Son cœur battait à tout rompre. Elle l'avait appelé Michael ! Lorsqu'il plongea son regard au fond du sien, ce qu'il voyait briller dans ses profondeurs, c'était une force tranquille et une totale détermination.

— Et si cette femme forte au grand cœur te déclarait qu'elle te désire à en mourir, que ferais-tu ?

Elle se tourna face à lui et leva son visage vers le sien, avant d'ajouter :

— Lui dirais-tu gentiment qu'il est grand temps qu'elle file dormir ? Ou l'embrasserais-tu ?

— Tu sais très bien ce que je désire, répondit-il d'une voix étranglée, faisant un effort surhumain pour se contrôler.

— Non, corrigea-t-elle, je n'en ai pas la moindre idée. Je sais seulement ce que je désire moi-même.

Avant qu'il ait eu le temps de trouver une réponse cohérente, elle se pencha vers lui, et ses douces lèvres entrouvertes effleurèrent les siennes. Un gémissement guttural monta du fond de sa gorge, et il la prit dans ses bras. Il attendait cet instant depuis une éternité, et sa bouche avait une saveur plus douce encore qu'il ne l'avait imaginé.

Puis, elle entreprit de mordiller sa lèvre inférieure, et soudain, la douce jeune femme devint tigresse. Michael laissa échapper une plainte, et il l'embrassa à pleine bouche, glissant les doigts dans ses longs cheveux soyeux, lui renversant la tête en arrière pour s'assurer un meilleur accès à ses lèvres adorables.

Et Adelaide lui rendit passionnément son baiser, mais, bientôt, cela ne fut plus suffisant. Elle lui avait déjà arraché sa cravate et déboutonné sa chemise jusqu'au sternum, et ses mains fiévreuses exploraient son torse, descendaient vers ses abdominaux, le faisant frissonner de tout son corps.

— Adelaide..., supplia-t-il dans un souffle.

Il ne savait plus s'il désirait qu'elle s'arrête ou qu'elle continue. C'était une torture exquise.

Alors même que ses mains tremblantes descendaient vers ses hanches, atteignaient la fente latérale de sa robe, une petite voix tout au fond de sa conscience lui soufflait qu'ils ne devaient pas aller plus loin. Mais lorsqu'il sentit la peau tiède et satinée sous sa paume, il ne put retenir un gémissement, et il glissa la main dans l'échancrure, la laissant remonter jusqu'au sommet de sa cuisse ferme.

—Michael, murmura-t-elle. S'il te plaît...

Son souffle contre son oreille était brûlant, et il tressaillit lorsqu'elle lui mordit le lobe de l'oreille, avant de le couvrir de petits coups de langue gourmands. Chaque seconde qui passait le rapprochait de la folie, mais son côté protecteur finit par gagner la partie. Juste à temps.

C'était Adelaide qu'il caressait. Pas une femme qu'il pouvait se permettre de bécoter dans un jardin. Leur banc se trouvait dans un coin du jardin dissimulé aux regards par une végétation luxuriante, mais ils n'étaient pas seuls, ce soir, et d'autres invités pouvaient apparaître inopinément. Il n'avait pas le droit de lui faire courir un tel risque. Quoi qu'il se passe entre eux, il devait absolument protéger Adelaide. Cela devait rester un secret absolu. Personne ne devait le découvrir. Réprimant un soupir, Michael déposa un dernier baiser sur ses lèvres, puis il s'écarta d'elle.

— Michael ? souffla-t-elle, son regard chaviré de désir.

Michael faillit la reprendre dans ses bras, mais il résista.

— Nous devons nous arrêter, mon bébé, dit-il d'une voix tendue. Je ne veux pas d'une étreinte furtive dans un jardin pendant le bal d'anniversaire d'une adolescente de quinze ans. Si nous devons faire l'amour, nous le ferons comme il se doit.

— *Si* nous devons le faire ? s'insurgea-t-elle. Si tu fais machine arrière après ce baiser, tu resteras pour toujours le roi des froussards dans mon esprit.

— Si je ne te fais pas l'amour après ce baiser, répliqua-t-il, je vais me carboniser de l'intérieur jusqu'à ce qu'il ne reste de moi qu'un petit tas de cendres.

Soulagement et désir se disputaient la première place dans son esprit. Adelaide était une femme adulte, et elle le désirait. Ils ne pouvaient plus lutter contre leur attirance mutuelle, mais leur relation ne pouvait pas aller plus loin.

Ils n'avaient aucun avenir ensemble. Pour Adelaide, choisir Michael signifierait s'opposer à sa grand-mère. Et, sans le soutien de Mme Song, Adelaide pouvait dire adieu à ses espoirs d'avenir chez Hansol. Elle devrait renoncer à tous ses rêves, et c'était un prix trop énorme à payer. Ce qu'ils vivaient ensemble ne pouvait être qu'une aventure sans lendemain. Un homme et une femme satisfaisant leurs besoins mutuels.

— Comprends-tu ce que nous sommes en train de faire ? s'enquit-il d'une voix douce.

— J'avoue que je manque un peu de pratique, répondit-elle avec un sourire pincé, mais je crois pouvoir me débrouiller.

— Je te désire, Adelaide, dit-il d'une voix teintée d'amertume, mais je ne peux pas te promettre un avenir. Je ne peux t'offrir que le présent.

— Je ne m'attendais pas à une demande en mariage, Reynolds, répliqua-t-elle.

Le ton était lourdement ironique… mais… avait-il détecté un léger tremblement dans sa voix ? Non. Son attitude exprimait une totale confiance en elle-même, un aplomb inébranlable. Il l'avait sûrement imaginé.

— Je désire que nous soyons ensemble, mais seulement jusqu'au défilé, précisa-t-il. Et cela doit rester strictement entre nous. Si ta grand-mère l'apprenait, elle perdrait tout respect pour moi. Après tout, tu es mon associée en affaires à ce stade, et une relation romantique entre nous serait un manquement à l'éthique professionnelle. Je ne peux pas la décevoir.

— Personne ne sera au courant, assura-t-elle. Je suis consciente des enjeux, et je veillerai à ce que cela reste un secret. Mais, lorsque nous serons ensemble, je te veux tout entier à moi. Exclusivité totale. J'ai quelques fantasmes personnels à réaliser avant la fin de cette aventure.

Deux mois, songea-t-il. *Seulement deux mois*. Son esprit lui criait que cela n'était pas assez, mais il ne pouvait pas lui promettre d'autre avenir. Il n'avait pas le droit de la retenir plus longtemps qu'elle ne le souhaitait. Et cela signifiait qu'il n'avait plus une minute à perdre. Il la prit par la main et se leva, l'entraînant avec lui.

— Viens, dit-il.

— Attends ! Où m'emmènes-tu ?

— Chez moi, précisa-t-il en accélérant le pas, bien décidé à ne pas la laisser le quitter jusqu'au matin.

— Pas question, répliqua-t-elle en s'arrêtant net dans le patio, où la musique leur parvenait par les portes ouvertes.

— Pourquoi ? s'étonna-t-il.

— C'est toi qui as déclaré que nous devions tout faire dans les règles, rappela-t-elle, une étincelle malicieuse au fond de son regard. L'as-tu déjà oublié ? Tu pourrais m'inviter à dîner demain soir, par exemple. Je ne suis pas difficile, rassure-toi. Un bon steak tendre et juteux fera l'affaire.

— Bien sûr, répondit-il automatiquement, s'efforçant d'ignorer la protubérance qui déformait son pantalon.

Cet état allait devenir permanent chez lui jusqu'à ce qu'il lui ait fait l'amour. Pourquoi attendre jusqu'au lendemain ?

— Excellent, dit-elle, son regard innocent démenti par un sourire de tentatrice. J'apporterai le vin.

Adelaide, tu es une femme très, très coquine, songea-t-il. *Mais tu seras bientôt à moi.*

7

Le lendemain, les soucis s'accumulèrent pour Michael, qui dut régler plusieurs problèmes urgents pour ses clients. Cela avait été une journée chargée, mais il s'en réjouissait. Sans la distraction de cet emploi du temps frénétique, il n'aurait jamais pu tenir jusqu'au soir. Pour calmer ses ardeurs, il venait de prendre une énième douche, si froide qu'il en avait encore les lèvres toutes bleues alors qu'il allumait le gril pour les steaks.

La salade *caprese* était au réfrigérateur, la crème brûlée dans le four, et une bouteille de veuve-clicquot attendait dans la glace, prête à lui fournir du courage liquide. Adelaide avait promis d'apporter le vin, mais il avait besoin de disposer de quelques renforts. Ses nerfs crépitaient littéralement d'excitation et de terreur. Il allait enfin faire l'amour à Adelaide.

Abandonnant le gril rougeoyant, Michael entra dans sa cuisine à plan ouvert. Il avait fait abattre une cloison pour faire de la cuisine et de la salle à manger un espace unique. Il vivait seul dans une maison de huit chambres, mais il recevait souvent, et il avait besoin d'une grande cuisine et d'un grand salon. Le reste de sa maison – où ses parents et lui avaient vécu comme une famille – était opulent et froid, mais la cuisine avait toujours été une pièce accueillante.

Décrochant un torchon, il déboucha prudemment le champagne, puis il sortit deux flûtes. Il remplit la sienne à ras bord, et laissa l'autre vide en attendant son invitée.

Il venait d'avaler d'un trait la moitié de son verre, savourant ses arômes fruités, lorsque son téléphone sonna, annonçant qu'il avait reçu un texto. Il fut d'abord tenté de l'ignorer, bien décidé à ne rien laisser lui gâcher cette soirée. Il s'apprêtait à éteindre son téléphone lorsqu'il vit le nom d'Adelaide affiché sur l'écran. Comme il doutait fort qu'elle l'appelle du pas de sa porte, il fronça les sourcils.

Michael, j'étais déjà à dix minutes de chez toi lorsque j'ai dû faire demi-tour. Grand-mère m'a convoquée.

Ne pourrait-elle pas attendre jusqu'à demain ?

Sérieusement ? Pourquoi ne lui poses-tu pas la question ? Dis-lui que ce soir c'est toi qui as la priorité.

Michael grogna de frustration, et il avala le reste de son champagne, avant de répondre :

Reviens et bois une flûte de champagne avec moi avant de repartir.

Tu avais du champagne pour nous ?

Bien sûr. Et j'ai aussi de la crème brûlée dans le four. Allez, viens !

Oh ! pauvre Michael ! Il est tout triste que je ne vienne pas jouer avec lui.

Bien sûr, je suis triste !

Si cela peut te consoler, tu peux venir dîner, toi aussi. Tu es toujours le bienvenu chez nous.

Michael jeta un coup d'œil à sa montre, puis il fit une liste mentale de tout ce qu'il devait éteindre ou débrancher avant de partir, pour éviter de déclencher un incendie chez lui.

Je serai là dans quarante minutes.

J'ai hâte de te voir.

Moi aussi.

Il adorait cette soudaine liberté de dire ce qu'il pensait, ce qu'il ressentait. Retrouvant soudain toute son énergie, il entra dans son garage à peine quelques minutes plus tard, et il fit gronder le moteur de sa Mustang restaurée. Un sourire idiot sur les lèvres, il fonça à tombeau ouvert vers la résidence de Song qu'il atteignit en moins de vingt minutes.

Mettant pied à terre, il récupéra sa crème brûlée sur le siège arrière. Il ne pouvait tout de même pas arriver les mains vides. Par bonheur, il en avait préparé quatre ramequins, il y en aurait donc assez pour Mme Song et pour le papa d'Adelaide.

Michael se hâta vers la porte de la résidence, et il sonna, contrôlant à grand-peine son impatience. Adelaide vint lui ouvrir presque aussitôt.

— Tu as fait vite, observa-t-elle avec un doux sourire.

Pour toute réponse, il la prit par la main et l'entraîna au pas de course vers l'escalier.

— Michael ! protesta-t-elle en riant. Qu'est-ce que tu fais ?

Ils entrèrent dans la chambre d'Adelaide et, refermant la porte sans bruit, il adossa la jeune femme au panneau, puis, sans lui donner le temps de respirer, cédant au besoin qui l'avait taraudé ces dernières vingt-quatre heures, il l'embrassa.

Adelaide se haussa sur la pointe des pieds pour lui rendre passionnément son baiser, son corps pressé tout contre le sien. Lorsqu'elle empoigna ses fesses à pleines mains, il se sentit frissonner de la tête aux pieds.

— Je mourais d'envie de faire cela depuis l'autre soir, au club, avoua-t-elle.

Incapable de formuler la moindre pensée cohérente, Michael rit tout contre ses lèvres, puis il traça un chemin descendant de baisers sur la colonne ivoirine de son cou. Le doux gémissement qui lui répondit déclencha aussitôt en lui une érection presque douloureuse. Au même instant, quelqu'un frappa à la porte.

Ils s'écartèrent l'un de l'autre comme si on leur avait jeté un seau d'eau glacée sur la tête, puis ils entendirent la voix de Colin Song dans le couloir :

— Eh, Adelaide ! Tu es là ?

— Euh… Oui, oui ! répondit-elle d'une voix paniquée. Qu'est-ce que tu fais ici ?

— Alors, toi non plus, tu n'es pas au courant ? Je comptais sur toi pour m'éclairer. J'ignore pour quelle raison *Hal-meo-ni* m'a fait venir.

Il y eut un bref instant de silence, et Michael soupçonna que le cousin d'Adelaide avait collé son oreille à la porte. Puis, ils entendirent à nouveau la voix de Colin :

— Que se passe-t-il, là-dedans ? Pourquoi n'ouvres-tu pas cette porte ?

— C'est *ma* chambre, répliqua Adelaide. Et quand je suis en train de me changer, je me passe très bien de public.

Elle fit signe à Michael d'aller se cacher dans sa salle de bains, et lorsque ce fut fait, elle ouvrit enfin la porte.

— De plus, que fais-tu à traîner devant ma chambre ? grogna-t-elle. Tu connais le chemin de la cuisine, non ?

— Comme je te l'ai dit, j'espérais que tu me fournirais quelques informations. Sans compter que ton père est à New York. Je n'ai aucune envie de m'asseoir à table tout seul face à Grand-mère. Son regard perçant m'obligerait à lui avouer tous mes plus noirs secrets...

Apparemment, ils descendaient l'escalier, car leurs voix s'éloignaient. Face à son reflet dans le miroir, Michael secoua tristement la tête. Tout ce qu'il désirait, c'était parler une minute avec Adelaide avant de rejoindre le reste de la famille pour le dîner. Mais, une nouvelle fois, il avait laissé leur baiser échapper à tout contrôle. Il devait essayer de modérer ses ardeurs, mais c'était plus facile à dire qu'à faire, lorsque l'objet de son désir était Adelaide.

Il se passa un peu d'eau froide sur le visage et se recoiffa rapidement, et, lorsqu'il se jugea présentable, il jeta un coup d'œil dans le couloir pour s'assurer que la voie était libre avant de se diriger vers la cuisine. Il n'avait pas l'habitude de ces comportements furtifs, et il détestait la dissimulation. Hélas, c'était la seule façon de continuer à voir Adelaide. Lorsque leur aventure aurait pris fin, dans deux mois, il pourrait redevenir un vieil ami de la famille. Il ne courrait plus de tels risques, et il ne s'interposerait plus entre Adelaide et sa grand-mère. Ainsi, il n'aurait pas à cesser de la voir totalement. Il resterait dans les bonnes grâces de la famille Song, et Adelaide ferait toujours partie de sa vie.

Il entendait déjà la voix sonore de Colin Song, la brebis noire de la famille, le seul capable de faire rire la matriarche aux éclats. Michael se réjouissait qu'il soit présent à ce dîner.

— Toc, toc ! fit Michael en rejoignant le petit groupe familial. J'ai harcelé Adelaide pour qu'elle m'invite ce soir, madame Song. Cela faisait trop longtemps que je n'étais pas venu vous rendre visite.

— Ma petite-fille m'informe que vous l'avez beaucoup aidée à préparer son défilé de mode caritatif. Je vous en suis très reconnaissante, Michael.

— Tenez, dit-il en lui tendant les ramequins de crème brûlée soigneusement empaquetés. J'ai apporté le dessert.

— C'est merveilleux. Merci Michael.

— Je vais les ranger jusqu'à tout à l'heure, intervint Adelaide. C'est meilleur servi frais.

— Laisse-moi t'aider.

Ils s'éloignèrent ensemble vers le fond de la cuisine, et, à l'abri de la cloison qui dissimulait le réfrigérateur, il se pencha à son oreille pour chuchoter :

— Je n'arrive pas encore à croire que tu m'aies caché dans ta salle de bains.

— Je ne pouvais tout de même pas te cacher dans mon lit, observa-t-elle en rougissant.

— Et pourquoi pas ? J'aurais pu attendre ton retour, ce soir, comme ton grand méchant loup personnel.

— Tiens-toi bien, Reynolds, le tança-t-elle en jetant un coup d'œil par-dessus son épaule, souriant malgré elle.

— Je n'ai pas entendu le carillon de la porte, observa Colin en leur adressant un sourire malicieux lorsqu'ils retournèrent à la table. Quand exactement es-tu arrivé, Michael ?

Michael cessa de respirer. Ce petit malin se posait des questions. Il avait dû voir sa Mustang dans l'allée avant de monter dans la chambre d'Adelaide.

— *Hal-meo-ni*, intervint Adelaide précipitamment, mon cher cousin et moi nous demandions pourquoi vous aviez requis sa présence chez nous, ce soir. À part, bien sûr, pour le plaisir que nous procure sa compagnie.

— Ta présence me manquait depuis trop longtemps, Colin, répondit Grace Song d'une voix douce. Tu te fais trop rare.

Colin bondit aussitôt de son siège, et, se plaçant derrière sa grand-mère, il l'entoura tendrement de ses bras.

— Pardon de t'avoir négligée, *Hal-meo-ni*.

— Je comprends tes raisons pour vouloir prendre tes distances avec Hansol en public, Colin, dit-elle d'un ton affectueux. Mais cela ne doit pas t'éloigner de ta famille.

— Je sais, répondit Colin d'un ton contrit. Je te demande pardon. Ces temps derniers, j'ai été très occupé avec le démarrage de ma société de production. Désormais, je viendrai plus souvent, je te le promets.

— Voilà qui est mieux, déclara Mme Song en souriant.

Là-dessus, ils commencèrent leur dîner.

Lorsqu'ils eurent terminé, Michael se leva pour aller chercher sa crème brûlée, mais Mme Song l'arrêta.

— Asseyez-vous, Michael, commanda-t-elle. Le dessert peut attendre quelques minutes de plus.

— Oui, bien sûr, madame Song, répondit Michael en reprenant sa place, coulant un regard brûlant en direction d'Adelaide.

Elle devinait sa frustration, et elle ne put s'empêcher de sourire lorsqu'il entremêla ses doigts aux siens sous l'abri de la table. Mais la voix de sa grand-mère, s'adressant directement à elle, dissipa tout à coup cet instant de rêverie.

— Je reçois des rapports encourageants au sujet de ton défilé de mode, remarqua-t-elle. Je suis ravie de constater les progrès que tu as accomplis.

— Merci, *Hal-meo-ni*, répondit-elle, rosissant de plaisir. Il reste encore beaucoup à faire, mais je te promets de ne pas te décevoir.

— J'attends de toi que tu tiennes ta promesse, bien entendu. Et si tu réussis à me convaincre que l'idée d'une ligne de vêtements sensoriels a un avenir sur le marché, tu seras la candidate idéale pour diriger cette ligne de production chez Hansol. Ton travail ne fait donc que commencer, et j'observe tes progrès avec beaucoup d'intérêt. Je compte sur toi pour continuer à me démontrer ton éthique du travail et ton professionnalisme jusqu'au bout.

— Diriger un département entier ? s'exclama Adelaide. Je ne trouve plus mes mots !

Elle était assaillie par un sentiment d'irréalité. Après deux années d'efforts, elle allait enfin avoir sa chance de jouer un rôle dans l'avenir de Hansol. Un rôle important.

— Merci encore, murmura-t-elle, alors que Michael étreignait sa main sous la table.

— Je crois que tu réussiras, mais ces remerciements sont un peu prématurés, observa sa grand-mère. Tu as encore beaucoup de travail devant toi.

— Je le sais, *Hal-meo-ni*, répondit Adelaide en redressant le buste d'un air décidé. Je n'échouerai pas.

Colin et Grand-mère lui souriaient. Ils étaient fiers d'elle. Michael profita de cet instant pour s'excuser et passer dans la cuisine. Adelaide alla le rejoindre alors qu'il posait le plateau de la crème brûlée sur l'îlot central.

Elle n'avait pas pu s'en empêcher. Elle avait besoin de le toucher. Comme mues par leur propre volonté, ses mains se tendirent pour le caresser. Michael la prit dans ses bras et reposa sa joue au sommet de sa tête.

— Bravo, Adelaide ! murmura-t-il. Tu es extraordinaire. Tu as réussi à impressionner l'inébranlable Grace Song.

— Merci, Michael, mais ce n'est pas encore gagné. Comme le disait Grand-mère, j'ai encore des progrès à faire.

Elle plongea son regard tout au fond du sien, et le désir qu'elle lut dans ces sombres profondeurs lui coupa le souffle. Hélas, au même instant, Colin apparut tout à coup sur le seuil de la cuisine, les obligeant à se séparer précipitamment pour la seconde fois de la soirée.

— Je n'arrive pas à croire que vous m'ayez laissé tout seul avec Grand-mère, grommela-t-il. Qu'est-ce qui a bien pu vous retenir aussi longtemps ?

Pour la seconde fois de cette soirée, ils s'écartèrent précipitamment l'un de l'autre.

— Euh... Nous cherchions un chalumeau pour caraméliser la crème à la flamme, expliqua Michael.

À l'évidence, Colin ne crut pas une seconde à cette explication, mais Adelaide fit mine de l'ignorer, et elle entreprit d'inspecter quelques placards sous le regard moqueur de son cousin. Elle ouvrit enfin un tiroir et en retira un petit chalumeau à butane qu'elle tendit à Michael. Si n'importe qui d'autre avait soupçonné ce qui se passait entre eux, elle aurait été paniquée. Mais son cousin ne partageait pas ce besoin insensé de la protéger qui caractérisait le reste de la famille.

Michael saupoudra chaque ramequin de sucre avant de les passer à la flamme, puis, tous trois retournèrent à la table du dîner. Grand-mère tombait visiblement de sommeil, et Adelaide réprima un soupir. *Hal-meo-ni* se faisait vieille, et, avec chaque année qui passait, elle était plus fragile.

— Tu devrais l'aider à regagner sa suite, lui chuchota Michael à l'oreille.

— Tu as raison, murmura Adelaide, posant délicatement la main sur son bras. *Hal-meo-ni*, laisse-moi te raccompagner dans ta chambre, d'accord ? Il se fait tard.

— Je vais t'aider, dit Colin en prenant l'autre bras de la vieille dame.

Alors qu'ils quittaient la pièce, Michael croisa le regard d'Adelaide, et il articula silencieusement « À tout de suite ».

Colin attendit dans le couloir pendant qu'Adelaide aidait Grand-mère à se mettre au lit, puis elle tira la couette sur elle.

— Bonne nuit, murmura-t-elle. Je t'aime, *Hal-meo-ni*.

— Oui, je le sais, ma chère petite fille.

Lorsqu'elle ressortit de la chambre, étonnée par ces mots d'affection, sa grand-mère dormait déjà.

— Comment se sent-elle ? chuchota Colin.

— Un peu fatiguée. Elle s'est endormie. Tu sais, Colin, tu lui manques beaucoup.

— Je vais revenir la voir plus souvent, promit-il. Ma nouvelle société a accaparé tout mon temps, ces mois-ci.

Il poussa un soupir, avant d'ajouter :

— C'est une piètre excuse, je le sais. Mais je ne veux pas la décevoir comme Père l'a fait.

— Tu n'es pas comme ton père, assura-t-elle. Si tu rejoignais Hansol, tu pourrais être dix fois meilleur que lui.

— Ce ne serait pas difficile, vu qu'il n'a jamais levé le petit doigt pour gagner sa vie. Il se reposait sur les autres.

Il lui adressa un sourire un peu forcé, avant d'ajouter :

— Ne t'inquiète pas pour moi. Je me débrouille très bien.

— Oui, je le sais, convint-elle en soupirant.

Elle devinait la tristesse derrière ce sourire. Depuis toujours, Colin n'avait pu compter que sur lui-même. Pour une fois, il aurait été merveilleux que quelqu'un ait envie de veiller sur lui.

— N'oublie jamais que je serai toujours là pour toi, cousin, dit-elle en lui assénant une tape amicale sur l'épaule.

— Et moi pour toi, ma cousine.

Il lui entoura les épaules de son bras et déposa un baiser léger sur sa tempe, exprimant dans ce geste une affection mutuelle dont ni l'un ni l'autre ne parlaient jamais.

8

Adelaide ne resta sous la douche que quelques minutes. Elle était trop fatiguée pour s'y attarder. Sans compter qu'une douche aussi glacée n'était pas vraiment relaxante. Elle se changea dans son ensemble de nuit camisole short en satin, puis elle se mit au lit. Michael lui manquait déjà.

Lasse et frustrée, elle se tournait et se retournait dans son lit, si bien qu'elle n'entendit pas tout de suite que quelqu'un frappait aux carreaux de la porte-fenêtre de sa chambre. Lorsqu'elle s'en rendit compte, elle distingua une silhouette massive dans la pénombre. Étouffant un cri de frayeur derrière sa main, elle bondit hors du lit au moment où l'homme apparaissait dans la lumière.

Michael ?

— Que fais-tu là ? s'enquit-elle en courant lui ouvrir. Tu as failli me faire mourir de peur.

— Je refuse de partir avant de t'avoir serrée dans mes bras.

Sa voix grave un peu rauque causa une révolution dans ses hormones, mais... Comment aurait-elle pu faire l'amour alors que sa grand-mère était endormie à l'étage du dessous ?

— Ici ? balbutia-t-elle. Ce soir ? Nous ne pouvons pas faire cela, Michael. Grand-mère dort juste en dessous !

— J'ai seulement dit que je désirais te serrer dans mes bras, précisa-t-il en riant tout bas. Rien d'autre.

Heureusement, la seule lumière dans la chambre provenait du clair de lune, et il ne remarqua probablement pas qu'elle rougissait.

— Me serrer dans tes bras ? C'est tout ?

— Oui, confirma-t-il en posant les mains sur sa taille. Je voudrais seulement te sentir contre moi. Lorsque je te ferai l'amour pour la première fois, tu vas crier mon nom, je le sais. Il ne serait pas convenable de le faire ici, n'est-ce pas ?

Adelaide se contenta de secouer la tête en silence.

Esquissant un sourire de loup, Michael se débarrassa posément de sa chemise, et, à la vue de son torse nu sculptural, elle cessa de respirer. Il lui fallut faire un gigantesque effort de volonté pour ne pas caresser ses pectoraux parfaits du bout des doigts.

Mais, lorsqu'il détacha sa ceinture et qu'il ôta son pantalon, puis ses chaussures et ses chaussettes, elle ne put s'empêcher de gémir.

— Es-tu certain que nous n'allons pas nous livrer à d'autres… activités ? balbutia-t-elle.

— Je n'ai jamais dit que nous nous priverions de… *tout*.

Sur ces mots, Michael s'avança vers elle d'un pas décidé, et Adelaide recula jusqu'à ce que le bord de son lit rende toute retraite impossible. Les jambes flageolantes, elle tomba assise sur le bord du matelas. Lorsque Michael acheva de l'allonger sur le lit, elle ne put réprimer un petit cri.

— Chut ! murmura-t-il tout contre sa peau brûlante. Détends-toi. C'est seulement moi.

— Seulement toi ? répéta-t-elle d'une voix étranglée. Et cela suffirait à rendre cette situation normale ? Tu es quasiment nu sur mon lit, en train de me faire des choses délectables, mais pas de problème. C'est seulement ce bon vieux Mike.

— Ne m'appelle pas ainsi, chuchota-t-il en lui mordant cruellement le lobe de l'oreille.

— Quoi ? fit-elle en riant. Mike ?

Il se contenta de grogner en traçant un chemin de baisers sur sa gorge, et un sourire tremblant étira les coins des lèvres d'Adelaide. Elle savait qu'il était *son* Michael. Et lui aussi désirait être tout à elle.

— C'est vrai, remarqua-t-elle, parcourant hardiment du bout des doigts la musculature puissante de son dos. Tu n'es pas seulement Mike, n'est-ce pas ? Tu es *mon* Michael, et tu me désires si fort que tu en perds la raison, n'ai-je pas raison ?

— Dieu du ciel, oui ! gémit-il.

Il écrasa enfin sa bouche sur la sienne, et le désespoir qu'elle sentit dans ce baiser lui coupa le souffle. Soudain, elle n'était plus qu'un brûlant besoin de satisfaction immédiate. La cuisse dure de Michael se glissa entre ses jambes, générant une délicieuse pression contre sa féminité.

— Oui ! gémit-elle à son tour.

— Tu es douce comme de la soie, murmura-t-il. De la soie glacée. Comment se fait-il que ta peau soit si froide ? As-tu pris une douche ?

— Oui.

— Une douche froide ?

— Oui.

— Pourquoi, Adelaide ? Dis-le-moi.

— Parce que je te désirais si fort que cela faisait mal, reconnut-elle, son regard au fond du sien. Si tu avais frappé à la porte de la véranda cinq minutes plus tard, tu m'aurais trouvée en train de me caresser moi-même en pensant à toi.

— Adelaide, tu me tues ! râla-t-il contre sa bouche.

— Malheureusement, ma grand-mère dort juste sous cette chambre, même si elle a généralement un sommeil de plomb.

— Tu as raison, soyons raisonnables. Je vais te serrer dans mes bras jusqu'à ce que tu sois endormie.

— Bonne idée.

Glissant un bras autour de sa taille nue, elle se blottit tout contre lui, et les battements de son cœur reprirent peu à peu un rythme presque normal, dans la mesure où Michael était allongé à ses côtés quasiment nu.

Elle avait l'impression de vivre un rêve.

— Bonne nuit, dit-elle dans un soupir, reposant sa tête sur ses magnifiques pectoraux. Te verrai-je demain ?

— N'en doute pas une seconde, répondit-il, resserrant ses bras autour d'elle. Nous avons un rendez-vous pour dîner, toi et moi, et, cette fois-ci, pas question de te défiler.

Elle rit silencieusement, réconfortée par cette volonté de la posséder qu'elle entendait dans sa voix. Elle désirait de tout cœur qu'il soit fou d'elle.

Et, frissonnant de plaisir anticipé, Adelaide permit à son corps épuisé de sombrer dans le sommeil.

En arrivant chez lui, Michael se déshabilla et se mit aussitôt au lit. Il sentait encore le goût de sa bouche sur ses lèvres, la fraîcheur de sa peau lisse sur ses mains. Et, à son grand embarras, ce souvenir se traduisit instantanément en une douloureuse érection.

Refoulant la tentation de se caresser lui-même, il gémit, les dents serrées. Il n'allait pas gaspiller ses forces alors qu'il ne lui restait plus que quelques heures avant de vivre ce fantasme dans la réalité. C'était son tour de prendre une douche froide. La seconde de la journée.

Michael resta stoïquement sous les aiguilles d'eau glacée jusqu'à ce qu'il claque des dents, mais ce traitement de choc émoussa à peine son désir insensé pour Adelaide.

Demain, songea-t-il. *Demain, tu seras à moi.*

Le lendemain matin, un brillant rayon de soleil filtrait entre les rideaux tirés, et on entendait le chant joyeux des oiseaux à l'extérieur. Les dents serrées, Michael enfouit la tête sous l'oreiller. Ce monstrueux réveil de la nature l'assaillait après deux heures à peine de sommeil, et il oscillait entre frustration et humeur massacrante.

Il devrait peut-être annuler tous ses rendez-vous avec ses clients, et aller kidnapper Adelaide à son atelier pour la traîner chez lui comme un homme des cavernes. Car, à cet instant précis, c'était ce qu'il avait l'impression d'être.

Repoussant sa couette, il se dirigea tout droit vers la salle de bains et prit une autre douche froide. Ce fut un moment d'intense frustration, mais qui eut l'effet désiré, car il ramena momentanément ses ardeurs à un niveau contrôlable.

Un peu plus tard, il quitta sa maison vêtu d'un costume gris anthracite agrémenté d'une cravate bleu océan qu'Adelaide lui avait offerte pour son anniversaire deux ans plus tôt. Brodée de minuscules requins argentés aux sourires féroces, elle exprimait parfaitement son humeur du moment, née du manque de sommeil et de la frustration sexuelle.

— Bonjour, monsieur Reynolds, le salua la réceptionniste avec un sourire radieux.

— Trisha, marmonna-t-il sans ralentir.

Il expédia rapidement les affaires courantes, mais d'autres, concernant des problèmes plus complexes, testèrent sa patience jusqu'à ses extrêmes limites. Ce fut une journée interminable, et il ne put quitter son bureau qu'à 20 heures.

Alors qu'il sortait du parking souterrain au volant de sa voiture, le cœur battant très fort à l'idée de revoir Adelaide, son téléphone sonna. Il établit aussitôt la communication.

— Alors ? dit-il. T'ai-je manqué ?

— Affreusement, répondit la voix de Garrett.

— Comment va notre nouveau P-DG ? s'enquit Michael en éclatant de rire, heureux d'entendre la voix de son ami. Ta société survit-elle encore ?

— Va au diable, Reynolds. Tu sais très bien que nos affaires n'ont jamais été aussi florissantes. Les parts que tu as achetées doivent te rapporter gros, en ce moment.

— Tu as raison, je roule sur l'or. Comment se portent les demoiselles Song de la côte Est ?

— Tu ne le croirais pas. Sophie construit de vraies phrases, et elle est bavarde comme une pie. Natalie et moi sommes émerveillés.

Son ami avait raison, songea Michael. Il lui semblait incroyable que la petite fille que Garrett et son épouse avaient adoptée tout bébé soit déjà en âge de parler.

— Dommage que je ne puisse pas comprendre ce qu'elle nous raconte la moitié du temps, ajouta Garrett en riant. Heureusement, Natalie semble n'avoir aucune difficulté à communiquer avec elle.

Il marqua une pause, avant d'ajouter :

— Au fait, Natalie est enceinte. Nous avons vu les premières échographies, et le bébé est magnifique.

— Toutes mes félicitations, répondit Michael. Je suis content pour vous deux. Tout ira bien. Et je sais que tu es déjà un merveilleux papa.

Trop ému pour se concentrer sur sa conduite, Michael arrêta sa voiture le long du trottoir. Il était heureux que son meilleur ami et son épouse soient sur le point de devenir parents, mais cette joie était teintée d'un peu d'envie. Garrett était son meilleur ami. Une vague de culpabilité le submergea. Comment pouvait-il se sentir jaloux de lui ?

— Merci, Michael. Ton soutien compte beaucoup pour moi.

— C'est la vérité. Félicitations, Garrett.

Le cœur serré, Michael coupa la communication. Qu'est-ce qui n'allait pas, chez lui ? Il pensait avoir dépassé son désir impossible d'avoir un enfant à lui, mais il avait été dévasté en apprenant son infertilité, et cette honte était restée tapie dans un recoin sombre de sa conscience.

C'était aussi un rappel des raisons pour lesquelles il ne pourrait jamais envisager une relation à long terme avec Adelaide. Elle avait grandi dans la solitude, et il était certain qu'un jour elle désirerait mettre des enfants au monde. Des enfants qu'il ne pourrait jamais lui donner.

Lorsqu'il ferait l'amour avec Adelaide, il devrait veiller à verrouiller une partie de lui-même. Il ne pouvait se permettre de tomber amoureux d'elle. Ou de renoncer à sa décision de lui rendre un jour sa liberté. Leur relation ne durerait qu'un bref moment. Deux ou trois mois pour amasser des souvenirs qui dureraient une vie entière. Il avait droit à ce bonheur, n'est-ce pas ? Mais... était-ce si sûr ?

En arrivant à l'atelier d'Adelaide, quelques minutes plus tard, il avait les cheveux en désordre, une ombre de barbe hérissait ses joues et sa cravate était de travers. Malgré l'heure tardive, quelques jeunes gens et jeunes filles étaient encore au travail. Il aperçut enfin Adelaide, et, comme toujours, tout était parfait chez elle. Elle portait un chemisier rose sans manches et un pantalon noir serré aux chevilles qui lui allaient à ravir. Penchée sur l'une de ses esquisses avec ses longs cheveux repoussés derrière les oreilles, mordillant sa lèvre inférieure fuchsia d'un air de totale concentration, elle était sexy au-delà des mots.

Quelques minutes s'écoulèrent avant qu'elle remarque sa présence, et elle ouvrit de grands yeux, comme s'il venait de se matérialiser devant elle par magie.

— Oh ! fit-elle. Depuis quand es-tu là ?

— Je suis arrivé il y a cinq minutes, précisa-t-il en souriant. Je n'ai pas voulu interrompre ton travail.

Elle leva une main comme pour le toucher, puis elle la retira vivement. Ils s'étaient promis de rester discrets sur leur relation, et, en outre, ces familiarités en présence de son équipe de stylistes auraient été un manque de professionnalisme.

Au lieu de cela, ils se contentèrent de se dévorer du regard à distance. Adelaide fut la première à détourner les yeux.

— Tout à l'heure, en faisant du shopping avec Natalie pour ses vêtements de maternité, j'ai eu une nouvelle idée pour des pantalons sensoriels.

— Ne viennent-ils pas tout juste d'apprendre sa grossesse ?

— Le problème n'est pas là, répondit-elle d'un ton impatient. Ce que j'ai remarqué, c'est qu'ils emploient des tissus très étirables pour les vêtements des jeunes mamans, des matières qui reprennent leur forme initiale sans jamais trop serrer ou pendre sur le corps.

— En quoi seraient-ils différents des leggings qui existent ?

— Tout d'abord, porter des leggings moulants dans un cadre professionnel serait une faute de goût. Mon idée est de créer une zone extensible secrète derrière la fermeture à glissière d'un pantalon en tissu classique, ce qui permettrait de l'enfiler comme un survêtement et éviterait d'avoir à porter une inconfortable ceinture, car la taille s'adapterait toute seule.

— Calme-toi, Adelaide. J'ai compris ton idée. Je ne vois pas très bien comment cela fonctionnerait, mais l'idée me semble excellente.

— Je vais tout de même avoir besoin des suggestions de mon

équipe de stylistes demain matin. D'ici là, je devrais avoir quelques propositions de modèles à leur présenter.

— Pendant que tu travailles, je m'occuperai du dîner, dit-il.

Elle acquiesça d'un air absent, tuant dans l'œuf ses derniers espoirs d'un dîner romantique chez lui. Esquissant un sourire mélancolique, il se tourna vers les autres occupants de la salle.

— Aimeriez-vous que je vous rapporte quelque chose du restaurant, tous les trois ? lança-t-il.

— Merci, répondit Cindy, mais ce n'est pas la peine. Nous avons déjà prévu d'aller manger des cheeseburgers au chili chez Tommy. Nous partons dans quelques minutes.

— Pas de problème, assura Michael. Bonne soirée.

Enfant, déjà, lorsque Adelaide avait un travail en cours, elle ne s'arrêtait jamais avant de l'avoir terminé. Il allait devoir trouver des aliments que l'on peut manger avec les doigts, et qu'il pourrait placer dans sa bouche pendant qu'elle dessinait. Des dumplings, ces boulettes farcies chinoises à la vapeur, feraient parfaitement l'affaire.

Chinatown était à une vingtaine de minutes en voiture, et il ne serait pas de retour avant 22 heures, mais Adelaide n'était pas encore consciente qu'elle avait faim. Son appétit reviendrait aussitôt qu'elle sentirait les plats.

Michael monta dans sa voiture et se mit en route vers le quartier chinois de Los Angeles. Arrivé au restaurant juste avant la fermeture, il commanda la moitié du menu, puis il prit aussitôt le chemin du retour. Lorsqu'il se gara devant l'immeuble de Hansol, le parfum des plats lui avait donné si faim que son estomac gargouillait.

Comme il s'y attendait, il trouva Adelaide exactement là où il l'avait laissée. Sa corbeille débordait de papiers froissés. Elle avait visiblement beaucoup travaillé, et, tout aussi visiblement, elle n'était pas satisfaite de ses progrès.

— Je ne voudrais pas que tu tombes d'inanition, dit-il en posant ses délices culinaires sur la grande table commune au centre de la pièce. Que dirais-tu de faire une pause pour dîner à table ? Ou peut-être préfères-tu que je place moi-même dans ta bouche ces merveilles que je t'ai rapportées ?

Elle leva les yeux vers lui, fronçant les sourcils, puis elle se concentra de nouveau sur son travail. Michael rit silencieusement. Elle était perdue dans son univers, et il ne voulait surtout pas gêner son élan créateur. De plus, il adorait l'idée de placer lui-même les mets dans sa bouche adorable. Il était presque 22 heures, et ils avaient l'atelier tout à eux, mais il jeta tout de même un coup d'œil dans le couloir pour s'en assurer.

— Ouvre bien la bouche, ordonna-t-il.

Refoulant les idées coquines qui rôdaient dans son esprit, il plaça un dumpling à la crevette entre ses lèvres de corail, et il eut la satisfaction de l'entendre gémir de plaisir. Il enchaîna avec un dumpling au porc, puis il s'autorisa lui-même à en déguster un. Délicieux.

— Encore, réclama-t-elle.

Il s'empressa de la satisfaire, et lorsque l'un et l'autre eurent terminé de dîner, Adelaide avait mis la touche finale à une esquisse qu'elle n'avait pas aussitôt froissée.

— Tu vois ? remarqua-t-il, indiquant son dessin. On ne devrait jamais travailler l'estomac vide.

— Tu as raison, convint-elle. Ce modèle n'est pas mal.

— *Pas mal ?* protesta-t-il, caressant sa joue veloutée. Tu n'es jamais « pas mal ». Tu es exceptionnelle !

— Je crois que ton opinion n'est pas très objective, répliqua-t-elle en rosissant de manière charmante.

Incapable de résister, il déposa un léger baiser sur ses lèvres. Elle se pencha pour le prolonger, mais, effleurant une dernière fois ses lèvres, Michael s'écarta.

— Tu as encore du travail, rappela-t-il, et je ne veux pas t'en distraire. Si tu continues à m'embrasser de cette façon, je risque de t'emporter loin d'ici pour te faire l'amour.

— On ne peut jamais s'amuser avec toi, Reynolds, dit-elle en faisant semblant de bouder.

— Je vais aller m'asseoir à cette table, là-bas, et t'attendre.

— Il est tard, observa-t-elle en lui prenant la main pour

entremêler ses doigts aux siens. Tu devrais rentrer chez toi te reposer. Tu n'es pas obligé de rester.

— Je préfère te tenir compagnie pour veiller à ce que tu ne travailles pas toute la nuit, murmura-t-il. Je resterai simplement assis là-bas, à te déshabiller du regard.

Adelaide se rapprocha, le fixant d'un regard fasciné, et il déposa un dernier baiser sur ses lèvres si douces.

— Allez, Song ! dit-il en riant. On se remet au travail.

Là-dessus, Michael alluma sa tablette pour faire son tour d'horizon quotidien des médias, à la recherche de toute mauvaise publicité pouvant affecter ses clients. C'était une bonne journée, sans aucun problème notable. Lorsqu'il eut accompli ce travail, un coup d'œil à sa montre lui apprit qu'il était près de 2 heures. Adelaide était toujours penchée sur son carnet d'esquisses.

— Où en es-tu ? s'enquit-il en massant doucement ses épaules délicates.

— J'ai déjà achevé deux modèles, dit-elle, bâillant derrière sa main, et je viens d'en attaquer un troisième.

— Il est 2 heures du matin, remarqua-t-il. Tu pourrais peut-être dormir quelques heures avant de le terminer. Demain aussi, tu devras être capable de fonctionner. Je vais te raccompagner chez toi, et tu pourras même faire un somme dans la voiture.

— Je ne veux pas réveiller Grand-mère, objecta-t-elle avec un doux sourire. Ne pourrions-nous pas plutôt aller chez toi ?

— Si, bien sûr.

Puisqu'elle désirait rester avec lui, il ne pouvait pas lui opposer un refus, mais elle avait besoin de se reposer. Cette nuit, il ne la toucherait pas. Ou, en tout cas, il essaierait de ne pas la toucher. Il résisterait de toutes ses forces à la tentation.

9

Adelaide avait dû s'endormir dans la voiture. Elle se réveilla brusquement lorsque Michael la souleva dans ses bras pour la porter jusqu'à la maison. À l'intérieur, il la reposa doucement sur le sol et s'écarta, fixant ses chaussures comme s'il luttait contre l'indécision.

— Je vais te montrer la...

Il s'interrompit, détournant le regard, et Adelaide fronça les sourcils. Pourquoi avait-il l'air aussi gêné ? Ils étaient enfin seuls, et elle le désirait. Elle n'était pas encore bien réveillée, et plutôt que de chercher les mots adéquats elle le prit par la main et l'entraîna vers l'escalier. Elle ne connaissait que sa chambre d'adolescent, mais elle supposait qu'il disposait aujourd'hui d'une suite avec salle de bains. Elle ne s'était pas trompée. La salle de bains était bien là.

À sa grande surprise, Michael s'arrêta sur le seuil.

— Que fais-tu ? murmura-t-il d'une voix rauque qui la fit frissonner de la tête aux pieds.

— Je t'emmène sous la douche pour te sentir contre moi tout nu et ruisselant d'eau, précisa-t-elle en soutenant son regard.

— Je ne peux pas. Nous ne pouvons pas. Tu as besoin de te reposer. Je ne peux pas te distraire de ton travail.

— J'ai besoin du type de distraction que tu peux m'apporter, et tout de suite. Si ma vie se limite au travail, je vais mourir de frustration. J'ai des besoins, et à cet instant précis le sommeil n'est pas au sommet de ma liste.

Elle se rapprocha encore, empoignant fermement le plastron de sa chemise, avant de conclure :

— Écoute-moi bien. Si je ne peux pas t'avoir tout à moi, cette nuit, je te préviens que je vais me mettre à hurler.

Michael cessa de respirer, et une flamme brûlante s'alluma au fond de son regard. Mais il continua de résister.

— Adelaide, gémit-il, ton travail est si important, pour toi...

— Si tu le permets, il est temps d'établir les règles de cette relation, coupa-t-elle. J'ai le droit de t'avoir à moi quand et où je le désire. Et cette nuit, je te veux tout de suite. Compris ?

Elle vit son expression se transformer instantanément, un sourire de loup étirer ses lèvres. C'était un changement si radical qu'elle recula d'un pas. Mais cette réaction ne fit que l'enhardir. Il avança vers elle, pas à pas, jusqu'à ce qu'elle sente la porte vitrée de la douche contre son dos.

— Alors, tu as envie de me voir tout nu et ruisselant d'eau ? murmura-t-il d'une voix rauque, le visage tout près du sien.

Incapable d'articuler le moindre mot, elle hocha vigoureusement la tête.

— Tu en as très envie ? insista-t-il.

Il la tourmentait délibérément, c'était évident. Et il paierait pour cela. Mais pas tout de suite.

— Follement envie, confirma-t-elle. S'il te plaît.

Il ôta sa montre avec des gestes mesurés et la posa sur le meuble de la salle de bains avant de déboutonner sa chemise en prenant tout son temps, dévoilant peu à peu de nouvelles zones de peau. Adelaide en avait la bouche sèche. Lorsqu'il se débarrassa de sa chemise pour la laisser choir sur le sol d'un geste nonchalant, elle ne respirait plus.

Comme mues par leur propre volonté, ses mains se tendirent vers ses abdominaux sculpturaux, mais Michael recula d'un pas.

— Tut, tut ! l'arrêta-t-il. Je n'ai pas dit que tu pouvais me toucher. Pas encore.

— Quoi ? s'écria-t-elle d'un ton désespéré.

— Tu peux regarder, mais pas toucher jusqu'à ce que je t'en aie donné la permission, déclara-t-il d'un ton ferme.

— Mais...

— Compris ? insista-t-il, les doigts sur la boucle de sa ceinture. Ou préférerais-tu que je m'arrête tout de suite ?

— Non, je t'en prie, ne t'arrête pas ! protesta-t-elle. J'ai compris, je t'assure. D'accord ?

Avec un sourire provocant, il déboucla sa ceinture et la sortit lentement de ses passants. Lorsqu'il tira la fermeture à glissière de son pantalon, elle ne put s'empêcher de gémir. Elle était au-delà de toute timidité. Il la rendait folle de désir.

Lorsqu'il révéla le reste de lui-même, et qu'il se débarrassa de son pantalon et de son boxer, Adelaide se figea, fascinée. La réalité dépassait ses fantasmes les plus fous.

— Ai-je ton approbation ? s'enquit-il avec une arrogance suggérant qu'il connaissait déjà la réponse.

— Oh ! je ne sais pas, répondit-elle avec un sourire faussement détaché. Je dois d'abord déterminer si... nous allons bien ensemble.

— Oh ! je suis sûr que nous serons parfaitement compatibles, susurra-t-il en relevant son chemisier, effleurant délicatement ses flancs, la faisant violemment frissonner.

Lorsqu'elle noua les bras autour de son cou, il dégrafa son soutien-gorge avec des doigts tremblants. La tranquille arrogance de Michael fondait comme neige au soleil, et la timidité d'Adelaide céda soudain la place à une sensation de puissance féminine.

— Dans ce cas, prouve-le, dit-elle en repoussant gentiment ses mains maladroites, qui luttaient avec le premier bouton de son pantalon.

Elle s'en débarrassa prestement elle-même, mais sa belle assurance s'évapora dès qu'il lui fallut ôter sa culotte. Alors, elle resta simplement plantée devant lui, uniquement vêtue d'un minuscule bout de dentelle.

Murmurant son nom, Michael tomba à genoux devant elle, et il fit glisser la culotte minuscule sur ses jambes avec une sorte de révérence.

— Tu es si parfaite ! murmura-t-il.

Avant que sa timidité ne revienne à la charge, Adelaide se rapprocha de lui et fit couler l'eau de la douche. Michael se releva lentement, laissant glisser ses mains sur son corps avant de recueillir ses seins ultrasensibles dans ses paumes. La sensation divine de ces caresses, tour à tour rudes et douces, lui coupa le souffle.

Lorsque la cabine de douche s'emplit de vapeur, il y entra avec elle, son grand corps occupant presque tout l'espace, et elle recula pour lui faire de la place dans leur cocon de douceur loin du monde.

— À toi de te mouiller, maintenant, décréta-t-elle, le saisissant par les épaules pour le placer sous les jets tièdes. L'eau ruisselait sur son torse dur, et plus bas… À cette idée, sa gorge se serra. Il était si beau qu'il en était intimidant.

Interposant son large dos entre elle et les jets de la douche, Michael la serra dans ses bras, et elle se blottit contre lui en soupirant, levant son visage vers le sien, s'offrant à ses lèvres. Michael entoura ses joues de ses mains et couvrit son visage de bécots légers, prenant tout son temps avant d'atteindre sa bouche.

Il déposa un doux baiser, puis un autre, sur le coin de sa bouche. Elle se sentait trop frustrée pour attendre qu'il l'embrasse pour de bon, et, lorsque ses lèvres effleurèrent délicatement les siennes, elle glissa les doigts dans ses cheveux trempés et attira fermement son visage à elle.

Comme il ne résistait pas, elle en profita pour l'embrasser à pleine bouche. Elle le sentit frissonner, et sa main abandonna sa joue pour empoigner ses cheveux tandis qu'il lui rendait son baiser avec une passion dévorante.

— Si tu savais comme je te désire…, murmura-t-il tout contre sa bouche.

— Alors, prends-moi, Michael.

Abandonnant temporairement sa bouche, il déposa une pluie de baisers sur sa joue, puis sur sa gorge, descendant lentement vers la courbe de ses seins, s'approchant des pointes durcies sans toutefois les toucher. Lorsqu'il s'empara enfin de l'un des boutons de chair ultrasensibles, Adelaide creusa les reins pour aller à la rencontre de sa bouche brûlante, ses hanches ondulant fiévreusement contre lui.

— Fais-moi l'amour, Michael, dit-elle dans un souffle.

Il s'empara à nouveau de sa bouche, et ses baisers prirent une intensité dévorante tandis que ses mains parcouraient son corps comme s'il avait besoin de la caresser partout à la fois. Puis, il s'agenouilla devant elle et lui écarta les jambes.

— Pas... de cette façon, murmura-t-elle. Je...

Elle était si près du pic du plaisir qu'il lui était difficile d'articuler les mots. Mais elle ne voulait pas jouir de cette manière. Toute seule. Elle désirait qu'il l'accompagne dans l'orgasme, elle désirait le sentir tout au fond d'elle.

Mais sa bouche avait trouvé le centre de sa féminité, et il la dégustait avec délice. Adelaide ne pouvait que gémir et accompagner les mouvements de sa langue gourmande, sa nuque appuyée contre la cloison de la douche.

C'était la plus douce des tortures, une avalanche de plaisir accompagnée d'un désir presque douloureux.

— Oh ! Michael !

Un orgasme éblouissant explosa soudain en elle, avec une telle violence que ses jambes faillirent se dérober. S'il ne l'avait pas soutenue, elle se serait effondrée sur le sol.

Lorsqu'il se remit debout, et qu'il vit ses joues écarlates de passion, il lui adressa un grand sourire.

— Je t'avais bien dit que tu crierais mon nom.

Trop essoufflée pour prononcer le moindre mot, elle ne put qu'acquiescer en silence.

Souriant toujours, il se retourna pour couper l'eau, sortit le premier de la douche et se sécha rapidement, puis il frictionna soigneusement Adelaide et, l'enveloppant dans le drap de bain, il la souleva dans ses bras.

Nu comme au jour de sa naissance, et exhibant tous les signes d'une forte excitation sexuelle, Michael l'allongea sur le lit. Puis il eut le culot de lui tourner le dos et de s'éloigner.

— Eh, protesta-t-elle, se redressant vivement sur un coude. Où crois-tu aller ?

— Protection, répondit-il depuis la salle de bains.

L'esquisse d'un sourire satisfait sur les lèvres, Adelaide se débarrassa du drap de bain et s'agenouilla sur le lit, les poings sur les hanches, attendant de pied ferme son retour, déterminée à bousculer toutes ses certitudes au sujet de l'amour.

— Es-tu sûr d'être prêt pour ce qui t'attend ? le défia-t-elle, laissant remonter ses mains de son ventre vers ses seins.

— Bonté divine ! balbutia-t-il. Adelaide !

Il retourna jusqu'au lit en quelques enjambées et l'embrassa avec une fougue renouvelée, puis il l'allongea sur le drap et la couvrit de son corps.

La simple pression de ce corps nu contre le sien faillit la faire basculer dans un second orgasme. Adelaide explora du bout des doigts la musculature impressionnante de son dos, puis elle fit glisser ses mains jusqu'à son derrière rond. Lorsque Michael laissa échapper un cri guttural, elle en éprouva un plaisir si vif, une telle sensation de puissance féminine qu'elle faillit rire de joie. Puis, il posa sa bouche sur la pointe durcie d'un sein, et son envie de rire s'évapora.

—Michael ! gémit-elle d'une voix qu'elle reconnut à peine.

Michael, *son Michael*, était en train de lui faire l'amour comme si elle était la seule femme au monde. Sa bouche la soumettait à une délicieuse torture, et elle se tortillait sous ses caresses, le suppliant silencieusement de la conduire jusqu'à la délivrance.

— Je t'en supplie ! dit-elle dans un souffle. Maintenant !

Son grand corps brûlant s'écarta un instant du sien, et Michael déchira l'emballage du préservatif avec les dents avant de le mettre en place. C'était la scène la plus érotique à laquelle elle ait jamais assisté. Puis, il revint à la charge, et son regard brûlant la fit frissonner d'excitation. Il glissa un genou entre ses jambes pour les écarter, et il se positionna à l'entrée du centre de sa féminité.

— Es-tu sûre ? murmura-t-il, écartant tendrement une mèche de cheveux sur sa joue. Es-tu certaine de me désirer ?

— Si fort que j'en ai mal, confirma-t-elle d'une voix qui se fêlait. Prends-moi. Tout de suite.

Lorsqu'il la pénétra très lentement, centimètre par centimètre, ils gémirent ensemble. Bientôt, il fut tout entier en elle, répétant son nom à mi-voix comme une prière, accélérant progressivement le rythme de ses assauts, affolant tous ses sens. Elle accompagnait chacun de ses coups de reins, allant à sa rencontre pour maximiser la délicieuse sensation. Et, peu à peu, le feu qui brûlait en elle devint un incendie dévorant. Devinant qu'elle approchait de l'explosion finale, Michael empoigna plus fort ses hanches, et ses coups de boutoir devinrent plus rapides et plus forts. Et les vagues de plaisir qui la traversaient gagnèrent en intensité jusqu'à ce qu'un orgasme aveuglant explose en elle, si fort qu'elle en avait les larmes aux yeux.

Elle se blottit étroitement contre lui en murmurant son nom, voguant aveuglément dans un océan de sensations. Il accéléra ses assauts, ses coups de reins devinrent plus rapides, presque frénétiques, jusqu'à ce qu'il bascule à son tour dans un océan de plaisir en criant son nom.

Michael demeura ainsi un instant, penché au-dessus d'elle, appuyé sur les coudes, mais tout son corps tremblait. Il se retira lentement pour s'effondrer à côté d'elle, la gardant étroitement serrée contre lui.

Il déposa une pluie de baisers sur ses paupières, sur son front et sur ses joues, et la tendresse qu'elle lisait dans son regard l'émut au-delà des mots. Adelaide se sentait chérie.

— Pourrions-nous recommencer ? suggéra-t-elle.

— Je ne suis plus un adolescent, répondit-il en riant. Laisse-moi une heure ou deux, et je serai tout à toi.

— Sais-tu que tu me rends folle, mon bébé ?

— Vraiment ?

— Oui. Je te désire si fort que je n'arrive plus à réfléchir.

— Alors, nous allons devoir y remédier, n'est-ce pas ? Je propose une nouvelle séance de sexe débridé dans deux petites heures. Qu'en penses-tu ?

— C'est parfait, opina-t-elle, bâillant derrière sa main. Cela nous laissera largement le temps de faire une petite sieste.

— Dors tranquille, je te réveillerai dans deux heures.

Adelaide ferma les yeux. Elle venait de vivre la meilleure

rencontre sexuelle de toute sa vie, mais il lui restait encore beaucoup de travail à faire.

Après avoir de nouveau fait l'amour avec Michael.

Peu désireux de la fatiguer davantage alors qu'elle s'épuisait déjà au travail, Michael avait décidé de ne pas la séduire ce soir-là. Mais Adelaide avait d'autres plans. Lui-même était retourné à sa vieille manie de la protéger comme si elle était une enfant qui avait besoin de son aide.

Or, à ce sujet, il avait tout faux. Elle était une femme dans la force de l'âge, qui n'avait besoin de l'aide de personne. Lorsqu'elle avait pris une décision, tout était dit. De plus, il lui était impossible de lui refuser quoi que ce soit.

Sitôt qu'il entendit sa respiration régulière, il se laissa sombrer à son tour dans le sommeil, blotti tout contre elle, avec la sensation d'être l'homme le plus chanceux du monde.

Lorsqu'il se réveilla, quelque temps plus tard, il faisait encore noir dans la chambre. Adelaide dormait tout contre lui, une de ses magnifiques jambes en travers des siennes. Se souvenant de la promesse qu'il lui avait faite plus tôt, il esquissa un sourire, et entreprit de tracer des cercles lents sur son dos du bout d'un doigt.

Adelaide soupira, pressant son visage plus fort contre son torse. Elle était adorable. Il posa les lèvres au creux de son épaule pour y déposer un baiser, et elle ouvrit les yeux.

— Bonjour, murmura-t-il, bien qu'il fît encore nuit.

— Bonjour, répondit-elle en bâillant derrière sa main.

Il était tenté de la laisser se rendormir, mais elle devait absolument terminer les modèles qu'elle avait commencés. Il allait donc devoir l'aider à se réveiller. Il s'y employa en traçant un chemin de baisers de son épaule à la peau ultrasensible de son cou. Elle cessa aussitôt de bâiller.

Amusé, Michael déposa d'autres baisers sur son visage, sur ses lèvres, et elle rapprocha son corps du sien. Trop excité pour continuer à jouer ainsi, il écrasa sa bouche sur la sienne et l'embrassa passionnément.

Cette fois-ci encore, un tsunami de désir déferla sur eux, et ils firent l'amour comme si leur vie en dépendait. Lorsqu'elle explosa dans ses bras, il la suivit presque aussitôt, et ils atteignirent les cimes du plaisir ensemble.

— Es-tu bien réveillée, cette fois-ci ? la taquina-t-il d'une voix essoufflée comme s'il venait de courir un marathon.

— Oh ! oui ! répondit-elle d'une voix ensommeillée.

— Ne va surtout pas te rendormir, la tança-t-il. Va vite prendre ta douche tandis que je prépare le café.

Toujours nu, il se rendit dans la cuisine. Il en ressortait quelques minutes plus tard, un mug fumant dans chaque main, lorsqu'elle apparut sur le seuil, fraîche et dispose, dans les mêmes vêtements qu'elle portait la veille.

— Que vois-je, Reynolds ? Tu me sers le café tout nu ? Ne désirais-tu pas que je me concentre sur mes créations ?

— Ne te fais pas de fausses idées, répliqua-t-il en souriant. Je ne peux pas m'habiller sans prendre ma douche. Bois ton café et mets-toi au travail. Mon bureau est au bout du couloir.

— Tu adores jouer les tentateurs n'est-ce pas ? observa-t-elle en prenant le mug qu'il lui tendait.

Riant silencieusement, Michael passa dans la salle de bains, et il souriait encore en ressortant de la douche. Il ne s'était pas senti aussi détendu depuis très longtemps. Adelaide avait fait renaître en lui quelque chose qu'il croyait avoir perdu à tout jamais. Le bonheur.

Lorsqu'il jeta un coup d'œil dans son bureau, une heure plus tard, Adelaide était penchée sur ses esquisses. Il détestait l'interrompre, mais il devait partir pour son travail.

— Cela se passe bien, mon bébé ? s'enquit-il en déposant un rapide baiser sur ses lèvres adorables.

— Merveilleusement bien, répondit-elle. Je suis très contente de mes nouveaux modèles.

— Et avec raison, assura-t-il. Ils sont superbes. À présent, je vais partir et te laisser travailler. Reste ici aussi longtemps qu'il te plaira.

— Quoi, tu t'en vas ? s'enquit-elle d'un ton déçu.

— Nous ne pouvons pas arriver tous les deux en retard à notre travail, et je ne peux pas décemment te déposer chez Hansol. Nous avons une assez bonne couverture au cas où nous serions vus ensemble, mais inutile de tenter le diable.

— Ne t'inquiète pas. J'appellerai un taxi.

— Je te dois toujours un dîner, remarqua-t-il.

— C'est juste, dit-elle en souriant. Ai-je droit à un baiser ?

— Oh ! que oui !

Se haussant sur la pointe des pieds, elle posa ses lèvres sur les siennes. Son baiser, d'une douceur de miel, était porteur de mille promesses, vibrant de désir contrôlé, et il y répondit avec une retenue similaire. S'ils s'étaient embrassés comme ils en avaient envie, ni l'un ni l'autre n'aurait eu la force de s'arrêter.

10

Il était plus de 18 heures lorsque Adelaide réunit son équipe de stylistes pour passer en revue ses dernières créations, et elle ne tenait plus sur ses jambes que grâce à l'adrénaline et au café. Lorsqu'elle eut terminé une rapide présentation de ses nouveaux modèles, un silence de mort se fit dans la pièce. Adelaide sentait déjà ses paumes devenir moites lorsqu'ils commencèrent tous à parler en même temps.

— Mon frère autiste adorerait porter ce modèle de pantalon, déclara Chris au milieu de ce brouhaha. Confortable et à un prix raisonnable.

— Merci pour votre bel enthousiasme, répondit Adelaide en riant. Mais pour le moment, ce n'est qu'une idée. Il nous reste encore beaucoup de travail pour la transformer en réalité.

— C'est plus qu'une idée, assura Cindy. C'est génial !

— Ce n'est pas la seule sur laquelle nous travaillons, rappela Adelaide. Grâce à vous, l'idée que le confort et l'élégance sont incompatibles sera bientôt dépassée.

L'atelier résonna des hourras de l'équipe, et Adelaide profita de l'opportunité pour aborder le sujet des modèles.

— Cette ligne de vêtements sensoriels s'inscrit dans le désir de la société d'accepter les différences et de redéfinir le mot « normal ». Et je pense que le choix de nos modèles devrait illustrer cette volonté.

— Voulez-vous dire que notre ligne de vêtements sera présentée sur des corps de gens ordinaires ?

— Exactement. Je ne veux pas diminuer la portée de notre travail en insistant lourdement là-dessus, mais il semble juste de faire appel à des corps qui reflètent les réalités de la vie.

— L'idée me plaît, observa Mona avec un enthousiasme visiblement partagé par toute l'équipe. Faisons-le.

— Vous êtes tous formidables, lança Adelaide. Au travail !

Elle devait encore régler quelques détails avant de charger ses créations dans son programme de design, et elle ne releva la tête que lorsque son téléphone sonna. C'était Colin.

— Salut, cousin, dit-elle. Quoi de neuf ?

— Que dirais-tu de dîner avec moi ? suggéra-t-il. Cela fait une éternité que nous n'avons pas traîné ensemble.

C'était vrai, et elle aurait adoré passer un peu de temps avec Colin, mais elle comptait chaque minute qui la séparait encore de l'instant où elle reverrait Michael. Or, il était presque 20 heures. Il devait déjà l'attendre.

— Ce serait avec plaisir, assura-t-elle, mais je viens de passer une nuit blanche à travailler. Je tombe de sommeil. Seras-tu disponible demain soir ?

— Hélas, demain soir je dois faire la tournée de mes clubs.

— Je comprends, dit-elle d'un ton un peu embarrassé. Une autre fois, alors ?

— Oui, pas de problème, assura Colin. À plus tard.

Après avoir raccroché, elle envoya un texto à Michael.

Je n'avais pas fait attention à l'heure. Je pars tout de suite.

Son cœur battait la chamade. À cette heure-ci, la circulation serait fluide, et elle serait bientôt auprès de lui.

Mais cela lui semblait encore trop long.

Michael tremblait d'impatience, et il ne se sentit soulagé qu'après avoir lu le texto d'Adelaide. *Tiens bon, Reynolds*, se tança-t-il. *Elle sera bientôt ici.*

Il ne se contrôlait plus. L'idée que leur idylle devrait se terminer un jour l'incitait à essayer désespérément de profiter de chaque seconde de ces instants volés.

Michael ne pouvait pas lui donner des enfants – sa propre famille à chérir. Et il ne voulait pour rien au monde l'obliger à choisir entre l'adoption et une vie sans enfants. Et, même si elle acceptait l'idée d'une adoption, Mme Song s'y opposerait. Elle et James tenaient énormément à avoir des petits-enfants. Si Adelaide le choisissait en dépit de son infertilité, il en résulterait des tensions entre sa famille et elle, à un moment de sa vie où elle était sur le point de réaliser son rêve. Il ne pouvait pas devenir l'obstacle qui la priverait d'une opportunité de carrière chez Hansol avec sa nouvelle ligne de vêtements sensoriels.

Mais il avait besoin d'elle. Adelaide réchauffait son âme. Il devait se créer une collection de souvenirs de sa douceur, de sa force et de sa passion, pour l'aider à vivre lorsqu'elle ne serait plus à lui. Et même cela faisait de lui un sale égoïste.

On sonna à sa porte, et son cœur fit un bond. Mais ce ne pouvait pas être Adelaide. Ça faisait à peine cinq minutes qu'elle lui avait envoyé son texto.

Il alla ouvrir, et ce fut Colin qu'il trouva devant sa porte.

— Qu'est-ce qui t'amène ? s'enquit-il d'un air surpris.

— Ce n'est pas la première fois que je viens chez toi sans prévenir, remarqua Colin. Pourquoi as-tu l'air aussi paniqué ?

— Paniqué, moi ? Tu plaisantes ! Allez, entre.

Ils se rendirent dans la cuisine, et Colin s'installa sur un tabouret devant l'îlot central tandis que Michael allait ouvrir le réfrigérateur.

— Bière blonde ou brune ?

— Blonde, répondit Colin, jetant un coup d'œil curieux à la bouteille de champagne dans son seau de glace posée sur le plan de travail. Tu attendais de la visite ? Une petite amie ?

Michael fronça les sourcils. Adelaide allait arriver dans une demi-heure. Colin semblait déjà se douter que quelque chose était à l'œuvre entre eux, mais Adelaide lui avait fait jurer de garder le secret absolu sur leur relation. Avec un peu de chance, Colin serait parti avant l'arrivée d'Adelaide, mais lui mentir ne ferait que compliquer la situation si la jeune femme et son cousin se croisaient ici ce soir.

— Pas exactement, éluda-t-il.

— C'est Adelaide que tu attends, observa Colin d'un ton solennel. Quand doit-elle arriver ?

— Pas avant une demi-heure, fit Michael prudemment.

— Parfait. Cela me laissera amplement le temps de te dire ce que je suis venu te dire, puis je débarrasserai le plancher.

— Tu m'intrigues, dit Michael avant d'avaler une gorgée de bière.

— Je sais que je suis plus jeune que Garrett et toi, et que j'étais le gosse insupportable qui vous suivait partout.

— Nous étions tous des gosses, à l'époque. Aujourd'hui, tu n'es plus le suiveur de personne.

— Merci de voir les choses ainsi, car ce que je m'apprête à te dire pourrait te donner l'impression que je parle à la place de Garrett. J'ignore si c'est sérieux ou non, entre Adelaide et toi, mais je voudrais connaître tes intentions vis-à-vis d'elle.

— Quoi ? fit Michael, ouvrant de grands yeux.

— Vous êtes des adultes, tous les deux, et je ne veux pas me mêler de vos affaires, mais vous n'êtes pas très discrets. Ne comprends-tu pas ce qu'Adelaide ressent pour toi ? Tu es son héros depuis qu'elle a eu quatre ans, et même au lycée elle était amoureuse de toi jusqu'à ce que tu te maries. Ce mariage l'avait laissée dévastée.

— Je ne comprends pas ce que tu essaies de me dire.

— Alors, tu es un idiot. Adelaide est amoureuse de toi depuis des années. Après ton mariage, elle a essayé de t'oublier en multipliant les petits amis, car elle souffrait, et il lui a fallu longtemps pour remettre sa vie en ordre. Aujourd'hui, elle a cette formidable opportunité de prouver son talent, et je ne peux pas rester à ne rien faire alors que tu as le pouvoir de ruiner tous ses espoirs.

— Elle est une adulte qui sait ce qu'elle désire, rappela Michael, serrant les poings. Garrett et toi n'avez aucun droit de décider à sa place qui elle peut fréquenter. Je crois que vous souffrez tous les deux du syndrome du grand frère protecteur.

Il savait que Colin était sérieux, mais il se trompait totalement. Adelaide n'avait jamais été amoureuse de lui. Cette idée faisait battre son cœur plus vite, mais il refusait de lui accorder le moindre crédit. Elle avait eu le béguin de lui à l'époque où elle croyait encore aux licornes et aux sirènes. Au même âge, lui aussi avait été amoureux de sa nounou de trente-quatre ans.

— As-tu terminé ? s'enquit-il d'un ton léger. Je crois que nous avons besoin d'une nouvelle bière, toi et moi.

— Oui, répondit Colin en acceptant une autre bière fraîche. J'ai dit ce que j'avais à dire. Et, s'il te plaît, ne va pas répéter cette conversation à Adelaide. Elle me tuerait.

— Je m'étonne que tu aies pris le risque de déclencher sa colère en me disant tout cela.

— C'est parce que je l'aime plus que je ne la crains. Mais je suis conscient qu'après Grand-mère, elle est l'être humain le plus redoutable que je connaisse. Seul un idiot oserait lui causer des problèmes.

Le carillon de l'entrée sonna de nouveau, et tous deux se tournèrent simultanément vers la porte.

— Tiens, tiens, observa Michael. Adelaide est en avance.

— Bon sang ! s'exclama Colin. Dis-lui que j'étais venu te parler d'une campagne de communication pour mes clubs.

— Pas question que je te couvre, répliqua Michael. J'ai accepté tes remontrances comme un vrai gentleman, mais, pour le reste, tu es tout seul.

Tournant les talons, Michael alla ouvrir la porte. Plantée sur le seuil, Adelaide était si belle qu'il en fut totalement ébloui. Il dut déployer des trésors de volonté pour ne pas l'embrasser à en perdre le souffle là où elle était.

— Bonjour, Adelaide, balbutia-t-il en s'écartant pour la laisser entrer.

— Bonjour, Michael, murmura-t-elle.

Comme elle se haussait sur la pointe des pieds pour l'embrasser, Michael l'arrêta d'un geste et dit, d'une voix bien plus forte que nécessaire :

— Tu ne devineras jamais qui est là à boire ma bonne bière.

— Qui ? s'enquit-elle dans un souffle.

— Colin, précisa-t-il.

— Que fait-il ici ? chuchota-t-elle, visiblement paniquée. Il m'a proposé de dîner avec lui et j'ai refusé, sous prétexte que j'avais travaillé toute la nuit ! Que va-t-il penser ?

— Il pensera que j'ai insisté pour te voir malgré ta fatigue pour célébrer avec toi tes ingénieuses créations.

— Colin sait déjà tout, mais il n'en soufflera mot à personne, assura-t-elle. Cela doit rester notre secret.

Elle était trop adorable, et il ne put s'empêcher de l'embrasser à pleine bouche avant de s'écarter.

— Entre, dit-il à voix haute. Je vais te montrer qui c'est.

Lorsqu'ils entrèrent dans la cuisine, Colin se leva à demi pour serrer Adelaide dans ses bras.

— Salut, cousine. Quelle surprise de te trouver ici !

— Je me réjouis que nous soyons tous ici ce soir, assura-t-elle. Nous pourrons partager un bon dîner et parler affaires avant que je tombe de sommeil.

— Qui a dit que j'ai de quoi nourrir un invité impromptu ?

Michael ne plaisantait qu'à moitié. Il désirait avoir Adelaide toute à lui, et il se sentait frustré.

— Enfin, s'il le faut, ajouta-t-il, je vais jeter quelques grosses crevettes sur le gril pour compléter les steaks.

Pendant le dîner, Adelaide s'assit à sa gauche. Il sentait la chaleur de son corps près de lui. Il dut puiser tout au fond de ses réserves de sang-froid pour ne pas la caresser sous la table, car il ne voulait pas manquer de respect à Colin après la conversation qu'ils venaient d'avoir. Il se contenta de lui serrer doucement le genou pour lui rappeler qu'il la désirait. En réponse, elle laissa glisser sa main à l'intérieur de sa cuisse, et il faillit s'étouffer avec sa bouchée de steak.

— Tout va bien, Mike ? s'enquit Colin d'un air inquiet.

— Oui, pas de problème, assura Michael, avalant précipitamment une longue gorgée de vin.

La responsable de son trouble croqua une bouchée de crevette pour dissimuler son sourire moqueur. *Petite coquine*.

Le calme revenu – seulement partiellement chez Michael –, ils abordèrent tout naturellement le sujet du défilé de mode.

— Il reste moins de quatre semaines à mon équipe de stylistes pour présenter leurs projets, observa Adelaide. Ils ont tous tellement de talent que je me demande comment je vais pouvoir choisir un vainqueur.

— La tâche sera difficile, convint Colin, mais j'ai de bonnes nouvelles à t'annoncer. J'ai contacté quelques-uns de mes amis DJ, et ils adoreraient tous venir à ton défilé de mode. Parmi eux, il y a quelques artistes très connus.

—C'est merveilleux ! s'exclama Adelaide. L'audience en ligne va exploser.

— Ce sera un événement fantastique, assura Colin.

— Merci, répondit-elle avec un sourire affectueux.

— Quelqu'un a-t-il encore faim ? s'enquit Michael.

— Je crois que nous sommes tous plus que rassasiés, répondit Colin en se tournant vers Adelaide. Je vais te raccompagner chez toi, puis je prendrai un taxi pour retourner à ma voiture. Des objections, Mike ?

— Aucune, mentit-il.

Ce petit sournois jouait une nouvelle fois les chaperons, et Michael ne pouvait pas s'y opposer sans paraître suspicieux.

— Quoi ? protesta Adelaide. Je...

— Tu n'as pas fermé l'œil la nuit dernière, et tu as bu du vin, rappela-t-il. Pas question que je te laisse rentrer en voiture.

— Je pourrais la raccompagner, suggéra Michael.

— Sans vouloir te vexer, tu as l'air de ne pas avoir dormi de la semaine, toi non plus. Je vais raccompagner Adelaide chez elle, et toi, tu vas te reposer. Pardon de ne pas rester pour la vaisselle, mais ma cousine a l'air à bout de forces.

Adelaide réprima un soupir, mais elle ne protesta pas. Ils savaient tous deux que Colin les avait démasqués.

— Merci, Colin, dit Michael en raccompagnant les Song jusqu'à la porte. Conduis prudemment.

— Compte sur moi, répondit Colin en lui serrant la main.

Là-dessus, il se dirigea à pas lents vers la voiture d'Adelaide, leur accordant gentiment une minute d'intimité.

— Je n'arrive pas à croire qu'il se prenne pour mon chaperon ! protesta-t-elle dès qu'il se fut éloigné.

— Qu'espérais-tu d'autre de la part d'un Song ? la taquina-t-il en repoussant tendrement une mèche de cheveux sur sa joue, ce qui la fit frissonner.

— Rendez-vous dans une heure pour une conversation coquine au téléphone ? suggéra-t-elle d'un air gourmand.

— Ne me tente pas ! gémit-il. Colin a raison. Nous avons tous les deux besoin de repos. On se voit demain ?

— D'accord, capitula-t-elle en déposant un baiser au coin de ses lèvres. À demain donc.

11

— C'est bon d'entendre ta voix, mon bébé.

Adelaide se sentait merveilleusement excitée. Elle avait peine à croire que les paroles de Michael lui soient destinées. Son plus cher ami. Son amour d'enfance.

Halte ! songea-t-elle, atterrée. Était-elle amoureuse ?

Il ne pouvait être question d'amour entre eux. Ce lien qui existait entre lui et elle ne pouvait pas durer toujours. Elle s'était tracé une ligne à ne pas dépasser. Cette folie cesserait dès la fin du défilé. Sa relation avec Michael ne pouvait pas devenir le centre de son univers. Sa grand-mère commençait à se rendre compte de son potentiel, mais ce n'était que le début. Adelaide visait plus haut, et elle ne pouvait pas se permettre de l'oublier, même un instant. Son aventure avec Michael n'était que cela – une simple aventure. Elle ne pouvait pas se permettre de risquer son avenir pour un homme qui n'avait que le présent à lui offrir.

— Imagine comme il serait agréable de m'avoir auprès de toi en personne, plaisanta-t-elle avec une insouciance feinte.

— As-tu décidé de me faire souffrir dès mon réveil ?

Elle rit, un peu honteuse de l'avoir appelé dès qu'elle avait ouvert les yeux ce matin-là. Elle n'essayait pas de réveiller sa libido – ou peut-être un petit peu.

— J'avais seulement envie d'entendre ta voix, moi aussi, répondit-elle. Et de t'inviter à venir avec moi pour rencontrer les concepteurs du podium du défilé. Ta présence n'est pas strictement nécessaire, mais tu me manques.

— Je… ne peux pas, s'excusa-t-il après un silence qui lui parut interminable. Mes clients les plus exigeants ont besoin de mon attention, aujourd'hui. Je suis vraiment désolé.

— Oh… Oui, bien sûr, répondit-elle, faisant de son mieux pour dissimuler sa déception. Tu as une entreprise à faire fonctionner. Pourrais-je te voir ce soir ? Sans Colin ?

— Ce serait merveilleux, mais je préfère attendre de savoir comment cette journée va évoluer, répondit Michael avec un rire qui sonnait un peu faux. Je t'appellerai plus tard.

— D'accord. À bientôt.

— Au revoir.

Adelaide se prépara pour partir à son travail avec des gestes d'automate. Lorsqu'elle descendit dans la cuisine, sa grand-mère terminait son café et son *bagel* beurré, son petit déjeuner habituel des jours de semaine.

— Bonjour, *Hal-meo-ni.*

— Viens t'asseoir. Tu as l'air d'avoir besoin de calories.

— Je suis seulement fatiguée. J'ai dû travailler toute une nuit, il a deux jours de cela, et je n'ai pas encore récupéré.

— Ah ! fit sa grand-mère avec un sourire rêveur. La passion de la jeunesse !

Adelaide rougit jusqu'aux oreilles à cette remarque un peu trop proche de la réalité. *La passion de la jeunesse, vraiment !*

— Quels sont tes projets pour la journée ? s'enquit-elle.

— J'ai une réunion avec quelques membres du conseil d'administration pour connaître leur position, concernant le partenariat Hansol-Vivotex. Au téléphone, ils ne tarissent pas d'éloges pour Garrett, mais je tiens à m'assurer en personne qu'ils ne me racontent pas des histoires pour me faire plaisir.

Sa grand-mère parlait avec une incroyable autorité, et Adelaide espéra l'égaler un jour. Mais, déjà, Grace Song reprenait :

— Tu ferais bien de te souvenir de cela, Adelaide. Ne prends jamais ce qu'on te dit pour argent comptant. Tu dois faire confiance à ton instinct pour débusquer la vérité.

— Je te promets de m'en souvenir, répondit-elle, bouche bée de surprise.

C'était la toute première fois que sa grand-mère lui prodiguait des conseils concernant la gestion de l'entreprise. Cette reconnaissance inattendue l'emplit d'une telle fierté qu'elle en avait le vertige. Et elle renforça sa détermination à ne pas permettre que sa relation avec Michael la détourne de son devoir. Si Grand-mère apprenait qu'ils avaient une aventure, ce serait un désastre. Elle allait devoir s'assurer que leur relation resterait très brève et très discrète.

Ce merveilleux sentiment de fierté d'avoir enfin été acceptée perdurait encore tandis qu'elle roulait vers sa réunion. Mais elle n'avait pas non plus oublié sa conversation avec Michael au téléphone. Il avait flirté avec elle d'une voix incroyablement sensuelle… Jusqu'à ce qu'elle lui dise qu'il lui manquait. C'était impossible. Ces simples mots l'avaient-ils convaincu qu'elle devenait trop collante ? Ils avaient passé une seule nuit ensemble. Pensait-il que l'expérience été trop forte pour la pauvre petite Adelaide ?

Après s'être trompée de route une ou deux fois, elle arriva enfin devant le loft où elle allait rencontrer les concepteurs du podium, qui devaient prendre les mesures nécessaires pour créer un parcours adapté à l'espace disponible et au thème. Refoulant le tumulte de ses sentiments dans un recoin de sa conscience, elle se concentra sur son affaire en cours.

Lorsqu'elle regagna sa voiture, un peu plus tard, le barrage qu'elle s'était bâti contre le flot de ses émotions s'effondra instantanément. Adelaide tendit la main vers son téléphone, puis elle interrompit son geste. Que pourrait-elle lui dire ? « Veux-tu encore de moi ? » Elle était ridicule. N'avait-elle pas décidé de ne pas se laisser distraire par leur aventure ? Ils ne pouvaient pas passer toutes leurs nuits ensemble.

Mais elle n'avait certainement pas imaginé sa façon de lui faire l'amour. Il l'avait prise comme s'ils étaient les deux derniers êtres sur terre, et qu'il l'avait cherchée toute sa vie.

Michael la désirait. Même si ce n'était pas pour toute la vie – et même si ce n'était qu'une aventure sexuelle –, il la désirait désespérément. Et Adelaide s'en contenterait. Elle ne désirait pas davantage, elle non plus. Seulement se perdre dans cette merveilleuse alchimie entre eux. Elle allait devoir cesser d'analyser tous ses mots et toutes ses actions.

Adelaide prit une profonde inspiration et, refoulant son anxiété, démarra pour retourner à son bureau. L'après-midi était déjà bien avancé, mais il lui fallait travailler sur un projet cohérent du thème que les stylistes devaient réaliser.

Son téléphone tinta dans son sac, et son anxiété revint en force. Qu'était devenue sa confiance en elle-même si chèrement gagnée ? De sa maturité ? Allait-elle être condamnée à mendier l'affection des autres pour se sentir désirée ? Jamais. Elle n'avait pas besoin d'un homme pour sentir qu'elle comptait. Et cela incluait Michael Reynolds.

Adelaide ne prit pas la peine de lire le texto. Ce n'était probablement que les stylistes lui demandant d'autres précisions. Elle ne consulta son téléphone qu'en arrivant à son bureau. Et le message qu'elle lut ne lui fit pas plaisir.

> Le problème avec mon client difficile ne s'est pas réglé aussi facilement que prévu. Désolé. Nous allons devoir reporter notre soirée.

Elle refoula fermement le sentiment de panique qui avait déferlé sur elle. Il lui était égal de ne pas voir Michael ce soir-là. Il n'était pas le centre de son univers. Elle répondit :

> Pas de problème. Tâche d'éteindre cet incendie. Bonne chance.

Elle attendit une réponse qui ne vint pas, mais elle choisit de ne pas s'en inquiéter. Michael avait sûrement été dérangé.

Malgré sa détermination à ne pas se laisser déstabiliser par cette situation, elle n'avait pas du tout envie de rentrer chez elle pour passer sa soirée dans la solitude. Cela faisait une éternité qu'elle n'avait pas dansé jusqu'à l'aube. Elle n'avait plus mis les pieds au club de son cousin depuis le soir où Michael y était apparu pour l'*escorter* chez elle.

Tout à coup, elle avait hâte de quitter le bureau. Après ces quelques jours stressants, elle avait besoin de décompresser en s'abandonnant tout entière à la musique et à la danse. Mais elle avait aussi besoin d'une compagnie agréable, sans aucune complication, pour que la soirée soit amusante.

Mona et Chris, les deux membres de son équipe avec qui elle avait le plus d'affinités, étaient les seuls à être restés au studio jusqu'à cette heure tardive.

— Très bien, mon équipe, dit-elle en se tournant vers eux. Je ne veux entendre aucune protestation. Allons danser !

Mona et Chris accueillirent cette proposition avec enthousiasme. Poussant un cri de joie, Mona esquissa quelques pas de danse, et Chris sortit aussitôt son téléphone.

— C'est une super idée ! Je vais appeler Cindy pour qu'elle vienne nous rejoindre.

Adelaide sentait depuis quelque temps qu'une romance naissait entre eux, et elle en était tout attendrie. C'était un peu grâce à elle que Cindy et Chris s'étaient rencontrés.

— Venez, Mona, nous allons faire une petite descente dans le dressing des échantillons de robes de cocktail pour nous habiller. Et vous, Chris, que diriez-vous de faire de même avec les vêtements masculins ?

— Je dirais que l'idée me plaît.

—Avez-vous envie de porter autre chose qu'une chemise de flanelle pour épater votre cavalière ? le taquina-t-elle.

— Je n'en suis pas très sûr, répondit-il d'un air songeur.

— Dans ce cas, observa Mona, pourquoi ne pas essayer de nous surprendre, *nous* ?

— Je relève le défi, mesdemoiselles, répondit Chris en se précipitant vers la porte. En avant pour le relooking total !

Adelaide avait envie d'une tenue festive et scintillante. Alors elle choisit une robe mi-longue sans bretelles à sequins dorés qui épousait amoureusement chaque courbe de son corps sans gêner ses mouvements, avec des pendants d'oreilles de cristal taillé et des sandales à hauts talons rehaussées de perles de cristal. Elle avait l'air de Lumière dans *La Belle et la Bête*, et elle adorait cette idée.

— Oh ! mon Dieu, Mona ! Vous êtes éblouissante !

La jeune styliste portait une robe écarlate aux épaules découvertes qui mettait en valeur sa taille fine et ses hanches arrondies, assortie d'escarpins à talons aiguilles de dix centimètres qui lui donnaient l'air d'une redoutable amazone.

— Vous êtes absolument époustouflante, ajouta-t-elle. Et je vous le dis avec tout le respect et tout le professionnalisme que je vous dois.

— Au diable le professionnalisme, répliqua Mona en riant. Vous êtes simplement trop éblouie devant ma robe de ravageuse de cœurs pour dissimuler votre admiration.

— C'est la stricte vérité, mon amie.

Elles avaient toutes deux choisi le même rouge à lèvres rouge sang avant de descendre rejoindre Chris dans le hall, et elles faillirent passer sans le voir devant un homme de haute taille à l'allure sportive, vêtu d'une chemise noire très ajustée et d'un jean en cuir anthracite avec un ceinturon orné d'une boucle en argent, qui consultait l'écran de son téléphone. Mais l'homme releva la tête, et elles reconnurent Chris.

— Chris ? s'exclamèrent-elles simultanément.

— Quoi ? fit-il en riant. Suis-je à ce point changé ?

— Cindy a beaucoup de chance, c'est tout, répondit Mona.

Chris rougit jusqu'aux oreilles. Il était vraiment adorable, et il se porta volontaire pour conduire la voiture au retour. Comme c'était un soir de semaine, il y avait foule, au club, mais l'atmosphère n'était pas suffocante. Clarence, l'apprenti de Tucker, était aux platines, et la musique au rythme puissant était un mélange parfait de force et de douceur.

— Bonsoir, Adelaide, la salua Tucker à l'entrée du club. Tu te fais trop rare. Laisse-moi vous installer, tes amis et toi. Colin n'est pas ici, ce soir. Tu le savais, n'est-ce pas ?

— Bien sûr, confirma-t-elle avec un clin d'œil complice. Pourquoi crois-tu que j'aie choisi cette soirée en particulier ? Mes amis, je vous présente Tucker, le manager du Pendulum et son meilleur DJ. Tucker, je te présente Mona et Chris, des stylistes de mon équipe. Une ravissante jeune femme du nom de Cindy doit aussi venir nous rejoindre tout à l'heure, alors, ouvre l'œil, s'il te plaît.

Après ces présentations, Tucker les installa à une excellente table et leur fit servir une bouteille de tequila et une montagne de citrons verts.

— Avez-vous besoin d'autre chose ? s'enquit-il.

— Non, merci, tout est parfait, répondit-elle en souriant. Les enfants, buvons un verre, puis allons danser.

Sitôt qu'Adelaide pénétra sur la piste de danse, Clarence enchaîna ses morceaux préférés, et bientôt elle eut la sensation que la musique l'enveloppait comme une seconde peau invisible. Elle avait l'impression de flotter dans une onde bénéfique, son sang chantait dans ses veines. Fermant les yeux, elle se laissa porter par ces sensations. Mona et elle se partagèrent Chris, qui était un excellent danseur, mais dès que Cindy apparut dans une combinaison de soie rose fluo ultrachic, Chris fut tout à elle.

Entre eux quatre, ils eurent raison de la bouteille de tequila et brûlèrent tout cet alcool sur la piste de danse. Mona aurait bien commandé une seconde bouteille, mais Adelaide dut jouer les patronnes impitoyables et s'y opposer.

— Nous ferions bien de rentrer, décréta-t-elle. Nous nous noierons dans la tequila après le défilé, mais je ne veux pas que vous manquiez vos cours demain, ou que vous soyez trop fatigués pour être créatifs à l'atelier.

Mona, qui était un peu pompette, allait protester, mais Cindy et Chris se levèrent ensemble, main dans la main.

— Merci, Adelaide.

Pendant que le reste du groupe rassemblait ses affaires, Adelaide gagna la sortie du club. La fraîcheur de la nuit sur sa peau était très agréable, et elle respira l'air pur à pleins poumons. Puis, soudain, une main agrippa son sac.

— Eh ! protesta-t-elle, s'accrochant à la bride. Lâchez ça !

Le voleur lui lança un regard menaçant et, la bousculant d'un coup d'épaule, il l'envoya rouler sur le trottoir. Le souffle coupé, Adelaide se recroquevilla sur le sol, mais avant qu'elle ait retrouvé sa respiration, des bras vigoureux la relevèrent gentiment en position assise. Par réflexe, elle tenta de se dégager, mais une voix douce murmura :

— Adelaide, c'est moi, Chris. Ne vous inquiétez pas. Vous êtes en sécurité, maintenant.

L'assaillant avait pris son sac, ainsi que son téléphone. Elle devait se ressaisir et faire en sorte qu'il ne puisse pas avoir accès aux textos de Michael. Mais elle était terrifiée, et tout son corps n'était qu'une contusion.

— Oh ! mon Dieu ! s'exclamèrent Mona et Cindy en se précipitant à ses côtés. Êtes-vous blessée ?

— Je vais bien, assura-t-elle. Seulement un peu choquée.

Elle se remit debout avec l'aide de ses amies et s'épousseta vigoureusement. Ce n'était pas le moment de céder à la peur. Elle devait s'assurer que le vol de son sac ne se transformerait pas en catastrophe.

— J'ai besoin d'emprunter l'un de vos téléphones, dit-elle.

La jalousie n'était pas une émotion familière pour Michael mais, lorsqu'il reçut une alerte média sur son téléphone à 4 heures du matin, son sang ne fit qu'un tour. L'une des photos montrait Adelaide en train d'exécuter une danse lascive à quelques centimètres de Chris. Sur une autre, on la voyait cramponnée au plastron de sa chemise. Il n'était pas encore tout à fait sorti du sommeil, mais il avait très envie de corriger cet étudiant trop entreprenant.

Ce fut le titre de l'article qui acheva de le réveiller : *Adelaide Song et un étudiant qu'elle a recruté pour son projet caritatif filent le parfait amour.*

Que diable se passait-il ? Il fit défiler d'autres photos et il la vit à nouveau dans les bras de Chris, mais cette fois-ci elle était assise en plein milieu du trottoir. Sur la photo suivante, on la voyait debout près de Chris, Cindy et Mona. Tucker et plusieurs portiers aux larges épaules se tenaient juste derrière eux, le visage crispé de colère.

Qu'était-il arrivé à Adelaide ? Soudain, il avait l'impression que son univers s'écroulait autour de lui. Rien au monde ne comptait plus, à part elle. Il ne pouvait pas permettre qu'elle coure le moindre danger. Rien de tout cela ne se serait produit s'il n'avait pas annulé sa soirée avec elle.

Il avait effectivement eu un problème urgent à régler, mais, s'il s'était décommandé, c'était aussi parce qu'il se sentait coupable et qu'il avait peur. Lorsqu'elle lui avait avoué qu'il lui avait manqué, il s'était senti transporté de bonheur. Puis, il s'était souvenu de l'avertissement de Colin. Que se passerait-il si elle se croyait sur le point de tomber amoureuse de lui ? S'il la repoussait, elle en aurait le cœur brisé, et il préférerait mourir plutôt que de la faire souffrir. Mais rester avec elle n'était pas une option non plus. Elle méritait mieux qu'un homme comme lui.

Ses sentiments pour Adelaide l'avaient accablé. Michael s'était dit qu'ils avaient besoin d'espace pour garder leurs émotions sous contrôle, mais à peine lui avait-il déclaré qu'il ne pouvait plus la voir, qu'il avait amèrement regretté ces paroles de lâcheté. C'était elle qui désirait que leur aventure ne dure pas au-delà de deux mois. Si, entre-temps, elle était tombée amoureuse de lui, elle le lui aurait dit, n'est-ce pas ?

Mais, à cet instant, où était-elle ? Peut-être blessée parce qu'il n'avait pas été là pour elle ? Si elle dormait après ce pénible épisode, il ne la réveillerait pas. Il savait déjà que lui-même ne dormirait pas tant qu'il ne serait pas sûr qu'elle allait bien. Mais la présence de Tucker et des portiers sur les photos suggérait que l'incident avait eu lieu au Pendulum. Il n'aurait aucun scrupule à réveiller Colin.

— Allô ? Colin ?

— C'est toi, Mike ? Bon sang, je me suis couché il y a une heure à peine ! Appelle-moi demain, d'accord ?

— Si tu raccroches, je vais venir frapper à ta porte. Où est Adelaide ? Va-t-elle bien ?

— Comment as-tu appris cette histoire ? grogna Colin. Est-elle déjà dans tous les médias ?

— Au diable les médias ! Comment va Adelaide ? Parle-moi, bon sang !

— Calme-toi, elle va bien. Adelaide a quelques contusions mais elle est forte. Elle a été impressionnante, au poste de police.

Personne n'aurait pu deviner qu'elle venait d'être agressée une demi-heure plus tôt.

Michael, qui marchait de long en large dans sa chambre, tomba assis sur le lit.

— Agressée ? répéta-t-il. La police ? Raconte-moi tout depuis le début. Tout ce que j'ai vu, c'était une photo d'elle assise sur le trottoir et blottie contre Chris comme si elle était terrifiée.

— D'accord, répondit Colin en soupirant. Je crois qu'elle avait organisé une petite sortie avec trois de ses stylistes. D'après Tucker, ils paraissaient énormément s'amuser. Puis, vers 1 heure du matin, Adelaide leur a fait la leçon et leur a rappelé qu'ils travaillaient le lendemain. Ce sens de la responsabilité fait d'elle une femme tellement ennuyeuse !

— La plus ennuyeuse du monde, convint Michael en riant.

— En tout cas, elle est sortie du club avant le reste de son groupe, et un sale type, qui traînait apparemment devant l'entrée en quête d'une victime, a essayé de lui arracher son sac. Naturellement, notre Adelaide a résisté à son assaillant, mais il a réussi à la jeter au sol et il s'est enfui avec le sac en question. Chris, qui avait entendu ses cris, s'est précipité à l'extérieur avec Tucker et les portiers, mais trop tard.

— Qu'est-il advenu de l'agresseur ? s'enquit Michael, tremblant de fureur.

— Disparu depuis longtemps. Adelaide n'a pas réussi à bien le voir. Il portait une casquette enfoncée sur les yeux.

— Et Adelaide ? s'enquit Michael d'un ton las. A-t-elle vu un médecin ? Est-elle chez elle, en ce moment ?

— Elle a été examinée par les urgentistes, répondit Colin, les dents serrées. Apparemment, elle ne souffre que de contusions diverses dues à sa chute. Par bonheur, sa tête n'a pas heurté le trottoir. Si j'attrape ce salaud, je lui donnerai une leçon qu'il ne sera pas près d'oublier.

Michael imagina son corps merveilleux couvert d'hématomes sombres et d'écorchures, et son sang ne fit qu'un tour. Colin dut sentir l'explosion imminente, car il intervint précipitamment :

— Mike, j'ai besoin que tu te calmes ! Tu dois te concentrer sur le fait qu'elle est saine et sauve. Tu te comportes de manière encore plus folle que Garrett.

— Garrett est déjà au courant ? gronda Michael, de plus en plus furieux. Avais-tu même l'intention de m'en parler ?

— Je comprends que tu sois bouleversé, rétorqua Colin, mais tu vas devoir te calmer. Adelaide est ma cousine et je l'adore. Et il se trouve qu'elle m'avait fait promettre de la laisser t'expliquer elle-même ce qui s'était passé.

Toute la colère qui rugissait en lui s'évapora d'un coup.

— Adelaide t'a demandé de ne rien me dire ?

— Elle désirait te raconter l'incident elle-même quand elle aurait retrouvé ses forces. Laisse-lui un peu de temps pour se reposer, et je suis sûr qu'elle t'appellera demain matin, lorsqu'il fera jour. C'est ce que font les gens normaux.

— Désolé, vieux, s'excusa Michael d'un ton contrit. Je crois que j'ai perdu les pédales, durant une seconde. Merci de t'être occupé d'elle.

— Je regrette seulement de n'avoir pas été là quand ça s'est produit. J'étais dans un autre club, mais je suis revenu aussi vite que j'ai pu.

— Tu as fait de ton mieux. Encore merci.

— Pas de problème. Essaie de te reposer.

— C'est ce que je vais faire.

Michael coupa la communication, et il se dirigea vers la douche. Il savait qu'il ne retrouverait pas le sommeil avant de voir de ses propres yeux qu'Adelaide allait bien. Il allait prendre une douche brûlante pour récupérer son équilibre, ensuite il découvrirait le média responsable de la publication de cet article incendiaire, et il le ruinerait.

Michael avait attendu l'appel d'Adelaide toute la journée. En vain. Lorsqu'il avait parlé avec Liliana, ce matin-là, il avait appris qu'Adelaide était partie à son travail après s'être entretenue avec Mme Song. Il aurait préféré qu'elle s'accorde au moins une journée de repos pour reprendre des forces, mais elle avait peut-être besoin de s'immerger dans le travail pour oublier la douloureuse épreuve qu'elle avait traversée.

Tôt ce matin-là, il avait fait bloquer l'article du tabloïde avant qu'il ait pu circuler davantage. Chris portait simplement assistance à Adelaide qui venait d'être agressée, comme l'attestait un rapport de police. Toute suggestion qu'ils soient amants était une calomnie pure et simple passible de poursuites, et ce rapport de police plus le poids de sa société de communication et de Hansol Corporation avaient obligé l'ignoble tabloïde à publier une rétractation.

Michael espérait que cela suffirait pour que Mme Song n'ait jamais vent de cette affaire. Un tel scandale risquerait de compromettre le respect et la confiance qui s'étaient construits entre Adelaide et sa grand-mère.

Vers 18 heures, incapable d'attendre une seconde de plus pour la revoir, Michael entra dans son atelier d'un pas décidé. Il repéra immédiatement Adelaide, penchée sur sa planche à dessin, et il se figea.

— Adelaide ? fit-il d'une voix qui se brisait.

Elle releva la tête, et son masque de sérénité se fissura. Elle porta une main à sa bouche, et ses yeux s'emplirent de larmes tandis qu'il se précipitait pour la serrer dans ses bras. Par bonheur, ils étaient seuls dans l'atelier.

— Chut, mon bébé ! murmura-t-il en essuyant ses larmes et en couvrant ses lèvres de baisers. Tout va bien. Je suis là.

Peu à peu, elle cessa de trembler, et elle se laissa aller contre lui, à bout de forces.

— Ramène-moi à la maison.

Elle n'eut pas besoin de le lui répéter deux fois, ni de préciser s'il s'agissait de chez elle ou de chez lui. Dès qu'ils eurent quitté l'atelier, Michael se contenta de la guider gentiment, une main au creux de son dos, et Adelaide redressa le buste, affichant un air de sereine assurance. La famille Song avait la réputation de contrôler parfaitement ses émotions, et Adelaide ne faisait pas exception à la règle.

Mais, dès qu'elle fut installée sur le siège passager de sa voiture,

Adelaide laissa tomber son masque et, la tête sur son épaule, ferma les yeux. L'entourant de son bras pour la soutenir, Michael recula prudemment hors de sa place de parking.

La circulation était relativement fluide, et bientôt il arrêtait sa voiture dans l'allée devant chez lui et coupait le contact. La gardant étroitement serrée contre lui, il entra avec elle dans la maison. Les mains d'Adelaide étaient glacées, son visage et ses lèvres avaient la pâleur de la cire. Elle n'avait pas desserré les lèvres durant le trajet, et il ne lui avait posé aucune question. Elle lui parlerait lorsqu'elle serait prête.

— Viens, murmura-t-il en la conduisant jusqu'à son lit et en l'allongeant sur la couette avant de rajuster ses oreillers. Je vais te faire couler un bain. Ton corps a besoin de chaleur.

Elle ferma les paupières comme si elle était épuisée. Michael savait qu'elle avait une volonté de fer, mais il savait aussi qu'elle refoulait sa peur et ses émotions derrière une façade imperturbable. Elle avait besoin de se libérer de tout ce qu'elle retenait à l'intérieur. Et il avait bien l'intention de l'accompagner à chaque seconde de ce processus.

Michael ne ramenait jamais de femmes chez lui, et il regretta de n'avoir pas de bain de mousse parfumé à lui offrir. Le mieux qu'il pouvait faire pour elle, c'était remplir la grande baignoire d'eau tiède et allumer quelques bougies qu'on lui avait offertes à Noël l'année précédente. Il fut agréablement surpris de constater qu'elles étaient parfumées au jasmin. C'était la senteur favorite d'Adelaide.

Lorsque tout fut prêt, il l'aida à se redresser en position assise sur son lit, et il entreprit de la déshabiller. Elle portait un chemisier classique boutonné jusqu'au col et une jupe crayon beige, une tenue plus conservatrice que son style habituel. Lorsqu'il déboutonna son chemisier, Michael sentit son cœur se serrer. Des ecchymoses sombres étaient visibles sur tout son buste, et il se sentit trembler de rage.

— Calme-toi, Michael, murmura-t-elle, repoussant tendrement ses cheveux sur son front et posant un doux baiser sur ses lèvres. Je vais bien.

— Oui, je sais, assura-t-il.

Il ne pouvait pas céder à la panique maintenant. Elle avait besoin qu'il reste fort pour elle. Lorsqu'il eut terminé de la déshabiller, il la souleva dans ses bras et la reposa doucement dans la baignoire. Elle ne dit pas un mot et, tandis qu'il la lavait comme une enfant, ses yeux ne quittèrent jamais les siens. Comme si elle désirait s'assurer qu'il était réel.

— Je suis là, murmura-t-il. Tu es en sécurité, maintenant.

Il lava chaque centimètre carré de son corps avec des gestes empreints de révérence, lui exprimant en silence à quel point il la chérissait. Puis il la sécha tendrement et l'aida à enfiler l'un de ses T-shirts avant de la border dans son lit. S'allongeant près d'elle sur la couette, il glissa un bras sous sa tête pour la poser sur son torse.

— Et maintenant, repose-toi, mon bébé.

Alors qu'un premier sanglot montait du fond de sa gorge, Michael la serra contre lui, lui murmurant des mots doux jusqu'à ce que le plastron de sa chemise soit trempé de ses larmes. Après de longues minutes, ses sanglots s'espacèrent, puis elle cessa de pleurer. Michael se détendit, et il continua à lui caresser le dos jusqu'à ce qu'elle se soit endormie.

Dans son sommeil, elle avait l'air d'un ange. Songeant à l'odieux personnage qui l'avait agressée, Michael sentit une vague de rage brûlante déferler sur lui. Adelaide s'agita dans ses bras, et il fit un effort surhumain pour maîtriser sa colère. Il devait d'abord penser à elle. Lorsqu'elle se réveillerait, il serait l'homme dont elle avait besoin. La personne capable de l'aider. Qui lui rendrait son sourire. Et, si elle le désirait, qui lui ferait l'amour jusqu'à ce qu'elle ait tout oublié.

12

Ce fut la chaleur du bras de Michael autour d'elle qui la réveilla, près de deux heures plus tard. Elle se sentait à nouveau en sécurité. Entière. Mais, lorsqu'elle remarqua qu'il était réveillé et qu'il fixait le plafond d'un regard vide, elle comprit à quel point son agression l'avait bouleversé.

Garrett ou Colin avaient dû tout lui raconter, et c'était tant mieux, car cela lui éviterait d'avoir à revenir sur tous les détails de ce cauchemar. Mais elle devait effacer cette expression torturée de son cher visage.

— Bonjour, murmura-t-elle.

— Bonjour toi-même, répondit-il en lui caressant la joue. Comment te sens-tu ?

— Merveilleusement détendue. J'ai dormi comme un loir.

Elle sourit, surprise de prendre autant de plaisir aux soins dont Michael l'entourait. Et, mieux encore, il semblait y prendre autant de plaisir qu'elle.

— As-tu faim ? s'enquit-il en se redressant en position assise sur le lit. Je pourrais te préparer des pâtes.

— Je n'ai pas envie de pâtes, dit-elle en laissant glisser sa main sur son bras vigoureux. J'ai envie de toi.

— Adelaide, répondit-il d'une voix faible, nous n'avons pas besoin de faire quoi que ce soit…

— Oh que si ! le coupa-t-elle en commençant à déboutonner sa chemise. À cet instant, tu es ce dont j'ai le plus besoin. Fais-moi l'amour, je t'en prie. Fais-moi me sentir en sécurité.

Sous l'assaut de ses mains impatientes, il capitula, et elle l'eut bientôt débarrassé de sa chemise, puis de son pantalon. Et comme son boxer comprimait son érection douloureuse, elle le lui ôta tout aussi prestement.

Lorsqu'il fut nu, elle s'installa à califourchon sur lui. Ce contact les fit gémir l'un et l'autre, et elle souleva les hanches pour presser son bouton ultrasensible contre son érection.

— Embrasse mes seins, ordonna-t-elle.

Il obéit sans hésitation, et elle cria de plaisir, oscillant des hanches tout contre lui, augmentant la friction. Lorsqu'il prit les pointes durcies de ses seins dans sa bouche, ses mouvements devinrent frénétiques. Elle était toute trempée de désir, et déjà proche de l'orgasme.

Michael, attentif à ses réactions, glissa un doigt en elle tout en mordillant les pointes de ses seins. L'effet combiné de ses caresses ne tarda pas à la conduire à l'éblouissement.

Michael se munit alors d'une protection et, l'allongeant sur le dos, entra en elle d'une lente poussée irrésistible. Criant son nom, Adelaide bascula dans un nouvel orgasme avant même que le premier se soit épuisé.

— Je t'appartiens, Adelaide, gémit-il en redoublant ses assauts. Je serai tout ce que tu désireras que je sois.

— Tu l'es déjà.

En entendant ces mots, il plongea en elle une dernière fois et, avec un cri rauque, il connut à son tour la délivrance. Lorsqu'ils redescendirent sur terre, lorsque leur transpiration commença à sécher sur leur peau, encore incapable de renoncer à elle, il bascula sur le côté en la gardant serrée contre lui, et elle n'essaya pas de le repousser.

— Comment te sens-tu, Adelaide ? murmura-t-il.

— Comblée, répondit-elle avec un sourire paresseux.

— Désolé de n'avoir pas été là pour toi, hier soir.

— Ce n'était pas ta faute, Michael, assura-t-elle, lui effleurant la joue d'une caresse. Oublions tout cela, d'accord ?

— D'accord. C'est du passé. Mais promets-moi que la prochaine fois tu renonceras à ton sac sans te bagarrer avec l'agresseur.

— Tu as raison, convint-elle. Cela n'en vaut pas la peine.

— Mme Song t'a-t-elle fait une remarque, ce matin ?

— Au sujet de cet article de tabloïde ?

— Tu étais déjà au courant ? Comment l'as-tu appris ?

— Grand-mère sait toujours tout. C'est elle qui m'en a parlé.

— Était-elle… fâchée contre toi ?

— C'est cela le plus bizarre. Grand-mère n'était pas du tout en colère. Elle n'en a pas cru un mot. Elle me fait confiance.

— Bravo, Mamie Grace.

— Si elle t'entendait…, dit-elle en pouffant de rire.

Il rit avec elle, puis un silence paisible plana entre eux un instant, jusqu'à ce qu'il remarque à nouveau ses ecchymoses.

— Es-tu certaine que tout va bien ? murmura-t-il.

— C'étaient les deux meilleurs orgasmes de ma vie. Ne vois-tu pas que je me sens totalement rassasiée ?

— Rassasiée ? répéta-t-il avec un sourire de prédateur.

— J'exagère un peu. J'ai peut-être encore un peu faim.

— Vraiment, petite coquine ? Alors, que dirais-tu d'un second round encore plus mémorable ? Je ne peux tout de même pas te laisser repartir frustrée.

— Mais ne te fallait-il pas deux heures pour…

— Les situations critiques exigent des réponses critiques, l'interrompit-il en se munissant d'une nouvelle protection. Mon corps ne pourra pas se reposer avant que le tien soit comblé.

— Je suis comblée, je te le jure ! s'écria-t-elle en essayant de quitter le lit.

Mais il était déjà trop tard. Vif comme l'éclair, Michael l'allongea à nouveau gentiment sur le lit, et ils firent l'amour avec plus d'abandon, plus de passion que la première fois. Elle le griffa, le mordit, laissant sa marque indélébile sur lui. Et lorsqu'ils atteignirent ensemble les cimes du plaisir en criant le nom de l'autre, elle sentit toutes ses défenses s'écrouler, laissant son cœur à nu.

Je t'aime.

Qui avait dit cela ? Était-ce lui ? Était-ce elle ? L'avait-il imaginé ? Ces mots continuaient de flotter entre eux dans l'air chargé de passion torride.

Il ne pouvait pas tomber amoureux d'elle. Il ne pouvait pas offrir son cœur à une femme qui ne pourrait jamais être à lui. La seule femme au monde qu'il ne méritait pas d'aimer. Mais si c'était elle qui avait prononcé ces mots… À cette idée son cœur chantait d'allégresse. Cependant cette joie fut de courte durée.

Avait-il oublié l'avertissement de Colin ? Elle l'avait aimé une fois. Pourquoi ne pourrait-elle pas l'aimer à nouveau ?

Elle ne le pouvait pas, un point, c'est tout. Il ne supportait pas l'idée de la faire souffrir. Il devait mettre un terme à cette aventure avant qu'elle s'attache trop à lui. Mais si elle était déjà amoureuse, cette rupture lui briserait le cœur.

Il ne pouvait ni la faire souffrir ni rompre avec elle pour le moment. Ils disposaient encore d'un mois avant le défilé de mode, et il s'accrocherait à cet horizon jusqu'à la dernière seconde.

Que lui prenait-il ? Adelaide se remettait encore d'une expérience traumatisante. Il n'était pour elle qu'une présence familière, rassurante. Ces mots, si elle les avait prononcés, n'exprimaient que son soulagement et sa fatigue.

Ils n'étaient pas amoureux. Ils étaient seulement deux personnes qui avaient eu la chance de se découvrir une incroyable alchimie mutuelle. Dans ses bras, il avait vécu la plus éblouissante expérience sexuelle de toute sa vie, mais ce n'était pas de l'amour. Et il en allait de même pour elle. Au lieu de tout dramatiser, il ferait mieux de profiter simplement du temps qui leur restait ensemble.

Ils firent une agréable petite sieste dans les bras l'un de l'autre, et, lorsqu'ils se réveillèrent, il était minuit.

— Maintenant, j'accepterais bien ces pâtes que tu me proposais tout à l'heure, dit-elle en s'étirant languissamment.

Ce « je t'aime » de tout à l'heure avait été une hallucination, décida-t-il. Adelaide se comportait comme si rien n'avait changé. *C'est très bien ainsi.*

Michael tendit les mains pour caresser son derrière rebondi, mais, craignant de les épuiser davantage, l'un et l'autre, il quitta aussitôt le lit et enfila son boxer.

— Tout de suite, mon ange. Que dirais-tu de spaghettis *puttanesca* ?

— Ce sera parfait.

Il fit mine de retourner se coucher auprès de sa sirène, mais Adelaide sauta à bas du lit et courut s'enfermer dans la salle de bains. Il l'entendait rire derrière la porte close. Elle illuminait sa vie avec sa joie de vivre.

Ils étaient seuls dans leur havre de paix, et les événements du soir précédent semblaient soudain insignifiants.

Au cours des semaines qui suivirent, Michael et Adelaide s'installèrent dans une agréable routine. La journée, tous deux travaillaient dur, puis ils passaient leurs soirées ensemble – la plupart du temps chez lui pour plus d'intimité. Mais ils ne passaient jamais la nuit entière dans les bras l'un de l'autre, et Michael vivait de plus en plus mal cette situation.

Mais après ce qui s'était passé au club avec Chris, ils devaient redoubler d'efforts pour rester discrets.

Mme Song l'avait invité à dîner à sa résidence, ce soir-là, et c'est pourquoi il bravait l'intense circulation de l'heure de pointe pour se rendre à Pacific Palisades. Même si Adelaide serait surveillée ce soir par son chaperon le plus intransigeant – James Song, qui était rentré de son voyage à New York –, le cœur de Michael battait très fort à l'idée de la revoir.

Il la désirait chaque jour davantage, et il soupçonnait qu'il lui serait impossible de renoncer à elle. Elle était comme une addiction dont il n'avait aucune envie de se débarrasser.

— Je suis heureuse de vous revoir, Michael, dit Liliana en l'accueillant à la porte avec un doux sourire. M. Song est impatient de vous raconter ses aventures à New York.

— J'ai apporté des *topokki* et de l'alcool de riz pour le dessert. C'est l'une des boissons préférées d'Adelaide.

Au même instant, Michael aperçut la jeune femme qui arrivait dans sa direction, et il cessa de respirer. Elle était vêtue d'un jean très ajusté et d'un ample T-shirt, et elle avait attaché ses longs cheveux en queue-de-cheval. Elle était plus ravissante que jamais.

— Salut, dit-il d'une voix qu'il reconnut à peine. Je t'ai apporté ta boisson favorite.

— Tu es le meilleur. Merci.

Dès que la gouvernante eut disparu en emportant les *topokki* et la bouteille d'alcool, Adelaide se jeta sur lui pour couvrir son visage de baisers.

— Doucement, protesta-t-il sans faire le moindre effort pour l'arrêter. Et si quelqu'un nous voyait ?

— Poule mouillée, dit-elle en posant ses lèvres sur les siennes.

—C'est vrai, reconnut-il en souriant.

Puis, s'assurant qu'il n'y avait personne en vue, il l'embrassa brièvement à pleine bouche.

— Voilà. Un dernier baiser pour m'éviter de te dévorer du regard pendant tout le repas comme si tu étais mon dessert.

— Il est vrai que tu me regardes souvent ainsi.

— C'est parce que j'ai envie de te dévorer toute crue.

— Ce n'est pas juste ! gémit-elle. Je ne pourrai même pas rentrer avec toi, tout à l'heure. Si j'essaie de sortir, papa se plaindra qu'il ne m'a pas vue depuis des semaines.

— Désolé. Si cela peut te soulager, je souffre autant que toi.

Là-dessus, ils passèrent dans la cuisine, où les aînés Song étaient déjà installés à table.

— Bonsoir, madame Song, la salua-t-il en s'inclinant devant la vieille dame, puis devant le père d'Adelaide. Bonsoir James.

— Content de te voir, répondit James d'un ton jovial.

— Asseyez-vous, Michael, lança Mme Song. Le dîner ne doit pas refroidir.

Il coula un regard vers Adelaide, mais elle avait les yeux baissés. Avant qu'ils aient fait l'amour ensemble, il ne s'était jamais senti aussi gêné devant sa famille. Ce soir, pas question de se faire du pied sous la table.

Le dîner fut excellent, et James lui racontait quelques anecdotes de son voyage à New York lorsque la matriarche s'adressa à lui d'un air grave qui lui fit froid dans le dos.

— Michael ?

Non, songea-t-il. C'était impossible. Elle ne pouvait pas savoir. Il devait absolument se calmer.

— Ce ridicule article concernant Adelaide et l'un de ses collaborateurs semble avoir été retiré, dit-elle, et c'est vous que nous devons remercier pour cela, n'est-ce pas ?

— Je l'ai fait avec plaisir, assura-t-il. Ces imbéciles n'avaient pas le droit de salir la réputation d'Adelaide, surtout à quelques jours de son défilé de mode.

— C'est vrai, convint-elle. Le défilé a lieu dans une semaine et nous devons tous rester vigilants dans nos comportements. Je sais que vous continuerez à assister Adelaide et à la protéger. Merci pour votre excellent travail.

Michael sourit d'un air un peu gêné. Il se sentait coupable, mais chaque minute vécue auprès d'Adelaide était précieuse, et il n'y renoncerait pour rien au monde.

— Et toi, Adelaide, poursuivit Mme Song, je n'ai pas besoin de te rappeler à quel point il est important de protéger ta bonne réputation à ce moment crucial.

— Je le sais, Grand-mère, répondit-elle d'une voix douce en lançant un regard en coin à Michael. Ce projet compte beaucoup pour moi, et je ne ferai rien pour le compromettre.

Adelaide avait raison. Ils étaient conscients des risques qu'ils couraient, et ils faisaient tout pour rester discrets.

Durant tout le dîner Michael fit un valeureux effort pour ne pas regarder Adelaide comme si elle était son dessert, mais il sentait sa proximité comme une délicieuse caresse sur sa peau. Et même s'il était dévoré de culpabilité, il ne pouvait pas renoncer à elle une minute plus tôt que nécessaire. Il lui restait encore une semaine à passer auprès de son adorable Adelaide, et il refusait de penser à la fin jusqu'à ce que tout soit vraiment terminé.

13

Les yeux fixés sur son carnet de croquis, Adelaide dessina le contour d'une silhouette. Le défilé aurait lieu dans moins d'une semaine, et les modèles de ses stylistes étaient tous prêts. Le lauréat du concours avait aussi été désigné. Adelaide avait passé quelques nuits blanches à essayer de prendre sa décision. L'ensemble gilet pantalon bleu roi de Chris était fabuleux, et les robes de soirée étaient si merveilleuses qu'elle aurait voulu les voir toutes accrochées dans son dressing. Mais, au bout du compte, c'était Mona qui avait décroché le stage d'été chez Hansol avec son tailleur de femme d'affaires rouge écarlate. Sa simplicité, son élégance et son incroyable confort avaient eu raison de tous ses concurrents. Adelaide présenterait la gagnante au public à la conclusion du défilé de mode.

À présent, il ne leur restait plus qu'à exécuter à la perfection les modèles qu'ils avaient créés. Cette soirée serait la consécration de trois mois de travail. C'était une idée à la fois excitante et terrifiante.

Les décorateurs et les ouvriers chargés de la construction du podium du défilé avaient fait de l'excellent travail, et Adelaide tremblait littéralement d'excitation, mais une autre idée la tourmentait. Bientôt, elle n'aurait plus aucune excuse pour s'accrocher à Michael. Elle s'était juré de laisser partir sans en faire un drame. Avec un sourire, en le serrant amicalement dans ses bras. Il éprouvait pour elle des sentiments profonds, elle le savait. Le faire souffrir lui briserait le cœur, et le résultat serait le même si elle lui avouait qu'elle l'aimait, car il la quitterait de toute façon.

Michael la désirait avec une sorte de désespoir, cela au moins était évident. Mais le désir n'est pas l'amour. Il croyait sans l'ombre d'un doute que ce qu'ils avaient trouvé ensemble était destiné à prendre fin tôt ou tard, mais Adelaide était persuadée que c'était parce qu'il lui cachait quelque chose. Si seulement cet homme entêté lui confiait son secret, peut-être pourraient-ils espérer davantage.

Au comble de la frustration, Adelaide froissa son esquisse sans la terminer. Elle ne souhaitait pas risquer de le faire souffrir en lui avouant qu'elle l'aimait, mais si elle le perdait, elle ne s'en remettrait pas. Pour elle, Michael comptait plus que tout au monde, mais que pouvait-elle faire ?

Soudain elle cessa de respirer. Elle avait le choix. Le choix de se battre pour lui. Pour eux.

—Qui compte prendre sa machine à coudre portable ? s'enquit Chris, s'adressant au reste de l'équipe.

— Un ou deux d'entre nous le feront, répondit Mona. Et si tu prenais ta mallette de magicien avec son assortiment de bobines de fil à coudre, d'épingles et tout le reste ?

Tous les membres de l'équipe étaient réunis à l'atelier, prêts à partir ensemble pour le loft pour procéder à une répétition générale, et tous se sentaient excités et nerveux.

— Nous prenons trois voitures, n'est-ce pas ? s'enquit Adelaide en se levant. Allez, on ne traîne pas !

La transformation du loft était spectaculaire. Les décorateurs avaient gardé les murs blancs et le plafond industriel d'origine, qui s'harmonisaient parfaitement avec les immenses baies vitrées.

Pour adoucir la sévérité de cet espace, ils avaient fait appel à des tentures aux tons ocre apaisants. Comme ils ne comptaient pas employer des éclairages violents, ils avaient accroché des cristaux partout où c'était possible pour réfléchir la lumière. Comme ce rideau de perles de cristal en forme de larmes sur le fond de bleus et de verts intenses du studio photo. Et, désireux d'éviter les sons trop agressifs, puissants et syncopés, typiques de certains défilés, ils avaient engagé un sextet à cordes pour l'occasion. À cet instant, les musiciens accordaient leurs instruments avant la répétition générale.

Adelaide fut une nouvelle fois impressionnée par le travail que ses stylistes avaient accompli en si peu de temps. Grâce à eux, elle s'était familiarisée avec des tissus, des matières qu'elle n'aurait jamais songé à employer, et elle avait progressé dans son métier de styliste.

Au cours de leur défilé de mode, chaque styliste présenterait trois modèles distincts : tenue de bureau décontractée, tenue de bureau classique et tenue de soirée. Mais c'étaient les tenues de soirée qui avaient vraiment impressionné Adelaide. Les smokings et les robes longues étaient superbes. Les smokings aux coutures anglaises avec panneaux élastiques secrets, les robes de soirée sensorielles sans dentelle ni sequins étaient merveilleux. Adelaide en avait la gorge serrée d'émotion.

En prenant des risques et en acceptant sa vulnérabilité, elle était enfin sur le point d'atteindre son objectif professionnel, et elle en était reconnaissante. Il était temps qu'elle emploie la même méthode dans sa vie *réelle*.

Durant le restant de sa vie.

Michael s'introduisit dans le loft aussi discrètement qu'il put. La répétition générale battait son plein et, dans ce vaste espace, on n'entendait aucun bruit superflu. Adelaide se tenait un peu à l'écart, près du bout du podium, et elle chuchotait quelque chose dans le petit micro attaché à son casque audio tout en surveillant chaque détail de l'action d'un œil d'aigle. Michael était extrêmement fier d'elle.

Puis, alors qu'il observait Adelaide totalement à l'aise dans son élément, dirigeant la répétition générale du défilé, l'amère réalité revint l'assaillir. Dans trois jours, tout ceci serait fini. Ils seraient finis. Et ce même cœur qui avait chanté d'admiration et d'orgueil sembla cesser de battre, tandis qu'une douleur insoutenable le traversait de part en part. L'idée de la perdre lui était insupportable.

Michael s'obligea à recommencer à respirer. Il aimait Adelaide. Il l'aimait à la folie, d'un amour profond, désespéré. Depuis quand ? Était-ce depuis ce fameux soir, au club, lorsqu'il s'était transformé en homme des cavernes jaloux en la voyant danser ? Ou était-ce même avant cela ? Lorsqu'elle était rentrée de l'université transformée en jeune femme pleine d'assurance, à l'esprit vif, qui pouvait le faire rire aux larmes avec une simple remarque ?

Plus que tout, il désirait la garder près de lui. Elle était à lui, et il ne voulait pas la laisser partir. Mais cela, bien sûr, ce n'était pas de l'amour. C'était une volonté égoïste de possession. Il n'était même pas capable de lui donner un enfant – la famille qu'elle méritait. Et, si elle choisissait de rester avec lui, elle risquerait de perdre la seule famille qu'elle avait et de devoir renoncer à son rêve de faire partie de l'avenir de Hansol et d'y trouver sa place. Elle aurait tant perdu… Un jour, elle lui en voudrait forcément. Elle aurait envie de retrouver sa famille, son rêve, et au bout du compte elle le quitterait. Tout comme son ex-femme l'avait fait.

Michael serra les poings. L'idée qu'un autre homme aime Adelaide, qu'il la fasse rire, qu'il la fasse se pâmer de plaisir, l'emplissait d'une rage meurtrière. Il en aurait presque accepté l'idée de la priver du bonheur d'avoir des enfants à elle, ou celle d'être lui-même le pire égoïste que la terre ait jamais porté. Mais il demeurait vrai qu'il l'aimait plus que tout au monde. Il vénérait le sol sur lequel elle avait marché.

Michael ne pouvait pas s'approcher d'elle à cet instant. Il ne pourrait pas la regarder ou respirer le même air qu'elle sans avoir envie de l'emmener de force loin d'ici. Loin du monde. Il essaierait de l'attacher à lui par n'importe quel moyen. Afin qu'elle reste. Mais ce n'était pas de l'amour. Il ne pouvait pas lui faire ça.

Alors, il s'en alla.

Il sortit à grands pas du loft et, à peine conscient de ce qu'il faisait, il se rendit en voiture au Ritz. Garrett, qui y réservait une suite au dernier étage en terrasse, l'avait inclus dans sa liste d'invités. C'était l'endroit le plus proche où il pourrait être seul.

En arrivant chez son meilleur ami – celui qu'il était tellement tenté de trahir en s'accrochant à Adelaide –, il se débarrassa de sa veste de complet et de sa cravate, qu'il jeta sur le sofa, puis il alla jusqu'au bar, et il en sortit la bouteille d'alcool la plus pleine qu'il pût trouver.

Et il entreprit de prendre une bonne cuite.

Il n'aurait su dire combien de temps s'était écoulé, mais l'obscurité s'était refermée autour de lui. La bouteille n'était plus qu'à moitié pleine, et il avait la sensation que sa tête était bourrée de coton. Mais, curieusement, ses idées et ses désirs n'avaient rien perdu de leur acuité. *À moi. À moi. À moi.*

Non, elle n'était pas à lui. Il l'aimait, et cela signifiait qu'il devait la laisser partir. Le bonheur passager qu'ils pourraient espérer ne résisterait pas à l'anéantissement de son rêve professionnel, à la perte de sa famille et à la perspective de ne jamais mettre au monde un enfant à elle. Comment pourraient-ils être heureux ensemble ? Combien de temps ?

C'était mieux ainsi. Michael ne pouvait pas lui donner ce à quoi elle avait droit, mais il pouvait lui donner la liberté de trouver un homme capable de combler tous ses désirs.

Il venait de boire une nouvelle gorgée au goulot lorsque la porte de l'ascenseur tinta, annonçant que quelqu'un était entré dans la suite. Il n'y prêta aucune attention. Ce n'était probablement que son imagination.

— Que... diable fais-tu là ? s'exclama Adelaide.

Sa voix tremblait un peu, et il se souvint un peu tard qu'elle aussi était sur la liste de Garrett. Ses yeux s'étaient accoutumés à la pénombre et, à la lueur des éclairages de la ville, il distinguait son expression. Elle était furibonde.

— Salut, Adelaide, répondit-il d'un ton jovial, comme s'il ignorait qu'il était sur le point de la perdre. Moi aussi, je suis content de te voir.

— Je t'envoie des textos et je t'appelle depuis des heures, gronda-t-elle. Je suis allée jusque chez toi, et j'ai même forcé la porte de ta cuisine pour m'assurer qu'il ne t'était rien arrivé.

Elle élevait de plus en plus la voix, et Michael grimaça, sentant venir une migraine. Mais, déjà, elle poursuivait :

— Et je ne t'ai trouvé nulle part, bien sûr. Car tu étais ici en train de te noyer dans l'alcool pour une raison inconnue, ignorant mes appels et me faisant mourir d'inquiétude. Si je ne m'étais pas souvenue que tu dormais quelquefois dans cette suite, lorsque tu travaillais tard, je ne serais même pas ici. Alors ? Me diras-tu enfin ce qu'il se passe ?

— Je suis désolé, bébé, s'excusa-t-il avec sincérité. J'avais éteint mon téléphone, et je n'ai pas vu le temps filer. Je suis passé à la répétition. C'était réellement spectaculaire, mais je venais d'avoir une rude journée, et je n'ai pas voulu que mon humeur noire vienne gâcher le plaisir des autres.

— Tu aurais pu au moins m'envoyer un texto, objecta-t-elle d'un ton radouci.

— J'ai été idiot, je le sais, répondit-il en se levant pour aller vers elle. Peux-tu me pardonner ? Je ne voulais pas t'inquiéter, et j'ai fini par te causer encore plus de souci.

Et, sur ces mots, il déposa un doux baiser sur ses lèvres qu'Adelaide accepta. *Ma douce, généreuse Adelaide...*

— Tout va bien ? murmura-t-elle, levant une main pour lui caresser tendrement la joue. Que s'est-il passé ?

— Oh ! fit-il avec un rire sans joie, certaines gens ont la tête dans les nuages et refusent d'entendre la voix de la raison. Ils s'accrochent à de vains espoirs. À des rêveries futiles.

— Et tu ne tiens pas à être celui qui leur ouvre les yeux. Je crois comprendre. Mais ne t'inquiète pas. Tu dois faire ton travail. Tu agis dans leur intérêt.

— Crois-tu vraiment ?

— Bien sûr. Tu ne blesserais pas quelqu'un délibérément.

Sa bonté naturelle, sa confiance en lui lui déchiraient le cœur. Comment pourrait-il s'empêcher d'aimer cette femme ? Alors, il l'embrassa avec tout l'amour qu'il portait en lui. Il l'embrassa à perdre haleine. Il désirait faire l'amour avec elle comme si elle était à lui. À lui pour toute la vie.

Gémissant tout contre sa bouche, Adelaide répondit

passionnément à son baiser. Elle l'embrassait avec un abandon total, et Michael entreprit de déboutonner son chemisier avec des gestes impatients. Certains boutons résistaient, et il écarta les pans du chemisier d'un geste résolu, en arrachant quelques-uns au passage.

— Michael ! fit-elle d'une voix mourante.

Comme elle s'efforçait maladroitement de déboutonner sa chemise, il le fit à sa place. Il désirait la sentir nue contre lui, sa peau contre la sienne. Un incendie rageur brûlait dans son corps, et il ne pouvait plus attendre. Il devait la faire sienne.

Michael l'entraîna jusqu'au sofa et, lui écartant les jambes, il l'installa à califourchon sur ses genoux, remontant sa jupe jusqu'à sa taille. Puis, il déboucla sa ceinture et baissa son pantalon et son boxer, libérant sa douloureuse érection.

—J'ai envie de toi maintenant, mon bébé, murmura-t-il en écartant sa culotte avec des doigts tremblants. Tout ira bien, je te le promets.

— Ne t'inquiète pas, répondit-elle dans un souffle. Je prends la pilule. Fais-moi l'amour. Rien ne doit nous séparer.

Ignorant l'amère ironie de ces paroles, il couvrit sa gorge de baisers, puis suçota avec délices les pointes durcies de ses seins, et elle se pressa contre sa bouche en gémissant. Elle le rendait fou de désir. Alors, il entra dans la chaleur brûlante de sa féminité. Il était enfin chez lui.

— Tu es à moi, murmura-t-il en pénétrant plus profondément en elle. Dis-le, Adelaide.

— Je suis toute à toi, Michael.

— À moi. Pour toujours.

— Et tu es à moi, Michael. Pour toujours.

— Oui, convint-il d'une voix vibrante d'émotion. Tout à toi.

Ils s'aimèrent avec une sorte de frénésie, et elle lui rendit chacun de ses coups de reins, encore et encore, jusqu'à ce qu'ils explosent ensemble dans un orgasme incandescent, confondant leurs souffles dans un même cri de passion.

Puis, le corps épuisé et l'esprit douloureusement lucide, il se leva en tenant Adelaide dans ses bras, il l'emporta, toujours unie à lui, jusqu'à la chambre des invités. Il la déposa doucement sur le lit et il la rejoignit aussitôt. Cette nuit-là, ils la passeraient tout entière dans les bras l'un de l'autre.

Pour la première et la dernière fois.

— Je t'aime, murmura-t-il, ses lèvres tout contre sa chevelure parfumée.

Et il sombra dans un profond sommeil avant même qu'elle ait répondu.

14

Michael Reynolds était amoureux d'elle. Il l'aimait ! Elle l'avait distinctement entendu lui faire cet aveu avant qu'ils s'endorment.

« Je t'aime. »

À présent, Adelaide était réveillée, et elle contemplait le beau visage de l'homme qui l'aimait. L'homme qu'elle aimait elle-même à la folie. Et soudain, toutes ses craintes qu'il désire rompre avec elle, et qu'elle ne puisse pas s'y opposer de peur de le faire souffrir, lui apparaissaient comme une perte de temps inutile.

À présent qu'elle savait cela, elle allait savourer chaque seconde de bonheur que Michael et elle pourraient partager. Ensemble. Elle ne put s'empêcher de caresser du bout des doigts sa joue hérissée de barbe naissante. Il était si beau ! Lorsqu'il commença à sortir du sommeil, elle déposa un doux baiser sur ses lèvres.

— Bonjour, Michael.

Il lui offrit un sourire ensommeillé, les paupières closes. Le sourire d'un homme comblé. Elle lui rendait son sourire, rayonnante de bonheur, lorsque Michael ouvrit brusquement les yeux. Son sourire disparut aussitôt, et il fronça les sourcils.

— Bonjour, ma belle, répondit-il, en quittant précipitamment le lit pour ramasser ses vêtements éparpillés sur le sol.

— Michael ?

— Je n'aurais pas dû te garder ici cette nuit, lança-t-il en se rhabillant en hâte, une expression de regret sur le visage.

Était-ce tout ce qu'il avait à lui dire ? Avait-il déjà oublié qu'il lui avait déclaré qu'il l'aimait, cette nuit ?

— Tu ne m'as pas *gardée* ici, répliqua-t-elle d'un ton irrité. C'est *moi* qui ai choisi de rester toute la nuit avec toi.

— Je vais partir maintenant, décréta-t-il. Toi, tu pourras partir dans une petite heure. Ce n'est pas grand-chose, mais, au moins, nous ne risquerons pas d'être photographiés ensemble.

— Tu ne peux pas partir tout de suite ! protesta-t-elle.

Sentant qu'elle était à son désavantage dans cette discussion, nue dans le lit alors que lui s'était entièrement rhabillé, elle s'enveloppa dans l'un des draps et se leva à son tour, avant d'ajouter :

— Pas avant que nous ayons parlé.

— Je dois partir, insista-t-il, s'approchant pour étreindre doucement ses épaules. Nous parlerons plus tard, je te le promets. Mais, comme tu l'as dit toi-même, notre relation doit rester secrète. Nous ne pouvons pas nous montrer imprudents à deux jours du défilé. As-tu déjà oublié la mise en garde de ta grand-mère ?

— Non, bien sûr, je ne l'ai pas oubliée. Ce défilé de mode est plus important pour moi que pour n'importe qui. Mais ce dont nous devons discuter ici est encore plus important.

— Tu as retrouvé une image positive, et ton défilé de mode caritatif est certain de rencontrer un grand succès. Être photographiée sortant avec moi d'un hôtel aurait des effets désastreux sur ton image. Nous parlerons ce soir.

— Je pensais que tu me considérais enfin comme une femme adulte capable de prendre ses propres décisions, répliqua-t-elle. Je n'ai besoin de personne – et pas même de toi – pour me dicter ce qui est le mieux pour moi.

— Tu es injuste, Adelaide, se plaignit-il, une expression torturée sur son beau visage. J'essaie de faire mon travail.

— C'est très bien. Fais ton travail. Mais c'est toi qui vas devoir attendre une heure, car je vais sortir la première. J'ai du travail qui réclame mon attention, moi aussi.

Ramassant ses vêtements froissés, elle passa dans la salle de bains pour se rhabiller. Elle était trop furieuse pour prendre le temps de se laver les cheveux, alors elle les attacha en un chignon lâche sur le sommet de sa tête, et elle boutonna son blazer, espérant qu'il dissimulait suffisamment les boutons arrachés de son chemisier. Lorsqu'elle ressortit, Michael marchait de long en large dans la chambre, le front barré d'un pli soucieux.

Lorsqu'il la vit, il s'avança vers elle, la main tendue.

— Adelaide…

— Ne me touche pas, le coupa-t-elle en reculant vivement.

Comment cet homme qui lui avait dit qu'il l'aimait, cette nuit, pouvait-il prétendre qu'il ne s'était rien passé ? Sa grand-mère était importante, et ses rêves aussi. Mais l'amour était plus important encore.

— Je sais que tu tiens à ce que nous parlions de cette situation, mais cela va devoir attendre, déclara Michael, visiblement désespéré. D'abord, nous devons empêcher cette catastrophe de se produire. Ensuite, nous parlerons.

— Une demi-heure plus tôt ou plus tard, quelle différence cela ferait-il ? Nous devons parler tout de suite.

— Il est encore relativement tôt le matin, et à cette heure-ci nous ne croiserons pas grand monde, expliqua-t-il. Nous devons partir aussi rapidement que possible.

— Parfait. Alors je m'en vais.

— Pas de cette manière ! gémit Michael, se précipitant avec elle dans la cabine de l'ascenseur. Ne sois pas en colère. Je fais cela seulement pour te protéger.

— Rends-moi service, d'accord ? Abstiens-toi de m'aider.

Elle sortit à grands pas de l'ascenseur sitôt que les portes s'ouvrirent dans le lobby de l'hôtel.

— Adelaide, supplia-t-il. Tu ne peux pas partir ainsi !

Elle ne se retourna même pas et continua tout droit jusqu'aux portes à tambour. Elle venait de sortir sur le trottoir devant l'hôtel lorsque Michael agrippa son bras.

— Et qu'est-ce qui m'empêcherait de partir ? rétorqua-t-elle en se libérant d'un geste brusque.

Il n'eut pas l'occasion de lui répondre, car quelques paparazzi qui attendaient devant l'hôtel les entourèrent aussitôt pour les mitrailler sous tous les angles.

Après tout ce qu'elle avait accompli, il avait osé lui faire ça – et deux jours avant le défilé ! Il lui avait brisé le cœur, ruiné sa réputation et compromis sa future carrière.

Lui entourant les épaules de son bras, Michael l'entraîna à grands pas jusqu'à sa voiture et l'installa sur le siège du passager. Puis, il se rua derrière le volant et démarra en trombe parmi les éclairs des flashs.

— Bon sang ! gronda-t-il, martelant le volant à coups de poing. Je suis désolé, Adelaide. Mais ne t'inquiète pas, je vais gérer la situation. Je ne laisserai personne te faire du mal.

— Pour ton information, répliqua-t-elle d'un ton froid, je suis tout à fait capable de régler le problème moi-même. J'ai rendez-vous demain sur le plateau de la matinale, à la télévision locale, et je consacrerai un petit instant à désamorcer les rumeurs. Ces quelques photos ne peuvent pas faire dérailler le défilé de mode.

— Mais ces gens de la télévision pourraient te tendre une embuscade en direct.

— Je me charge d'eux, rétorqua-t-elle. Tu dois absolument cesser de me sous-estimer.

— Ce n'est pas...

— Pas maintenant, l'interrompit-elle. Ramène-moi à la maison, s'il te plaît.

— Pas au bureau ?

— Et que ferais-tu ensuite ? Comptes-tu aller tout seul parler à Grand-mère ?

— D'accord, capitula-t-il. Je vais te raccompagner.

— Enfin un point sur lequel nous sommes d'accord, commenta-t-elle d'un ton acide.

Ils roulèrent jusqu'à Pacific Palisades dans un lourd silence, et Michael s'efforçait désespérément de réfléchir à une explication que Mme Song pourrait accepter.

— Qu'allons-nous raconter à ta grand-mère ? s'enquit-il enfin, s'efforçant d'adopter un ton serein.

Le moment était mal choisi pour se laisser submerger par ses émotions. Ils devaient trouver une explication capable de convaincre Mme Song qu'Adelaide préparait sérieusement son défilé de mode caritatif, et qu'elle n'était pas retombée dans ses anciens travers. Elle refusait que les événements de ce matin viennent gâcher le travail qu'elle avait déjà accompli.

— Nous allons lui dire la vérité, déclara-t-elle.

— Pardon ?

Il avait sûrement mal entendu. Adelaide et lui ne pouvaient pas décemment admettre devant Mme Song qu'ils avaient trahi sa confiance. Et surtout pas maintenant.

— Tu m'as très bien comprise. Je refuse de mentir à Grand-mère en la regardant droit dans les yeux.

— As-tu réfléchi aux conséquences ?

— Je sais exactement ce que je risque. Je l'ai toujours su. Mais je dois dire toute la vérité à Grand-mère, et lui faire confiance. Elle comprendra pourquoi nous avons fait ce que nous avons fait.

Michael serrait si fort le volant que ses jointures avaient blanchi. Pourquoi l'avaient-ils fait, justement ? Pour satisfaire leurs besoins physiques ? Bien sûr que non ! C'était par amour. Uniquement par amour, depuis le début. Mais il ne pouvait pas faire cet aveu à Adelaide devant Mme Song. Il ne pouvait pas déclencher une épreuve de force entre elles à son sujet. Il n'en valait pas la peine. Il refusait de laisser une telle catastrophe se produire à quelques jours du défilé.

Apparemment, Adelaide avait pris son silence pour un acquiescement, car elle n'en dit pas davantage. Mais Michael savait déjà ce qu'il lui restait à faire.

Lorsqu'il arrêta la voiture devant la résidence, Adelaide descendit la première et il la suivit. Liliana vint les accueillir à la porte, mais son sourire de bienvenue s'effaça lorsqu'elle remarqua leurs expressions.

— Mme Song est dans son bureau, les informa-t-elle.

Michael la remercia, et il emboîta le pas à Adelaide. Au bout du couloir, elle frappa à la porte sans aucune hésitation.

— Entrez ! dit la voix de Mme Song à l'intérieur du bureau.

Lorsque la vieille dame reconnut ses visiteurs, une brève lueur de surprise traversa son regard.

— Que faites-vous ici tous les deux à cette heure-ci ? J'espère que ce n'est pas un problème avec le défilé de mode.

— Non, répondit Adelaide. Tout va bien de ce côté-là. Nous sommes venus parce que nous avons quelque chose à te dire. Michael et moi nous fréquentons depuis quelque temps.

Alors qu'elle reprenait sa respiration pour poursuivre, Michael jugea qu'il était temps d'intervenir :

— Mais c'est fini, maintenant, déclara-t-il. À force de passer tant de temps ensemble, ces quelques derniers mois, nous avions fini par ressentir des émotions que nous avions prises pour de l'amour. Mais nous avons dépassé ce stade, et aujourd'hui nous sommes totalement concentrés sur la préparation du défilé de mode.

Adelaide le dévisagea d'un regard douloureux, et une énorme souffrance lui déchira le cœur. Mais il était trop tard pour s'arrêter. Il devait se montrer fort pour eux deux.

— Que s'est-il passé, exactement ? s'enquit Mme Song d'un ton de tranquille autorité.

— Ce matin, un groupe de paparazzi nous a vus sortant ensemble de la suite de Garrett au Ritz, expliqua Adelaide sans se démonter. Et ils ont pris des photos de nous.

— Nous travaillions ensemble aux derniers préparatifs du défilé, l'interrompit Michael une nouvelle fois. Mais les médias vont sûrement en tirer des conclusions très différentes.

— Vous êtes-vous montrés assez négligents pour risquer une telle situation deux jours avant le défilé de mode ? s'écria Mme Song, haussant la voix.

— Nous étions un peu stressés par les détails de dernière minute, répondit Michael, s'efforçant de garder un ton professionnel. Nous tenions beaucoup à ce que tout soit fin prêt pour le grand jour. Nous avons commis une erreur, mais nous allons régler le problème, madame Song.

— Est-ce vrai, Adelaide ?

— Oui, *Hal meo-ni*. Nous avons commis une erreur.

À l'évidence, elle s'efforçait d'éviter de mentir à sa grand-mère tout à fait, mais le regard qu'elle riva sur lui était plein de ressentiment. Il l'avait placée dans une situation où elle ne pouvait plus être totalement sincère, et elle lui en voulait pour cela, c'était évident. Michael en avait le cœur brisé.

— Je vais gérer cette situation, et m'assurer que le défilé sera un grand succès, promit-il. Je ne vous décevrai pas.

À la grande surprise d'Adelaide et de Michael, Mme Song déclara d'un ton serein :

— Le moment est mal choisi pour laisser entrer la discorde et les divisions dans notre famille. Ce qui est fait est fait. Je vous fais confiance pour redresser la situation. Vous pouvez réussir. Vous *devez* réussir. Adelaide, ton avenir chez Hansol dépend du succès de ton défilé de mode. Je ne ferai pas obstacle à ton projet, mais je ne t'accompagnerai pas non plus en te tenant par la main. Tu es une Song. Montre-moi de quoi tu es faite.

Michael remercia silencieusement le ciel qu'Adelaide ait encore une chance de réaliser son rêve. Mais lui-même se sentait brisé à l'intérieur, et son cœur n'était plus que ruines.

— Je suis navrée de nous avoir mis dans ce pétrin, mais rien au monde ne fera dérailler le défilé de mode, déclara Adelaide avec une conviction totale. Tu ne regretteras pas d'avoir eu confiance en moi, Grand-mère.

Mais Michael savait que la confiance qu'Adelaide avait eue en lui était détruite à tout jamais.

15

— Michael et moi sommes de vieux amis, déclara Adelaide. Il est même quasiment un membre de ma famille, et il nous arrive encore quelquefois de nous disputer comme un frère et une sœur. C'est cela qui s'est passé devant le Ritz. Nous étions tous deux épuisés par la répétition du défilé de mode – qui était une pure merveille. Les billets sont déjà tous vendus, mais nous retransmettrons l'événement en ligne, pour permettre au public de participer aux enchères.

Son enthousiasme pour l'événement n'était pas feint, mais il lui était difficile d'ignorer le vide béant là où avait été son cœur. Et, pour être plus convaincante devant son public de téléspectateurs, elle en rajoutait un peu.

— De quoi parlions-nous, déjà ? Ah, oui. Ma dispute avec Michael. Pour abréger, nous nous sommes pris de bec sur un sujet anodin, et cela s'est terminé par une énorme dispute.

— N'appelleriez-vous pas cela une querelle d'amoureux ? s'enquit l'animateur de l'émission avec un sourire narquois.

— Absolument pas, assura Adelaide. Je suis embarrassée de l'admettre tellement cela paraît immature, mais le manque de sommeil et le stress peuvent vous faire faire des sottises. Demain, lorsque nous aurons fait un grand succès de ce défilé de mode caritatif, et lorsque les enchères auront dépassé toutes nos espérances, je suis sûre que nous redeviendrons les meilleurs amis du monde.

— Votre défilé de mode très spécial a éveillé un immense

intérêt dans le public, remarqua l'hôte de l'émission. Pouvez-vous nous expliquer en quelques mots pourquoi cet événement est si important ?

— Si le monde est magnifique, c'est grâce à sa merveilleuse diversité, commença Adelaide. Notre défilé de mode célébrera nos différences. Mon plus grand espoir, c'est que cet événement soit l'illustration d'une vérité fondamentale : l'acceptation de la différence est la manifestation de ce que l'humanité a de meilleur.

Les caméras s'arrêtèrent sur de bruyants applaudissements, et Adelaide put quitter le studio la tête haute, un sourire de triomphe sur les lèvres. Sa vie personnelle était peut-être un désastre, mais elle était une Song, et rien – pas même un cœur brisé – ne l'empêcherait de réussir ce défilé de mode et de servir dignement cette cause qui avait mobilisé tous ses efforts et ceux de ses stylistes.

Elle avait cru le plus gros du travail derrière eux, mais les préparations de dernière minute la gardèrent éveillée toute la nuit. À la réflexion, elle n'aurait pas pu fermer l'œil de toute façon. Chaque cellule de son corps souffrait. Il lui était douloureux de respirer. D'exister. Et le travail, s'il ne diminuait en rien sa douleur, l'empêchait au moins de revivre constamment sa dispute avec Michael. De réentendre en boucle chacune de ses paroles :

« Des émotions que nous avions prises pour de l'amour... »
« Nous avons dépassé ce stade... »

Elle savait que c'était faux, et c'était cela qui la faisait le plus souffrir. Il n'avait pas suffisamment confiance en elle pour lui offrir son cœur. Son amour. Il craignait qu'elle s'effondre à la première difficulté, de devoir la soutenir durant le reste de leur vie. Qu'elle devienne un fardeau qu'il devrait porter, en même temps que le secret qu'il refusait depuis si longtemps de lui révéler.

Adelaide consacra le reste de la journée à rassembler des fournitures supplémentaires pour le défilé, afin de parer à toutes les éventualités. Elle savait qu'elle était au bord de la panique, et elle n'était pas la seule. Ses stylistes anxieux l'inondaient de textos avec des questions de dernière minute. Son téléphone surchauffait.

Puis, avant qu'elle ait réellement assimilé ce qui arrivait, l'heure du défilé de mode sonna. Adelaide portait un audacieux smoking blanc sans cravate, qu'elle avait créé en tant que contribution personnelle à la collection. Il lui allait si bien, et permettait une si totale liberté de mouvements qu'elle en oubliait qu'elle portait une tenue de soirée.

Michael assistait au gala, mais il ne s'approcha d'elle que pour la saluer et lui souhaiter bonne chance. C'était peut-être mieux ainsi. S'il était resté auprès d'elle, Adelaide n'aurait jamais pu se concentrer totalement sur ses responsabilités. Le cocktail de bienvenue terminé, elle escorta sa grand-mère et les VIP à leurs places. Un torrent d'adrénaline coulait à présent dans ses veines.

L'instant de vérité était arrivé.

Les modèles défilèrent pour présenter des tenues de bureau spectaculaires, dans un brouhaha de commentaires admiratifs. Mais lorsque ces mêmes modèles défilèrent sur le podium habillés de tenues de soirée, ils furent accueillis par un silence presque religieux.

Leurs invités étaient envoûtés par le cadre, par la musique et, surtout, par les vêtements du défilé. Ils allaient du costume de bureau pour tous les jours à de somptueuses tenues de soirée. Des vêtements que les personnes autistes pouvaient porter confortablement, et qui les aideraient à présenter une meilleure image d'eux-mêmes. Adelaide était très fière du travail de ses stylistes.

Ravalant le flot d'émotion qui lui obstruait la gorge, elle monta sur le podium pour présenter les membres de son extraordinaire équipe de stylistes.

— Puis-je avoir votre attention, s'il vous plaît ? dit-elle dans le micro, sa voix noyée dans un tonnerre d'applaudissements. Il est temps d'annoncer le nom du lauréat de notre concours de stylisme. Comme vous le devinez, la compétition a été serrée. Mais le travail de cette jeune femme a capturé l'esprit même de ce défilé de mode. J'ai nommé... Mona Andrews !

Un nouveau tonnerre d'applaudissements retentit dans la salle, et toute l'équipe des stylistes se leva aussitôt pour entourer la lauréate et la féliciter. Mona pleurait d'émotion. Adelaide n'aurait pu rêver de meilleur résultat.

Les enchères furent très animées, et la compétition très vive entre les participants, chacun désirant s'approprier les modèles les plus convoités. Le smoking écarlate de Mona, qui avait remporté le premier prix, atteignit un prix astronomique. Alors qu'elle assistait à la fin des enchères, Adelaide était si heureuse qu'elle avait la sensation de flotter en apesanteur. Ils avaient réussi. Elle avait réussi.

Son équipe de stylistes l'entoura à cet instant pour la serrer tous ensemble dans leurs bras en poussant des cris de joie. Une masse de membres entremêlés, baignant dans un bonheur commun.

— Vous êtes tous formidables, et je suis très fière de vous, les félicita-t-elle en se dégageant de la mêlée.

—Nous avions une directrice de projet formidable, déclara Chris, bruyamment approuvé par les autres.

— Allez vous amuser, maintenant. Vous l'avez mérité.

Après un dernier échange d'accolades et de félicitations, les stylistes en herbe venaient de se disperser lorsque la grand-mère d'Adelaide se matérialisa soudain devant elle pour la serrer affectueusement dans ses bras.

— Je te félicite, mon cœur. Je suis très fière de toi.

— Merci beaucoup, *Hal-meo-ni*, répondit Adelaide, les yeux brillants de larmes de bonheur.

— La femme qui a conçu cet événement spectaculaire… c'est toi, rappela Grace Song, visiblement émue. Ne doute jamais de toi-même. De ce que tu es capable d'accomplir. Tu seras une brillante directrice de service chez Hansol.

— Je ne te décevrai pas, murmura Adelaide, la gorge serrée.

— Je le sais, répondit sa grand-mère, retenant ses larmes.

— Toutes mes félicitations, cousine, dit Colin en la serrant dans ses bras avec effusion. C'est ton jour de gloire. Puis-je te raccompagner jusqu'à ta voiture, *Hal-meo-ni* ?

— Oui, merci, répondit la vieille dame, je devrais rentrer.

Sa grand-mère serra une dernière fois les mains d'Adelaide entre les siennes, puis elle et Colin sortirent.

Adelaide attendit que le dernier invité et le dernier technicien soient partis. Tous, sauf Michael. Adossé à un mur dans la pénombre, il la suivait des yeux en silence. Adelaide traversa le loft pour aller verrouiller la porte, puis elle se retourna face à lui.

— Es-tu enfin prêt à parler ? s'enquit-elle d'une voix douce.

Ce calme n'était qu'apparent. À l'intérieur, elle était terrifiée de ce qui allait se produire, et le succès de son défilé n'était déjà plus qu'un souvenir.

— Ce que tu as déclaré à ma grand-mère... Est-ce vraiment ce que tu désires ?

Abandonnant l'appui du mur, Michael s'avança vers elle. Dans la lumière, elle remarqua l'extrême pâleur de son visage, ses traits tirés de fatigue.

— Adelaide, répondit-il d'un ton douloureux, c'est ce que nous avions convenu depuis le début. C'est mieux ainsi.

— Malgré ce que j'ai dit, nous n'avons pas besoin de rompre, assura-t-elle, luttant contre la panique. Vivre une relation avec toi ne nuira pas à ma réputation. Au début, les gens jaseront peut-être un peu, mais ils comprendront vite que je suis une femme adulte et responsable vivant une relation très ordinaire. Ils nous oublieront rapidement.

— Il ne s'agit pas seulement du public. As-tu pensé à la réaction de ta grand-mère ? Tu es sur le point de décrocher un poste de direction chez Hansol. Si tu t'opposais maintenant à Mme Song, tu pourrais bien tout perdre.

— Notre relation n'est pas une petite aventure sans lendemain. Pourquoi Grand-mère la désapprouverait-elle ? Tu cherches simplement un prétexte pour rompre avec moi.

— Il est des choses que tu ignores, mais je ne veux pas te priver de ton rêve. Notre histoire doit se terminer maintenant.

— Mais cette nuit-là... tu m'avais dit que tu m'aimais, murmura-t-elle, retenant son souffle.

— Je sais, convint-il simplement.

— Alors pourquoi, Michael ? gémit-elle. Moi aussi, je t'aime ! Je t'ai toujours aimé.

— Non, répondit-il en reculant d'un pas. Tu ne dois pas m'aimer.

Je sais que tu as eu un béguin pour moi lorsque tu étais petite fille, mais ce n'était pas de l'amour. Et même si cela en était, tu ne dois pas confondre le passé et le présent. La passion que nous éprouvons l'un pour l'autre est extraordinaire, mais ce n'est pas de l'amour. Écoute-moi, s'il te plaît. Tu ne peux pas m'aimer.

— Et pourquoi ne puis-je pas t'aimer, Michael ?

Elle fit quelques pas hésitants vers lui, mais il recula une nouvelle fois, avant de s'arrêter comme s'il venait seulement de s'apercevoir qu'il battait en retraite.

— Crois-moi sur parole, insista-t-il. Nous ne pouvons pas être ensemble. Tu ne peux pas m'aimer.

— Pourquoi répètes-tu cela constamment ? se plaignit-elle, tendant la main pour la poser enfin sur son cœur. Laisse-moi t'aimer. Si ce que nous avons maintenant est tout ce que tu peux m'offrir, je devrai m'en contenter. Je te demande seulement de ne pas repousser mon amour, Michael. Il a toujours été à toi, et il le restera toujours. Tu mérites d'être aimé. Permets-moi d'être celle qui te donnera son amour.

Il la dévisagea un instant, une expression douloureuse sur le visage, puis il ferma les yeux. Lorsqu'il les rouvrit, on eût dit que la lumière s'était éteinte dans son regard.

— C'est fini, Adelaide.

— Non, Michael. S'il te plaît.

— Si tu restes avec moi, tu perdras tout ce qui compte le plus pour toi.

— Quel secret me caches-tu ? Dis-le-moi, je t'en supplie ! Nous pouvons tout arranger ensemble.

— Tu ne veux pas être avec moi, répondit-il en frissonnant visiblement. Je ne veux pas être avec toi.

— Tu mens très mal, Michael Reynolds.

— Adelaide, je...

— Cela suffit, le coupa-t-elle. Je t'ai très bien entendu. J'ignore ce que tu me caches, ou pourquoi tu as aussi peur que je le sache. Mais j'ai compris.

Adelaide recula d'un pas, puis de deux, avant de conclure :

— Tu viens de nous détruire. Et pas seulement cette relation ou nos cœurs. C'est *nous* que tu as détruits. Toi et moi ne serons jamais plus les mêmes. J'espère que ce que tu fuis – ce contre quoi tu essaies de te protéger – en vaut la peine.

Elle en avait assez. Les mensonges de Michael le faisaient souffrir autant qu'elle. En tout cas, une réalité n'avait pas changé : il l'aimait peut-être, mais il n'avait pas confiance en elle. Pour lui, elle était toujours une petite fille sans défense. Pas une compagne. Jamais une compagne.

Exhalant un triste soupir, le cœur en ruines, Adelaide partit sans se retourner. Sans verser une seule larme.

Le lendemain matin, Adelaide ne se donna pas la peine de sortir de son lit. Le défilé était derrière elle, et son équipe de stylistes était sûrement à l'atelier en train de ranger leurs affaires et de se dire au revoir. Mais Adelaide avait bien droit à une journée de solitude pour se vautrer dans son chagrin.

L'intense souffrance qu'elle avait ressentie jusque-là s'était muée en une douleur sourde qu'elle pouvait supporter. Et dont elle devrait s'accommoder durant le restant de ses jours. Elle avait perdu Michael, mais Hansol lui ouvrait les bras. Le défilé de mode avait été un succès au-delà de ses espérances. Elle avait atteint son objectif. Comme sa grand-mère, elle consacrerait le reste de sa vie à Hansol, et cette mission suffirait à combler cet affreux vide en elle.

Elle contemplait fixement le plafond blanc de la chambre lorsque Liliana frappa à sa porte et entra directement, un verre de lait et un toast sur un plateau.

— Adelaide, murmura-t-elle, lui adressant un regard soucieux, Mme Song souhaite vous voir. Croyez-vous pouvoir croquer une ou deux bouchées avant de descendre ?

— Non, merci.

— Je suis désolée, dit Liliana, s'asseyant sur le bord du lit, mais je dois rester avec vous jusqu'à ce que vous l'ayez fait.

Elle poussa un soupir, avant de remarquer :

— Nous savons que quelque chose s'est produit, il y a deux jours. Depuis, vous vous traînez comme une âme en peine.

— J'ai mal, c'est tout.

— Oh ! ma chère enfant ! s'apitoya Liliana en s'emparant de sa main pour la serrer doucement. Votre grand-mère pourra peut-être vous aider. Elle connaît par expérience le chemin à suivre pour remonter la pente jusqu'à ce que la douleur devienne supportable.

— D'accord, capitula Adelaide. Mais pas de toast pour moi.

— Très bien, mais laissez-moi vous aider.

Lorsque Adelaide se leva, ses jambes ne la portaient qu'à grand-peine, mais Liliana lui entoura les épaules de son bras pour la soutenir. Heureusement, avec chaque pas qui les rapprochait de la suite de Grand-mère, elle sentait revenir son courage et sa détermination. En arrivant devant sa porte, elle avait retrouvé toutes ses forces. Et elle était furieuse.

Elle entra sans frapper et s'agenouilla sur le tapis de sol.

— Tu m'as convoquée, Grand-mère ? marmonna-t-elle.

— Adelaide, regarde-moi dans les yeux.

— T'ai-je déçue en prenant un jour de congé, *hal-meo-ni* ? Étais-je censée rester dans mon atelier à attendre que mon futur service soit créé ?

— Mon bébé...

— Arrête ! protesta Adelaide. Je ne suis plus ton bébé. Je suis une femme adulte. Pourras-tu l'accepter un jour ?

Elle se montrait incroyablement grossière envers son aînée sans raison valable. Pourquoi était-elle en colère contre sa grand-mère ? Pourquoi lui parlait-elle aussi durement ?

— Si je t'ai tenue à l'écart de Hansol, ce n'était pas parce que je te croyais incapable d'y trouver ta place. C'est au contraire parce que je sentais que tu n'y réussirais que trop bien. Toi et moi nous ressemblons beaucoup, et c'est cela qui m'inquiétait. À la mort de ton grand-père, j'ai choisi de me consacrer entièrement à Hansol, et j'ai négligé tous les autres aspects de ma vie. Même vous, les enfants.

— Non, ce n'est pas...

— Écoute, mon bébé, j'ai laissé mon ambition m'aveugler, mais la gestion de Hansol ne m'a pas rendu mon équilibre. J'avais besoin de mes enfants et de mes petits-enfants. De ma chère famille. Et cependant, j'ai failli l'oublier, et je me suis enfermée dans une prison de solitude de ma propre création.

Mme Song prit la main d'Adelaide, avant de poursuivre :

— Je ne voulais pas que tu connaisses le même sort que moi. J'ai pensé que si je parvenais à te dissuader de rejoindre l'entreprise, tu vivrais ta propre vie. Que tu réaliserais tes propres rêves et trouverais ton propre chemin. Mais, je le comprends aujourd'hui, Hansol *est* ton rêve. En outre, tu as en toi plus de force que je n'en avais. Tu pourrais utiliser ce cerveau brillant pour trouver ton propre équilibre dans ta vie. Je suis très fière de la femme que tu es devenue.

— Oh ! *Hal-meo-ni* ! gémit Adelaide. Et durant tout ce temps, j'ai cru que tu me jugeais indigne de faire partie de l'avenir de ton entreprise !

— Je le sais, mon bébé. Je suis désolée d'avoir voulu revivre ma vie à travers la tienne.

— Je... J'ai quelque chose à t'avouer, murmura Adelaide. Je suis amoureuse de Michael, mais il m'a quittée, et je souffre le martyre. Il ne me voit pas comme la femme que je suis devenue, mais comme une faible enfant et un fardeau. Pourtant, il m'aime, et moi, je l'aime plus que ma vie. Mais il n'a pas assez confiance en moi pour m'offrir son cœur.

— Je m'en doutais déjà, murmura sa grand-mère. Mais j'ignorais que les choses étaient allées aussi loin entre vous.

— Je suis désolée de te l'avoir caché. Comme une idiote, j'avais pensé que le jour venu je pourrais le laisser partir, mais cela m'a été impossible. J'ai essayé de le retenir...

— Oh ! ma chère enfant ! s'exclama la vieille dame en effleurant d'une caresse la tête inclinée d'Adelaide. Il te voit, et il t'aime comme peu d'hommes ont aimé une femme. Ne renonce pas à lui.

— Il est déjà trop tard, répondit Adelaide en soupirant. Il a renoncé à moi. Il a renoncé à *nous*. Je ne peux pas rester près de lui. J'ai hâte de faire ma part pour Hansol, mais je t'en prie, envoie-moi à New York. Je pourrais créer ma ligne de vêtements là-bas. Je ne peux pas rester ici en ce moment.

— Cela ne sera pas difficile à arranger, assura Grace Song. Mais… es-tu certaine que ce soit le bon choix ?

— C'est la seule chose dont je sois sûre, répondit Adelaide. J'ai besoin de prendre de la distance, de sortir de cette situation pour l'empêcher de me détruire. Et mon nouveau poste m'y aidera. Je survivrai, *Hal-meo-ni*, mais pas ici.

— Tout ce dont tu auras besoin, je veillerai à ce que tu l'obtiennes. N'oublie pas que je serai toujours là pour toi.

Michael ne se souvenait pas de son retour en voiture, mais il était maintenant dans sa maison, de retour du défilé de mode. Tout lui paraissait différent – terne et sans couleur – dans la faible lueur du matin naissant. À vrai dire, sa maison lui paraissait tout simplement affreuse. Il détestait ce lieu. Il détestait le monde entier. Et tout particulièrement lui-même.

Il tourna son regard vers la bouteille de whisky à moitié vide. À présent, il se souvenait. Il avait rempli son verre de nombreuses fois, et il avait dû s'endormir sur le sofa. Mais, maintenant, il faisait jour, et il négligeait ses devoirs. Le défilé de mode avait été un énorme succès, mais il aurait dû rester sur la brèche, traquer les minables sans scrupule sur le Net qui pourraient essayer de salir le succès d'Adelaide avec des rumeurs concernant leur nuit au Ritz.

Désireux de ne pas perdre davantage de temps, il ramassa son téléphone pour passer en revue ses applis d'alerte. L'intérêt pour la cause de l'autisme était encore vif parmi les personnes influentes – y compris Mateo Sanchez et sa fille – qui avaient assisté au défilé. Et, heureusement pour lui, les tabloïdes et les sites de cancans étaient occupés ailleurs.

Reposant sa tête sur le bras du sofa, Michael ferma les yeux. Où était Adelaide ? Comment se sentait-elle ? Souffrait-elle autant que lui ? Il n'osait même pas y penser. Son absence lui déchirait le cœur.

Il avait fait souffrir Adelaide pour la protéger du mieux possible, mais il avait besoin de la voir. Il ignorait ce qu'il pourrait bien dire ou faire, mais il devait constater de ses propres yeux qu'elle allait bien. Ou aussi bien que possible, après ce qu'il lui avait fait. Que pouvait-il faire pour soulager sa souffrance ? Il l'avait appelée, mais elle avait bloqué son numéro. Alors, il avait essayé au bureau, mais, là non plus, elle ne décrochait pas. Et lorsqu'il s'adressa à la réceptionniste, celle-ci l'informa qu'elle était absente.

Dans ce cas, elle devait être à la maison. Il prit une douche ultrarapide, sauta dans sa voiture de sport et, le cœur battant, faisant fi des limites de vitesse, il se rendit chez elle.

— Liliana, dit-il dès que la porte se fut entrouverte, j'ai besoin de voir Adelaide.

— Bonjour, Michael, le salua la gouvernante un peu fraîchement. Entrez. Je vais prévenir Mme Song de votre visite. Je crois qu'elle souhaite s'entretenir avec vous.

— Mais… Adelaide…

— N'insistez pas, coupa Liliana d'une voix qui se brisait. Je n'ai jamais vu cette enfant aussi malheureuse. Peu m'importe ce que vous pouvez lui avoir fait. Ne m'en demandez pas davantage, car je suis tentée de vous claquer la porte au nez.

Cette déclaration laissa Michael sans voix. L'imperturbable, la douce Liliana avait disparu. Ce changement radical d'attitude envers lui en disait long sur l'état présent d'Adelaide.

Sans un mot de plus, il suivit la gouvernante jusqu'à la porte de la suite de Mme Song, et il attendit sur le seuil pendant qu'elle entrait pour l'annoncer à la matriarche de la famille. En ressortant, elle lui décocha un nouveau regard noir avant de déclarer d'un ton désapprobateur :

— Elle va vous recevoir.

— Merci, Liliana.

Pour toute réponse, elle lui tourna le dos et se hâta vers le bout du couloir. Michael entra dans la suite de Mme Song et s'agenouilla respectueusement sur le tapis de sol.

— Bonjour, madame Song.

— Il est midi passé, et cette journée n'a rien de particulièrement agréable, répliqua-t-elle d'un ton froid.

— Vous jugez peut-être que je ne le mérite pas, mais j'ai besoin de voir Adelaide. Je voudrais seulement m'assurer qu'elle va bien.

— C'est vrai, vous ne méritez pas de voir ma petite-fille. Et puisque vous vous le demandez, elle ne va pas bien du tout.

— J'en suis sincèrement navré, répondit-il la gorge serrée. Mme Song, je vous en prie, pourrais-je voir Adelaide, même si c'est pour la dernière fois ?

Elle poussa un soupir, puis son expression intraitable s'adoucit et elle l'observa plus attentivement.

— Regardez dans quel état vous êtes aussi ! lança-t-elle.

— Cela n'a aucune importance, assura-t-il. Je lui ai brisé le cœur, et je l'ai abandonnée de la pire manière possible. Si par le passé j'avais déjà pensé ne pas la mériter, cet épisode vient de le confirmer de façon éclatante. Mais... j'ai tout de même besoin de la voir.

— Elle est déjà partie, Michael.

Une main de glace lui serra le cœur, et il balbutia :

— Partie ? Partie où ?

— Elle est partie pour l'aéroport il y a une demi-heure pour aller s'installer chez Garrett et Natalie. Lorsqu'elle se sentira prête, elle travaillera à notre branche de New York.

— Était-elle tellement en colère contre moi qu'elle ait eu besoin de placer le pays tout entier entre nous ? s'enquit-il, se sentant soudain nauséeux.

— Je pense qu'elle est trop dévastée pour ressentir de la colère, répondit Mme Song, plantée devant la fenêtre, contemplant l'extérieur. Nous aimons d'un amour trop profond. C'est la plus grande force et la plus grande faiblesse de la famille Song. Adelaide vous aimait de tout son cœur, Michael. Elle désirait être tout pour vous. Lorsque vous l'avez repoussée, elle a vécu cette rupture comme une faillite personnelle. Elle pense qu'elle n'est pas assez bien pour vous.

— *Elle ?* protesta-t-il. Pas assez bien pour moi ? Vous savez que je ne peux pas lui donner des enfants. Et même si je le pouvais, je serais encore indigne d'elle. Elle est la femme la plus merveilleuse du monde.

— Elle est persuadée que vous n'avez pas suffisamment confiance en elle pour lui offrir votre amour. Que vous la considérez toujours comme une faible enfant. Un fardeau.

Un fardeau ? Michael dévisagea Mme Song d'un air stupéfait. Mais avant qu'il ait eu le temps de dire un mot, la matriarche poursuivit :

— Avez-vous songé à l'informer que vous ne pouvez pas avoir d'enfants ? Ne croyez-vous pas que c'était peut-être à elle de décider si elle désirait rester avec vous ou non, dans ces circonstances ? Savez-vous même si elle désire devenir maman ? Ou si elle accepterait d'adopter des enfants ?

— Non, reconnut-il, relevant les yeux pour rencontrer son regard, mais il y a plus que cela. Je ne pensais pas que vous autoriseriez Adelaide à m'épouser. James et vous désirez qu'elle ait des enfants à elle. C'est bien normal, mais je ne pouvais pas obliger Adelaide à choisir entre moi et sa famille. Si elle perdait votre soutien maintenant, qu'adviendrait-il de son rêve de rejoindre Hansol ?

— Que je l'*autoriserais* à vous épouser ? répéta Mme Song d'un ton incrédule. Garrett ne vous a donc rien appris ? Nous, les Song, sommes très entêtés, s'agissant des gens que nous aimons. Je serais bien incapable d'empêcher Adelaide de vous choisir, même si je le désirais. Et cela nous amène au sujet suivant. Comment osez-vous croire que je retiendrais votre infertilité contre vous ? Et que je serais assez injuste et assez déraisonnable pour empêcher Adelaide de rejoindre Hansol après le travail qu'elle a accompli ?

Michael demeura un instant muet de stupeur. Durant tout ce temps, il avait cru qu'Adelaide et Mme Song étaient les obstacles à leur bonheur. *Mais le coupable, c'était lui-même !* Il avait eu peur qu'Adelaide commence à lui en vouloir avec le temps et qu'elle le quitte. Comme Kathy l'avait fait. Ne supportant pas l'idée de la perdre, il avait choisi lui-même le moment de la rupture. Alors qu'elle était totalement inutile.

— Vous étiez à tel point englué dans votre honte et votre

culpabilité que vous avez traité la femme que vous aimez comme une gamine écervelée.

— J'ai eu tort, balbutia-t-il, conscient qu'il avait laissé ses peurs détruire le plus beau présent qui lui ait jamais été offert de toute sa vie. J'ai été stupide. Croyez-vous qu'elle m'écoutera tout de même, maintenant ? Est-il déjà trop tard ?

— Comment le saurais-je, mon garçon ? Je sais seulement ce qu'elle m'a dit alors qu'elle sanglotait dans mes bras.

Et, sous le regard incrédule de Michael, la formidable Mme Song fondit en larmes en concluant :

— Je n'avais jamais vu mon bébé souffrir de cette façon, comme si une partie d'elle-même s'était brisée.

— S'il vous plaît ! gémit Michael. Laissez-moi rattraper le mal que je vous ai fait, à elle et à vous.

— Si je le pouvais, répondit Mme Song, j'éloignerais Adelaide de vous, mais il est trop tard pour cela. C'est à elle qu'il appartient de décider. Ni à vous ni à moi.

Elle prit une profonde inspiration, avant d'ajouter :

— Si vous devez lutter pour la reconquérir, faites-le avec toute votre âme. Car vous méritez l'un et l'autre de savoir une bonne fois pour toutes si vous êtes digne d'elle.

16

— Es-tu certaine de n'avoir pas besoin d'autre chose ? s'enquit Natalie en bordant les couvertures d'Adelaide.

— Ce dont j'ai besoin, c'est que tu arrêtes de me dorloter. C'est toi qui es enceinte. Si tu te fatigues inutilement à cause de moi, je t'avertis que j'irai m'installer à l'hôtel.

— Couvrirais-tu la famille de honte en t'enfuyant ainsi ? s'indigna sa belle-sœur d'un ton théâtral. Nous resterions dans l'histoire comme les infâmes Coréens-Américains qui ont laissé leur sœur dormir à l'hôtel.

Adelaide souffrait, mais elle ne put s'empêcher de rire. La présence de Garrett, Natalie et Sophie autour d'elle était la meilleure des consolations à ce moment de sa vie. Elle avait beaucoup de chance d'avoir une telle famille. Et, en compagnie des siens à New York, elle se sentait plus libre qu'à Los Angeles avec sa grand-mère et son père.

Mais cela ne signifiait pas qu'elle doive se laisser dorloter. Adelaide avait bien l'intention de commencer à chercher une maison dès qu'elle aurait trouvé un bon agent immobilier. Elle n'était pas venue à New York pour se vautrer dans sa souffrance comme une pauvre femme abandonnée. Elle était ici pour se guérir de son chagrin d'amour, et pour se concentrer sur sa nouvelle ligne de vêtements sensoriels chez Hansol. Tant qu'elle resterait occupée, elle n'aurait pas le temps de penser à son chagrin.

— Sûre d'avoir tout ce qu'il te faut ? insista Garrett en apparaissant sur le seuil, tenant Sophie par la main.

La petite fille lui offrit un sourire insouciant, et Adelaide l'aima instantanément pour cela.

— Arrêterez-vous de me couver, tous les deux ? répliqua-t-elle. Sérieusement, la dernière chose au monde dont j'ai besoin, c'est de sentir que je suis un fardeau pour vous aussi. Alors, cessez de me traiter comme une chose fragile.

— D'accord, petite sœur, ne te fâche pas ! répondit Garrett en riant. Tu fais vraiment peur quand tu deviens autoritaire.

Adelaide ne put s'empêcher de remarquer à quel point il avait changé depuis qu'il avait épousé Natalie. Et devant ce bonheur, elle ressentit un petit pincement d'envie. Ce qui était ridicule et mesquin de sa part, bien sûr. Sa propre misère lui obscurcissait l'esprit. Ce n'était pas la personne qu'elle était réellement.

Alors qu'ils venaient de s'installer pour jouer avec Sophie, ils entendirent sonner le carillon de la porte. Tous les occupants de la pièce se figèrent. Ce pouvait être n'importe qui. Peut-être simplement un chauffeur de livraison. Lorsque les sonneries se répétèrent, devinrent insistantes, suggérant une urgence, Garrett alla jeter un coup d'œil à la fenêtre de leur maison mitoyenne de grès brun, typique de Manhattan.

— Bon sang, c'est Mike ! s'exclama-t-il.

Adelaide cessa de respirer. L'expression de son visage devait être alarmante, car Natalie la serra dans ses bras et la berça contre elle sur le sofa.

— Tout va bien, ma chérie. Tu es en sécurité. Garrett lui dira de partir.

Incapable de répondre, Adelaide se blottit simplement dans les bras de sa belle-sœur et ferma les yeux. Elle était prête à aller de l'avant, bien sûr, mais cela ne signifiait pas qu'elle soit prête à faire face à Michael à cet instant précis. Elle était forte, mais pas masochiste.

Laissant Sophie auprès de sa maman, Garrett dévala l'escalier à pas de géant, et Adelaide s'inquiéta un instant pour Michael. Elle entendit la porte s'ouvrir puis se refermer en claquant presque aussitôt. Mais, même en tendant l'oreille, elle n'entendit pas la voix de Michael ni la moindre parole que les deux hommes échangeaient.

Lorsque Garrett remonta à l'étage, Natalie se précipita vers lui. Il se massait le poignet en grimaçant, et son épouse souffla gentiment sur les écorchures de ses jointures.

Adelaide sentit que son cœur cessait de battre. Son frère surprotecteur devait avoir cassé le nez de Michael, ou même pire. Elle se leva d'un bond, sur le point de se ruer au rez-de-chaussée, puis elle se figea. Que faisait-elle ? Michael lui avait brisé le cœur à deux reprises, et il lui avait expliqué très clairement qu'ils n'avaient aucun avenir ensemble. Courir le retrouver maintenant ne lui apporterait que de nouvelles souffrances.

— Adelaide ! cria Michael, en bas dans la rue.

Que faisait-il ?

— Adelaide, je t'en prie ! J'ai besoin de te voir. Tout ce que je désire, c'est m'assurer que tu vas bien. Laisse-moi te supplier de me pardonner, et tout t'expliquer. Si après ça tu désires toujours que je m'en aille, alors je partirai. Je ferai tout ce que tu voudras. Laisse-moi seulement te voir.

Elle se pelotonna sur le sofa, et serra très fort les paupières. *Ne l'écoute pas. Il te fera souffrir.*

— Je t'aime, Adelaide. Je t'aime tant ! S'il te plaît !

Adelaide rouvrit brusquement les yeux, et les expressions furieuses de Garrett et de Natalie cédèrent instantanément la place à la stupéfaction.

— Je crois que je suis tombé amoureux de toi cette nuit-là, au club, poursuivait Michael d'un ton douloureux. Tu étais si belle ! C'est là que j'ai désiré que tu deviennes ma femme.

Sa voix se brisait, mais il poursuivit :

— Et cela aurait pu devenir la réalité, si je ne m'étais pas comporté comme un imbécile. Je t'aime, Adelaide ! Laisse-moi te parler. Seulement cette fois-ci. Et si tu souhaites toujours que je m'en aille, je ne te dérangerai plus jamais.

Oh ! Michael. Que devait-elle faire ?

— Oh ! mon Dieu ! s'écria Adelaide. Tu saignes ?

Ce n'était pas impossible, songea Michael, car il avait un goût de sang dans la bouche, et le coin de sa lèvre picotait un peu. Elle devait être fendue et un peu sanguinolente. Mais Michael s'en moquait. Ce qui comptait, c'était que la porte venait de s'ouvrir, révélant la plus magnifique apparition du monde. Elle était pâle et visiblement lasse, mais c'était bien son Adelaide plantée devant lui sur le seuil.

Elle leva sa main délicate vers son visage, mais elle la laissa retomber avant de l'avoir touché. Michael sentit son cœur se serrer douloureusement, mais à quoi s'attendait-il ? Qu'elle l'accueille à bras ouverts ? Il aurait été encore plus coupable s'il avait cru pouvoir la reconquérir aussi facilement. Il la supplierait à genoux, il lutterait pour qu'elle lui pardonne. Il ferait tout ce qui était humainement possible pour qu'elle lui revienne.

Il lui était impossible de renoncer à elle. Malgré ce qu'il lui avait crié, il ne pouvait s'imaginer lui tournant le dos et sortant de sa vie pour toujours. *Totalement impossible.*

Il camperait sur le trottoir devant chez Garrett s'il le fallait. Il la reconquerrait, ou il mourrait en essayant.

— Ce n'est rien, mon bébé, je vais bien, assura-t-il en faisant un pas hésitant vers elle.

À son grand soulagement, elle ne disparut pas à l'intérieur en lui claquant la porte au nez.

— Je ne suis pas ton bébé, Mike. En réalité, je ne suis plus rien pour toi.

Ces paroles le firent tressaillir, mais il l'avait mérité.

— Ne dis pas ça, s'il te plaît, murmura-t-il. En tout cas, pas encore. Je t'aime, Adelaide.

— Tu m'aimes ? répliqua-t-elle, les larmes aux yeux. Il serait bien temps de te décider. Sans oublier que ton amour ne signifie rien sans ta confiance. Tu me désires, mais tu m'as repoussée parce que j'aurais pu devenir un fardeau dans ta vie.

— Non ! se récria-t-il. Bien sûr que non ! Je ne te considère pas comme un fardeau. Cela n'a jamais été le cas, jamais de la vie !

— Des mensonges, et encore des mensonges, répondit-elle d'un ton amer. Tu m'as dit que tu m'aimais, et ensuite tu m'as repoussée. Tu ne m'aimes pas. C'est pour cela que tu ne me fais pas confiance.

— Je t'ai repoussée parce que je pensais que c'était la seule façon de te protéger. Lorsque tu m'as déclaré que tu m'aimais, j'aurais tout donné pour pouvoir te garder à mes côtés pour toujours. Mais ça aurait été égoïste de ma part, parce que je suis comme un vase brisé. J'ai pensé que tu méritais mieux que moi. Mais je t'en prie, ne doute jamais de mon amour. Tu es mon âme, ma vie, et tu as droit à ce que la vie a de meilleur - hélas, je ne peux pas te le donner.

À présent, il lisait de l'incertitude dans ses beaux yeux, mais elle avait gardé son expression froide et distante. Elle le contempla un instant en silence, puis elle poussa un soupir.

— Tu n'as pas l'air très en forme, remarqua-t-elle. Viens, entre. Je ne voudrais pas que tu t'effondres sur le pas de la porte.

Dans une sorte d'état second, il suivit Adelaide à l'intérieur de la maison. Garrett l'observait depuis le sommet de l'escalier, prêt à lui envoyer de nouveau son poing dans la figure. Mais Michael n'en voulait pas à son ami. Il savait qu'il ne l'avait pas volé.

— Garrett et moi allons mettre Sophie au lit, déclara Natalie d'une voix douce, entraînant son mari par le bras. Michael et toi pourrez parler en privé dans le salon.

Adelaide entra dans le salon et alla s'asseoir sur l'appui de la fenêtre, puis elle fit signe à Michael de s'installer sur le sofa, lui rappelant de garder ses distances avec elle. Il obéit sans protester, et prit place tout au bout du sofa.

— Je ne comprends pas, murmura-t-elle après un long silence tendu. Tu m'as déclaré que tu étais « comme un vase brisé ». Qu'entendais-tu, au juste ?

— Je ne suis pas capable de te donner des enfants, Adelaide. Je suis stérile.

Comme elle le dévisageait, muette d'étonnement, il poursuivit :

— Je m'en suis aperçu lorsque Kathy et moi essayions de fonder la famille nombreuse dont j'avais toujours rêvé. C'était pour cette seule raison que j'avais épousé une femme que je connaissais à peine. Nous étions si jeunes ! Lorsque nous avons découvert que j'étais stérile, Kathy s'est sentie dévastée. Elle est devenue de plus en plus froide, de plus en plus distante, et elle a fini par me quitter.

— Michael, je suis sincèrement désolée d'apprendre que tu ne peux pas avoir d'enfants, mais je trouve méprisable que ton épouse t'ait quitté pour cette raison. Je comprends que tu te sentes profondément blessé.

Elle quitta l'appui de la fenêtre, avant d'ajouter :

— Mais si tu essaies de me dire que tu m'as brisé le cœur seulement pour me « protéger » de ton infertilité, tu as peut-être raison. Tu n'es peut-être pas un homme digne de moi.

— Adelaide ! protesta-t-il dans un souffle, sentant ses derniers espoirs s'envoler.

— Tu ne m'as pas laissé la moindre chance de décider par moi-même, poursuivit-elle d'une voix tendue. Tu as supposé que je serais trop faible pour me battre pour nous deux. Comment as-tu pu croire que je préférerais te quitter plutôt que de chercher une solution ? Pensais-tu que j'étais à la recherche d'un étalon, et pas d'un compagnon pour la vie ?

— Je me disais qu'il aurait été égoïste de ma part de m'accrocher à toi. Je m'étais convaincu que te laisser partir était la seule manière de te prouver mon amour.

— Tu es encore plus bête que je ne l'avais imaginé.

— Mais je me trompais ! ajouta-t-il précipitamment. En réalité, je me mentais à moi-même. J'avais surtout peur que tu ne veuilles plus de moi. J'avais si peur que tu me quittes que j'ai gardé mes véritables sentiments pour moi-même.

— Michael ! s'exclama-t-elle dans un sanglot.

Une lueur d'espoir brilla à nouveau dans son cœur. Elle l'avait appelé « Michael ». Cela signifiait-il qu'une partie d'elle-même le considérait encore à elle ?

— Si j'avais pensé qu'il y ait la moindre chance que tu désires que je reste à tes côtés, rien n'aurait pu m'en empêcher, murmura-t-elle. Mais tu m'as brisé le cœur, Michael, et tu m'as convaincue que tu n'avais pas assez confiance en moi pour me donner le tien.

— Je le sais, convint-il d'un ton douloureux. Et je vais devoir vivre le reste de ma vie avec l'idée que je t'ai fait souffrir. Mais je t'aime, et je crois en toi avec tout mon cœur meurtri. Avec toute mon âme.

La seule idée de toute une vie sans elle était trop effrayante, et il poursuivit :

— Je t'ai perdue parce que j'ai laissé ma honte et ma peur me dominer, mais c'est une erreur que je ne commettrai plus. Si tu veux de moi, je passerai le reste de ma vie à t'aimer de toute mon âme. Je t'en prie, laisse-moi une chance de corriger mes erreurs. De te rendre heureuse.

— Que vais-je faire de toi ? murmura-t-elle en se précipitant dans ses bras. Je t'ai toujours aimé, et je t'aimerai toute ma vie. Si cela ne tient qu'à moi, je ne te quitterai jamais. Si tu m'aimes vraiment, et si tu as *confiance* en moi, je suis à toi pour toujours.

— Je t'aime, et je remettrais ma vie entre tes mains, Adelaide.

—Alors, à partir de cet instant, tu es à moi, Michael Reynolds.

— Et toi, seras-tu aussi à moi ? s'enquit-il, voguant sur la crête d'une immense vague de bonheur.

— J'ai toujours été toute à toi, répondit-elle sans hésitation.

À cette seconde précise, il ne désirait plus qu'une seule chose au monde – son unique besoin vital. Même s'il était encore trop tôt.

— Veux-tu m'épouser ?

Un sourire éblouissant éclaira son ravissant visage, et ses yeux s'emplirent de larmes. Des yeux brillants d'amour. D'amour pour lui. Incapable de résister une seconde de plus, Michael recueillit son adorable visage entre ses mains, et il l'embrassa avec tout l'amour qu'il gardait dans son cœur.

— S'il te plaît, fais de moi le plus heureux idiot sur terre. Épouse-moi.

— Je t'épouserai, Michael, répondit-elle, les joues ruisselantes de larmes. Et tu seras à moi pour toujours.

— Je ne pourrais pas vivre d'une autre façon, assura-t-il dans un souffle.

Adelaide l'embrassa, encore et encore, jusqu'à ce que Michael soit enfin convaincu qu'il ne rêvait pas, et que cet instant était bien réel.